여우가
잠든 2
숲
Im Wald

여우가 잠든 숲 2

Im Wald

넬레 노이하우스 지음

박종대 옮김

북로드

■ 타우누스 지도

림부르크 방향

이트슈타인 방향

그로써 펠트베르크

바트 홈부르크 방향

글라스휘텐

타우누스

알트쾨니히

슐로스보른

숲친구하우스

오펠 동물원

하젠윌레 물방앗간
루퍼츠하인

보덴슈타인 농장

쾨니히슈타인

크론베르크

슈나이트하인

노이엔하인

가족 묘지

에프슈타인

피시바흐

바트 조덴

슈발바흐
에시보른

켈크하임

저녁놀 요양원

리더바흐

줄츠바흐

마인 타우누스
중심지

프랑크푸르트 회히스트

비르켄호프

호프하임

자노피 제약회사

프랑크푸르트 방향

하터스하임

발라우

켈스터바흐

비스바덴 방향

마인 강

플뢰르스하임

0   1   2km

■ 루펜츠하인 지도

등장인물

*굵게 쓴 인물들은 올리버 폰 보덴슈타인의 초등학교 동창이다.

아르투어 베르야코프: 러시아에서 이주 온 아이
랄프 엘러스: 한량
야콥 엘러스: 랄프의 형
파트리치아 엘러스(결혼 전 성은 크롤): 야콥의 아내
잉카 한젠 박사: 수의사
안드레아스 하르트만: 정육점 주인
프란치스카 하르트만: 안드레아스의 누이
엘리자베트 하르트만: 안드레아스의 어머니
에드가 헤롤트: 철공소 주인
코니 헤롤트: 에드가의 아내
로제마리 헤롤트(결혼 전 성은 크롤): 에드가의 어머니
클레멘스 헤롤트: 에드가의 형
소냐 슈레크(결혼 전 성은 헤롤트): 에드가의 여동생
데틀레프 슈레크: 소냐의 남편
빌란트 카프타이냐: 산림감독관
로냐 카프타이냐: 산림감독관의 딸
클라우스 크롤: 마을 경찰관. 로제마리 헤롤트와 파트리치아 엘러스의 남동생
페터 레싱 박사: 투자은행가
헨리에테 레싱: 페터의 아내
엘리아스 레싱: 페터의 아들
레티치아 레싱: 페터의 딸
콘스탄틴 포코르니: 빵집 주인
질비아 포코르니: 콘스탄틴의 아내
로만 라이헨바흐: 설비기술자
지모네 라이헨바흐(결혼 전 성은 올렌슐래거): 로만의 아내
파울리네 라이헨바흐: 로만과 지모네의 딸

– 그 밖의 인물
아달베르트 마우러: 은퇴한 신부
이레네 페터: 마우러 신부의 여동생
레오나르트 켈러: 시청 잡역부
안네마리 켈러: 그의 어머니
펠리치타스 몰린: 숲친구하우스 임차인의 언니
레나테 바제도프 박사: 루퍼츠하인에 사는 의사
베네딕트 라트: 전직 형사
발렌티아 베르야코프: 아르투어의 누나
클라우디아 엘러호르스트: 발렌티아의 어릴 적 친구
에스테파니아 우고넬리: 로제마리 헤롤트의 친구

– 강력반
올리버 폰 보덴슈타인: 경위, 강력반 반장
피아 산더: 예전 성은 키르히호프. 경사, 강력반 소속의 고참 형사
니콜라 엥엘 박사: 호프하임 경찰서 과장
카이 오스터만: 경장, 강력반 소속
카트린 파싱어: 경장, 강력반 소속
타리크 오마리: 순경, 강력반 소속
셈 알투나이: 경사, 강력반 소속
크리스티안 크뢰거: 경사, 감식반장
헤닝 키르히호프 교수: 프랑크푸르트 법의학연구소장
프레데릭 레머 박사: 법의학자
지아니 롬바르디: 지역범죄수사국 심문 전문가
킴 프라이탁 박사: 법정신의학자, 피아 산더의 여동생
메를레 그룹바흐: 호프하임 경찰서 피해자지원담당관
슈테판 스미칼라: 호프하임 경찰서 공보관

– 기타
카롤리네 알브레히트
크리스토프 산더 박사
소피아 폰 보덴슈타인
가브리엘라 폰 로트키르히
하인리히 폰 보덴슈타인 백작
레오노라 폰 보덴슈타인 백작부인
크벤틴 폰 보덴슈타인
로렌츠 폰 보덴슈타인
토르디스 폰 보덴슈타인(원래 성은 한젠)

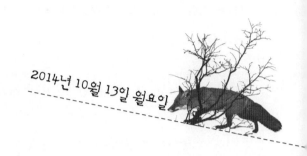

2014년 10월 13일 월요일

"니케? 나야, 엘리."

"뭐…… 어디야?"

대답이 없었다.

"별일 없어?"

"응, 괜찮아. 오래 연락 못 해서 미안해. …… 몇 가지 문제가 좀 있었어."

"너무 걱정돼. 그 사람들이 널 찾고 있어, 엘리. TV에도 네 사진이 나왔고."

"알아. 난 아무 짓도 안 했어. 맹세해. 하지만 그 사람들은 내 말을 안 믿어. 나를 잡으면 바로 감옥에 보내버릴 거야. 난 집행유예로 나와 있는 상태니까. 우리 아기가 나올 때 감옥에 있긴 싫어."

"형사들 말로는 너를 보호해주려고 하는 거래. 캠핑카를 불태운 범인한테서."

"짭새들은 늘 그렇게 말해. 그래 놓곤 뒤통수를 치지. 너는 이해 못 할 거야. 뭐 그것도 이젠 상관없어. 언젠가는 끝나겠지. 네 목소리를 듣고 싶어 미치는 줄 알았어."

"나도 그래."

"대마초도 안 피우고 주사도 안 맞은 지 벌써 2주 됐어."

"정말? 잘했어."

"너는 어떻게 지내? 우리 아기는? 다 괜찮아?"

"걱정 마, 다 잘 지내고 있으니까. 요즘 계속 내 배를 차고 난리야."

"오, 정말 보고 싶어. 요즘 너하고 우리 아기 생각밖에 안 해."

"나도. 우리…… 언제 볼 수 있을까?"

"몰라. 하지만 이젠 네가 원할 땐 언제든 만날 수도 있어. 차가 생겼거든. 내가 너한테 갈 수도 있고, 아니면 다른 데서라도……." 침묵.

"아냐. 안 그러는 게 좋겠어. 짭새들이 거머리처럼 네 뒤를 쫓을 거야. 내가 거기 나타날 만큼 명청하다고 믿는 인간들이거든."

침묵.

"내 편지는 받았어?"

"아니, 못 받았어."

침묵.

"나 때문에 힘들지? 부모님이랑 싸우지는 않아?"

"뭐 그거야 어쩔 수 없지."

"이런! 정말 미안해."

"미안해할 필요 없어."

다시 침묵.

"니케, 이제 끊어야 돼. 다시 연락할게. 곧 만나, 오케이?"

"엘리, 잠깐만! 아직 할 얘기가…… 여보세요? 엘리아스? 여보세요?"

녹음은 끝났다. 하벌란트 집의 거실에 한순간 정적이 흘렀다. 니케는 여형사 메를레 그룸바흐와 엄마 사이에 앉아 있었다. 얼굴은 창백했고, 두 손은 스마트폰을 꼭 쥐고 있었다.

"약속을 잡을 수가 없었어요." 그녀가 풀죽은 목소리로 말했다. "그럴 새도 없이 전화를 끊어버렸어요."

"정확히 28.4초 만에." 피아와 동시에 도착한 기술자의 말이었다. "좀 더 시간을 끌면 휴대전화로 위치 추적을 당할 수 있다는 걸 알고 있는 게 분명합니다."

"어쩐지 엘리아스가 내 말을 믿지 않는 것 같은 느낌이었어요." 니케는 불안해했다.

"아냐, 잘했어. 충분히." 피아가 니케를 안심시켰다. "엘리아스한테 뭔가 압박을 받고 있다는 인상을 줘선 안 돼."

엘리아스가 막 연락을 해왔다는 메를레 형사의 전화에 피아가 늘 처럼 깊은 잠에서 빠져나온 건 새벽 4시 57분이었다. 그래서 아직도 잠이 완전히 깨지 않은 상태였다. 니케의 부모도 비슷하게 몽롱해 보였다.

"누구 커피 마시겠소?" 니케 아버지가 물었다. 면도를 안 한 얼굴에 눈은 충혈되었고, 머리는 사방으로 뻗쳐 있었다. 흰색 타월 천의 목욕 가운 가슴 주머니에 호텔 이름이 수 놓여 있었다. 호텔에서 산 것일까? 아니면 그냥 몰래 훔쳐 갖고 나온 것일까?

"아 좋죠!" 피아와 메를레, 기술자가 한목소리로 소리쳤다. 하벌란트 씨는 주방 쪽으로 사라졌다. 얼마 뒤 달그락거리는 그릇 소리가 들리고, 커피메이커가 윙 하고 돌아가더니 막 내리기 시작한 유혹적인 커피 향이 거실로 퍼져 나왔다.

"차가 어디서 났을까요?" 니케가 물었다.

좋은 질문이었다. 그런데 이 질문은 피아에게 걱정과 희망을 동시에 안겨주었다. 엘리아스 레싱이 차를 갖고 있다면 한편으론 위협적일 정도로 기동성이 좋아졌지만, 다른 한편으론 은신처에만 숨어 있지 않고 밖으로 돌아다닌다면 경찰의 검문에 걸릴 가능성도 그만큼 더 커진 것을 의미했기 때문이다.

"알 수 없지." 피아는 바닥까지 내려온 거실 창문으로 다가가 거리를 내려다보았다. 거리는 동 트는 아침의 희뿌연 여명 속에 조용히 잠겨 있었다. 조깅을 하는 한 남자가 지나갔고, 두 마리 개가 헐떡거리며 그 뒤를 따랐다. 건너편 인도에서는 짙은 머리의 여자가 아이 대신 신문이 실린 유모차를 끌고 가면서 우편함에 신문을 꽂고 있었다. 하벌란트의 집은 인기 많은 바트 조덴 주택가의 좁은 대지에 자리 잡고 있었다. 타우누스 산악지대 인근의 모든 소도시가 그렇듯이 여기도 집 지을 부지가 드물었고, 그래서 예전엔 집 한 채가 서 있었을 부지에 지금은 두세 채가 다닥다닥 붙어 있었다. 주차할 곳이 없어 타우누스 점판암을 파서 지하 차고를 만들었지만, 그래도 주차 공간이 모자라 좁은 도로 양쪽에 세워놓은 차들이 많았다. 여기 사람들은 이웃끼리 얼마나 잘 알까? 낯선 차가 오면 금방 남의 눈에 띌까? 피아는 엘리아스가 늦든 이르든 여기 나타날 거라고 어느 정도 확신하고 있었다.

"어떡하죠?" 메를레 그룸바흐가 피아 옆으로 다가서며 물었다. 보조개 있는 주근깨 얼굴은 원래 나이보다 더 어려 보였는데, 그 얼굴에 근심스런 표정이 어려 있었다.

"니케가 위험하다고 생각하세요?"

"모르지." 피아가 목소리를 낮추어 대답했다. "엘리아스가 니케한테 위해를 가할 거라고는 생각하지 않지만, 그것도 완전히 장담할 수 없어. 현재 엘리아스는 예측 불가 상태니까. 아무튼 조만간 여기 나타날 것 같긴 해. 벌써 여기 근처에 있을지도 모르고. 어쨌든 세 사람을 죽인 놈이 엘리아스를 뒤쫓고 있어. 엘리아스는 니케한테 위험한 존재가 아닐지 몰라도 킬러는 분명 위험 요소야."

"놈이 엘리아스에게 접근할 생각으로 니케를 납치할 수도 있다는 말씀인가요?"

"예를 들면." 피아는 고개를 끄덕이더니 집 안을 이리저리 둘러보았다. 바닥까지 내려온 창문이 곳곳에 있었다. 이 집은 언덕배기에 있었다. 그렇다면 들판 가장자리에서 망원경으로 보면 이 집의 모든 방이 훤히 보일 것 같았다. "이렇게까지 해야 하나 싶기도 하지만, 이 집의 창문들에 블라인더를 전부 내리고, 당분간 다들 집에서 나가지 않도록 해."

"니케를 좀 더 안전한 곳으로 옮겨야 하지 않을까요? 뱃속에 태아까지 있는데."

"솔직히 말해 나도 니케를 미끼로 쓰고 싶지 않아." 피아가 시인했다. "니케가 묵을 만한 친척 집이 있는지 알아봐. 우리가 엘리아스를 확보할 때까지."

니케의 아버지가 쟁반을 들고 돌아오자 각자 커피잔을 하나씩 집었다. 하벌란트 부인은 딸아이의 어깨를 감싼 채 남편과 걱정스레 눈길을 주고받았다. 그때 팽팽한 정적을 깨고 휴대전화가 날카롭게 울렸다. 피아는 그게 자기 휴대전화라는 걸 몇 초가 지나서야 깨달았다.

"네?" 그녀가 전화를 받았다.

"혹시 주무시는데 깨웠나요?" 당직형사의 목소리였다.

13

"아니. 무슨 일인데?" 피아는 불길한 예감이 들었다. 이 시각에 전화할 정도면 결코 좋은 일은 아닐 것이다.

"중상자가 생겼습니다." 당직형사가 그녀의 예감을 사실로 확인시켜주었다. "루퍼츠하인 스포츠 시설에서요. 응급의사와 경찰이 벌써 현장에 도착했습니다."

"바로 가지. 전화 끊지 말고 잠깐 기다려." 피아는 커피잔을 쟁반에 도로 내려놓고 복도로 나갔다. "엘리아스 레싱에 대한 수색을 보강하도록 해. 그 친구한테 지금 자동차가 있는 것 같으니까 쾨니히슈타인과 켈크하임, 바트 조덴 주변에 검문검색을 강화해. 러시아워 전에 당장 했으면 좋겠어. 그리고 바트 조덴 주택가의 하벌란트 집으로 순찰차를 한 대 보내. 엘리아스가 이리로 오는 길이 아닐까 걱정돼."

***

구조 헬기가 숲 가장자리 승마장 위쪽 초지에서 대기하고 있었다. 승마장을 지나 계곡으로 이어지는 좁은 들길에 구급차와 응급의사 차량, 순찰차, 그리고 호프하임 지방수사과의 공무용 은색 오펠이 차례로 서 있었다. 피아는 오펠 뒤에 차를 세웠다.

타리크는 그녀를 보자 급히 달려왔다.

"아, 피아 형사님, 파…… 파울리네가 다쳤어요." 그는 당황해서 말을 더듬었다. "한 남자가 발견했는데, 파울리네를 안다고 했어요."

피아는 마치 얼음처럼 차가운 손이 심장을 누르는 듯했다.

"파울리네 라이헨바흐라고?" 그녀가 재차 확인했다. "상태는 어때?"

"의식이 없어요." 타리크가 대답했다. "응급의사들이 병원으로 이

송하려고 일단 안정화 작업을 시도하고 있어요."

"누가 발견했다고?"

"저 위에 개를 데리고 있는 회색 머리 남자요." 타리크가 풀밭 위쪽 도로에 모여 있는 몇 사람을 가리켰다. 그들 뒤로 승마 시설 건물이 마치 성채처럼 위압적으로 우뚝 솟아 있었다. "응급의사 차량 앞에 세워진 검은 메르세데스가 저 남자 차예요. 매일 아침 개를 데리고 산책할 때마다 저기에 세워둔대요."

"나머진 뭐 하는 사람들이야?"

"둘은 여기 승마장 직원이고, 나머지는 우연히 지나가던 사람들인가 봐요."

"얘기는 해봤어?"

"네, 하지만 사건과 관련해 뭔가 아는 사람이 없어요." 타리크는 입술을 깨물었다. "응급의사 말로는 파울리네의 상태가 안 좋답니다. 머리를 심하게 다쳤대요."

"일단 의사하고 얘기를 해봐야겠군. 가자고."

"전 못 가겠어요." 타리크가 주저했다. "파울리네의 저런 모습을 도저히 볼 수가 없어요."

"정신 차려!" 피아가 일침을 날렸다.

그녀는 결연하게 등을 돌려 승마장 울타리를 지나 초지 쪽으로 종종걸음을 쳤다. 승마장과 키 높은 방풍용 산울타리 사이의 길쭉한 초지였다.

이슬로 뒤덮인 풀밭 위에 신부의 베일 같은 안개가 부드럽게 깔려 있었다. 아침 첫 햇살이 연무를 비추는 순간 자잘한 이슬방울이 보석처럼 반짝거리기 시작했다. 피아는 아침을 여는 이 아름다운 풍경을 감상할 여유가 없었다. 심장이 고동칠 때마다 아드레날린이 혈관

속으로 뭉텅뭉텅 흘러나왔다. 파울리네의 상태가 생각보다 그리 심각하지 않기만을 바랄 뿐이었다. 구급차는 뒷문을 연 채 대기하고 있었고, 두 명의 응급의사와 간호사는 들것 위에서 열심히 환자를 응급처치하고 있었다.

"안녕하세요, 키르히호프 부인." 다른 현장들에서 본 적이 있던 응급의사가 피아를 알아보고 인사를 했다.

"아침부터 수고가 많으십니다." 그녀는 자신이 2년 전부터는 더 이상 키르히호프 부인이 아니라는 사실을 굳이 지적하지 않았다. "상태는 어떻습니까?"

"무척 위중합니다. 인공호흡 장치를 연결했고, 체온은 바닥입니다."

"살 수 있을까요?"

"지금으로선 말하기 어렵네요. 겉으로 보면 두개골 골절과 몇 군데 다른 골절이 있어요. 누군가 아주 잔인하게 타격한 것 같습니다."

"맙소사!" 타리크가 탄식했다. 이어 흐느낌 같은 소리가 입에서 새어나오더니 그는 등을 돌려 두 손으로 입을 막았다.

"정보 감사합니다." 피아는 며칠 전 들고양이 프로젝트에 대해 열정적으로 설명하던 파울리네의 모습이 생각났다. 게다가 이 아가씨가 자신에게 어떤 일이 닥칠지도 모른 채 타리크와 천진하게 시시덕거리며 활짝 웃는 모습까지 떠오르는 순간 깊은 슬픔이 그녀를 휘감았다. 온갖 소망과 기회, 꿈이 있는 이 창창한 젊은 생이 이대로 영원히 스러지고 마는 것일까? 대체 누가 왜 이런 짓을 했을까? 파울리네가 무슨 짓을 했기에 이런 잔혹한 공격의 대상이 되어야 한단 말인가? 범인은 어딘가에 숨어 있다가 덮쳤을까? 혹시 여기서 만나기로 약속한 건 아닐까? 클레멘스와 로지, 신부를 죽인 자와 동일범일까? 뜨거운 분노가 속에서 활활 타올라 망설임과 경악을 불태워버렸다.

이제는 망설이고 경악하는 시간조차 낭비였다. 파울리네는 아직 살아 있었다. 그렇다면 가능성은 있었다. 아주 희박하더라도.

***

"매일 아침 이렇게 일어나고 싶어." 그는 얼굴에 내려온 그녀의 머릿결을 부드럽게 쓸어 올려주며 꼭 껴안았다. 그녀의 연한 속살이 그의 살에 맞닿았고, 그녀의 오른다리는 그의 허리를 감았으며, 그녀의 이마는 그의 목에 파묻혀 있었다. 이렇게 그녀를 안은 채 사랑의 쾌감 뒤에 찾아오는 여운을 함께 즐기고, 그녀의 흥분한 심장 박동이 천천히 잦아드는 것을 느끼는 것은 정말 행복한 일이었다.

"그건 당신 선택에 달려 있어요." 보덴슈타인은 카롤리네의 목소리에서 그녀가 지금 살며시 미소 짓고 있음을 느꼈다. "우리 같이 살아요."

"우와." 그는 고개를 돌려 그녀의 관자놀이에 입을 맞추고는 한동안 입술을 떼지 않았다. 그전에는 그렇게 복잡하고 난해한 것 같던 모든 문제가 한순간에 단순하고 명료해지는 듯했다. 우리 같이 살아요. 이 세 마디 말로 이전의 모든 말다툼, 예민한 뒷걸음질, 거기서 생겨날 수밖에 없는 거리감이 일거에 해소되는 듯한 느낌이었다.

"진심이야?"

"네." 카롤리네는 고개를 약간 움직여 그를 쳐다보았다. "사랑해요. 더는 시간을 허비하고 싶지 않아요. 완벽한 순간을 기다리다가는 영영 그 기회를 놓치고 말 거예요."

그녀의 말은 그의 내면에 깊은 울림을 줬다. 그는 너무 행복해서 목이 멨다. 언젠가 이런 순간이 올 거라고 늘 기대는 했지만, 그간의 진행 상황을 보면 그것이 실현될 줄은 차마 예상치 못했다. 둘 사이에서 지금과 같은 순간은 너무 드물었다. 대신 상대에게 오해받거나 의도치 않게 상처를 줄지도 모른다는 불안감 속에서 대화는 사라지고 서로 한 발짝씩 물러나는 일만 일어났다. 거기서 진공 상태가 생겨났고, 그 상태는 대수롭지 않은 일상적인 대화 이상의 대화를 더는 허용하지 않았다. 관계의 종말이 시작된 느낌이었다. 그런데 한순간에 이런 놀라운 일이 벌어지다니!

"나도 사랑해." 그가 감동한 목소리로 속삭였다. "당신이 그런 말을 할 줄은 몰랐어. 언제부터 그런 생각을 한 거야?"

"어젯밤에."

"어젯밤?"

"네." 그녀는 진지하게 고개를 끄덕이고는 집게손가락으로 그의 얼굴선을 따라 그렸다. "어젯밤에 처음으로 당신이 내게 마음의 문을 열어준 느낌을 받았어요. 그전에 우린 항상 내 이야기만 했어요. 당신 얘기는 한 번도 안 했죠. 당신은 나에 대해 많이 알고 있지만, 나는 어제까지 당신에 대해 아는 것이 거의 없었어요. 당신은 당신 속에 뭐가 있는지 보여준 적이 없었어요. 그런데 어젯밤 처음으로 마음을 열었어요. 고마워요."

보덴슈타인은 말이 나오지 않았다. 그녀의 말에 감동을 받기도 했고 당황하기도 해서였다. 지금껏 애정 관계가 파탄난 것이 결국 모두 그 탓이었을까? 한 번도 상대에게 자신을 내보이지 않아서? 아니면, 코지마든 니콜라든, 심지어 잉카든 모두 그에게 진정한 관심이 없는 것 같아서 그들에게 자신을 열지 않고 꽁꽁 숨겨온 것일까?

그는 카롤리네를 힘주어 껴안으며 깊은 한숨을 내뱉었다. 그녀에 대한 애정과 고마움이 그를 휘감았다.

어젯밤 카롤리네 집에 도착한 것은 자정 직전이었다. 농장 다락방에서 가져온 어린 시절의 기억이 담긴 먼지 쌓인 박스를 든 채. 보덴슈타인은 박스 안에 뭐가 있는지 전혀 예상하지 못했지만 카롤리네가 함께 열어보자고 했을 때 한순간도 망설이지 않았다. 둘은 식탁에 앉아 뮈스카데 와인을 마시며 박스를 열었다. 보덴슈타인은 카롤리네에게 어린 시절의 앨범을 보여주었다. 코지마에게는 결코 보여준 적이 없는 사진들이었다. 그러고는 막시에 대해 이야기했다.

"막시가 당신의 첫사랑이었군요. 안 그래요?" 그의 이야기를 듣고 난 그녀의 말이었다.

"어찌 보면 그렇다고 할 수 있지." 그는 시인했다. 약간 부끄러워하면서. "막시가 사라졌을 때 정말 가슴이 찢어지는 줄 알았어."

"내 첫사랑은 말이었어요. 내 말은 아니었지만 내가 돌보았죠. 그때가 열두 살이었어요. 말이 딴 곳으로 팔려갔을 때 처음으로 사랑의 아픔 같은 걸 느꼈어요. 꼭 죽을 것 같았죠. 그만큼 괴로웠어요."

갑자기 여우가 그에게 얼마나 중요한 존재였는지 말하는 것이 아주 쉬워졌다. 당시 어린 그에게는 오직 그만의 것이라고 할 만한 것이 없었다. 부모님은 돈이 많지 않았다. 그래서 자식들은 옷과 장난감조차 사촌들 것을 물려받았다. 게다가 농장의 말들은 주인이 따로 있었고, 고양이와 개, 닭은 모두 가족 공동의 소유였다. 그러다 그 어여쁜 야생 동물이 예기치 않게 그의 삶으로 들어왔다. 그 뒤로 녀석은 그를 그림자처럼 졸졸 따라다녔고, 그에게 무조건적인 신뢰와 사랑을 보여주었다. 막시는 고집이 센 녀석이라 그와 빌란트, 아르투어 말고는 자기를 만지지 못하게 했다.

"막시가 사라졌을 때, 그래, 아르투어도 함께 사라졌을 때 난 그 아픔을 혼자 삭일 수밖에 없었어. 그 뒤로 타인에게 곁을 허용하는 것이 늘 어려웠지. 아마 부모님의 엄격한 교육 탓도 있었겠지만, 다른 한편으론 막시와 아르투어의 일을 겪으면서 다시 실망하고 상처 받을까 두려워한 탓도 컸던 것 같아."

그는 카롤리네에게 아르투어와 어릴 적의 패거리, 그리고 자신의 불안들에 대해 이야기했고, 그녀는 그런 그의 이야기를 귀담아 들어 주었다. 그렇게 한마디 한마디 털어놓을 때마다 마음이 홀가분해졌다. 슬픔도 아픔도 양심의 가책도 더는 느껴지지 않았다. 아니 그 반대였다. 두 사람은 박스 안에 있는 것을 다 꺼냈고, 퀴퀴한 냄새 나는 앨범들을 하나씩 넘기며 그의 부모님이 간직해왔고 자신은 그 존재를 전혀 모르고 있던 어린 시절의 파편들을 살펴보았다. 그와 함께 잊고 있던 여러 자잘한 사건들이 어둠을 뚫고 올라왔다. 유쾌한 일, 유치한 일, 슬픈 일, 또 당시 그에게는 정말 미치도록 중요해 보인 그런 일들이었다.

"이 모든 건 아직 누구에게도 이야기하지 못했어." 그가 마침내 의아하다는 듯이 말했다.

"그래서요? 나한테도 얘기하는 게 힘들었어요?"

"아니. 당신한테는 아니었어. 난 당신이 이 모든 것에 정말 관심을 갖고 있다는 느낌을 받았어."

그는 별로 오래 고민하지 않고 마음속 가장 깊은 곳에 있던 자기만의 작은 방을 열어주었다. 그 뒤에 찾아온 건 재앙이 아니었다. 오히려 모든 것을 다 털어놓고, 자신이 믿고 사랑하는 사람과 공유하는 순간 마음이 가벼워졌다. 오랫동안 억눌러온 비밀은 그가 밖으로 내놓는 순간 신비화의 껍질을 벗었고, 그 악령은 섬뜩한 위력을 잃었다. 두 사람은 그렇게 새벽 3시까지 이야기했다. 그는 카롤리네가 과거와 화해할 수 있도록 자신에게 기회를 준 것을 깨달았다. 그로써 옛 상처는 치유될 수 있었다.

***

타리크는 몇 미터 떨어진 목초지 울타리에 기대어 울타리 상단에 두 팔을 올려놓고 먼 곳을 응시하고 있었다. 그 모습이 어찌나 쓸쓸하고 허탈해 보이던지 피아는 이 젊은 동료를 안아주고 위로해주고 싶은 유혹에 잠시 빠졌다. 그러나 그렇게 하지 않았다. 경찰에게는 어울리지 않는 일이었다.

오히려 이렇게 물었다.

"혹시 그 뒤에 파울리네와 다시 얘기한 적 있나?"

타리크는 고개를 돌려 벌게진 눈으로 그녀를 바라보았다.

"어떻게 그렇게 냉정할 수 있어요?" 그의 목소리에 질책이 묻어 있었다. "우리 둘 다 아는 사람이에요. 당장…… 죽을지도 모르는 사람을 앞에 두고…….."

피아는 자신이 그런 끔찍한 일에도 꿈쩍하지 않는 냉혈한 같은 인상을 풍겼음을 알고 있었다. 그러나 속까지 그런 것은 아니었다. 그런 태도는 순전한 자기 보호 본능의 발로였다.

"얼마 전 법의학과 관련해서 이런 얘기를 한 적이 있지." 그녀가 나직이 말했다. "우리 같은 직업에선 감정은 금물이라고. 우리의 임무는 누가 파울리네에게 저런 짓을 했는지 밝혀내는 거야. 그러려면 차가운 머리가 필요해. 우린 그 일을 처음으로 되돌릴 수는 없지만 희생자에게 정의가 실현되도록 할 수는 있어."

"희생자라고 부르지 마세요!" 타리크는 이렇게 소리치더니 손으로 눈물을 훔쳤고, 엄지와 검지로 콧잔등을 문질렀다. "아직 어찌될지 모른다고요!"

피아는 그의 옆얼굴을 묵묵히 관찰하면서 타리크가 지금 마음속에서 경악과 무기력함과 치열하게 싸우고 있음을 알아차렸다. 희생자가 개인적으로 아는 사람인데다가 그것을 넘어 본인이 좋아하는 사람일 경우, 경악과 무기력함은 몇 배로 더 크게 나타났다. 이것은 그의 첫 살인 사건이었다. 이런 상황에서 도망쳐 피신할 수 있는 자기만의 일정한 루틴이 아직 없을 때였다. 강력계 형사 일을 하다 보면 누구나 한 번은 겪어야 하고, 그 과정에서 이 직업의 진로를 다시한 번 진지하게 고민할 수밖에 없는 시련이 벌써 닥친 것일까? 타리크는 이 시련을 이겨낼 수 있을까? 아니면 버티지 못하고 포기해버릴까? 모든 사람이 이런 순간을 이겨낼 만큼의 강한 정신력을 갖추고 있는 것은 아니다.

"타리크!"

"예, 저도 알아요. 제가 지금 프로답지 못하게 행동하고 있다는 거. 알았으니까 보고서에 마음대로 쓰세요." 그는 반항적으로 말하고는 청바지 주머니에 두 손을 찔러 넣었다.

"자네같이 전도유망한 동료를 내가 뇌줄 거라고는 생각하지 마." 피아는 일부러 엄하게 대꾸했다. "자네는 우리 팀을 자청했어. 이젠 누가 뭐래도 우리 팀이야. 이 일을 하다 보면 지금 같은 빌어먹을 날은 항상 있기 마련이야. 하지만 그런 날만 있는 게 아니라 그런 짓을 한 개 같은 자식들을 잡는 날도 있어."

순간 타리크의 입가에 살짝 미소가 피어올랐다.

"벌써부터 포기하지 마, 타리크. 파울리네는 젊고 강해. 이 상황을 이겨낼 모든 조건을 갖추고 있어."

"하지만 만일…… 만일……." 타리크는 말을 잇지 못하고 아이처럼 콧잔등을 찡그렸다. 파울리네에게 막 사랑에 빠졌는데 이런 일이 벌어지다니 잔인한 일이었다. "파울리네가 메시지를 보냈어요." 그가 바지주머니에서 스마트폰을 꺼내 화면을 몇 번 넘기더니 피아에게 건넸다.

피아가 읽었다.

당신들이 관심을 가질 만한 걸 갖고 있어요. 직접 개인적으로 전달해주고 싶어요.

토요일 22시 03분에 보낸 메시지였다. 타리크는 이걸 일요일에야 확인하고 답장을 보냈는데, 왓츠앱 화면상의 작은 회색 갈고리 하나가 지워지지 않았다. 메시지가 아직 그녀의 스마트폰에 수신되지 않았다는 표시였다. 그렇다면 혹시 그녀가 서른 시간 이상을 어딘가에 다쳐서 누워 있었던 것은 아닐까?

"자네가 관심을 가질 만한 것이 뭘까? 자네한테 뭘 주려고 했을까?"

"모르죠." 타리크는 심호흡을 했다. 이제야 마음의 평정을 어느 정도 되찾은 듯했다. "근데 파울리네는 '당신들'이 관심을 가질 만한 거라고 했어요. 그렇다면 그건 경찰을 뜻하겠죠. 사적인 것이 아니라."

"맞아." 피아는 고개를 끄덕이고는 보덴슈타인에게 전화를 하려고 휴대전화를 꺼냈다. "카이한테 연락해서 파울리네의 휴대전화를 위치 추적해보라고 해. 파울리네의 차를 찾아봐야겠어."

"그건 제가 하겠습니다." 타리크가 말했다. 끔찍한 충격에서 자신을 떼어놓을 수 있는 일이 생긴 것이 반가운 눈치였다. 그는 벌써 가려고 몸을 돌렸다가 다시 몸을 돌렸다. "고마워요, 피아 형님."

"뭘 그걸 갖고." 그녀는 고개를 끄덕거렸다. "우린 다들 그렇게 시작했어. 그게 앞으로 나아질 거라고는 장담할 수 없지만 어쨌든 좀 더 잘 대처하고 받아들이는 법을 터득하게 되기는 할 거야."

**

보덴슈타인이 막 샤워를 하고 계단을 내려왔을 때 카롤리네는 부엌에 있었다. 회색 조깅 바지와 회색 잠옷 티셔츠를 입고, 발에는 크록스 실내화를 신었다. 짙은 색 머리는 하나로 간결하게 묶어 목덜미까지 늘어뜨렸다. 주방 식탁 위에는 김이 모락모락 나는 커피가 그를 기다리고 있었다.

"좋은 아침." 보덴슈타인은 그녀를 안자 카롤리네는 두 팔로 허리를 감싸며 그에게 몸을 기댔다.

그는 샤워를 하면서 그녀가 아까 한 말을 곰곰이 생각해보았다. 같이 살자, 같은 집에서 살자. 직장에서 집으로 가는 것은 사랑하는 이에게 돌아가는 것을 의미했다. 그런데 4년 가까이 살았던 루퍼츠하인의 집은 그런 곳이 아니었다. 그렇다면 그 집을 떠난다고 해서 특별히 아쉽거나 미련이 남을 것 같지 않았다.

"휴대전화가 벌써 몇 번이나 울렸어요. 방금도요."

"아침부터 무슨 일일까? 한번 볼까?" 그는 그녀의 귓불에 입을 맞추고는 어젯밤 주방의 식탁에 놓아둔 휴대전화를 가지러 갔다. 발신자표시제한으로 전화가 세 통 왔고, SMS가 두 통 도착해 있었다.

루퍼츠하인에서 중상을 입은 여자 발견. 카이가 7시 38분에 보낸 메시지였다. 그리로 가실 거죠? 피아 형사님과 타리크는 벌써 현장에 도착했어요.

얼음처럼 싸늘한 전율이 등골을 타고 내려갔다. 루퍼츠하인에서 또 사고가 일어나다니! 안 그래도 다들 신경이 잔뜩 곤두서 있는데, 이 새로운 사건으로 또 어떤 일이 벌어질지……

파울리네 라이헨바흐가 중상을 입고 루퍼츠하인 승마장에서 발견됐어요. 피아가 8시 12분에 보낸 메시지였다. 바로 2분 전이었다. 올 거죠?

"이런 빌어먹을!" 보덴슈타인은 중얼거렸다. 생각이 복잡하게 얽혔다. 이건 우연일 수가 없었다. 파울리네는 피아와 타리크에게 숲속 CCTV 녹화 영상을 보여주고, 숲속을 제 집처럼 들락거리는 사람이었다. 그렇다면 어떻게 하다가 범인과 맞닥뜨리거나 범인에게 방해가 된 것은 아니었을까? 두 손이 파르르 떨렸다.

"무슨 일 있어요?" 그의 얼굴에서 심상치 않은 낌새를 눈치채고 카롤리네가 걱정스레 물었다.

"응. 루퍼츠하인으로 급히 가봐야 할 것 같아. 중상을 입은 젊은 아가씨가 방금 발견되었대. 그 부모하고 아는 사이야."

"세상에나! 무슨 이런 일이 자꾸……"

보덴슈타인은 커피를 한 모금 마시고는 피아에게 답장을 보냈다. 바로 출발하지. 10분.

카롤리네는 그가 시체나 중상 입은 희생자에게 불려갈 때마다 어떤 감정이 드는지 아직 한 번도 말한 적이 없었다. 혹시 살해된 어머니에 대한 기억이 다시 떠오르는 건 아닐까? 보덴슈타인은 갑자기 카롤리네에게 미안해졌다.

아름답게 시작한 날에 어두운 그림자가 드리웠다. 보덴슈타인은 죽음과 폭력의 늪에 목까지 잠기는 것 같은 느낌이 들었다.

"미안해. 바로 출발해야겠어." 그는 휴대전화를 주머니에 넣었다. "나중에 전화할게."

"알았어요. 조심해요."

"고마워. 모든 것에."

"내가 고맙죠." 그녀의 입가에 옅은 미소가 피어올랐다. 그러나 녹색 눈은 진지했다. 그녀는 그를 두 팔로 안고 목덜미를 쓰다듬더니 잠깐 꼭 껴안았다. "이제 얼마 안 남았어요, 올리버. 이게 당신의 마지막 사건이에요. 그 뒤엔 원치 않으면 안 해도 돼요."

***

"보통 나는 항상 에를렌 위쪽으로 개를 데리고 산책을 다녀요." 회색 머리 목격자는 얼굴이 창백했고, 목소리는 갈라졌다. 충격이 심한 듯했다. 그럴 만도 한 게 다친 아가씨뿐 아니라 그 부모와도 개인적으로 잘 아는 사이였다. "그런데 저 위에서 굴착기들이 땅을 파헤쳐 놓은 뒤로는 이리 산책을 다니죠."

피아는 남자를 즉시 알아보았다. 어제 테니스클럽에서 헨리에테 옆에 앉아 사람들 앞에서 호기롭게 우스갯소리를 하던, 스킨십을 좋아하는 남자였다. 잘생긴 얼굴에 삶을 즐기는 긍정적 낙천주의자 타입이었다. 야콥 엘러스라는 남자의 이름을 듣는 순간 피아의 머릿속에서 딩동 하고 벨이 울렸고, 이어 기억이 연결 고리를 찾아냈다. 남자는 지난 토요일 보덴슈타인이 성당 성구실에서 죽은 신부님을 발견할 당시 현장에 함께 있던 파트리치아의 남편이었다. 그런데 아내에 이어 그 자신이 첫눈엔 죽은 것처럼 보이는 중상자를 목도한 것이다. 이 사람도 반장의 동창이었나? 피아는 보덴슈타인의 보고서에서 읽은 것을 기억해내려 애썼다. 그러다 그의 아내 파트리치아 엘러스가 로지 헤롤트의 동생이라는 사실이 퍼뜩 떠올랐다.

"차는 언제 주차장에 세웠고, 언제 출발했습니까?" 피아가 물었다.

"5시 45분쯤에요." 엘러스가 대답했다. "항상 그렇게 일찍 움직여요. 여덟 시까지 출근해야 해서요. 저는 켈크하임 시청에서 일하고 있습니다." "알았습니다. 오늘은 어디로 산책하셨나요?"

"여기서 운동장까지 갔다가 체육관 뒷길로 내려와서는 동물병원을 지나 보덴슈타인 농장 방향으로 갔습니다. 숲 앞에서 승마장으로 난 길로 올라갔고, 그러다 개가 파울리네를 발견했죠. 아마 개가 없었더라면 그냥 지나쳤을 겁니다. 어두워서 보이지 않았거든요."

그는 두 손으로 얼굴을 쓸더니 얕은 숨을 몰아쉬었다. 그러다 갑자기 눈물을 쏟기 시작했다.

"그쪽으로…… 손전등을 비추어보았어요. 그러곤…… 그러곤 바로 알아봤어요. 그게 파울리네라는 걸. 어떻게 그런 일이……. 나는 죽었다고 생각했어요." 남자는 목소리가 잠긴 채 말을 하면서 흐느끼기 시작했다. "개 부모하고는 평생을 아는 사이였어요. 내 동생이 파울리네의 대부이기도 하고요. 대체 누가 그런 짓을 했죠?"

그는 조끼 주머니를 뒤적뒤적 하더니 구겨진 냅킨을 꺼내 코를 쿵 풀었다.

"파울리네를 발견한 뒤엔 뭘 하셨나요?" 피아가 조심스레 물었다.

"갑자기 누군가 내 옆에 서 있었어요. 조깅하는 사람이었어요. 다가오는 소리를 전혀 듣지 못했어요." 야콥 엘러스는 마음의 평정을 되찾으려 애썼다. "그 사람이 자기 휴대전화로 바로 110에 전화를 했어요. 아니 112였나? 그건 확실히 모르겠네요."

"그 남자는 어디로 갔습니까?"

"저 앞에 있어요. 승마장 사람들 틈에. 저기 파란색 재킷 입은 사람이요."

"도중에 만난 사람은 없나요?" 피아는 계속 캐물었다. "운동장으로 가던 길이나, 승마 시설 같은 데서요. 그리고 혹시 뭔가 이상하다고 느낄 만한 것은 눈에 띄지 않았나요? 찬찬히 생각해보십시오."

파울리네는 꽤 긴 시간 동안 풀밭에 누워 있었던 것으로 보였다. 응급의사의 추정이 그랬다. 머리칼과 옷이 이슬에 젖어 있었고, 몸도 저체온 상태였기 때문이다. 그만큼 시간이 지났다면 엘러스가 현장 근처에서 범인을 봤을 가능성은 희박했다.

"아뇨." 엘러스는 이마에 주름을 잡으며 머리를 흔들었다. "그땐 아직 칠흑처럼 어두웠어요. 이런 계절에 이렇게 일찍 돌아다니는 사람은 거의 없죠. 이상한 것도 눈에 띄지 않았고요."

그는 이제야 안정을 좀 되찾은 듯했다. 창백한 얼굴에 혈색도 돌아왔다. 그는 멍하니 개의 머리를 쓰다듬었다.

"칠흑같이 어두우면 잘 보이지도 않을 텐데 어떻게 산책을 할 수 있죠?"

"헤드램프가 있어요." 엘러스가 목에 걸고 있던 줄을 잡아당겼다. "손전등도 있고요. 게다가 개의 목에 LED 목줄까지 걸어뒀어요."

"그런 어둠 속을 야외에서 혼자 돌아다니는 건 좀 이상하다는 생각 안 드시나요? 그것도 요즘 같은 때?"

"무슨 말씀이죠?" 엘러스가 당황해서 물었다.

"아시지 않습니까? 지난 며칠 사이 세 사람이 살해됐습니다. 그것도 모두 선생님께서 잘 아시는 사람들이요."

"그건 형사님 말이 맞군요." 엘러스는 천천히 고개를 끄덕였다. 마치 이제야 그 생각이 떠올랐다는 듯이. "그런 생각은 전혀 못 했어요. 개도 있는데다가…… 또 누가 나를 죽이려고 할까 싶기도 했고……."

인간의 뇌는 참 신기하다. 아무리 주변이 험하게 돌아가도 자신에게는 그런 일이 닥치지 않을 거라고 철석같이 믿게 만드니 말이다. 파울리네도 그랬을까? 많은 젊은이들처럼 자신은 죽지 않을 거라고 생각했을까? 그래서 자신이 위험에 처해 있다는 사실을 전혀 눈치채지 못했을까? 파울리네는 세 건의 살인을 저지른 범인의 또 다른 희생자일까? 아니면 이번 일은 살인 사건과 아무 관련이 없을까?

피아는 정복 경관 두 명과 뭔가 이야기를 나누고 있는 반장을 보았다. 순간 마음이 놓였다. 하지만 동시에 여기 모든 것에서 그를 떼어놓고픈 간절한 소망을 느끼기도 했다.

"질문이 하나 더 있습니다, 엘러스 씨. 선생님은 어제 테니스클럽에서 레싱 부인과 대화를 나누고 계셨습니다. 엘리아스에 대해 뭔가 하신 말씀이 있으셨나요?"

"어제요? 테니스클럽에서?" 엘러스는 당혹스럽게 눈썹을 추켜 올렸는데, 두 눈에 갑자기 경계의 빛이 어른거렸다. "난…… 난 정확히 아는 게 없어요."

"레싱 부인은 뭐라고 하던가요?" 피아는 엘러스의 회피하는 듯한 대답을 명확한 시인으로 해석했다.

"아들 때문에 걱정이 크다는 말만 했죠. 경찰이 아들을 찾고 있고, 헨리에테는 아는 것이 없어서……." 이 대목에서 엘러스는 말을 중단하더니 피아의 눈을 피했다.

"뭘 알지 못한다는 거죠?" 피아는 빈틈을 놓치지 않았다.

"괜히 남의 말을 잘못 옮겨서 오해를 부르고 싶지 않습니다." 엘러스는 불쾌감을 숨기지 않았다. "내가 헨리에테의 말을 잘못 알아들었을 수도 있으니까."

"제 말 들어보세요, 엘러스 씨." 피아는 절박한 심정으로 말했다. "세 사람이 살해됐습니다. 거기다 파울리네는 사경을 헤매고 있습니다. 살아날 수 있을지 사실 의문입니다. 그럼 네 번째 희생자가 나오는 겁니다. 선생님이 모두 잘 알거나 잘 알았던 사람들이죠. 엘리아스는 클레멘스 헤롤트가 캠핑카에서 불타 죽던 날 밤 숲친구 캠핑장에 있었습니다. 게다가 파울리네와는 잘 아는 사이죠. 만일 선생님이 뭔가를 알거나 들은 얘기 중에 저희한테 도움 될 만한 것이 있다면 절대 침묵해선 안 됩니다. 그건 잘못된 신의입니다."

"이거 원! 설마 걔가 저런 짓을 했을 거라고 생각하시는 건 아니죠?" 엘러스는 깜짝 놀란 표정으로 고개를 저었다.

"나는 모르겠습니다. 선생님이 말씀해보시죠."

엘러스는 숨을 깊이 들이쉬더니 잠시 멈추고는 소리 내어 푸 하고 다시 뿜었다. 손가락은 줄곧 개줄을 초조하게 만지작거리고 있었다. 피아는 감정적인 충격 상태에 빠져 있는 사람을 이런 식으로 몰아붙이는 것이 좀 불공정하다고 생각했지만, 다른 한편으로는 그래야만 상대에게 거짓말을 지어낼 시간과 여유를 주지 않는다는 것도 잘 알고 있었다.

"헨리에테는 걱정이 많아요." 엘러스는 머뭇머뭇 말했다. "엘리아스는 어디로 튈지 모르는 아이예요. 그래서 궁지에 몰려 혹시 뭔가…… 경솔한 짓을 하지 않을까 염려하는 겁니다."

피아는 다음 말을 기다리는 눈으로 그를 바라보았다. 이게 다가 아니었다. 분명 할 말이 더 있었다. 피아는 수수께끼의 해답에 바짝 가까워진 느낌에 사로잡혔다. 야콥 엘러스야말로 그녀가 마침내 뭔가 구체적인 것을 손에 쥐기 위해 침묵의 뿌리에 지렛대를 대고 압력을 가해야 할 그런 인물일까? 토박이들이 죄다 혈연이나 사돈 관계로 얽혀 있고, 서로 모르는 사람이 없는 이 지역에서 그는 신망 높고 존경받는 사람이었다. 그렇다면 모두가 약속이나 한 듯 입을 다무는 크고 작은 비밀들을 알고 있을 게 분명했다. 만일 이 남자의 입을 열게할 수만 있다면 그의 입에서는 이야기가 도미노 게임처럼 줄줄이 흘러나올 수 있었다. 시도해볼 만한 일이었다. 그의 양심과 책임감에 호소하면서.

"엘러스 씨, 선생님은 이 지역 사람들이 귀를 기울이는 사람입니다." 그녀는 몸을 내밀고 긴장한 채 그를 바라보았다. "그 사람들을 잘 알고 있기도 합니다. 일이 더 벌어지기 전에 우리를 도와주세요, 제발."

야콥 엘러스는 그녀를 찬찬히 훑어보았다. 턱은 뻣뻣하게 경직되었고, 입술은 꾹 다물어졌다. 마음속에서 뭔가 움직임이 있었다. 그는 마침내 한숨을 내쉬더니 목덜미를 주물렀다.

"내가 듣기로는……." 그는 주저하듯이 말문을 열었지만 다시 바로 닫아버렸다. 그는 슬쩍 옆을 살피더니 허리를 폈다. 그때까지 벤치 옆에서 가만히 엎드려 있던 개가 벌떡 일어났다.

"야콥!" 피아의 등 뒤에서 보덴슈타인이 외쳤다.

"아, 올리버!" 엘러스의 얼굴에 안도의 표정이 스쳐 지나갔다. 반면에 피아의 얼굴에는 마지막 순간에 사냥감을 놓쳐버린 사냥꾼의 실망감이 어른거렸다. 두 번 다시 없을 좋은 기회가 있다면 바로 지금이 아니었을까!

***

구조 헬기로 프랑크푸르트의 병원으로 이송할 수 있을 만큼 파울리네의 상태가 안정된 것은 9시 직전이었다. 보덴슈타인, 타리크, 피아는 헬리콥터가 프로펠러를 돌리며 풀밭에서 이륙하는 모습을 지켜보았다. 헬리콥터는 공중으로 높이 날아올라 방향을 틀더니 나무 꼭대기 위로 사라졌다. 파울리네의 부모는 보덴슈타인의 연락을 받고 벌써 병원으로 달려가는 중이었다. 응급의사와 구조대원들은 짐을 챙겨 자리를 떠났다. 파울리네의 목숨을 구하기 위해 최선을 다한 만큼 이제 남은 건 희망뿐이었다.

크뢰거의 감시반이 도착했다. 그들은 흰 전신작업복을 입고 감정을 배제한 채 정밀 조사에 들어갔다. 숲 가장자리의 승마 시설에서 끝나는 좁은 아스팔트 도로 위에서는 말 두 마리가 전기 울타리 안에서 궁금한 듯 귀를 쫑긋 세우고 바깥쪽을 내다보고 있었다. 밖이 이렇게 정신없이 소란스러웠던 적은 아마 처음일 것이다.

"너희가 말을 할 수 있으면 얼마나 좋을까!" 피아는 말들에게서 동료들 쪽으로 몸을 돌렸다. "무슨 일이 있었는지 같이 한번 생각해봐요. 파울리네는 왜 하필 이 초지에 쓰러져 있었을까요? 이 장소에 무슨 특별한 의미가 있는 걸까요, 아니면 우연히 선택된 걸까요?"

이른 아침의 분홍빛 햇살 속에서 보덴슈타인의 회색 머리는 평소보다 더 짙어 보였다. 눈 밑에는 거무스름한 다크서클까지 있었다. 지쳐 보였다. 그래서 피아는 방금 전에 야콥 엘러스와의 대화를 중단시킨 일을 비난하려다가 말았다.

"어째서 저런 기습 공격을 받았을까?" 보덴슈타인이 물었다.

"파울리네가 뭔가를 알고 있었기 때문입니다." 타리크가 답했다. "파울리네는 저한테 메시지를 보내서 우리가 관심을 가질 만한 뭔가를 전해주고 싶다고 했어요."

"그게 언제였지?"

"토요일 밤이요. 일요일 아침에야 메시지를 읽고 답장을 보냈는데, 파울리네는 읽지 않았어요."

"파울리네는 금요일에 부모 집에 있었어요." 피아가 말했다. "우리가 거기 들르기 직전이었죠. 제 생각엔 파울리네가 적외선카메라 영상에서 엘리아스를 알아본 게 분명해요. 그 뒤 어떤 식으로건 이 일에 연루되어 저 지경이 될 정도로 누군가를 화나게 한 것 같아요."

"그럼 왜 살려두었을까?" 보덴슈타인이 주위를 돌아보았다. "만일 범인이 토요일 밤에 공격했다면 일요일 하루 동안 파울리네를 살해하고 일을 마무리할 시간은 충분했어."

"혹시 아는 사이라서 망설였던 게 아닐까요?" 피아가 추정했다. "그래서 어차피 이대로 둬도 죽을 거라고 생각했을 수도 있고요."

"페터 레싱을 염두에 두고 얘기하는 건가?"

"엘리아스일 수도 있고요. 어젯밤 니케 하벌란트한테 전화해서 지금 차를 갖고 있다고 했거든요."

"그게 파울리네의 차다?"

"가능하죠."

"하지만 왜요?" 타리크가 물었다. "파울리네가 엘리아스나 그 아버지에게 위험이 될 만한 걸 뭘 알고 있었을까요?"

"백만 불짜리 질문이야!" 피아가 답했다. "그래서 파울리네의 휴대전화를 빨리 찾아야 해. 엘리아스도. 어쩐지 난 그 애가 뭔가를 알고 있다는 느낌이 들어."

승마장 사람들 말로는 수상쩍어 보이는 것은 보지도 듣지도 못했다고 했다. 보덴슈타인, 타리크, 피아는 차를 타고 운동 시설이 있는 곳으로 되돌아갔다. 거기서 차를 세우고 밖으로 나와 교차로에 섰다. 여기서부터 한 도로는 산 위쪽으로 테니스 시설과 숲 가장자리, 마법의 산으로 연결됐다. 그 길 쪽으로 테니스장을 에워싼 높은 철조망과 녹색 방풍망이 보였다. 불과 열 시간 전에 피아와 타리크가 레싱 부인을 만난 곳이었다. 다른 길은 루퍼츠하인 스포츠협회의 운동장을 지나 승마 시설과 승마장, 숲 방향으로 이어진 직선길이었다. 운동 시설과 시민회관 사이의 세 번째 아스팔트길은 언덕 아래 모형비행기 비행장으로 이어졌다. 이 길은 약 1킬로미터 앞에서 들길 두 곳으로 나뉘었다. 네 번째 길은 시민회관 아래쪽으로 달려가다가 U자 모양으로 루퍼츠하인으로 되돌아가는데, 이 길을 따라가면 폐수처리장과 잉카 한젠의 말 병원이 나왔다. 그 중간엔 산딸기 덤불과 나무들에 의해 간간이 끊긴 이 지역 특유의 과수원들이 있었다. 요컨대 이 일대는 한눈에 조망하기가 어려워 여기 지리를 잘 아는 사람이 남의 눈에 띄지 않고 움직이기 용이해 보였다. 특히 야간에는.

"킴은 헤롤트 모자와 신부를 죽인 사람이 아르투어도 살해했을 거라고 확신하고 있어요." 피아가 걸음을 멈추었다. "원칙적으론 저도 같은 생각이지만, 아르투어가 어떻게 죽었는지 확인되기 전까지는 당시의 어떤 아이에게 목숨을 잃었다고 단정 짓고 싶진 않아요. 지금은 50대 중반의 남자겠지만."

"그게 아니면?" 보덴슈타인이 그녀를 유심히 바라보았다.

"모르겠어요." 피아는 한숨을 내쉬었다. "직감으론 그게 맞지 않는 것 같은데 증명할 수는 없어요. 아르투어와 여우를 묘지에 넣은 사람은 분명 어른이었을 거예요. 지금은 50대 중반이 아닌 60대 중반 이상 되는."

"예를 들면 레오 켈러처럼." 보덴슈타인이 말했다.

"네, 예를 들자면요." 피아는 고개를 끄덕였다. "우리는 레오가 로지 헤롤트의 정부일 거라고 추론해왔습니다. 어쨌든 카이가 현재 우리의 사정권에 드는 사람들을 추려내고 있어요. 주민센터 자료를 보면 당시 루퍼츠하인에 누구누구 살았는지 확인이 가능하죠. 하지만 루퍼츠하인으로 한정해서는 안 돼요. 범인은 슈나이트하인, 에펜하인, 피시바흐, 쾨니히슈타인에 살았을 수도 있으니까요. 슬픈 일이기는 하지만 이번 파울리네 공격 사건이 어쩌면 마을 사람들의 입을 열게 할지도 몰라요. 다만 우리는 그 사람들이 희생양을 찾아낸 뒤 무리를 지어 불법적으로 복수를 하지 않도록 조심해야겠죠."

"당신 말이 맞을 것 같아." 보덴슈타인은 입술을 동그랗게 모아 내밀었다. "그럼 이제 우린 어떻게 할까?"

"가능한 한 빨리 기자회견을 열어야 해요." 피아는 이렇게 대답하더니 승마 시설 방향의 도로에 쳐진 출입금지선 방향으로 고개를 돌렸다. 그 뒤엔 호기심 가득한 주민들과 발 빠른 기자들이 벌써 모여 있었다. "파울리네에 대한 공격은 언론의 관심을 끌 거예요. 살아나지 못할 경우엔 더 많은 신문에 대서특필되겠죠."

그녀가 턱을 문질렀다.

"일단 우린 주민들에게 경종을 울려야 하고, 아르투어를 좋아하지 않았던 반장님의 옛 동창들과 레오 켈러를 만나봐야 해요. 그것만 해도 할 일이 산더미네요."

"난 클레멘스의 사진들을 내 부모님께 갖다드리려고 해. 사진 속 인물들이 누군지는 나보다 훨씬 더 잘 아실 거야." 보덴슈타인이 제안했다.

"좋은 생각이에요. 카이한테 사진을 출력해서 두 분께 보내드리라고 할게요."

"그 밖에 난 잉카도 만나봐야 해."

"그건 왜요?"

보덴슈타인은 잠시 망설이더니 재킷 안주머니에서 사진 한 장을 꺼내 피아에게 건넸다. 약간 누렇게 변색된 흑백사진이었다. 순간적인 장면을 포착한 이 사진에는 카메라를 의식하지 않고 길들인 여우와 놀고 있는 아이들의 모습이 담겨 있었다.

"언제 찍은 거예요?"

"무슨 일 때문에 저렇게 모였는지는 기억나지 않지만, 아마 시기는 1972년 초여름이었을 거야. 여기 이게 빌란트와 나야. 여긴 지모네, 잉카, 아르투어고. 갑자기 이 사진이 기억나서 부모님 집의 다락을 뒤지다가 이게 붙어 있는 앨범을 찾아냈지."

피아는 실눈을 뜨고 사진을 살펴보았다. 금발의 아르투어가 여우와 노는 장면이었다. 막시는 아르투어의 무릎에 등을 대고 누워 권투하듯이 앞발로 툭툭 아르투어의 두 손을 치고 있었다. 두 소녀는 그런 그를 지켜보고 있었다.

"한 장이 더 있어." 보덴슈타인이 다른 사진을 꺼냈다. "몇 초 뒤에 찍은 거야."

원래는 사진 찍는 사람이 앞쪽의 아이들을 찍은 건데 그 뒤로 배경이 뚜렷이 보였다. 흑발의 소녀는 고개를 돌려 카메라 앵글 밖에서 진행 중인 뭔가를 보고 있었고, 아르투어도 바닥에서 일어나 다른 어딘가로 눈길을 주고 있었다. 그런데 금발 소녀는 자신에게 이를 드러낸 여우의 옆구리를 발로 걷어차고 있었다. 눈은 착각할 수 있지만, 찰나의 순간을 포착한 사진은 거짓말을 하지 않는다.

"질투를 하는 것처럼 보이네요." 피아가 놀라서 확인했다.

"내가 보기에도 그래." 보덴슈타인이 고개를 끄덕였다. "그 점에 대해 잉카와 얘기해보려고."

***

프랑크푸르트 산업재해 전문병원은 프리트베르거 국도 변에 있었는데, 661번 고속도로에서 멀지 않았다. 본관 옥상에는 파울리네 라이헨바흐를 실은 구조 헬기가 서 있었다. 타리크는 처음엔 주민들을 탐문하라는 피아의 지시에 항의했지만 결국 그 결정을 받아들였다. 대신 피아는 셈에게 함께 가자고 부탁했다. 파울리네의 부모를 만나야 했다. 그것도 파울리네가 아직 살아 있고, 기억이 생생한 지금이 가장 좋았다. 피아와 셈은 병원에서 여기저기 묻고 물어 대기실을 찾았고, 거기엔 좋은 소식이건 나쁜 소식이건 뭔가 소식이 오기만을 목을 빼고 기다리는 파울리네의 가족이 있었다.

"우리 좀 내버려두고 제발 가세요!" 피아와 셈이 대기실에 들어가 신분을 말하자 지모네 라이헨바흐가 소리쳤다. 환한 금발로 염색한 커트머리에 뚱뚱한 중년 여자였다. 까만 사각형 뿔테 안경의 두꺼운 안경알 뒤로 분노와 두려움이 이글거렸다. "우리 딸이 지금 생사를 다투고 있어요! 그런 한가한 질문에 대답할 정신이 없다고요!"

"지금 심정이 어떨지는 충분히 이해합니다, 라이헨바흐 부인." 피아가 말했다. "저희도 이 상황에서 이런 질문을 던지는 것이 정말 죄송하고 곤혹스럽습니다. 하지만 부인의 따님을 저 지경으로 만든 자는 찾아야 하지 않겠습니까?"

"아, 그래서 헤롤트 모자와 신부님을 죽인 범인은 찾아냈어요?" 지모네가 코웃음을 쳤다. "먼저 그 일이나 신경 쓰세요!"

"우리는 세 사람을 죽인 살인자가 부인 딸도 죽이려 했다고 생각하고 있습니다."

"뭐, 뭐라고요?" 지모네 라이헨바흐는 몸이 굳어버렸다. "누가 그랬는지 안다는 거예요?"

"아뇨, 아직은요. 하지만 파울리네가 알아낸 것 같아요. 그 때문에 살인자가 입을 닫게 하려고 저지른 짓일 테고요."

지모네 라이헨바흐의 동그란 얼굴이 백짓장처럼 하얘졌다. 그녀는 손에 들고 있던 휴지를 자기도 모르게 쥐어뜯고 있었다.

남편은 창가에 서서 돌처럼 굳은 얼굴로 주차장을 내려다보고 있었다. 파울리네의 언니 오빠인 브리타와 콜린은 반대편에 앉아 있었다. 충격에 빠져 어쩔 줄 모르는 표정으로.

"파울리네를 마지막으로 본 게 언제였나요?" 셈이 물었다.

"토요일이요." 지모네가 대답했다. "전화를 했어요. 아니, 잠시 들렀어요. 요양원으로요. 제가…… 저녁놀 요양원의 원장인 건 아시죠?"

셈은 고개를 끄덕였다.

"젤그로스 할인마트의 회원카드를 빌려 달라고 했어요. 같은 과 친구의 파티에 필요한 물건을 몇 가지 산다면서요. 로냐와 함께요."

"로냐요?"

"파울리네와 가장 친한 애예요. 산림감독관의 딸 로냐 카프타이나요. 유치원 때부터 친하게 지냈죠."

"만났을 때 파울리네는 어때 보였나요? 신경이 좀 날카로워 보였다든지, 아니면 좀 불안해 보였다든지……."

"아뇨, 절대로." 파울리네의 엄마는 세차게 고개를 저었다. "평상시와 같았어요. 파울리네는…… 용감하고 씩씩해요. 아무것도 무서워하지 않는 아이예요."

"파울리네는 부모님과 같이 사나요?" 피아가 물었다.

"아뇨. 1년 전에 독립했어요. 대학 근처 칼바흐의 셰어하우스에요. 생물학을 전공하는데, 제 일은 제가 알아서 잘해 나가는 아이였어요.

그래서…… 우리도 별로 신경을 쓰지 않았죠. 가끔 며칠씩 전화를 하지 않을 때도요." 찢어진 휴지 조각이 그녀의 손에서 하늘하늘 바닥으로 떨어졌다. "자기가 하는 일에 대해서는 우리한테 별로 말을 하지 않아요."

"관심을 안 보이니까 그렇지." 파울리네의 언니가 처음으로 입을 열었다. "엄마 아빠는 자기들 일밖에 관심이 없잖아!"

"그렇지 않아!" 엄마가 반박했다. 그러나 어조는 죄책감이 느껴질 정도로 방어적이었다.

"아니, 맞아!" 언니 브리타는 동생과 정반대로 생겼다. 몸은 말랐고, 인중이 짧아 말을 할 때마다 잇몸이 드러났다. 회색 정장과 뒤로 바짝 묶은 잿빛 금발 때문에 실제보다 나이가 더 들어 보였다. "엄마 아빠는 파울리네에 대해 전혀 모르잖아!"

"그러는 너는?" 엄마가 냉소적으로 대꾸했다. "웃기지도 않는구나! 가족한테는 관심도 없는 애가!"

"엄마 아빠는 포기했으니까." 브리타가 받아쳤다. "그건 우리 형제자매가 다 그래. 엄마 아빠한테는 어떤 말도 하고 싶지 않아. 어차피 듣지도 않고, 우리야 어떻게 되든 신경도 안 쓰니까!" 언니는 몸을 내밀었다. 목에 붉은 반점이 있었다. "파울리네와 나는 최소한 일주일에 한 번은 통화해. 가끔은 더 자주 전화하고 정기적으로 만나기도 해. 그래서 난 예를 들어 파울리네가 엘리아스를 걱정하고 돕고 싶어 한다는 것도 알아. 하지만 엘리아스가 어디 있는지 말하거나 말해주려는 사람이 없었대. 엘리아스 부모도 입을 꾹 다물었고, 엘리아스도 물방앗간에 나타나지 않았대."

"여동생과 마지막으로 통화한 게 언제였나요?" 엄마와 딸이 더 싸우기 전에 피아가 중간에 끼어들었다.

"지난주였어요. 정확히 언젠지는 기억나지 않지만." 브리타가 대답했다. "이웃집의 엘리아스가 누군가를 죽여서 경찰에 수배중이라고 했어요. 물론 걔는 그 사실을 믿으려 하지 않았고요. 파울리네는 가끔 너무 순진해요. 항상 사람들의 좋은 점만 봐요. 누구도 그렇게 생각하지 않을 때도요."

"예를 들어?"

"예를 들어 엘리아스와 그 사이코 가족에 대해 그래요." 브리타는 씩씩거렸다. "그 사람들은 하나같이 제정신이 아니에요. 하지만 파울리네는 사람을 비롯해 세상의 모든 것을 나름대로 변호하고, 세상의 모든 배척받은 사람과 좌절한 사람들을 동정해요."

언니의 목소리가 떨리더니 갑자기 두 뺨을 타고 눈물이 흘러내렸다.

"파울리네는 제가 아는 사람들 중에서 가장 너그럽고 이타적인 애예요. 동생의 이상주의와 힘을 늘 감탄스러워했죠. 걔는 저와 걔를 아는 모든 사람에게 마치…… 환하게 빛나는 별과 같은 존재예요. 만일…… 그런 애가 죽는다면……."

언니는 두 손에 얼굴을 묻고 흐느꼈다. 부모는 꼼짝도 하지 않았다. 심지어 아버지는 한 번도 등을 돌리지 않았다. 남동생만 누나를 팔로 감싸고 위로했다. 그녀가 그런 동생에게 머리를 기댔다. 이 집도 온전한 가족이 아니군! 피아의 냉정한 판단이었다. 그녀는 파울리네의 부모에게 아르투어 이야기를 꺼낼까 잠시 고민하다가 그만두었다. 지금은 적절한 순간이 아니었다. 브리타 라이헨바흐의 말이 그녀의 의심을 확인시켜주었으니 일단은 그것으로 충분했다. 파울리네는 위험한 진실을 뒤쫓고 있었던 것이다.

***

피아와 셈이 대기실을 나갔을 때 복도 맞은편에서 예순쯤 된 짧은 백발의 호리호리한 여자가 걸어왔다.

"저 사람이 여긴 어쩐 일이지?" 셈이 중얼거렸다.

"누군데?" 피아가 물었다.

"로제마리 헤롤트의 주치의요. 반장님과 내가 로지의 시신을 발견한 날 저녁에 요양원에서 만났어요."

"나도 본 적이 있어." 피아는 이름을 기억하지 못해 애를 먹을 때가 많았지만, 얼굴은 쉽게 잊지 않았다. 특히 한번 유심히 본 얼굴은 절대 잊지 않았다. 저 여자는 어제 저녁 테니스 클럽에서 야콥 엘러스 옆에 앉아 있었다. 엘러스가 헨리에테 레싱을 안고 난 다음 곧바로 어깨를 감쌌던 그 여자였다. "여긴 무슨 일로 왔는지 물어보자고."

피아는 신분증을 꺼내며 여의사의 앞을 가로막았다.

"실례합니다. 잠시 얘기 좀 나눌 수 있을까요?"

여자의 시선이 처음에는 피아의 얼굴로, 다음엔 코앞의 신분증으로 향했다.

"무슨 일 때문에 그러시죠?" 여의사는 언짢은 듯했다.

"어제 저녁에 테니스 클럽에도 있지 않으셨나요?" 피아가 물었다.

"네, 그랬죠." 그녀가 눈썹을 추켜들었다. "그건 왜요?"

피부를 보니 여자는 삶의 많은 시간을 햇빛 쏟아지는 테니스장에서 보낸 게 틀림없었다. 검게 그을린 가죽 같은 피부는 피부 관리 측면에선 재앙에 가까웠다.

"로제마리 헤롤트의 주치의시죠, 바제도프 박사님?" 셈이 물었다. "금요일 저녁에 요양원에서 만난 것 같은데."

"맞아요." 여의사의 얼굴이 더 찌푸려졌다.

"여긴 무슨 일로 오셨습니까?"

"난 라이헨바흐 가족의 주치의이자 친구이기도 해요." 그녀의 하늘색 눈에는 불신의 빛이 역력했다. "누가 전화로 파울리네에게 무슨 일이 일어났는지 알려줘서 달려왔어요. 도울 일이 있으면 좀 돕고, 지모네의 상태도 보려고요."

"아하. 전화는 누가 했나요?"

"파트리치아 엘러스요." 여의사가 건조하게 웃었다. "이렇게 작은 지역에서는 소문이 빨리 돌죠. 특히 좋은 소문보다는 나쁜 소문이 더 빨리."

"오랫동안 라이헨바흐 가족의 주치의셨나요?"

"네. 레싱 박사의 병원을 넘겨받은 뒤로요." 바제도프 박사가 대답했다. "그러고 보니 벌써 30년이 다 돼 가네요."

"긴 시간이네요. 그럼 루퍼츠하인 사람 중엔 모르는 사람이 없겠군요?"

"그렇다고 할 수 있죠." 박사는 살짝 쓴웃음을 지었다. "루퍼츠하인 사람들 때문에 고생도 좀 했지만요. 그 사람들은 처음엔 여자 의사한테 진료 받는 걸 꺼려했어요. 그래서 초창기엔 애를 많이 먹었죠."

"그건 저도 잘 압니다." 피아가 입꼬리를 살짝 올리며 웃었다. "여자 형사도 크게 다르지 않거든요. 예전에 순찰차를 타고 다닐 때 사람들이 저를 보면 '진짜' 경찰은 언제 오냐고 묻곤 했어요. 자존심이 무척 상하는 일이었죠."

"그건 저도 그랬어요." 여의사가 미소를 지었다. 이제 장애물은 제거되었다.

"박사님의 전임자는 레싱 가족의 일원이었죠?" 피아가 물었다. "라이헨바흐의 이웃 말이에요."

"네. 페터의 아버지인 레싱 박사가 그전에 병원을 운영하셨죠." 바제도프 박사가 확인해주었다.

"의사에겐 환자에 대해 말해선 안 된다는 침묵의 의무가 있다는 건 알고 있습니다. 하지만 엘리아스가 누군지는 알고 계시죠?"

"당연하죠." 바제도프 박사가 이마를 찡그렸다. "그건 왜 물어보시죠?"

"파울리네도 엘리아스와 잘 아는 사이예요. 언니한테 방금 들었는데 파울리네가 엘리아스를 걱정하고 도우려 했다는군요. 우린 엘리아스가 파울리네의 피습과 관련됐을 수도 있다고 봐요."

"어떻게 그런 생각을 하시게 됐죠?" 여의사의 그을린 갈색 피부가 몇 톤 정도 환해졌다.

"지난주 목요일 숲친구 캠핑장에 갔을 때 파울리네가 적외선카메라에 찍힌 영상을 보여줬어요. 거기 한 남자가 흐릿하게 찍혔는데, 제 생각에는 그게 누군지 파울리네는 즉시 알아본 것 같아요. 엘리아스였던 거죠. 파울리네는 바로 그날 엘리아스의 부모를 찾아갔지만, 우리한테는 그 사실을 딱 잡아뗐어요. 페터 레싱과 마찬가지로요. 왜 그랬을까요? 파울리네는 뭘 알고 있었을까요? 레싱 부부와는 무슨 이야기를 나누었을까요? 파울리네의 입을 다물게 해야 할 사람은 누구였을까요? 엘리아스요? 파울리네가 경찰에 신고할지 모르니까? 아니면 엘리아스의 아버지? 아들을 보호하려고? 혹은 자신을 보호하려고?"

"그게 다 무슨 말이에요?" 바제도프 박사가 피아를 유심히 바라보았다.

"토요일 밤에 파울리네가 제 동료한테 메시지를 보냈어요." 피아가 말을 이어갔다. "우리가 관심을 가질 만한 것을 갖고 있다면서 직접 전해주겠다고 했어요. 제 동료가 답장을 보냈지만 더 이상 답이 없었어요. 엘리아스의 누나 말로는 그가 폭력 성향이 강하다고 하더군요. 옛날에 공사 중인 건물에서 누나를 창문에서 밀어 중상을 입힐 정도로요."

여의사의 눈에 근심스런 빛이 어른거렸다.

"무슨 말씀인지 알겠습니다." 그녀가 말했다. "실제로 제가 많은 것을 말씀드릴 수는 없습니다. 그래서도 안 되고요. 다만 한 가지 말씀을 드리자면 레싱 가족이 하는 말은 조심해서 받아들여야 할 겁니다."

"아하!"

레나테 바제도프 박사가 시계를 보았다.

"한 시쯤에 제 병원으로 오세요. 루퍼츠하인에 있는 마법의 산 아시죠?"

"네, 압니다."

"가능하면 혼자 오세요." 여의사가 목소리를 낮추더니 슬쩍 셈에게로 시선을 던졌다. "개인적으로 남자 형사 분이 부담스러워서 그런 게 아니라, 그보다는 형사님이 경찰 신분이 아닌 환자로 찾아오는 것처럼 하는 게 좋을 것 같아서요."

그녀는 이 말을 끝으로 라이헨바흐 가족이 파울리네의 수술 결과를 기다리는 대기실로 사라졌다.

"무슨 말인지 알아들었어?" 피아가 동료에게 물었다.

"완전히 이해되지는 않아요." 셈이 시인했다. "하지만 저 분이 뭔가 두려워한다는 인상은 받았어요. 하긴 그럴 만도 하죠. 자기 환자들이 차례로 살해되고 있으니 나라도 기분이 썩 좋지는 않을 것 같네요."

***

"범행에 사용된 무기가 발견됐습니다. 피해자가 쓰러져 있던 곳에서 불과 몇 미터 떨어진 덤불에서요." 휴게실 책상에 놓인 한 전화기 스피커에서 크리스티안 크뢰거의 목소리가 흘러나왔다. "피해자의 피와 머리카락이 묻은 쇠지레였습니다. 거기서 지문을 채취해 퀵스캔으로 분석했는데, 지문인식시스템에서 신원을 확인했습니다."

"내가 맞춰볼게." 피아가 말했다. "엘리아스 레싱."

"땡! 지문의 주인공은 랄프 엘러스입니다."

젠장. 피아는 엘리아스가 파울리네를 공격했을 거라고 거의 확신하고 있었다. 그랬다면 웬만큼 앞뒤가 맞아떨어졌을 뿐 아니라 엘리아스가 전화로 니케에게 언급한 자동차 부분도 설명되었을 것이다.

"랄프 엘러스?" 보덴슈타인이 당황한 표정으로 고개를 들었다.

"그 사람의 지문이 왜 우리 지문인식시스템에 저장되어 있지?" 피아가 물었다.

"아쉽게도 그건 나도 모르겠네요." 크뢰거가 말했다.

"제가 알아볼게요." 옆 책상에 있던 카이가 말했다.

피아는 보덴슈타인에게 병원에서 있었던 라이헨바흐 가족과의 대화와 바제도프 박사와의 만남에 대해 보고했다. 비록 그 대화로 많은 것을 알아내지는 못했지만, 어쨌든 이제는 파울리네의 친한 친구 이름과 그녀가 독립해서 대학 근처 칼바흐에 산다는 사실 정도는 알게 되었다.

"바제도프 박사가 레싱 가족에 대해 원래는 의사로서 해선 안 될 말을 해주려고 한다는 느낌을 받았어요." 피아는 여의사의 경고가 떠올랐다. "가족 전체가 좀 이상해요. 뭔가 숨기는 게 있는 것 같아요.

그게 뭔지 점점 궁금해지는데요."

"그 말을 들으니까 깜박 잊은 게 생각났어. 1972년 당시 쾨니히슈타인의 파출소장은 페터 레싱의 외삼촌이었어. 프랑크푸르트에서 강력반 형사들을 부르기까지 닷새를 끈 장본인이지. 하지만 이제는 만나서 왜 그랬냐고 물어볼 수도 없어. 그 사건이 있고 1년 뒤 아주 이상한 사고로 죽었다니까."

피아는 랄프 엘러스의 이름을 들으면서 자신이 아는 이 동네의 친인척 관계를 모두 떠올려보았지만 도저히 감이 잡히지 않았다.

"랄프 엘러스는 또 누구예요?" 그녀가 보덴슈타인에게 물었다. "반장님 동창 아니었나요?"

"맞아. 오늘 아침 파울리네를 발견한 야콥의 동생이기도 하고. 엘러스 집안의 골칫거리지. 로지의 딸 소냐와 결혼했다가 얼마 뒤 바로 이혼했어."

피아는 얼마 전에 소냐가 랄프와 결혼했다가 이혼했다는 카이의 보고에 보덴슈타인이 보인 이상한 반응이 떠올라 그 점에 대해 물었다.

"나는 그 사실을 몰랐거든. 실은 그 얘길 듣고…… 뭐랄까, 음…… 상당히 놀랐지."

"왜요?"

"랄프는…… 뭐라고 표현해야 좋을지 모르겠군." 보덴슈타인은 마뜩지 않은 듯 고개를 저었다. "어릴 때 난 사실 그 친구가 무서웠어. 완전히 종잡을 수 없는 친구였거든. 장난을 치건 사람을 괴롭히건 이젠 그만해야 한다는 걸 몰랐어."

"좀 더 자세히 말씀해주시죠." 피아는 조바심이 났다. 보덴슈타인은 예전 이야기만 나오면 정확한 말을 피했고, 넌지시 암시를 하거나 뻔한 말만 하고 넘어갔다.

"나는 랄프에 대한 공포가 있었어. 그 친구도 그걸 알고 있었고. 어떤 날은 아주 친한 것처럼 굴다가 바로 다음 날엔 남들 앞에서 웃음거리로 만들어버리고는 낄낄거리곤 했지. 어른들한테는 문제될 것이 없었어. 그 친구가 나쁜 짓을 할 거라고는 아무도 믿지 않았으니까. 그만큼 영악한 애였어."

"말씀 중에 죄송한데 잠시 드릴 말이 있습니다." 카이가 그들 대화를 중단시켰다. "방금 휴대전화 통신사에서 엘리아스 레싱의 이동 경로를 보내왔어요. 지난주에 주로 머문 곳은 두 송신탑 사이의 한 지역입니다. 좌표로 확인해보니 에펜하인, 루퍼츠하인, 슐로스보른 사이의 삼각지역이더군요. 지도상으로는 주로 숲 속입니다. 거기에 건물은 딱 하나 있어요. 오래된 물방앗간이요."

"거긴 내가 알아." 보덴슈타인이 얼굴을 찡그리며 말했다. "거기 누가 사는지도 알고. 딱 맞아떨어지는군."

"뭐가요?" 피아가 물었다.

"하젠뮐레 물방앗간은 랄프 엘러스 거야."

"파울리네의 언니도 좀 전에 물방앗간 얘기를 하지 않았어요?" 셈이 끼어들었다.

"맞아." 피아는 기억을 더듬었다. "엘리아스가 오래전부터 물방앗간에도 나타나지 않았다고 했어."

"랄프 엘러스는 전과가 꽤 화려하네요." 카이가 말했다. "중상해죄가 여러 건에다 마약법 위반, 가택침입, 기물파괴, 사기, 장물죄까지 있어요. 상해로 1년간 복역했고요. 파울리네는 랄프 엘러스와 꽤 잘아는 사이처럼 보여요. 페이스북, 인스타그램, 트위터에서 적극적으로 활동하고 개인 블로그도 운영하고 있어요. 주로 자연보호와 관련한 내용이에요. 그런데 남자들의 SNS에 파울리네의 사진이 상당히 많아요. 나이 든 남자를 좋아하는 것 같아요. 특히 랄프 엘러스를요."

"랄프는 나랑 나이가 같아." 보덴슈타인이 혐오스럽게 툭 던졌다. "파울리네는 끽해야 스물다섯이고."

"하지만 나이에 비해 상당히 멋있는데요!" 카이는 모니터 화면상의 사진들을 차례로 내려 보았다. "밝히는 아저씨라기보다는 슈가 대디(sugar daddy) 같은 인상이에요."

"그래, 나는 밝히는 아저씨처럼 생겨서 미안하군. 랄프와 같은 나이인데도."

"출발하자고요!" 피아는 벽에 걸린 시계를 쳐다보았다. 두 시간 후엔 바제도프 박사의 병원에 도착해야 했다. "일단 반장님의 옛 친구부터 만나봐요."

***

"조금 천천히 가." 보덴슈타인이 조수석에서 말했다. "여기 어딘가에서 왼쪽으로 들어갈 거야. 그래, 저 앞이네!"

피아는 깜빡이를 켜고 자갈 깔린 숲길로 핸들을 꺾었다. 순찰차 한 대가 그 뒤를 따랐다. 그들은 작은 구덩이가 많고 낙엽으로 뒤덮인 길을 덜컹거리며 나아갔다. 길은 숲 한가운데를 관통해 산 아래 질버바흐탈 계곡 쪽으로 가파르게 이어졌다. 굽은 길을 지나자 퇴락한 건물들이 나타났다. 망가진 나무문이 경첩에 비스듬히 걸려 있고, 한때 건물을 에워쌌을 담장에는 기둥 두 개만 남아 있었다. 피아가 차를 세웠다.

"제대로 찾아온 거 맞아요? 이런 곳에 사람이 살 것 같지는 않은데요."

"여기 맞아. 하젠뮐레 물방앗간이 틀림없어." 보덴슈타인은 장담했다. "예전에는 여기가 숲 가장자리였는데, 그사이 수십 년 동안 사람이 살지 않으면서 숲이 이곳을 완전히 집어삼켰어."

"여긴 정말 두 번 다시 오고 싶지 않네요." 피아가 말했다. "으스스해요."

"며칠 전 야콥한테 들은 말인데, 자기 동생이 얼마 전에 이 물방앗간을 사들여 수리하고 있다고 했어. 그런데 일이 별로 진척되지 않은 것 같군."

국도변에 좀 더 위치가 좋은 곳에 있는 슐로스보른 물방앗간 두 곳은 몇 년 전에 새 주인을 맞아 복구가 시작되면서 아주 멋진 곳으로 탈바꿈했다. 그런데 예전에는 주변의 어떤 곳들보다 크고 당당했던 이 물방앗간은 그런 운이 따르지 않은 듯했다. 한여름에도 여기 계곡 아래쪽으로는 햇빛이 거의 들지 않았고, 살림집과 물방앗간 건물, 창고로 이루어진 이 쇠락한 앙상블은 주변의 키 큰 침엽수들로 인해 더더욱 섬뜩한 분위기를 풍겼다. 집 앞에는 낡은 진청색 볼보 한 대가 트렁크를 열어둔 채 서 있었다. 보덴슈타인과 피아, 두 명의 정복 경찰관은 마당으로 들어가 주위를 둘러보았다. 건물 공사는 실제로 시작되었던 것 같지만, 언제부턴가 건물주가 흥미를 잃었거나 돈이 빠듯해졌는지 공사는 중단된 상태였다. 마당에는 그 흔적으로 모래와 자갈, 건축용 자재가 쌓여 있었다. 하지만 이미 곳곳에 잡초가 무성했다. 비계가 여기저기 세워져 있었고, 널빤지 위의 벽돌에는 이끼가 끼었으며, 시멘트 포대 사이에는 녹슨 시멘트믹서기가 처량하게 방치되어 있었고, 층층이 쌓인 썩은 낙엽들 밑에는 쓰레기들이 썩어가고 있었다.

"이런 돼지우리는 오랫동안 본 적이 없어요." 피아가 혐오스럽게 말했다. "어떻게 이런 시궁창에서 살 수가 있죠?"

"여긴 분명 쥐들이 있겠군." 보덴슈타인은 인상을 찡그렸다.

"그럴 것 같네요." 피아가 맞장구를 쳤다. 보덴슈타인은 쥐를 극도로 싫어한다. 그녀의 시선이 볼보로 향했다. "어쨌든 개는 한 마리 사네요. 여러 마리일지도 모르지만."

볼보의 뒷좌석은 접혀 있었고, 짐칸에는 개털이 잔뜩 묻은 지저분한 담요가 깔려 있었다.

"고양이를 키우면 더 좋을 텐데. 난 쥐가 싫어." 보덴슈타인은 자동차 옆에 서서 뻔뻔한 쥐가 쓰레기더미에서 코를 내밀 경우를 대비해 언제든 도망치려고 준비하고 있었다.

"그렇게 가만있지만 마시고 슈가 대디가 집에 있는지 보러 가요." 피아가 조바심을 냈다.

그녀는 출입문 쪽으로 향했다. 문에는 빛바랜 플라스틱 화환이 걸려 있었지만, 그렇다고 이 황량한 쓰레기 구덩이를 사람이 살 만한 곳으로 비치게 하지는 못했다. 계단 두 개에는 신발과 장화가 여러 켤레 놓여 있었고, 계단 앞에는 재활용쓰레기를 담은 노란색 봉투와 일반쓰레기 봉투가 한 무더기 쌓여 있었다. 보덴슈타인은 시선을 바닥에서 떼지 않고 그녀를 뒤따랐다.

"그래도 쓰레기 분리는 하고 사나 보네요." 피아가 비웃듯이 말했다.

초인종이 없어서 그녀는 초록색 칠이 거의 벗겨진 나무문을 힘차게 두드렸다. 반응이 없었다.

"자네들은 여기 있게." 보덴슈타인이 정복 경찰 두 명에게 지시했다. "우린 집 주위를 좀 둘러보고 올 테니까."

집 벽의 캐노피 아래에는 가스통이 서른 개쯤 놓여 있었다. 일부는 낡고 녹슬었지만, 일부는 새것처럼 반짝거렸다. 그 옆에는 20리터들이 금속 벤진 통들이 늘어서 있었다.

"이거 보셨죠?" 피아가 중얼거렸다.

"물론이지." 보덴슈타인은 휴대전화로 증거 사진을 찍어 카이 오스터만에게 전송했다.

집 뒤편에는 넓은 마당이 또 있었다. 앞마당과 마찬가지로 돌보지 않고 방치된 상태였다. 콘크리트는 곳곳이 갈라졌고, 그 틈새로 잡초와 나무뿌리가 무성히 자라나 있었다. 물레방아가 없어진 쇠락한 물방앗간 건물 옆에는 세월의 무게가 얹힌 커다란 목조 창고가 붙어 있었는데, 입구의 날개문은 잠겨 있었다. 창고 벽에는 더 많은 가스통이 철망 박스 안에 놓여 있었다. 벤진 통도 보였다. 큰 가문비나무들 때문에 햇빛이 들어오지 않아 마당은 음습하고 희미한 빛에 잠겨 있었다. 시냇물 흐르는 소리가 들렸고, 발전기 한 대가 요란하게 돌아갔다.

그때였다. 갑자기 개들이 사납게 짖어댔다. 보덴슈타인은 깜짝 놀라 움찔했다. 하지만 개들은 다행히 집 뒤편의 안전한 철망 개집에 갇혀 있었다. 핏불 테리어 두 마리, 뾰족한 귀와 하늘색 눈을 가진 불그스름한 잿빛 개 두 마리였다. 짖는 개들은 핏불 테리어였고, 다른 두 마리는 가만히 서 있기만 했다.

창고 옆문이 열리더니 한 남자가 나왔다. 30년 넘게 만나지 못했지만 보덴슈타인은 그를 바로 알아보았다. 금발이 회색으로 변하고 나이에 어울리지 않게 요즘 유행하는 뾰족한 턱수염을 기른 것만 빼면 예전의 랄프 그대로였다.

"야, 너희 둘 조용히 안 해!" 그가 핏불 테리어에게 소리쳤다. 그러자 개들은 바로 입을 닫고는 꼬리를 흔들며 펄쩍펄쩍 뛰었다. "손님들한테 상냥하게 굴어야지!"

"우와!" 피아의 입에서 자기도 모르게 감탄사가 튀어나왔다. "리처드 기어네!"

"리처드 기어가 아니라 랄프 엘러스야." 보덴슈타인이 시큰둥하게 받아쳤다.

남자가 깜짝 놀라 몸을 홱 돌렸다.

"여긴 사유지요!" 그가 퉁명스럽게 말했다. "당장 떠나지 않으면 개들을 풀 겁니다!"

"잘 있었나, 랄프." 보덴슈타인이 말했다. "오랜만의 만남치고 인사가 별로 상냥하지 않군."

남자가 눈을 가늘게 떴다.

"올리버?" 그가 가까이 다가왔다. 어깨까지 내려오는 은회색 머리, 햇볕에 그을린 얼굴, 웃을 때 생기는 눈가의 자잘한 주름. 물 빠진 청바지와 몸에 착 달라붙는 흰색 티셔츠를 입고 있었는데, 운동으로 다져진 몸매가 그대로 드러났다. 랄프는 활력이 넘치고 스포티했으며, 긴 은발 머리만 빼면 누구도 50대 중반이라고 믿지 않을 것 같았다. 파울리네 같은 젊은 아가씨들에게 매력적으로 비치는 것도 놀랍지 않았다.

"진짜네! 올리버 폰 보덴슈타인!" 랄프가 소리쳤다. 하지만 반가움보다는 당혹스러움에 더 가까운 외침이었다. "이게 얼마만이야!"

보덴슈타인은 친근한 인사에 화답하는 대신 피아부터 소개했다.

"안녕하세요, 엘러스 씨." 피아가 신분증을 내보였지만, 그는 본 척도 안 했다.

"안으로 들어가지. 낯선 사람을 보면 개들이 흥분하거든." 그는 억지로 웃으려고 했지만 뭔가 불편한 구석을 감추지 못했다.

"이 많은 가스통들은 어디에 쓰는 거죠?" 피아가 물었다.

"무슨 가스통이요?" 랄프는 잠시 당황하더니 이내 미소를 지었다. "아, 저거요! 저건 내 게 아니라 나한테서 이 창고를 빌린 사람들 거요."

"어떤 사람들인데?" 보덴슈타인이 물었다. "저걸로 뭘 하는데?"

"터키 사람 몇한테 창고를 임대해줬어. 월세도 잘 내고 있고. 저 안에서 터키 사탕 같은 걸 만드나 봐. 근데 그게 법적으로 무슨 문제가 있어?"

보건 당국은 분명 이 공장의 위생 상태에 대해 문제 삼을 게 많겠지만, 보덴슈타인은 거기에 관심이 없었다. 세 건의 살인 사건이 우선이었다.

"지난 며칠 사이 세 사람이 살해된 소식은 알고 계시죠?" 피아가 물었다.

"알아요. 이런 음침한 계곡에 사는 내 귀에까지도 들어왔으니까." 랄프는 여전히 미소를 짓고 있었다. "그게 나와 무슨 상관이오?"

"오늘 아침 루퍼츠하인에서 젊은 여성이 중상을 입은 채 발견되었어요." 피아가 말했다. "범행 무기에서 당신의 지문이 확인되었고요."

"뭐요?" 랄프는 얼른 보덴슈타인에게 시선을 돌렸다. "지금 농담하는 거지?"

"아니."

"그래? 내가 누구한테 중상을 입혔는데?" 그의 미소가 뻣뻣하게 굳더니 두 눈에 분노의 빛이 일었다.

"파울리네 라이헨바흐."

"뭐?" 랄프의 눈이 커졌다. 미소는 사라지고, 얼굴에서는 경악스럽고 믿을 수 없다는 표정이 피어올랐다. "파울리네라고? 오 세상에! 파울리네는…… 여기 왔었어. 그래서……."

"그래서 뭐요?" 피아가 날카롭게 물었다.

"오, 우리 파울리네!" 랄프는 정말 충격을 받은 듯했다. "지금 상태는 어때요? 무슨 일이 있었던 거요?"

남자친구로서의 걱정일까, 아니면 피해자가 죽은 것으로 믿는 살인자의 사후 관심일까? 보덴슈타인은 랄프를 유심히 관찰하면서 그의 태도가 진짜인지 가짜인지 숙고했다. 녀석은 어릴 때부터 뛰어난 연기자였다. 그것도 '순진무구한 역할'에 딱 맞는 연기자였다.

"그건 우리가 당신한테 들어야 하지 않을까요?"

"나한테 듣다니? 뭘?" 랄프는 이해할 수 없다는 듯이 피아를 응시하더니 이내 안색이 확 바뀌었다. "지금 날 의심하는 거요? 말도 안 되는 소리요! 내가 대체 왜 파울리네한테 그런 짓을 해요?"

"의견 차이 때문일 수도 있고, 젊은 애인이 원하는 게 당신과 달랐을 수도 있겠죠."

"젊은 애인? 과장하지 말아요!"

"파울리네하고 연인 관계가 아닌가요?"

"연인 관계?" 랄프는 고개를 저었다. "물론 섹스를 몇 번 한 적은 있소. 그건 맞아요. 하지만 그런 관계는 아니오! 여기선 모두 사랑을 나눠요. 우린 그래요."

"누가 누구하고 사랑을 나누죠?" 피아가 캐물었다. "그 '우리'는 누구죠? 당신과 당신을 대단하게 생각하는 젊은 여자들인가요?"

"당신이 뭘 안다고 그래요!" 랄프가 받아쳤다.

"그래요. 당신의 놀이 상대가 미성년자가 아닌 한 나도 관심이 없어요." 피아가 건조하게 대답했다. "토요일 저녁 아홉 시에서 자정 사이에 어디 있었죠?"

"설마 진심으로 묻는 건 아니죠?"

"그럴 리가요. 범행 무기에서 당신 지문이 나왔어요." 피아는 아랑곳하지 않고 파고들었다. "전과 기록을 보니 당신은 물리적 폭력을 쓰는 경향이 있더군요. 일단 파울리네 라이헨바흐를 공격해 중상을 입힌 혐의로 당신을 체포하겠습니다. 만일 부상 여파로 파울리네가 죽는다면 살인죄가 되겠죠."

"올리버!" 랄프가 도움을 청하려고 보덴슈타인에게 몸을 돌리더니 부탁하듯이 두 손을 올렸다. 얼굴에는 이해를 구하는 겸손한 미소가 어려 있었다. "설마 진심으로 그런 생각을 하는 건 아니지? 파울리네는 내 대녀야! 내가 세례반 위로 걔를 들어 올렸다고! 걔한테는 절대 나쁜 짓을 할 수가 없어! 그래, 내가 전과가 있는 건 맞아. 하지만 젊었을 때 일이야. 내가 어리석었지. 항상 너무 충동적이었던 게 문제였어! 일을 저지르고 나면 매번 후회했어. 하지만 몇 년 전부터는 벌 받을 짓은 전혀 하지 않았어!" 그의 눈이 튀어나왔고, 입가엔 거품이 고였다. "나는 변했어, 올리버, 정말이야!"

보덴슈타인은 그의 말에 거의 넘어갈 뻔했지만 랄프의 눈에서 계산속을 알아보았다. 어릴 때 그대로였다. 넘지 말아야 할 선을 알지 못했고, 규칙을 지키지 않았고, 행동의 결과에 무관심한 인간이었다.

"올리버, 부탁이야. 우린 오랫동안 아는 사이잖아!" 랄프는 예전처럼 위기 상황에서 빠져나가려고 온갖 수단을 동원했다. "우린 친구야! 내가 그런 짓을 할 사람이 아니라는 건 너도 알잖아."

"미안해." 보덴슈타인의 대답이었다.

그런데 사실 미안한 마음은 조금도 없었다. 오히려 자신이 느낀 흡족함이 약간 부끄러울 정도였다. 오래전에 잊었다고 믿은 기억들이 터무니없을 정도로 명료하게 밀려들었다. 넌 이제 우리 조직이야. 죽을 때까지. 우리를 배신하면 벌을 받고 죽어야 해. 랄프와 페터가 잊을 만하면 되뇐 이 말로 인해 그는 당시 많은 밤을 뜬눈으로 지새워야 했다. 그들과 어울리지 않고 아르투어와 친하게 지낸 것은 조직에 대한 배신 행위였고, 그리고 그는 그 벌을 받았다. 갑자기 그의 머릿속에서 하나의 추측이 치솟았다. 너무 흥분해서 소름이 돋았다. 하지만 지금은 자신이 묻고 싶은 것을 묻기에 적당한 순간이 아니었다.

정복 경찰 둘이 마당으로 들어서자 피아는 랄프에게 피의자의 권리를 알렸다. 그도 이제는 옛 우정에 호소해봤자 아무 소용이 없음을 깨달았다. 물론 그게 진실한 우정이 아니었음은 그 자신도 잘 알고 있었다. 어쨌든 예전에 사람들이 그에게 사실을 말하라며 몰아세울 때처럼 이번에도 그의 방어기제는 순식간에 공격 모드로 전환되었다.

"파울리네한테 누가 그런 짓을 했는지 알 것 같아." 손목에 수갑이 채워지는 순간 랄프가 말했다.

"지원이 필요하겠네요. 방금 카이가 체포영장과 수색영장을 휴대전화로 보내왔어요." 피아가 보덴슈타인에게 보고했다.

"왜? 여기 뭘 찾을 게 있다고?" 랄프가 끼어들었다. "내가 같이 가서 당신들이 알고 싶어 하는 걸 다 말해주면 되잖아!"

그의 목소리에 처음으로 진짜 걱정하는 어조가 담겨 있었다. 파울리네와는 전혀 상관없는 걱정 같았다.

"이리 오세요." 정복 경찰이 랄프 엘러스에게 요구했다. "갑시다."

"잠깐! 이대론 못 가요!" 랄프는 저항하며 걸음을 멈췄다. "내 개들은 어쩌라고?"

"그건 우리가 알아서 할 겁니다." 피아가 말했다. "개들 이름이 뭐죠?"

"메이데이와 피오나." 랄프가 대답했다. 걱정은 이미 패닉으로 바뀐 상태였다. "내 말 좀 들어봐요, 난……."

"다른 두 마리는요?"

"개들 이름은 몰라요. 엘리아스가 간밤에 데려다놓은 것 같아요."

랄프가 아까 자기 개들을 보고 손님에게 상냥하게 대하라고 한 것은 경찰들이 아니라 그 낯선 개들을 두고 한 말이었다. 그러니까 그는 그전까지 경찰을 보지 못한 것이다. 피아는 재빨리 보덴슈타인에게로 시선을 던졌다.

"엘리아스라고?" 보덴슈타인이 물었다. "페터의 아들?"

"그래." 랄프가 격하게 고개를 끄덕였다. "개는 여기 자주 와. 몇 년 전부터. 집이 견디기 어려울 때마다."

이 말은 거짓말이 아니었다. 엘리아스의 휴대전화 이동 경로로도 증명된 사실인 동시에 레티치아 레싱이 피아와 타리크에게 해준 이야기의 보충 설명이기도 했다. 동생이 혼자 조용히 있고 싶으면 숲으로 가서 며칠씩 집에 들어오지 않는다고 하지 않았던가!

"개를 마지막으로 본 게 언제지?" 보덴슈타인이 물었다.

랄프는 옛 동창에게서 눈을 떼지 않고 빤히 쳐다봤다. 그러더니 목이 뻐근한지 고개를 돌렸다. 얼굴은 무표정했다.

"엘리아스가 마지막으로 여기 온 게 언제였죠?" 피아가 다시 물었다.

"정확히는 모르겠어요. 그냥 제 마음 내키는 대로 왔다가 다시 가거든요. 일일이 나한테 알리는 것도 아니고." 랄프는 어깨를 으쓱했다. "파울리네한테 물어보는 게 가장 빠를 거요. 개를 찾아 사방으로 돌아다녔으니까. 벌써 만났을지도 모르지."

***

피아는 랄프 엘러스를 체포한 뒤 겨우 시간에 맞춰 바제도프 박사의 병원에 도착할 수 있었다. 구리처럼 붉게 염색한 커트머리에 살찐 목덜미에 트라이벌 타투를 한 40대 중반의 억센 간호사가 막 병원 문을 잠그려는 순간이었다. 그녀는 피아에게 눈길도 주지 않고 통명스럽게 말했다. "문 닫았어요. 세 시에 다시 오세요."

"예약했어요." 피아는 간호사가 문을 닫기 전에 얼른 손잡이부터 잡았다.

"왜 이래요?" 땅딸막한 간호사가 피아를 밀치려고 했다. "여기선 그런 식으로 안 통해요!"

"페트라, 괜찮아요." 바제도프 박사가 문가에 나타났다. "환자 한 사람을 중간에 끼워놓은 걸 깜박했어요."

"전 지금 학교로 가서 마르빈을 데려와야 해요." 간호사는 화난 표정으로 피아를 쏘아보았다. 피아 때문에 점심 휴식 시간이 줄어들까 걱정했던 것이다.

"가봐요." 바제도프 박사가 안심시켰다. "혼자 할 테니까."

의사는 간호사가 계단으로 사라질 때까지 기다렸다가 문을 닫고 피아를 진료실로 안내했다.

"자, 앉으세요."

"고맙습니다." 피아는 환자용 의자에 앉았다. "파울리네 상태는 어떻던가요?"

"수술은 잘 끝났어요." 의사가 이렇게 대답하며 책상 앞에 앉았다. "두개골 개방성 골절로 유발된 뇌부종의 압박으로 심각한 손상이 생길 수 있었는데도 마치 두개골 골절이 없었던 것처럼 압력이 심하지 않은 건 불행 중 다행이에요. 현재는 파울리네의 몸이 회복할 수 있도록 인위적인 혼수상태로 두었습니다. 하지만 아직 안심할 수 있는 단계는 아니에요."

레나테 바제도프 박사는 독서용 안경 너머로 피아를 바라보았다. 창문으로 비스듬히 들어오는 햇빛 속에서 금빛 먼지들이 너울너울 춤을 추고 있었다.

"저를 왜 이리로 오라고 하셨죠?" 피아가 침묵을 깨고 물었다.

레나테 바제도프가 피아를 가만히 바라보았다. 두 눈썹이 코 뿌리에 닿을 정도로 미간을 찌푸리면서.

"난 용기를 보여야 할 때 외면한 적이 너무 많았어요. 하지만 이제 그 결과가 두려워졌어요. 내가 잘 아는 세 사람이 살해되었고, 앞날이 창창한 아가씨는 사경을 헤매고 있어요. 이젠 더 이상 여기서 일어난 일들이 나와 아무 상관없는 일처럼 두고만 볼 수 없어요."

그녀의 손가락은 잠시도 가만있지 못하고 안경의 코 브릿지를 만지작거렸다. 무척 긴장한 듯 보였다.

"저 아래 동네 사람들은 대부분 내 환자들이에요. 그중에는 30년 전부터 이 병원을 찾은 사람도 많죠." 의사는 아무 관련이 없어 보이는 말부터 꺼냈다. "그래서 그 사람들의 이름과 질병, 혈연관계에 대해 잘 알아요. 그럼에도 그 사람들을 전혀 모르겠다는 생각이 든 적도 많아요. 나는 여기 토박이들의 눈엔 여전히 이방인이에요. 어릴 때부터 여기 살았는데도요. 우리 부모님은 옛 채석장 터에 집을 지은 첫 세대였어요. 거기 신축 건물이 한창 들어설 때였죠. 나는 대학을 다니느라 이곳을 떠났고, 졸업 후에는 베를린과 프랑크푸르트에서 일했어요. 동료들은 대부분 큰 병원에서 경력을 쌓길 원했지만 나는 아니었어요. 항상 시골 의사가 꿈이었어요. 그래서 어머니한테 레싱 박사가 병원 후임자를 물색한다는 말을 듣고는 바로 루퍼츠하인으로 돌아왔어요."

그녀는 한숨을 쉬었다.

"레싱 가족은 대대로 여기 살았어요. 레싱 박사는 인정받고 존경받는 사람이었어요. 한마디로 이 지역 유지였죠. 그에 비해 난 별로 믿음이 안 가는, 그럭저럭 괜찮은 젊은 여자 의사였을 뿐이었어요. 사람들은 길에서 나를 만나면 웃어주기는 했지만 무시하기 일쑤였죠. 어디가 아파도 나한테 오는 대신 몰래 늙은 레싱 박사한테 가서 조언을 구했어요. 내가 레싱 부부한테 얼마간이라도 병원으로 복귀해 달라고 설득하지 않았다면 아마 반년도 안 돼 병원은 망했을 거예요. 그런데 의사는 레싱 박사였지만, 뒤에서 실권을 쥔 사람은 그의 아내였어요."

"레싱 박사는 왜 병원을 팔았나요? 그렇게 나이가 많았나요?" 피아는 계산을 잘 못했지만, 페터가 보덴슈타인과 동갑이면 1984년 당시 그의 아버지도 아직 은퇴할 나이는 아니었을 것 같았기 때문이다.

"아뇨, 몸이 안 좋았어요. 파킨슨병이었죠." 의사는 짧게 대답하더니 잠시 말을 멈추었다. 이어 다시 입을 열었을 때는 어조가 차분하게 바뀌었다. "그러다 2년 뒤 갑자기 심근경색으로 죽었어요. 막 예순이었죠. 장례식에는 마을 사람이 다 모였지만, 생전에 많은 은덕을 지은 것처럼 보였던 고인의 죽음에 이상하게도 슬퍼하는 사람은 아무도 없었어요. 다들 겉으론 충격을 받은 것처럼 굴었지만 속으론 기뻐했어요. 그때까지 난 사람들이 레싱 박사를 좋아한다고 굳게 믿었는데 실은 정반대였어요. 그를 증오하고 있었던 거죠."

"왜죠?"

"레싱 박사는 이 마을 출신 중에 대학을 졸업하고 박사학위까지 받은 몇 안 되는 사람이었어요. 그래서 자부심이 대단했고 그런 우월함을 드러내는 걸 좋아했죠. 사람 좋은 미소를 지으면서 사람들의 아픈 곳을 인정사정없이 찌르기도 했고요. 한마디로 나쁜 인간이었죠. 아내는 더 나쁜 인간이었어요. 사람들을 이간질하고 불화를 일으키는 걸 누구보다 좋아했거든요. 그래야 꼭 직성이 풀리는 사람 같았어요. 사람들은 그런 부부를 무서워했어요. 레싱 가족 전부를요."

이 마지막 표현에 피아는 귀가 솔깃했다. 보덴슈타인도 페터 레싱에 대해 똑같은 말을 한 적이 있다.

"인간은 근본적으로 선하지 않다는, 인생에서 가장 씁쓰레한 교훈을 배운 게 그때였죠." 의사가 말했다. "옛날에는 너무 순진해서 인간의 선함을 굳게 믿었어요. 그러다 가끔 선량한 얼굴 뒤에 비열함과 이기심의 음험한 심원이 입을 벌리고 있는 것을 봤고, 이후 그런 심원을 수없이 들여다보면서 생각했죠. 더 이상 놀랄 일은 없다고. 하지만 모든 일엔 여전히 더한 것들이 있기 마련이더군요. 차라리 만나지 않는 게 좋았을 사람들이 있어요. 서로에게 가장 나쁜 점만 드러나게 하니까."

그녀의 얼굴에 어두운 그림자가 휙 스치더니 순간적으로 표정이 바뀌면서 아주 오래된 고통이 나타났다. 상심이나 기억이 불러낸 이 고통은 지금까지도 극복되지 않은 듯했다.

"누구를 말씀하시는 건가요?" 피아는 태연함을 유지하기 어려웠음에도 조심스레 물었다.

"내 여동생 얘기예요." 의사는 피아의 아연한 눈길을 피하지 않았다. "불행히도 동생은 페터 레싱한테 빠졌어요. 아무리 말려도 듣지 않고 동거를 시작했죠. 레싱은 내 동생을 아주 함부로 대했어요. 걸핏하면 모욕을 주고 깔아뭉개고, 사람들 앞에서 웃음거리로 만들었죠.

얼마 뒤 동생은 껍데기만 남았어요. 그 뒤 레싱은 헨리에테를 만났고, 내 동생과는 아주 잔인한 방식으로 끝냈어요. 그러고는 크론베르크 성 호텔에서 호화로운 결혼식을 했죠. 동생은 레싱에게 받은 정신적 상처를 끝내 이겨내지 못했어요. 우울증에 걸려 술만 마시다가 결국 자살했죠. 서른여섯 살에."

여기서 그녀는 입을 다물었다. 가슴에 팔짱을 낀 채 멍하니 아랫입술만 깨물었다. 피아는 의사의 말을 조금도 의심하지 않았다. 페터 레싱이 아내를 대할 때의 차가움과 겨우 열 살 때 고양이를 죽인 사실이 떠올랐다.

"엘리아스가 사람을 죽일 수도 있다고 생각하세요?" 피아가 물었다.

"단언컨대 아니라고 말하고 싶지만 그럴 수가 없군요." 의사는 한숨을 깊이 내쉬더니 회전의자에 등을 기댔다. "인간이 궁지에 몰렸을 때 무슨 일까지 할 수 있을지 누가 알겠어요? 엘리아스는 지금껏 어리석은 짓을 많이 했지만, 다른 사람을 고의로 상하게 한 적은 없어요. 다만 성격이 불안정해요."

피아는 그녀의 눈빛에서 환자에 대한 의사의 걱정을 뛰어넘는 무언가를 알아차렸고, 그게 무엇일지 궁금했다. 엘리아스는 바제도프 박사의 마음에 걸리는 존재 같은데, 이유가 뭘까? 그녀가 엘리아스를 특별하게 여길 무슨 관계가 있는 것일까?

"누나 말에 따르면 엘리아스는 여섯 살 때 건축 중인 집에서 누나를 창문에서 밀어버릴 만큼 폭력적인 성향이 있었다고 하던데요."

"난 그 이야기를 조금도 믿지 않았어요. 하지만 딱히 반박할 수는 없었죠. 엘리아스는 어렸을 때 읽기와 쓰기를 못했고, 집중력에도 상당한 문제를 보였어요. 부모는 굉장히 욕심이 많은 사람들이라 초등

학교 때부터 과외를 시켰죠. 엘리아스는 그런 압박감 속에서 이상 행동을 보이기 시작했어요. 부모는 소아과 의사를 믿지 못하고 나한테 아들을 데려와 정신분열증이라고 했어요. 그때가 열네 살 무렵이었죠. 그런데 난 그 애한테서 정신분열 증세를 찾아볼 수가 없었어요. 예전의 소아과 의사한테 물어봤더니, 레싱 부부가 엘리아스를 전문가에게 맡기거나 정신병원으로 보내려고 해서 자기가 거부했다고 하더군요. 내가 소아과 의사와 비슷한 말을 하자 레싱 부부는 화를 내고 욕을 하면서 '그런 쓸데없는 소리'는 두 번 다시 입에 담지 말라고 했어요. 특히 자기들 아들한테는요. 엘리아스는 정신적으로 아픈 애라는 것이 그들의 결론이었죠." 바제도프는 씩씩거렸지만, 화가 나서라기보다는 좌절한 듯했다. "그 뒤로 난 더 이상 아무 말도 하지 않았어요. 페터 레싱은 말에 힘을 실을 줄 아는 사람이었어요."

"나한테도 겁을 주려고 했어요." 피아가 말했다. "가족을 비롯해 주변의 모든 사람을 손아귀에 넣고 지배해야만 직성이 풀리는 통제광 같았어요."

레나테 바제도프는 알 수 없는 눈길로 피아를 지그시 바라보았다. 동의의 눈길일까, 의구심의 표시일까?

"나는 페터와 헨리에테가 아들을 정신병원에 보내려고 한다는 사실을 알고 어이가 없었어요. 그것도 부모로서 자신들의 실패를 감추려고 그렇게 한다니, 정말 말도 안 되는 소리였죠. 어쨌든 부모는 아들을 이 병원 저 병원으로 보냈고, 필요하지도 않은 약을 잔뜩 먹였어요. 아들한테 정말 절실한 것은 사랑과 이해, 인내심이었는데 말이죠. 그 집 아들은 한편으론 과잉보호, 다른 한편으론 과도한 요구의 피해자였어요. 엘리아스는 그에 저항해서 온갖 어리석은 짓을 저질렀어요. 가출을 일삼다가 나중에는 마약에까지 중독됐죠. 내가 어떻게 해볼 도리가 없는 비극이었어요. 내 생각에, 정말 병든 사람은 엘리아스의 누나예요. 레티치아는 상습적인 거짓말쟁이예요. 머리가 비상할 뿐 아니라 사람을 조종하는 능력이 있고, 자기 목적을 위해 수단과 방법을 가리지 않는 아이죠."

"자기 아버지와 똑같군요." 피아는 페터 레싱을 좋아하지 않는 마음을 숨기지 않았다. "엘리아스는 요즘도 좀 아픈 상태인가요, 아니면?"

"내 생각에는 아프지 않아요. 다만 성과에 대한 심리적 압박을 견디지 못하고, 자신이 할 수 있는 유일한 방법으로 거기서 벗어나려 한 거죠." 바제도프 박사가 어깨를 으쓱했다.

"근데 왜 저한테 이런 이야기를 하시죠?"

의사는 몸을 내밀더니 불안하고 간절한 눈빛으로 피아를 응시했다. 몸은 긴장감으로 경직되었고 호흡은 빨라졌다. 뭔가를 알고 있었고, 두려워했다.

"마을에서는 지금 온갖 말들이 떠돌고 있어요. 특히 그 남자아이의 유골이 발견된 뒤로요. 형사님이 그때 일어난 일에 대해 얼마나 알고 있는지는 모르겠어요. 난 그 아이가 실종되었을 당시 열다섯 살이었지만 마을 분위기와 소문을 아직도 생생히 기억……."

그때 병원 문 여는 소리가 들렸다. 동시에 바제도프의 입도 닫혔다. 문이 찰칵 열리더니 마룻바닥 위를 걷는 발소리가 들려왔다. 바제도프는 조심하라는 뜻으로 검지를 입술에 대더니 의자에서 일어났다. 의사의 역할로 돌아가자 몸의 언어도 확 달라졌다.

"엑스레이를 찍어봐야 어깨 상태를 확실히 알 수 있을 것 같네요." 의사가 피아에게 말했다. 목소리는 사무적이고 침착하고 태연했다. "엑스레이 전문의한테 진료 의뢰서를 써줄게요. 무슨 일이에요, 페트라?"

"아뇨, 그냥 제가 다시 왔다는 걸 알려드리려고요, 박사님!" 간호사가 호기심 어린 눈으로 방 안을 슬쩍 둘러보았다.

"알았어요. 고마워요." 의사가 간호사에게 고개를 끄덕여주었다. "왕진에 필요한 서류 좀 꺼내봐요. 로스 부인과 보르네만 씨의 검사 결과도 필요하고요."

바제도프는 직원들을 믿지 않았다. 아니, 아무도 믿지 않는 것 같았다. 양심의 가책에 따른 대가였다. 남들도 자기처럼 뭔가를 숨기고 있다고 생각하기에 아무도 믿을 수가 없었던 것이다.

"네, 바로 준비할게요, 박사님." 붉게 염색한 간호사가 마지막으로 다시 한 번 방을 둘러보더니 문을 닫았다.

"뭘 두려워하시는 거죠?" 피아가 물었다. 바제도프 박사는 대답 없이 급히 책상 서랍을 열더니 두툼한 빛바랜 봉투를 피아 앞에 꺼내놓았다.

"레싱 박사의 사무실에서 발견한 거예요." 그녀가 목소리를 낮추었다. "책상 밑에 압정으로 붙어 있었는데, 뭔가 싶어 열어보았지만 무슨 내용인지는 잘 모르겠더군요. 그 뒤 깜박 잊고 지내다가 로지가 살해된 뒤에야 다시 떠올랐어요. 레싱 박사가 이걸 왜 보관하고 있었는지는 여전히 잘 모르겠지만, 아무튼 당신들한테 도움이 되었으면 좋겠습니다."

"고맙습니다. 무엇보다 저를 믿어주셔서요."

"물어볼 게 있으면 연락 주세요. 내 번호는 알고 계시죠?" 의사가 후딱 손을 내밀고는 진료실을 나갔다. 바깥에서 문소리가 났다. 피아는 재빨리 봉투를 백팩에 집어넣었다. 심장이 격하게 고동치기 시작했다. 드디어 수십 년 동안 안개에 싸여 있던 거짓말과 비밀의 정원을 뚫고 나갈 실마리를 찾았다는 짜릿한 느낌이 들었다.

***

피아는 급히 계단을 내려갔다. 카이에게 부재중 전화가 와 있었지만, 일단 하벌란트 집에 전화를 걸어 엘리아스에게 다시 연락이 왔는지부터 확인했다. 연락은 없었다.

2시 직전이었다. 봉투에 든 내용이 궁금했지만 사무실에 도착하기 전까지는 참기로 했다. 보덴슈타인은 전화를 받지 않아 메일박스로 메시지를 보냈다. 화창한 햇살에도 메를린 레스토랑의 테라스는 비어 있었고, 주차장에도 차는 세 대뿐이었다. 보덴슈타인에게 듣기로, 기자들은 저 아래 마을에 진을 치고 있다고 했다. 그들은 초록숲 술집을 아지트로 삼고 맞은편 포코르니 빵집에 기록적인 매상을 올려 주고 있었다.

선정적인 뉴스거리를 찾는 기자들은 여기 위쪽까지는 아직 올라오지 않았다. 피아는 즉흥적인 생각에 이끌려 레스토랑으로 방향을 바꾸었다. 홀 안의 테이블도 모두 비어 있었다. 파울리네의 피습 소식이 삽시간에 퍼지면서 사람들이 경악과 불안감에 사로잡혀 밖으로 나오지 않고 있었던 것이다. 온 마을이 마비된 느낌이었다.

"어서 와요, 피아!" 주인 반디가 그녀를 보더니 전화기를 치우고 입구 옆의 테이블에서 일어났다. 표정이 어두운 것이 영 안 좋아 보였다. "당신이 오늘 첫 손님이에요. 유일한 손님일지도 모르고. 뭘 드실래요?"

"피자로 줘요. 칼로리 따위는 신경 쓰지 말고……."

"…… 참치, 케이퍼, 청어 토핑 피자?" 그녀의 취향을 아는 반디가 대신 말했다. "음료수는 콜라 라이트?"

"맞아요." 피아는 짧게 웃으며 테이블에 앉았다. 반디가 주방으로 사라지자 그 틈을 타 카이에게 전화를 걸었다. 배에서 꼬르륵거리는 소리가 정적 속에서 크게 울렸다.

"국장님이 방금 여기 왔어요." 그는 누가 들을까 봐 한껏 목소리를 죽여 말했다. "엥엘 과장님과 함께 휴게실에서 죽치고 있어요. 선배가 돌아오기만을 기다리면서."

"고마워, 카이. 뭐 좀 먹고 바로 갈게." 압박감이 커졌다. 피아는 지금껏 비스바덴 수사국장을 사진으로만 봤고, 인터넷 공문으로만 접촉했을 뿐이다. 10년 동안 여기서 근무하면서 수사국장이 직접 호프하임 경찰서를 방문한 적은 단 한 번도 없었다. 왜 왔을까? 보덴슈타인의 후임을 결정하기 전에 그녀를 만나보고, 그녀가 첫 사건을 어떻게 풀어가고 있는지 확인하려고? 지금까지의 결과를 물으면 뭐라고 대답하지? "반장님과 셈한테서 새로 들어온 소식은 없어?"

"반장님은 랄프 엘러스의 심문을 위해 전문가를 부르려고 해요. 참, 물방앗간 창고에서 소규모로 대마초를 키우는 것이 발견됐어요. 조명과 난방, 살수 시설을 비롯해 그 밖에 필요한 걸 다 갖추고 있었대요. 크리스티안 팀은 벌써 현장에 도착했고, 마약반도 지금 그리 달려가는 중이에요."

"음, 엘러스가 가스통과 벤진을 어디다 썼는지 이제야 알 것 같군." 피아는 고개를 저었다. "사탕 같은 걸 만드는 터키인 몇 명한테 창고를 빌려줬다는 얘기는 완전 뻥이었군."

"대마초를 사탕으로 본다면 딱히 거짓말은 아니죠." 카이가 재미있어 했다. "그럼, 이따 봐요."

반디가 주방에서 나와 콜라 라이트를 건넸다.

"파울리네 일은 정말 끔찍해요." 반디가 맞은편에 앉으며 말했다. "난 파울리네를 어릴 때부터 봐왔어요. 대학에 들어가기 전에는 여기서 한동안 서빙도 했고. 대체 누가 그런 짓을 했죠?"

"우리도 빨리 찾으려고 해요." 피아는 콜라를 몇 모금 마시고는 인도인을 살펴보았다. 여기 주민들보다 루퍼츠하인 사람들을 더 잘 아는 인물이었다. "파울리네를 마지막으로 본 게 언제였어요?"

"그렇게 오래되지 않았어요." 반디는 이마에 주름을 잡고 골똘히 생각하더니 이내 표정이 환해졌다. "토요일? 맞아요, 토요일 정오 무렵이었어요. 에시보른의 젤그로스 마트 주차장에서. 젊은 친구들 몇 명과 같이 있었는데, 잔뜩 장을 봤더라고요."

그의 말은 조금 전 지모네 라이헨바흐의 말과 일치했다.

"그 젊은 친구들 중에서 아는 사람 있던가요?"

"얼굴만 알아요. 같은 자연보호연맹 친구들이죠. 파울리네랑 여기 몇 번 같이 왔어요. 참, 한 아가씨는 알아요. 빌란트의 딸."

"산림감독관의 딸?"

"맞아요."

"그게 정확하게 몇 시였죠?"

"점심 장사 전이었어요. 우리 가게에 물건을 대는 사람들이 소고기 퓌레를 깜박 잊는 바람에 그걸 사러 갔었거든요. 그러니까 열두 시 전이었어요."

"고마워요. 도움이 되겠네요."

둘은 잠시 말이 없었다. 주방에서 떠드는 소리가 묵직하게 새어나왔다. 파리 한 마리가 왱 소리를 내며 유리창으로 날아갔다.

"집사람 말로는 오늘 유치원도 중간에 문을 닫았대요." 반디가 침울하게 말했다. "그래서 부모들이 아이들을 유치원에서 데려와야 했다나 봐요. 나도 가게 문을 닫아야 할지 모르겠어요. 어차피 외식하러 오는 사람도 없을 테니까."

"마을 사람들은 뭐래요? 그런 얘기는 늘 빠삭하시잖아요. 안 그래요?"

"다들 불안에 떨고 있죠." 반디는 고개를 흔들었다. "다음 차례가 자기일 수도 있다고 생각하니까."

"당신은요? 당신도 무서워요?"

주인은 멈칫하더니 어깨를 으쓱했다.

"그럼요. 나도 무섭죠. 내가 사람들을 많이 안다는 건 모르는 사람이 없어요. 그렇다면 살인자는 내가 뭔가 아는 게 있다고 생각할 수도 있어요. 실은 아는 게 전혀 없는데." 그는 앞으로 몸을 약간 내밀며 목소리를 낮추었다. "당신이 우리 가게에 들렀다 나가는 것만 봐도 충분히 그런 의심을 하겠죠. 무슨 말인지 이해하겠어요?"

"네, 알아요." 피아는 고개를 끄덕였다. 불신과 불안이 사람들 속에서 급속도로 위험한 편집증으로 바뀌고 있었다. 그렇다면 불안이 분노로 돌변해서 사람들이 희생양을 찾아 나서기까지는 그리 오래 걸리지 않을 수도 있었다.

"난 가족을 친척 집에 보낼 생각을 하고 있어요." 반디의 말이었다. "여기 일이 모두 끝날 때까지."

피자가 나왔다. 피아는 포장을 부탁한 뒤 계산을 하고 레스토랑을 나왔다.

가족을 피신시킬 생각을 하는 사람은 분명 이 레스토랑 주인 하나만이 아닐 것 같았다. 마을 전체가 집단 노이로제를 앓고 있었다. 피아는 그런 사람들을 나쁘게 생각하지 않았다. 이번 사건은 사람들이 잠시 공포에 떨다가 다시 아무 일도 없었다는 듯이 일상으로 돌아가는, 술이나 질투심으로 인해 종종 발생하는 충동 범죄가 아니기 때문이다. 노인과 어린 아가씨까지 서슴없이 죽이는 누군가가 계획적으로 일을 벌이고 있었다. 그리고 그 누군가는 그들 중 하나였다.

***

수사국장이 기다리고 있었음에도 피아는 산림감독관의 딸 로냐 카프타이나를 만나려고 길을 돌아갔다. 숲 가운데의 보덴슈타인 농장에서 멀지 않은 산림감독관 관사 앞에는 차가 여러 대 세워져 있었다. 피아도 아는 기자들의 얼굴이 한둘 눈에 띄었다.

"내일 기자회견이 있을 겁니다!" 피아는 파울리네의 상태와 수사 상황을 묻는 질문 세례에 짧게 대답하고 현관문으로 걸어갔다. 문이 조심스럽게 살짝 열렸다. 피아가 가지색 커트머리의 귀염성 있는 부인에게 신분증을 보여주자 부인은 문을 열며 피아를 안으로 들였다.

"벌써 몇 시간째 저러고들 있어요." 마들렌 카프타이나가 하소연을 했다. "로냐가 파울리네와 친한 걸 어떻게 알았을까요?"

"기자들도 페이스북을 하니까요." 피아가 답했다. "요즘은 누가 누구와 친한지 알아내는 건 일도 아닙니다. 따님과 이야기를 좀 나누고 싶은데, 집에 있나요?"

"네, 부엌에 있어요. 함께 가시죠." 카프타이나 부인이 고개를 끄덕였다. "페이스북을 비롯해 온갖 인터넷 잡동사니를 당장 그만두라고 형사님이 조용히 얘기 좀 해주세요. 딸애가 쓸데없는 것들을 인터넷에 바로바로 올리는 일로 우린 계속 싸우고 있어요. 내가 보기에 그건 정말 경솔한 행동 같아요. 자기가 지금 어디 있고, 뭘 하고 있는지 모두가 알게 되잖아요!"

피아의 우려대로 로냐는 노트북을 펴고 식탁에 앉아 절친에 대한 걱정을 페이스북과 인스타그램, 트위터로 알리느라 바빴다.

"전 정말 이해할 수가 없어요." 피아가 파울리네를 마지막으로 본 게 언제냐고 묻자마자 로냐는 울먹이기 시작했다. "너무 끔찍해요! 하지만 사람들이 달달한 댓글을 달아주고 있어요. 여기 좀 보세요! 파울리네를 위해 기도합시다! 이런 댓글을 보면 어느 정도 위로가 돼요."

로냐는 소리를 내어 코를 훌쩍거리더니 피아가 화면을 볼 수 있게 노트북을 살짝 돌렸다. 파울리네의 페이스북 사이트가 보였다.

"인터넷에서 자꾸 이렇게 억측을 부추기면 우리 일이 점점 더 어려워져요." 피아는 이렇게 말하고는 타리크에게 파울리네의 사이트를 잠정 폐쇄하라고 부탁해야겠다고 생각했다.

유치원 때부터 파울리네와 친하게 지내온 로냐는 충격이 컸음에도 피아의 질문에 성실하게 대답하려 애썼다. 지난 토요일엔 실제로 젤그로스 마트에서 한 친구의 생일 파티에 필요한 물건을 구입했고, 그날 저녁 긴하임에 있는 그 친구의 부모님 농장에서 파티를 열었다. 그런데 늦어도 9시 반까지는 오겠다던 파울리네가 그 시각이 지나도 나타나지 않았다. 로냐는 왓츠앱으로 파울리네에게 여러 차례 메시지를 보냈고, 파울리네에게 답장을 한 번 받았다. 하지만 11시가 돼도 오지 않자 로냐는 휴대전화로 몇 번 전화를 걸었다. 처음엔 자동응답기 소리가 들리더니 나중에는 아예 연결조차 되지 않았다. 로냐는 피아에게 파울리네와의 마지막 왓츠앱 채팅 내용을 보여주었다.

곧 끝나. 이제 숲속의 세상을 구하는 일만 남았어. 파울리네는 이렇게 쓴 뒤 이모티콘을 몇 개 덧붙였다.

"무슨 뜻으로 이런 말을 했는지는 모르겠어요." 로냐는 옆의 코

너 벤치에 놓인 각티슈에서 휴지 한 장을 꺼내 코를 풀었다. "하지만 파울리네한테 딱 어울리는 말 같기는 해요. 헬퍼신드롬(helper syndrome)으로 똘똘 뭉친 애거든요. 오죽했으면 우리가 항상 장난으로 타우누스의 마더 테레사라고 불렀겠어요?"

파울리네와 랄프의 관계를 묻자 로냐는 즉답을 피하다가 피아가 일어나 부엌문을 닫자 그제야 입을 열었다.

"물방앗간에 모여서 뭘 해요?" 피아가 물었다. "히피 모임 비슷한 건가요? 다들 한 모금씩 빨고, 누군가는 시타르를 치고, 랄프 삼촌은 구루처럼 앉아 있고? 그러다 기분이 고조되면 당신들 병아리 중에서 하나를 간택하나요?"

로냐는 얼굴이 빨개졌다.

"다들 랄프 삼촌을 왜 그렇게 나쁘게만 얘기하는지 모르겠어요." 그녀가 반항적으로 말했다. "삼촌은 완전 괜찮은 사람이에요. 갈 데가 없으면 누구든 삼촌 집에서 잘 수 있어요. 게다가 거긴 늘 시끌벅적해요."

"랄프와 파울리네는 연인 사이예요?"

"뭐 그렇게 얘기할 수도······." 로냐가 시인했다. "하지만 고정은 아니에요. 게다가 사랑보다는 뭐랄까······ 동정심에 가까운 사이일 거예요."

"동정심?" 피아가 믿기지 않는다는 듯이 되물었다.

"그래요. 삼촌은 외롭잖아요." 로냐는 어깨를 으쓱했다. "그리고 파울리네는 마음이 약한 애고."

피아는 고개를 저었다. 스물다섯 살짜리 아가씨의 애정이 동정심에서 비롯되었다는 걸 알면 랄프 엘러스는 상당히 자존심이 상할 것 같았다.

로냐의 말에 따르면 파울리네는 대마초 재배와 아무 관련이 없을 거라고 했다. 파울리네는 마약을 무척 싫어한다는 것이다. 지금까지 로냐는 흐느끼느라 말을 중단할 때가 많았지만 그래도 피아의 질문에 망설임 없이 대답했는데, 엘리아스 얘기가 나오자 말을 아꼈다.

"예전에 파울리네는 차를 몰고 가다가 급정거를 한 적이 있어요. 두꺼비를 보고 무사히 길 건너편으로 데려다주기 위해서였죠." 로냐가 말했다. "제 생각엔 엘리아스도 개에겐 그런 두꺼비가 아니었나 싶어요."

피아는 유익한 정보를 줘서 고맙다고 인사한 뒤 다음부터는 SNS에 좀 더 신중하게 글을 올렸으면 좋겠다고 당부하고 그 집을 나왔다. 자동차에 돌아와 앉자 휴대전화로 이메일이 도착했다는 메시지가 떴다. 헤닝이 보낸 아르투어 베르야코프의 잠정적 유골 부검 결과였다. 피아는 피시바흐에서 빨간 신호등에 멈추어 섰을 때 첨부 파일을 열어 첫 문장을 읽고는 바로 전남편에게 전화를 걸었다.

"'페리모르탈'이 뭐야?" 그녀는 인사도 없이 곧장 용건을 얘기했다.

"페리모르탈은 한 개인의 직접적인 죽음과 관련해서 시간적으로, 그러니까 사망 직전과 사망 도중, 또는 직후에 나타난 부상을 의미해." 그는 처음엔 법의학적인 용어를 섞어 강의투로 설명하다가 나중엔 이해하기 쉬운 말로 바꾸어 설명했다. "해골은 보존 상태가 아주 좋고, 묘지로 옮겨진 뒤 계속 같은 자리에 있었던 것으로 보여. 피해자는 복합 골절을 당했는데, 가골(골절 후에 새로 생성되는 골조직_역주) 생성과 같은 골조직의 생체 반응은 확인되지 않았어. 그 말은 곧 사망하기 직전에 골절이 있었다는 뜻인데, 내 견해로는 비동시적으로 발생한 상이한 원인이 있었던 것 같아. 오른손목 골절과 팔꿈치 및 아래팔뼈 골절, 오른발목과 발꿈치뼈에 골절이 있는 것으로 보아 조금 높은 곳에서 추락했을 가능성이 커. 팔과 손의 그런 골절은 바닥에 떨어질 때 충격을 완화하려는 과정에서 발생하는 전형적인 골절이거든. 반면에 양쪽 넓적다리뼈의 거의 비슷한 위치에 생긴 분쇄 골절을 보면, 피해자가 바로 눕거나 엎드린 상태에서 자동차에 치였을 거라는 추측이 가능해."

"자동차에 치였다고?" 피아는 손가락 끝으로 오른쪽 관자놀이를 문질렀다. 머리가 지끈지끈 아파왔다. "그럼 교통사고로 죽었다는 거야?"

"피아, 부탁인데, 그 애가 고의든 실수든 자동차에 치였을 거라는 건 단순 추측일 뿐이야. 난 당신처럼 그렇게 쉽게 단정 지을 수가 없어."

피아는 한동안 아무 말도 않고 들은 이야기를 정리해보았다. 아르투어가 살해된 게 아니라면 어떻게 되지? 어떻게 죽었든 그게 차이가 있을까?

"보잘것없는 견해지만 그래도 내 추측을 듣고 싶다면 얘기해줄 수는 있어. 추측이라는 말 명심하고." 헤닝이 말했다.

"알았어. 해봐." 헤닝이 자신의 추측을 입 밖에 내는 것은 무척 드문 일이었다. 그만큼 더욱 흥미로울 수밖에 없었다. 그것도 법의학자의 전문적인 관점이 아닌가! 피아는 아스피린을 찾아 조수석에 놓인 백팩을 뒤적거렸다.

"피해자는 다친 상태였어. 아마 거의 움직일 수 없었을 거야." 헤닝이 헛기침을 했다. "내가 이런 식의 추측을 좋아하지 않는다는 건 당신도 잘 알겠지만, 그래도 당시 상황을 떠올려보자면 피해자는 남의 도움을 받으려고 어떻게든 도로로 나왔을 거야. 그런데 차에 치인 거지. 당신 뭘 그리 뒤적거려? 내 말 듣고 있어?"

"당연히 듣고 있지. 두통약 찾고 있었어."

"당신은 물을 많이 마셔야 돼."

"네, 네, 어르신." 피아는 두통약을 꺼내 포장 팩에서 한 알을 꾹 눌렀다. 한눈으로는 도로를 응시하면서. "잠이 부족해서 그래."

"그러면 이 말밖에 할 말이 없네. 그러게 직업 선택을 잘하라니까." 헤닝이 건조하게 말했다. 피아는 물도 없이 알약을 그냥 삼켰다. "함께 있던 동물의 뼈는 명백하게 불페스 불페스 속(屬)의 여우야. 우리가 일반적으로 여우라고 부르는 붉은여우를 가리키지. 나는 여우 뼈를 조사하면서 동물 전문가의 도움을 받았는데, 여우가 목 골절을 당했고 그 여파로 죽었을 가능성이 크다는 데 의견 일치를 보았어. 다만 이 여우도 몇 군데 갈비뼈 골절과 두개골 골절이 있었어."

피아는 자기도 모르게 보덴슈타인이 보여준 사진이 떠올랐다. 당시 잉카 한젠은 고의로 여우를 찼을까, 아니면 여우가 공격을 하려고 해서 막았던 것뿐일까?

피아는 헤닝에게 감사의 인사를 전한 뒤 전화를 끊었다. 어쩌면 모든 게 그녀의 생각보다 훨씬 단순했을지 모른다. 로지 헤롤트는 실수로 아르투어를 치었고, 아이가 숨을 쉬지 않는 걸 보고 무서워서 시신을 감추었다. 경찰에 연락을 했다가는 술을 마시고 운전한 것이 걱정됐을 수도 있었다. 아무튼 아르투어는 차에 치였을 때 그대로 숨졌을까? 다리만 치고 지나갔다면 꼭 죽었다고 볼 수는 없었다. 로지는 혼자서 그 무거운 석판을 어떻게 들어 올렸을까? 연락을 받고 달려온 남편이 도와주었을까? 아니면 다른 누군가가 있었을까? 죽은 여우는 왜 함께 묻었을까? 42년이 지난 뒤에도 세 사람을 잔인하게 살해할 만큼 절박하게 진실을 감추려고 한 사람은 누구였을까? 그게 뭐가 그리 의미가 있다고? 아니면 뭔가 의미가 있을까? 피아는 한숨을 토해냈다. 세 건의 살인 사건과 한 건의 상해 사건은 서로 연관이 있을 수도, 없을 수도 있었다. 추측과 비밀이 갈피를 잡기 힘들 정도로 복잡하게 뒤엉켜 있었다. 또 다른 인명 피해가 생기는 실수를 범하지 않으면서 이 난마처럼 얽힌 상황을 어떻게 풀 수 있을까?

***

사정을 모르니 답답해 미칠 것 같았다. 파울리네는 왜 그렇게 철석같이 약속해놓고 니케에게 가지 않은 것일까? 그래도 오늘 아침 니케와 통화는 했다. 아주 짧은 시간이었지만. 그런데 말하는 게 좀 이상했다. 평소와 달랐다. 낯설었다. 어쩐지 이상한 느낌이 들었다. 그는 바트 조덴으로 가 차를 세워놓고 개들과 조깅하는 척하며 그녀의 부모 집을 지나갔다. 혹시 지나치듯 그녀를 볼 수 있지 않을까 하는 희망 때문이었다. 그런데 창가에는 니케 대신 낯선 여자가 서 있었다. 하벌란트 집의 진입로에도 비스바덴 번호판을 단 수상쩍은 느낌의 차가 두 대 서 있었다. 그런 차는 짭새들만 타고 다녔다. 그렇다면 창가의 여자는 경찰이었다. 그녀는 거리를 내려다보았지만 그를 알아보지 못했다. 짧은 머리에 안경까지 썼으니 알아보지 못한 것은 당연했다. 어쨌든 짭새들은 그가 니케 집에 나타날 것으로 예상하고 있었다. 그렇다면 경찰이 니케의 휴대전화를 감청할 거라는 그의 의심은 적중했다. 백 퍼센트였다. 문득 니케가 비겁하게 경찰과 짜고 자신을 유인하려 한 것에 대한 실망감이 치솟았다. 아냐, 그랬을 리가 없어. 짭새들과 부모의 강요 때문에 어쩔 수 없이 그랬을 거야!

그런데 정말 이해가 안 되는 건 파울리네는 왜 그렇게 확실하게 약속해놓고 니케에게 편지를 전해주지 않았느냐는 것이다. 자신의 스마트폰은 어떻게 됐을까? 휴대전화를 짭새들한테 갖다 주자고 파울리네가 먼저 제안했고, 그는 그런 그녀의 진심을 믿었다. 엘리아스는 개들을 물방앗간에 도로 데려다놓고, 차로 이 지역을 몇 시간씩 돌아다니며 파울리네를 찾아보았지만 허사였다. 그녀는 부모 집에도 자기 집에도 없었다. 심지어 휴대전화도 꺼놓았다. 그의 마지막 희망은 랄프였다. 랄프는 늘 모르는 것이 없었다.

엘리아스가 루퍼츠하인에서 숲을 지나 하젠밀레 물방앗간으로 방향을 틀려고 막 깜빡이를 켜려는 순간 맞은편에서 경찰차 두 대가 오더니 그가 가려고 했던 숲길로 꺾었다. 그는 너무 놀라 심장이 요동쳤다. 패닉에 빠져 갑자기 액셀을 밟지 않으려고 안간힘을 썼다. 자신을 잡으러 물방앗간으로 가는 것일까? 랄프가 경찰에 분 것일까?

이제 어디로 가야 한단 말인가? 유일한 피신처는 숲친구 캠핑장이었다. 펠리치타스는 당연히 몹시 뿔이 나 있겠지만, 그렇다고 길길이 날뛰면서 그를 내쫓지는 않을 것이다. 그가 말벗이라도 돼주고, 그래서 이 숲속에 혼자 있지 않게 된 것을 오히려 기뻐하는 사람이었다. 그녀도 그처럼 불쌍한 처지였다.

그는 슐로스보른을 지나 글라스휘텐 방향으로 달리다가 8번 국도로 방향을 틀었고, 10분 뒤 숲친구 캠핑장으로 올라가는 길에 들어섰다. 머릿속으로는 미리 펠리치타스에게 변명할 말을 생각해두었다. 일단은 그녀가 미친 듯이 날뛰게 내버려둔 뒤 그다음 정말 후회하고 반성하는 태도를 보일 생각이었다. 그러면 항상 먹혔다. 다정한 말 몇 마디면 늘 달군 프라이팬의 버터처럼 마음이 녹아버리는 사람이었다. 그는 차고에 랜드로버를 넣어둔 뒤 백팩을 들고 집으로 향했다. 그런데 문이 조금 열려 있는 것을 보고 살짝 당혹스러웠다. 그녀가 창문이 없는 2층 욕실에서 빠져나올 수 있었을까? 이제야 그는 양심의 가책을 느꼈다. 원래 생각보다 훨씬 오래 나가 있으면서도 펠리치타스가 어떤 상황일지는 까맣게 잊고 있었던 것이다.

"저 왔어요!" 그가 소리쳤다.

위에서는 아무 움직임이 없었다. 그는 백팩을 바닥에 내려놓고 부엌 쪽을 들여다보았다. 아무도 없었다. 식탁 위에는 코르크마개가 그대로 꽂혀 있는 와인 오프너가 놓여 있었다. 그렇다면 욕실에서 빠져나온 것이 분명했다. 양심의 가책이 조금 덜어지는 느낌이었다. 그녀는 지금 술에 취해 침대에 누워 있을 가능성이 매우 높았다. 그는 욕실 문을 열고 바지부터 내렸다. 소변이 급했던 것이다. 그런데 팔꿈치로 전등 스위치를 누르는 순간 그대로 굳어버렸다. 심장 박동도 멈추었다. 뇌는 눈앞의 광경을 이해하길 거부했다. 어떤 소리가 들렸다. 질식할 것 같은 신음소리였다. 몇 초 뒤에야 그는 그게 자신의 입에서 나온 소리임을 깨달았다. 쇠망치로 가슴을 크게 한 대 얻어맞은 것처럼 심장이 다시 격렬하게 뛰기 시작했다. 경악으로 식은땀이 흘렀고, 위산이 식도를 타고 올라왔다.

"이게 뭐야!" 그는 손으로 입을 막고 비틀거리며 복도로 나와서는 간신히 밖으로 나가 웩웩 구토를 했다. 피가 거꾸로 솟고 눈앞에 별이 보일 때까지. 그는 흐느끼며 바닥에 털썩 주저앉았다. 뺨 위로 눈물이 흘러내렸다. 펠리치타스가 죽었어! 평생 그렇게 많은 피를 본 적이 없었다. 짭새들은 당연히 그가 한 짓으로 생각할 것이다. 이 집 곳곳에 그의 지문이 있을 테고, 그의 옷도 여기저기 널려 있었다. 당장 여길 떠야 했다. 하지만 어디로 가야 한단 말인가?

＊＊＊

"돌아오는 대로 과장님한테 바로 오시랍니다." 그녀가 보안출입문으로 들어서자 당직형사가 말했다. "다른 데 들르지 말고요."

"오케이." 피아가 말했다. 윙하는 소리와 함께 유리문이 열리자 그녀는 곧장 계단으로 향했다. 하지만 그 순간 백팩에 든 봉투가 떠올라 휙 방향을 틀어 휴게실로 들어갔다. 모든 책상이 비어 있었고, 카이만 자리를 지키고 있었다.

"왔어요?" 그가 컴퓨터에서 얼굴을 들었다. "엥엘 과장이 눈이 빠져라……."

"알아. 곧 갈 거야." 피아는 낡은 봉투를 카이에게 건넸다. "이 안에 뭐가 있는지는 나도 몰라. 루퍼츠하인의 가정의한테 받았어. 당신이 한번 살펴봐. 쓸데없는 것일 수도 있지만 뜻밖에 중요한 게 있을지도 몰라."

"그럴게요." 카이는 고개를 끄덕였다. "범인의 프로필 작업도 거의 끝나가요. 참, 지아니 롬바르디가 와 있어요. 선배가 없어서 엘러스 심문을 못하고 있어요."

피아는 고개만 끄덕이고는 서둘러 계단을 올라갔다. 마치 학창시절 교장선생님한테 불려갈 때처럼 여러 생각이 교차했다. 여동생과 과장의 관계 때문에 그녀가 이득을 본 일은 없었다. 오히려 그 반대였다. 니콜라 엥엘 과장은 사적인 만남에서도 곤혹스러울 정도로 격식을 차렸다. 편하게 이름을 부르는 건 생각할 수도 없었다. 물론 그건 피아 자신도 원치 않았다. 지금 과장이 그녀에게 원하는 건 무엇일까? 아직도 수사가 미궁을 헤매며 제대로 진척되지 못하는 상황을 질책할까? 그녀가 혹시 뭔가 잊었거나 놓친 것이 있어서 불렀을까?

아니면 누군가 그녀에 대한 불만을 제기했을까? 피아는 니콜라 엥엘의 문 앞에서 심호흡을 한 뒤 노크와 함께 문을 열었다. 과장의 여비서가 안으로 들어가라고 손짓했다. 과장은 책상에 앉아 휴대전화로 뭔가를 읽고 있다가 피아가 들어서자 휴대전화를 치웠다.

"아, 이제야 왔군." 과장은 여느 때와 마찬가지로 완벽한 화장에 완벽한 정장 차림이었다. 단지 간밤에 잠을 설친 듯 눈은 퀭했다. "자, 앉아요. 그래, 일은 잘되고 있어요?"

"아, 그게……." 피아는 이렇게 말문을 열면서 자기가 바보 같다는 생각이 들었다. "안 그래도…… 오늘 아침에 또 사건이 발생했습니다."

"알았어요." 과장이 손을 내저었다. "그건 아래층에 국장님이 계신 자리에서 이야기하도록 해요."

니콜라는 한숨을 내쉬더니 엄지와 검지로 콧등을 문질렀다.

"난 수사가 한창 진행 중일 때 그런 식의 보고를 극도로 싫어해요." 과장이 말했다. "그게 수사에 집중하는 걸 방해한다고 생각하거든요. 하지만 국장님은 계속 요구하고 계세요."

'이제 시작하겠군.' 피아는 가슴이 답답해지는 것을 느꼈다. '이제 내 수사 지휘권을 거두고 셈이 보텐슈타인의 후임이라고 말하겠지.'

피아는 손바닥에 땀이 찼고, 다시 머리가 지끈거렸다.

"무슨 일 때문에 당신을 불렀는지는 짐작하고 있을 거예요." 니콜라 엥엘이 사무적으로 말했다. "어디서건 다들 쑥덕거리고 있으니까."

"네." 피아는 힘겹게 미소를 지었다. 갑자기 모든 게 끔찍하도록 지겨워졌다. 자신은 열심히 뛴다고 뛰었지만, 비스바덴의 높으신 양반들은 그걸 몰라주었다. 게다가 호프하임 강력반에는 니콜라 엥엘이라는 여자 보스가 죽치고 있으니 반장 자리에 또 여자를 앉히고 싶지는 않을 것이다. 또한 엥엘 과장도 혈연, 연고에 따른 인사라는 뒷말을 듣고 싶지 않아 셈을 선호할 게 분명했다. 사실 피아는 보덴슈타인의 후임이 되는 것에 집착하지는 않았지만 내심 조금은 기대를 했다. 서서히 실망감이 일었다. 강력반을 임시로 몇 번 지휘한 것으로 이제 끝나는 것일까? 그리되면 동료들에게 면이 서지 않는 것은 불을 보듯 뻔했다.

"비스바덴에서 보덴슈타인 반장의 휴가 기간 동안, 아니면 좀 더 길게 갈 수도 있는데 어쨌든 반장의 후임을 결정했어요." 니콜라의 말이었다. "국장님이 방금 당신한테 강력반 반장직을 맡긴다고 통보했어요. 진심으로 축하해요."

"네?" 피아는 벌어진 입을 다물지 못하고 과장을 멍하니 바라보았다. 아래턱이 빠지지 않을까 걱정될 정도였다. 심장도 쿵쾅거리기 시작했다.

"내가 당신을 강력하게 추천했어요, 산더 형사. 다른 이유는 전혀 없어요. 그저 당신이 보덴슈타인 대신 우리가 찾을 수 있는 최선의 후임이라고 생각했어요. 그러니 이제 사건을 잘 마무리해서 날 실망시키지 않았으면 좋겠어요."

"아, 네…… 네, 물론이죠." 피아는 뜻하지 않은 반전에 어리둥절해서 말을 더듬었다. "고맙습니다."

"나한테 고마워할 필요는 없어요. 당신은 훌륭한 경찰이고 충분히 그럴 자격이 있으니까." 과장이 미소를 지었다. "이제 국장님한테 가봐요. 더 기다리게 했다간 짜증을 낼 수 있으니까. 그럼 조금 이따 봐요."

***

피아는 어떻게 2층 계단을 내려왔는지도 모를 정도로 정신이 멍했다. 강력반 반장이라니! 오 세상에! 당신은 훌륭한 경찰이에요! 갑자기 자신이 고등사기꾼이 된 것 같은 기분이 들었다. 정말 반장으로서 임무를 꾸준히 감당해낼 수 있을까? 그럴 능력이 자신에게 있을까? 새로운 직책에 불가피하게 수반될 수밖에 없는 변화가 두려워졌다. 동료들은 그녀를 상관으로 받아들일까? 그녀는 자기 뜻을 관철시킬 만큼 충분한 권위가 있을까?

"괜찮아요?"

피아는 깜짝 놀라 고개를 돌렸다. 막 여자화장실에서 나오던 카트린 파싱어가 걱정스러운 얼굴로 그녀를 바라보고 있었다.

"얼굴이 치즈처럼 창백해요."

"피자를 너무 급하게 먹어서 그런가 봐." 피아는 거짓말을 하고는 곧바로 그런 자신에게 화가 났다. 지금은 자기 능력에 대한 의심으로 소심해질 게 아니라 국장과 과장의 신뢰를 기뻐하면서 스스로를 자랑스럽게 여겨도 충분할 때였다. 만일 셈이 그런 통보를 받았다면 당연히 샴페인을 터트리고 바로 새 명함을 주문했을 것이다.

그들은 휴게실로 들어갔다. 킴은 책상에 앉아 맥북을 들여다보고 있었다. 셈과 타리크도 그사이 도착해 있었고, 보덴슈타인은 국장과 국장실 공보관, 그리고 키 큰 회색 머리 남자와 이야기를 나누고 있었다. 피아가 연수 시절에 강연을 들은 적이 있는 이 남자가 바로 유명한 심문 전문가 지아니 롬바르디였다. 관련 분야에서 권위 있는 책을 여러 권 집필한 저자이자 경찰대학의 강사이기도 했다. 피아는 일단 카이가 서류를 펼쳐 놓은 책상 쪽으로 곧장 걸어갔다. 그러고는 타리크에게 자기 쪽으로 오라고 손짓했다.

"지금은 어때? 괜찮아?" 그녀가 타리크에게 물었다.

"네, 이젠 좋아졌습니다." 그가 상관을 안심시켰다.

"파울리네의 페이스북 사이트를 잠정적으로 폐쇄하라고 한 건?"

"네, 했어요. 다만 고객센터를 통하지 않고……."

"됐어! 불법으로 한 일이라면 난 알고 싶지 않아." 그녀는 고개를 끄덕이고는 카이 쪽으로 몸을 돌렸다. "조금 이따가 당신들이 지금까지 알아낸 사실과 범인 프로필을 브리핑해줬으면 좋겠어."

"오케이." 카이가 고개를 끄덕였다.

"봉투에는 뭐가 있었어?" 피아가 물었다.

"옛날 환자 기록과 의사 진단서 외에 이런저런 자료들이 있었어요. 그게 이번 사건과 무슨 관련이 있는지 알고 있어요?"

"짐작만 해." 피아는 보덴슈타인 쪽을 건너보았다. 바제도프 박사와 로냐 카프타이나와의 대화를 그에게 꼭 보고해야 했다. 랄프 엘러스는 현재 조사실에 있었다. 아르투어 베르야코프의 임시 부검 보고서에 대한 논의도 이루어져야 했다. 그녀는 동료들에게 자신의 전략을 설명하고 싶었다. "다들 여기 일을 빨리 끝내고 위층 회의실에서 봐. 우리 강력반과 크리스티안, 킴, 롬바르디만 포함해서."

"알았어요, 반장님." 카이의 대답에 피아는 움찔했다. 그녀의 날카로운 시선이 카이에게 꽂혔다. 그새 소식이 퍼졌을까? 그러나 카이는 고개를 숙인 채 아무 생각 없이 옛 환자 기록만 들여다보고 있었다. 그녀는 스마트폰을 잠깐 체크한 뒤 보덴슈타인 쪽으로 가서 지아니 롬바르디와 인사를 나누었고, 표정이 별로 좋아 보이지 않는 호프하임 경찰서 공보관 슈테판 스미칼라에게 고개를 끄덕여주었다. 스미칼라 공보관은 며칠 전부터 질문 공세에 시달리고 줄기차게 울려대는 휴대전화에 지친 듯했다.

"만나서 반가워요, 산더 형사." 국장이 손을 내밀었다. 피아는 자신을 집중적으로 관찰하는 검은 눈과 자신의 손을 누르는 묵직한 악력을 느꼈다. "우린 방금 기자회견 얘길 하고 있었어요. 내 생각엔 비스바덴 수사국에서 하는 게 여러모로 좋을 것 같아요. 거기엔 최상의 인프라가 구축되어 있으니까 기자회견을 준비하는 데 아무 문제가 없을 거예요. 안 그런가, 필커?"

"네, 전혀 문제없습니다." 그의 여자 공보관이 대답했다. 순간 피아는 스미칼라가 뚱한 표정을 짓는 이유를 이해할 수 있었다.

"제안은 고맙습니다만 저희는 루퍼츠하인 시민회관에서 기자회견을 하겠습니다. 주민들이 모두 참석한 자리에서요." 피아가 말했다.

그녀는 보덴슈타인과 눈이 마주쳤고, 그의 눈빛에서 자신의 말에 찬성한다는 뜻을 읽었다.

"그게 좋은 생각일까요?" 필커 공보관이 회의적으로 물었다. "지금 이 지역은 무척 혼란스럽지 않나요?"

"바로 그 때문입니다." 피아는 보덴슈타인에게 눈을 돌렸다. "반장님 생각은 어떠세요?"

"나도 좋다고 생각해." 반장이 대답했다. "파울리네 라이헨바흐가 피습된 뒤로 우리는 어느 때보다 절실하게 주민들의 도움이 필요하고, 주민들에게 경고도 해야 합니다. 살인자는 루퍼츠하인에 살고 있거나 이곳과 매우 긴밀한 관련이 있는 것으로 보이니까요."

"또 42년 전의 사건을 들먹이는 건가요?" 그사이 이 자리에 합류한 니콜라 엥엘은 의구심을 감추지 않았다. "지금 강력반이 해야 할 일은 최근에 발생한 세 건의 살인 사건과 한 건의 중상해 사건을 해결하는 겁니다. 그걸 잊어선 안 되죠."

피아는 보덴슈타인이 갑자기 확 흥분하는 것을 알아차렸다. 그래서 그가 막 입을 열려는 순간 살짝 팔을 잡았다.

"범인의 동기가 실제로 아르투어 베르야코프의 죽음과 관련이 있다는 추측에는 그럴 만한 이유가 있습니다." 피아가 말했다. "물론 지금까지는 그에 대한 직접적인 증거가 없습니다. 우린 법의학연구소의 결과를 기다리는 중입니다. 저는 루퍼츠하인에서 기자회견을 함으로써 연관성을 인식하지 못해서 침묵하거나, 아니면 잘못된 신의에 빠져 범인을 보호하려는 주민들에게 호소할 생각입니다. 현재 이 지역 일대는 큰 충격에 빠져 있습니다. 유치원은 폐쇄되었고, 레스토랑도 문을 닫았습니다. 온 지역에 두려움과 불안감이 만연해 있습니다. 우린 이 순간을 이용해야 합니다."

"그러다 범인이 탄로 날까 두려워 더 미쳐 날뛰면 어쩌려고요?" 니콜라 엥엘은 쉽사리 설득되지 않았다. "그 책임은 산더 형사가 질 건가요?"

"범인은 벌써 오래전부터 미쳐 날뛰고 있습니다." 피아 대신 보덴슈타인이 대답했다. "아니면 나흘 동안 세 명을 살해하고 젊은 아가씨를 반쯤 때려죽인 것을 어떻게 설명하시겠습니까?"

거기엔 누구도 이의가 없었다. 답답한 침묵을 깬 건 국장이었다. 피아에게 현재의 수사 상황을 알려달라고 부탁했다. 모든 참석자가 착석했다.

"현 상황은 이렇습니다." 피아가 시작했다. "오늘 오전 파울리네 라이헨바흐가 중상을 입고 루퍼츠하인에서 조금 떨어진 초지에서 발견되었습니다. 수술은 성공적으로 끝났지만, 현재 인위적 혼수상태에 있고 아직 위기를 완전히 넘긴 건 아닙니다. 파울리네는 자연보호연맹의 들고양이 보호 프로젝트 담당자로 목요일에 숲친구 캠핑카 방화 사건 직후 적외선카메라에 잡힌 한 인물을 우리에게 보여주었습니다. 화면 속의 인물은 루퍼츠하인 출신의 19세 청년 엘리아스 레싱인데 현재 수배중입니다. 파울리네도 루퍼츠하인 출신으로서 우리가 긴급체포한 랄프 엘러스의 대녀입니다. 범행에 사용된 쇠지레에서 엘러스의 지문이 확인되었습니다. 심문은 오늘 중으로 진행될 예정입니다."

그녀는 좌중을 둘러보았다. 아무도 질문하지 않았다.

"지문만 보고 엘러스를 범인으로 확증할 수 있을지는 아직 의문입니다. 물론 체포영장을 발부 받기에는 충분했습니다. 로제마리 헤롤트의 살해와 관련해서도 그 아들 에드가의 목도리가 주변에서 발견되었습니다. 클레멘스 헤롤트는 망치에 맞아 죽었는데, 그 도구 역시 동생 것일 가능성이 높습니다. 캠핑카 화재는 프로판 가스통을 이용해 불을 붙였는데, 에드가 헤롤트나 랄프 엘러스의 것으로 추정됩니다."

"누군가 고의로 가짜 흔적을 남겼을 가능성은요?" 국장이 물었다.

"그것도 하나의 가능성입니다. 그럴 경우 범인이 무척 계획적으로 움직이고 있다는 추론이 또다시 가능해집니다." 피아는 고개를 끄덕였다. "범인은 에드가 헤롤트의 집과 작업장, 또 랄프 엘러스의 거주지에 쉽게 접근할 수 있고, 서로 아는 사이라 별로 눈에 띄지 않는 인물입니다. 우리가 볼 때 헤롤트는 용의자가 아닙니다. 그날의 알리바이가 있거든요."

"내일도 그렇게 상세히 얘기할 생각인가요?" 여자 공보관이 미심쩍게 물었다.

"당연히 수사 전략상 필요하다고 판단되는 선에서만 이야기할 겁니다. 하지만 마을 사람들에게 도움을 청하려면 몇 사람의 이름과 장소는 말해야 합니다. 어쨌든 범인의 프로필은 일반에 공개될 예정입니다. 프로필 작업은 오스터만 형사와 오마리 형사, 프라이탁 박사가 함께했습니다. 시작해주세요, 카이."

카이는 고개를 끄덕이고는 노트북을 열었다.

"우선 우리는 범죄학적 관점에서 접근했고, 1972년의 사건 기록을 조사한 뒤 아르투어 베르야코프의 사건도 참작했습니다." 그가 말을 시작했다. "개별 범행 과정의 분석에 따르면 성적인 요인이나 사디즘적 행동 방식은 찾아볼 수 없었습니다."

피아의 시선이 킴과 마주쳤다. 동생이 살짝 윙크를 보내자 피아는 싱긋 웃었다. 니콜라 엥엘이 킴에게 언니의 승진 사실을 알린 게 분명했다.

"모든 범행에는 유발 요소와 동기가 있습니다." 카이가 말을 이어 갔다. "처음 세 살인 사건의 유발 요소는 로제 헤롤트가 과거에 했던 말이나 어쩌면 행동과 확실하게 관련이 있어 보입니다. 그런데 동기를 찾는 건 한층 어렵습니다. 핵심적인 의문은 이렇습니다. 범인은 왜 아르투어의 죽음이 알려지는 걸 그렇게 극도로 싫어했을까? 범인이 잃는 건 무엇일까?"

"이번 살인 사건들이 아르투어 사건과 관련이 없을 가능성은 여전히 상존해요." 니콜라 엥엘이 반박했다. "42년 전의 사건을 감추려고 굳이 세 명을 죽여야 했을까요?"

"과거의 살인 사건에 시효가 없다는 것을 알고 있기 때문이죠." 카이가 대답했다. "그 때문에 우리는 아르투어가 살해되었고, 로제마리 헤롤트가 그 사실을 알고 있었거나 심지어 그에 관여했을 거라는 전제에서 출발할 수 있습니다. 살날이 얼마 남지 않은 로제마리는 그 사실을 신부에게 고백했습니다. 내막을 알게 된 신부는 살인자를 만나 이야기를 했습니다. 그로 인해 살인자는 심리적 압박에 시달렸고, 결국 자신의 비밀을 아는 사람을 죽이는 것밖에 다른 방법이 없었습니다. 파울리네의 경우는 엘리아스로부터 뭔가 알아낸 것 때문에 살인자에게 걸림돌이 됐는지, 아니면 단순한 비극적 부수 피해자에 불과한지는 좀 더 수사를 해봐야 알 것 같습니다."

"그 추측이 맞다고 가정한다면 범인은 왜 캠핑카를 몽땅 불태워버렸을까?" 과장이 물었다.

"로제마리 헤롤트가 거기에 뭔가 증거를 보관하지 않았을까 두려웠던 거겠죠. 일기장이나 뭐 그런 거."

"그럼 클레멘스 헤롤트는 우연히 걸린 피해자다?"

"아닙니다. 클레멘스 역시 비밀을 알고 있었습니다. 그래서 마우러 신부와 똑같이 살인자를 만나는 실수를 저질렀을 겁니다."

"신부와 관련해서 추가로 말씀드리자면……." 킴이 말을 받았다. "…… 범인이 이 경우엔 왜 행동방식을 바꾸었는지 우리로선 당연히 의문이 들었고 그에 대한 결론을 내렸습니다. 그러니까 에드가 헤롤트에게 혐의를 돌리려고 그의 목도리를 현장 주변에 흘리거나 화재 도구로 가스통을 사용한 것처럼 이번에도 자살로 위장해 수사에 혼선을 주려고 한 것이었습니다. 그래서 현재로선 우리가 범인의 의도대로 신부의 죽음을 자살로 여기고 있다고 믿도록 하는 편이 낫다고 생각합니다."

"범행에는 증오와 시기, 질투 같은 감정이 깔려 있지 않습니다." 카이가 다시 말을 받았다. "범인은 똑똑할 뿐 아니라 철저한 계산에 따라 이성적으로 움직이고 있습니다. 범행 방식은 그때그때 다르지만, 모든 행동을 꼼꼼히 계획하고 어떤 것도 우연에 맡기지 않고 주변 여건과 상황에 맞추는 것은 항상 똑같습니다. 예를 들어 로제마리를 죽일 때는 교실처럼 최대한 눈에 띄지 않는 방법을 택했습니다. 그건 범인이 피해자와 개인적으로 아는 사이라서 그랬다기보다는 피해자의 주변 환경을 고려해서 주위의 이목을 끌지 않기 위해 그랬던 것으로 보입니다. 또한 범인은 우연히 손에 들어온 무기를 사용하지 않았는데, 그건 곧 복잡한 계획을 짜고 실행할 능력이 있다는 것을 의미합니다. 게다가 돌발 사태에 대처하는 임기응변 능력도 뛰어나 보입니다. 범인은 수사에 혼선을 주려고 범행 무기를 의도적으로 현장에 남겨두지만 자신의 DNA는 절대 남기지 않습니다. 종합하자면 범인은 한 치의 거리낌도 없이 폭력을 저지를 준비가 된 극히 위험한 인물입니다."

"그런 분석에 기초해서 범인의 범위를 한정한다면 거기에 들어갈 사람이 수백 명은 되지 않을까?" 과장이 물었다.

그때 보덴슈타인의 휴대전화에 진동음이 울렸다. 그는 휴대전화를 슬쩍 보고는 밖으로 나갔다.

"꼭 그렇진 않습니다." 카이가 대답했다. "여자들은 배제할 수 있습니다. 범인은 남자입니다. 여자들의 살인 방식은 남자와 다릅니다. 게다가 아무리 힘이 세더라도 여자는 신부를 공중에 매달지는 못합니다. 마찬가지로 1972년 당시 열 살 이하였던 사람들도 배제됩니다. 아마 범인은 지금 나이로 예순이 크게 넘지 않을 겁니다. 그렇지 않다면 캠핑카에 그런 식으로 불을 지르기는 어렵습니다. 그 밖에 범인은 루퍼츠하인에 사는 사람으로 한정할 수 있습니다."

"근거는?" 국장이 물었다.

"이 지역을 소상히 알고 있기 때문이죠." 카이가 말했다. "범인은 루퍼츠하인을 아주 자유롭게 돌아다니고 있습니다. 누구나 아는 얼굴이라 특별히 남의 눈에 띄지 않기 때문이죠. 우리는 현재 켈크하임과 쾨니히슈타인, 글라스휘텐의 주민센터 자료를 살펴보면서 1972년에 여기 살았고 현재도 살고 있는 60대 초반에서 70대 초반 사이의 남자를 추리고 있습니다. 그다음 방금 언급한 바에 따라 범위를 좁히면서 교집합을 찾을 겁니다."

"음." 피아가 이마를 찡그렸다. "하지만 범인의 동기가 단순히 자신을 지키는 것을 넘어 가족을 보호하는 것이라고 한다면, 일테면 부모의 명예를 지키려고 하는 것이라면 나이가 좀 더 젊어질 수도 있지 않을까요?"

"물론이죠." 카이가 말했다. "우린 그 점도 염두에 두고 있습니다. 게다가 범인에게 공범이 있을 가능성도 배제하지 않고 있습니다. 범인이 계획한 것을 실행으로 옮기는 사람 말이죠."

"그리되면 잠재적 범인의 수는 다시 엄청 늘어나겠군." 과장이 이의를 제기했다. "갈 길은 먼데 이리 더뎌서야……."

"이 지점에서 제가 쓴 책 '인간 야수'의 한 대목을 인용하고 싶군요." 킴이 사랑스럽게 미소 지었다. "'범인 프로필은 근거가 충분한 하나의 혐의일 뿐이다.' 다시 말해 범인의 집을 열 수 있는 건 현관 열쇠가 아니라 그리로 이르게 하는 계단이라는 말이죠."

***

"카롤리네한테 방금 연락이 왔어." 보덴슈타인이 휴게실 문 앞에서 말했다. "인터넷으로 아르투어의 누나 발렌티나 베르야코프를 정말로 찾았다는군. 뉴욕 유엔 본부에서 통역가로 일하고 있다는데, 아르투어의 유골을 찾았다는 이야기를 듣더니 가장 빠른 비행기로 프랑크푸르트에 오겠다고 했대."

국장은 피아와 단둘이 있는 자리에서 목전의 승진을 축하했다. 그리고 현 사건에 필요한 모든 지원을 아끼지 않겠다고 약속하고는 자리를 떴다.

피아는 집중이 잘되지 않았다. 강력반 반장이라니! 이제부터는 모든 것이 그녀의 책임이었다. 보덴슈타인에게 조언을 구할 수도 없었다. 과연 잘 해낼 수 있을까? 게다가 자신이 원하는 일이긴 한 걸까?

"표정이 왜 그래요?" 니콜라 과장이 나가자 카이가 물었다. "발표가 마음에 안 들었어요?"

"아니, 아니." 피아는 산만하게 웃었다. "브리핑은 정말 좋았어. 멋진 팀워크였어!"

"감사." 카이는 어색하게 어깨를 으쓱했다. 원래 칭찬을 잘 받아먹지 못하는 사람이었다.

"아까 그런 것들 말고 또 새로운 건 없어?"

"엘리아스와 파울리네의 차량 수색이 막 속도를 내고 있어요." 카이가 위층으로 올라가면서 말했다. "루퍼츠하인 일대의 검문검색이 한층 강화됐거든요. 현재 일반 도로로는 검문을 받지 않고 들어갈 수 있는 길이 없어요."

그들은 강력반 사무실이 있는 2층 복도에 이르렀고, 회의실에 들어가 테이블 둘레에 모여 섰다. 주민 탐문 조사를 통해서는 지금껏 수사에 도움이 될 만한 것이 없었다. 그날 밤 뭔가를 보거나 들었다는 사람이 전혀 나오지 않은 것이다. 그렇다면 한 가지는 분명했다. 파울리네는 어딘가 다른 곳에서 공격을 받고 승마장 주변으로 옮겨진 것이다. 피아는 바제도프 박사와 반디 아로라, 로냐 카프타이나와 나눈 이야기를 공유했다.

"이제 롬바르디와 나는 랄프 엘러스를 신문할 생각이에요." 피아가 말했다. "카트린과 셈은 병원으로 가서 파울리네를 1인실로 옮기고 24시간 경찰 보호를 받게 조치해줘. 부모와 의사, 그리고 사전에 허락받은 간호사들만 병실 출입을 허용하고. 파울리네가 아직 살아 있다는 걸 범인이 알게 되면 파울리네의 목숨은 아주 위험해져. 타리크와 카이는 내가 바제도프 박사한테 받아온 환자 기록을 살펴보고, 킴과 공조해서 범인 프로필 작업을 계속해 나가도록 해. 슈테판 당신은 내일로 예정된 기자회견을 준비해. 필요한 자료는 카이한테 다 받도록 하고. 그리고 반장님은 다시 한 번 루퍼츠하인으로 가주세요."

다들 고개를 끄덕이고는 흩어졌다.

"헤닝의 보고서는 읽으셨어요?" 피아가 보덴슈타인에게 물었다. "우리 둘 한테만 미리 메일로 보냈던데."

"응, 읽었어." 보덴슈타인의 얼굴 위로 그늘이 스쳐갔다. "좀 더 명확한 결과를 기대했는데…… 너무 오랜 시간이 지나는 바람에 그건 불가능한 것 같아. 대신 새로운 수수께끼만 생겼어."

"팩트는 아르투어가 어딘가에서 추락했다는 거예요. 시신이 죽은 여우와 함께 묘지에 묻혔다는 것도요. 다른 모든 건 단순한 추측일 뿐이죠. 우리는 정확한 사망 시각도 모르고, 아르투어가 실종 당일에 죽었는지 아니면 며칠 뒤에 죽었는지도 몰라요."

"1972년 8월 17일에 무슨 일이 있었는지 어떻게 밝혀낼 수 있을까?" 보덴슈타인이 생각에 잠겨 입을 꾹 다물었다. "그래, 모든 것에 대한 열쇠는 과거에 있어."

"반장님의 옛 친구들을 탐문해보세요." 피아가 제안했다. "물론 썩내키는 일이 아니라는 건 저도 이해하지만, 파울리네 피습이 이번 사건들과 관련이 있다는 걸 알게 되면 라이헨바흐 부부도 협조할 것 같아요."

"알겠어." 보덴슈타인은 동의의 뜻으로 고개를 끄덕였다. "근데 지금 하라는 거지?"

"네. 잉카 한젠부터 시작하세요. 레오나르트 켈러도 빠뜨리지 마시고요. 그사이 저는 롬바르디와 함께 랄프 엘러스를 족치겠어요."

"페터 레싱은?" 보덴슈타인이 궁금해했다.

"그 사람은…… 롬바르디가 심문할 거예요. 바제도프 박사한테 레싱 가족에 관한 이야기를 듣고 나서는 그 사람이 가장 유력한 용의자 같다는 생각이 들어요."

"이유는?"

"아까 들었던 범인 프로필을 생각해보세요. 범인은 지적이고 무자비한데다 루퍼츠하인에 사는 인물이라고 했어요. 페터 레싱한테 딱 들어맞죠. 게다가 그 사람은 운동으로 다져진 몸이에요. 한 사람 정도는 쉽게 제압할 수 있어요. 또 개인 사업을 해서 누구한테 특별히 설명할 필요 없이 이 일대를 마음대로 돌아다닐 수 있어요. 어릴 때도 힘과 압박으로 사람들을 찍어 누르려던 인간이었어요. 물리적 폭력의 위협으로 다른 아이들에게 침묵과 연대를 강요한 것만 봐도요. 동물을 괴롭히고 죽이는 것도 폭력 범죄로 발전할 중요한 징후 중 하나예요. 더 듣고 싶으세요?"

"아르투어가 실종될 당시 페터는 불과 열한 살이었어." 보덴슈타인이 반박했다.

"맞아요. 그게 제가 골머리를 앓는 유일한 부분이죠." 피아가 인정했다. "게다가 페터 레싱이 에드가 헤롤트와 함께 뭔가를 저질렀을 가능성도 있어요. 그랬다면 에드가의 어머니는 아르투어의 시신을 숨겨 아들을 보호하려고 했겠죠. 덕분에 레싱은 가만히 앉아서 득을 봤을 테고. 그러다 이제 그게 드러나려고 하자 막으려고 했던 거죠."

"하필 에드가를 용의자로 만들면서?" 보덴슈타인은 고개를 저었다. "난 페터가 살인자라고 생각하지 않아. 다만 그때 일은 알고 있다고 확신해. 다른 사람들도 모두."

***

파울리네의 피습 소식은 들불처럼 루퍼츠하인 전체로 퍼져나갔다. 온 마을이 동요하고 있었다. 경찰 출입금지선 앞에는 인형과 꽃들이 놓여 있었고, 젊은 사람들은 촛불을 켰다. 나이 든 사람들도 비젠 가를 따라 걸어와서는 혼자 또는 여럿이서 당혹스럽고 충격에 빠진 표정으로 서 있었다. 다들 정확히는 몰랐지만 파울리네가 사경을 헤매고 있다는 건 알고 있었다. 무언가 나쁜 기운이 거미줄처럼 마을 위에 펼쳐진 듯했다. 모든 비극이 자기와는 상관없다고 여겨온 사람들의 마음속에도 불신과 불안이 독처럼 스며들었다. 소문이 돌고 추측이 난무했다. 살인자가 이방인이라 믿는 사람은 없었다. 그건 곧 그들 중 하나, 마을 사람 중 누군가가 범인이라는 뜻이었다. 이런 인식으로 인해 이 마을은 폭발 직전의 적대적인 분위기로 확 바뀌었다. 작은 불꽃 하나만 있어도 금방 폭발해버릴 듯했다.

독일 전역에서 기자들이 타우누스로 몰려들었다. 재빨리 도망치지 않으면 어느새 기자들이 마이크를 들이대며 질문을 던졌다. 물론 그중에는 자기 마을이 갑자기 세상 관심의 중심에 선 것을 즐기는 사람들도 많았다. 어쨌든 늦어도 내일이면 신문과 인터넷에 파울리네가 루퍼츠하인에서 가장 인기 있는 아가씨라는 내용이 보도될 것이다. 인터뷰에 응한 사람들 중 90퍼센트가 지금까지 한 번도 파울리네의 이름을 들어보지 못했음에도, 기자들은 인터뷰 내용을 기사에서 그대로 인용했고, 사람들의 관심을 끌 만한 내용이면 무엇이건 하이에 나처럼 달려들었다.

경찰들은 여전히 아주 꼼꼼하게 루퍼츠하인 주민들을 탐문하고 있었다. 모든 거리를 누비며 집집마다 초인종을 눌렀다. 한 사람도 빠뜨려서는 안 되었다.

보덴슈타인은 호프하임에서 루퍼츠하인까지 어떻게 왔는지조차 모를 정도로 혼자만의 생각에 푹 빠져 있었다. 말 병원으로 가는 길에 자기 집을 지나쳐간 것도 의식하지 못했다. 이전에 다른 수사를 할 때보다 자기 분열 증세가 이상하게 한층 더 심해진 느낌이었다. 그는 한편으론 객관적이고 냉철한 관찰과 함께 모든 정보와 사실에 근거해서 논리적으로 퍼즐을 맞추어가는 경찰인 동시에 다른 한편으론 공감하고 분노할 뿐 아니라 자신이 해야 할 일의 필연성과 정당성에 회의를 품는 한 인간이기도 했다. 보통은 자아의 이런 두 측면을 결합하는 데 아무 문제가 없었지만, 이번 사건에서는 마치 그 자신이 전혀 다른 두 사람으로 이루어진 것처럼 두 자아는 강하게 분리되어 있었다. 지모네와 로만 라이헨바흐의 고통과 두려움에 그렇게 둔감했던 이유는 무엇이었을까? 그런 거리감은 어디서 나왔을까? 혹시 그라는 인간 자체가 원래 그렇게 냉담한 존재일까? 심지어 당시 그는 라이헨바흐 부부가 이제야 인생에서 소중한 것을 빼앗겼을 때의 심정이 어떤지 알게 될 거라는 생각까지 했고, 그런 생각을 하는 자신에게 얼마나 충격을 받았는지 몰랐다. 그 이후 마치 독이 든 기포처럼 내면에서 솟구쳐 표면으로 나온 그 천박한 감정에 어울리는 말을 찾아보았다. 악의였을까? 복수였을까? 아니면 더 나쁘게…… 고소함이었을까?

그는 오른쪽으로 방향을 틀어 좁은 아스팔트길로 들어섰다. 뒤쪽 정원과 말 방목장 사이에서 계곡 아래쪽 말 병원으로 난 길이었다. 마을 분위기와는 무관하게 이곳은 분주하게 돌아가고 있었다. 곳곳에 네 발 달린 환자들과 그 주인들이 눈에 띄었다. 여기서도 마을에서 일어난 일에 대한 이야기가 오가겠지만, 거기에 특별히 신경을 쓰는 것 같지 않았다. 무슨 일이 일어나건 어쨌든 삶은 계속되고 있었다.

보덴슈타인은 잉카의 집 앞 길에 차를 세웠다. 지난 몇 년간 자주 주차했던 곳이다. 그는 병원 건물을 지나 마당으로 들어갔다. 말들이 검사를 받으러 이리저리 끌려 다니고 있었다. 주차장에는 말 승하차용 양철판을 내려놓은 말 운반 차량과 트레일러를 단 승용차가 여러 대 세워져 있었다. 말 주인들은 혼자 또는 삼삼오오 짝을 지어 검사나 진찰을 기다리고 있었다.

보덴슈타인은 잉카가 어디 있는지 물어보았지만 병원 안에서는 그녀를 본 사람이 없었다. 그녀의 지프차는 그녀가 현관문보다 자주 사용하는 살림집 부엌문 앞에 세워져 있었다. 트렁크와 차문이 열린 채로. 그가 막 차에 이르렀을 때 잉카가 양손에 여행 가방을 들고 부엌에서 나왔다.

"안녕, 잉카."

그를 보는 순간 잉카는 소스라치게 놀라 가방을 떨어뜨렸다가 곧바로 다시 하나를 집어 끙끙대며 차에 실었다.

"여긴 어쩐 일이야?" 그녀는 그의 방문을 달가워하지 않는 것이 분명했다. 물론 그도 진심 어린 환영을 예상한 건 아니었다. 두 사람의 남녀관계가 끝나면서 그렇지 않아도 신뢰가 없어졌고 오해와 침묵으로 점철된 우정까지 완전히 깨져버렸다. 보덴슈타인은 활짝 열린 부엌문 안을 흘깃 들여다보았다. 식탁 옆에 트렁크 두 개와 접이식 박스가 여럿 보였다.

"어디 가?"

"학술회의가 있어서…… 빈에서." 그녀가 초조하게 웃었다. "시간 없어. 무슨 일인데?"

그녀는 도저히 회의에 참석하는 몰골이 아니었다. 눈빛도 무언가에 쫓기는 기색이 역력했다. 그러니까 학술회의에 가는 것이 아니라 도망을 치려는 것이다.

"뭐 좀 물어볼 게 있어서."

"하필 지금? 그렇지 않아도 늦었는데."

"난 수다나 떨려고 여기 온 게 아니라 경찰로 왔어. 오래 걸리지 않을 거야. 네가 원한다면 경찰서로 부를 수도 있어."

"뭐 그래야 한다면." 잉카는 남은 가방 하나를 차에 마저 실었다. 거부감이 명백히 드러나는 몸짓이었다. "어서 물어봐."

어디서부터 시작해야 할까? 메를린 레스토랑에서 무슨 일로 옛날 친구들을 만났느냐고 물어봐야 할까? 아냐, 그러면 레스토랑 주인이 곤란해질 수도 있었다. 보덴슈타인은 에두르지 않고 바로 치고 들어가기로 마음먹었다.

"어제 아침 숲에서 유골이 발견됐어. 부검 결과 아르투어 베르야코프의 유골로 밝혀졌어. 너도 걔를 기억하고 있을 거야. 아르투어는……."

"그렇게 할 일이 없어?" 잉카가 그의 말을 무질렀다. "지금 지모네와 로만의 딸이 사경을 헤매고 있고, 세 명이 살해됐어! 이게 그 까마득한 옛날 일보다 더 중요하지 않아?"

그녀는 다시 집으로 들어가려고 했지만 그가 막아섰다.

"내 일은 내가 알아서 할 테니까 걱정하지 마." 그가 말했다. "우리는 당시 아르투어를 죽이고 묻은 자가 로지와 클레멘스, 마우러 신부님도 죽였다고 생각해. 거기서 그치지 않고 파울리네까지 죽이려 했고."

잉카는 얼굴이 하얘지더니 입술을 꾹 다물었다.

"그게 나하고 무슨 상관인데? 나는 그 일과 관련 없어. 아는 것도 없고."

그녀는 그를 확 밀치고 들어가더니 접이식 박스 중 하나를 잡았다. 그의 시선이 박스의 내용물로 향했다. 사진 액자, 책, 신문지로 똘똘 만 물건들이었다. 학술회의에 갖고 갈 물건들은 결코 아니었다.

"유골이 발견된 곳은 우리 집안의 옛 가족 묘지였어. 그 옆에는 내 여우 막시의 뼈도 있었고, 너도 막시를 기억하지?" 잉카의 얼굴이 순간적으로 굳어졌다. "막시는 아르투어와 같은 날 사라졌어. 난 그때 정말 미칠 것 같았어. 아르투어는 1972년 8월 17일 저녁에 우리 집을 나갔다가 다시는 집으로 돌아가지 못했어. 난 걔 부모님한테 아르투어를 지켜주겠다고 약속했어. 그래서 지금까지도 자책감에 시달리고 있어. 다 내 잘못이었으니까. 걔를 혼자 집에 보내지 말았어야 했어!"

잉카는 접이식 박스를 차 트렁크에 던지다시피 집어넣었다.

"그런 진부한 얘기 좀 집어치워!" 그녀가 버럭 소리를 질렀다.

그녀의 눈에 증오가 이글거렸다. 두려움과 불안도 있었다. 이제 자기 삶의 악마들과 대면할 시간이 찾아온 것이다. 그녀 자신도 그것을 느끼는 듯했다.

"뭐가 무서워 도망치는 거지? 이건 학술회의에 참석하는 사람의 짐이 아니라 이삿짐이야. 넌 말 병원과 네 부모님 집도 미하와 게오르크에게 팔았어. 여길 떠나고 싶은 거야. 이유가 뭐지?"

"네가 무슨 상관인데?"

둘의 시선이 팽팽하게 공중에서 부딪쳤고, 결국 잉카가 시선을 떨구었다.

"그때 무슨 일이 있었어?" 그는 가혹하게 밀어붙였다. "넌 알고 있어, 잉카. 내 말이 맞지?"

"날 좀 내버려둬!" 그녀는 울먹이는 목소리로 소리쳤다. "내 인생에서 꺼지라고!"

"내버려둘 수 없어. 이건 살인과 관련된 일이야. 금요일 저녁에 메를린에서 지모네와 라몬, 그리고 다른 애들을 왜 만났어? 무슨 이야기를 나눴어? 대체 무슨 짓을 한 거야?"

"나한테 왜 이래?" 잉카는 그를 보지 않고 나직이 말했다. "내가 얼마나 괴로워했는지 알기나 해? 42년 전부터 그 모든 걸 잊으려고 애써왔어. 그래서 아무 일도 없었던 것처럼 행동했어. 그래야 그나마 견딜 수 있었으니까."

이 대답에 보덴슈타인은 한동안 말문이 막혔다. 관자놀이에까지 쿵쿵 심장 뛰는 소리가 들려 생각하는 것이 불가능했다.

"네가 괴로워했다고?" 보덴슈타인은 믿기지 않는 듯이 되물었다. "네가? 왜?"

"넌…… 넌…… 몰라." 잉카는 그의 시선을 피했다. 문득 그의 머릿속에서 사진 한 장이 떠올랐다. 잉카가 막시를, 그 아무것도 모르는 여우를 발로 차는 장면을 포착한 사진이었다. 질투심에서? 아니면 그냥 샘이 나서?

"그래, 난 정말 아는 게 없어." 보덴슈타인이 씁쓰레하게 대답했다. 과거에 잉카와 함께했고, 단순한 남녀관계 이상이었던 그 모든 것이 자기연민을 담은 그녀의 말 한마디에 산산이 부서져버렸다. 우정을 이어온 긴 세월 동안 그녀가 그 끔찍한 진실을 알면서도 단 한마디도 털어놓지 않았다는 사실은 너무 깊은 충격이었다.

"난…… 난 이제 가봐야 해." 잉카가 말을 더듬었다. 지금까지 살아오면서 늘 그랬던 것처럼 불편한 상황이 닥치자 그녀는 또다시 도망을 치려고 하고 있었다. 보덴슈타인은 운전석 문을 열고 차 열쇠를 뽑았다.

"넌 아무데도 못 가." 그는 가슴속이 거칠게 요동쳤지만 가능한 한 침착하게 말했다. "1972년 8월 17일 아르투어 베르야코프의 살해에 가담한 혐의로 너를 긴급체포할 테니까."

"뭐?" 잉카가 눈을 크게 뜨고 그를 멍하니 바라보았다.

"넌 묵비권을 행사할 수 있고 변호사를 선임할 권리가 있어. 본인에게 불리한 진술은 하지 않아도 되고."

"설마 진심은 아니지?" 그녀의 목소리는 기어들어갔고, 두 눈은 곤경에 처한 동물처럼 공포에 질려 있었다.

"진심이야." 그가 차갑게 내뱉었다. 한때 이 여자에게 품었던 좋은 감정은 모두 사라져버렸다. 이 여자는 그가 청소년기 내내 남몰래 그리워하던 그 아름다운 잉카가 아니었다. 그의 눈앞에는 근심에 찌든 얼굴에 지친 눈과 그 아래 처진 주름이 있는 50대 중반의 근육질 여자가 서 있었다. 낯설었다. 거짓말쟁이였다. 도저히 용서할 수 없는 방식으로 그를 속였고, 그가 한 번도 본심을 안 적이 없는 여자였다. 모든 것을 집어삼킬 듯한 분노가 마음속에서 활활 타올랐다.

보덴슈타인은 자제력을 잃고 나중에 후회할 말이나 행동을 하기 전에 얼른 몸을 돌려 약간 떨어져 섰다. 잉카는 현관문 앞에 쪼그리고 앉아 발작적으로 흐느꼈지만, 그는 눈 하나 깜박하지 않았다. 다만 손이 너무 떨려 세 번이나 시도한 끝에 간신히 휴대전화 잠금 장치를 풀고 피아에게 전화를 걸 수 있었다.

"무슨 일이에요, 반장님?" 그의 귀에 피아의 목소리가 들렸다. "벌써 잉카 한젠 집에 가신 거예요?"

"응, 거기 있어. 잉카 한젠 박사의 체포영장이 필요해. 아르투어 베르야코프의 살인에 가담한 혐의로. 말 병원으로 경찰차 한 대 보내줘. 나는 잠시 가야 할 데가 있어."

더 이상 목소리가 나오지 않아 그는 전화를 끊고 말았다. 미안해, 아르투어. 정말 미안해. 너를 지켜주지 못한 걸 용서해줘. 하지만 널 죽인 자들은 반드시 찾아내서 합당한 벌을 받도록 할게.

***

"반장님이 옛날 여자친구를 체포했다고요?" 셈은 믿을 수 없다는 듯 고개를 절레절레 저었다. "제정신이 아니신데요."

"쓸데없는 소리!" 피아가 슬쩍 눈을 흘겼다.

"반장님 본인을 위해서라도 이번 수사에서 반장님을 빼는 게 옳았어요." 셈이 말했다. "이번 사건과 너무 깊이 관련되어 있어요."

"우린 지금 한 사람도 아쉬운 상황이야." 피아는 내심 셈의 말에 동의하면서도 겉으론 이렇게 말했다. 솔직히 보덴슈타인 반장이 걱정스러웠다. 지금까지 이렇게 흥분한 그를 본 적이 없었다. 5년 전 아버지의 절친이 사살당하고 그 가족까지 가차 없는 범죄자들의 표적이 되었을 때도 저러지는 않았다.

피아는 강력계에 복귀해서 보덴슈타인과 함께 맡은 첫 사건 때 잉카 한젠을 알게 되었다. 한 수의사의 아내가 살해된 사건이었는데, 이후 피아는 잉카 한젠에게 도저히 호감을 느낄 수 없었다. 이상한 여

자였다. 폐쇄적이고, 곁을 주지 않고, 속내도 알 수 없었다. 피아는 반
장이 뭘 보고 잉카에게 끌렸는지 도무지 이해가 되지 않았다. 그런데
지금은 무슨 일이 있었던 것일까? 대체 뭘 알아냈기에 잉카 한젠이
아르투어의 살인 사건에 가담했다고 믿게 됐을까?

"카이한테 말해서 체포영장을 신청하라고 할게요." 셈이 말했다.
벌써 병원을 갔다 온 뒤였는데 파울리네의 상태는 아직 변동이 없었
다. 다만 좀 더 안전한 병실로 옮겼고, 병실 앞에는 24시간 경찰이 지
키게 했다.

"고마워." 피아가 대답했다.

보덴슈타인이 전화했을 때 그녀는 막 랄프 엘러스의 심문을 끝낸
뒤였다. 파울리네의 대부는 처음엔 변호사의 조력을 포기하고 협조
적으로 나오더니 갑자기 마음을 바꾸었다. 전화를 받고 급히 달려온
여변호사는 지아니 롬바르디를 보더니 자기 의뢰인에게 이제부터는
아무 말도 하지 말라고 조언했다. 변호사들 사이에서는 어떤 피의자
라도 입을 열게 만드는 것으로 유명한 사람이 롬바르디였던 것이다.
때문에 심문 속개는 내일 낮으로 미루어졌다. 랄프 엘러스는 구금 상
태에서 밤을 보낸 뒤 내일 영장실질심사를 받을 것이다. 그 자리에서
영장실질심사 판사가 쇠지레에서 발견된 엘러스의 지문만으로 그를
계속 잡아두기에 충분한 사유가 되는지 결정할 것이다.

피아는 휴게실로 가는 길에 음료수자판기에서 콜라 제로를 뽑았
다. 롬바르디는 스프라이트를 선택했다. 좁은 조사실의 건조하고 탁
한 공기에 둘 다 목이 말랐다.

"파울리네 살해 기도와 아무 상관이 없다는 엘러스의 말을 어떻게
생각하세요?" 피아가 심문 전문가에게 물었다. "진짜 충격을 받은 듯
했어요. 혈연관계는 아니지만 어쨌든 자기 대녀잖아요."

"오랜 친구의 딸과 성관계를 가졌던 사람이에요." 롬바르디가 이의를 제기했다. "법적으로야 둘 다 성인이니까 문제가 없지만 도덕적인 면에서는 꽤 문제가 되죠. 그런데도 엘러스는 그런 문제에 전혀 신경을 안 써요. 자기가 법과 도덕 위에 있다고 여기는 인간이라서 그렇죠. 그런 인간은 상대의 눈을 똑바로 바라보면서도 얼마든지 새빨간 거짓말을 할 수 있어요. 그래서 현재로선 자기 개들이 걱정된다는 말 외에는 아무것도 믿고 싶지 않아요."

"그렇다면 파울리네를 왜 죽이려고 했을까요?" 피아가 수수께끼를 던졌다. "뭔가 숨기는 게 있다면 타액 샘플 채취에 그렇게 선뜻 동의했을까요?"

"엘러스는 다혈질이에요." 롬바르디는 다 마신 음료수 병을 자판기 옆의 빈병 수거함에 넣었다. "모든 게 자기 원하는 대로 흘러가면 매력적이고 상냥한 사람일 수 있어요. 하지만 누군가 자기한테 반대하면 폭발해버리죠. 특히 술을 마셨을 때는요. 첫 번째 아내는 다행히 제때 관계를 끊은 것 같지만, 두 번째 아내는 무자비한 폭행으로 여러 번 병원 치료를 받아야 했어요."

"그렇다고 남편을 고소하지도 않았죠." 엘러스 같은 남자들의 형태를 잘 아는 피아는 체념적으로 고개를 끄덕였다. 여자들이 폭력 남편을 신고하는 경우는 아주 드물었다. 게다가 그런 경우에도 안전한 곳으로 피신하지 못하면 그런 용기의 대가로 목숨을 잃을 때도 많았다.

"파울리네가 엘러스의 핏대를 올리게 하는 짓을 했을지도 몰라요." 롬바르디가 추측했다. "그래서 엘러스가 길길이 날뛰다가 쇠지레로 파울리네의 머리를 때렸을 수도 있죠."

"다혈질 인간이라면 그럴 수도 있겠네요. 하지만 범행 도구는 왜 피해자 근처에 놓아두었을까요? 범행 후 쇠지레를 들고 가 근처 풀밭에 던졌거든요. 말도 안 되는 짓이잖아요!"

"말이 될 수도 있어요. 피의자의 논리로 봤을 때 본인은 스스로를 범죄자로 보지 않고, 자신의 행동이나 범행도 별것 아닌 일로 치부해요. 불법 대마 재배, 마약 밀매, 상해, 불법 무기 소지, 세금 횡령, 사기. 피의자는 이 모든 일에 대해 자기만의 합당한 근거와 변명을 갖고 있어요. 자신의 상황과 그런 일의 결과를 인식할 만큼 똑똑하지만 통찰력이나 후회는 전혀 없어요." 롬바르디는 어깨를 으쓱했다.

피아는 심문 과정을 머릿속으로 다시 한 번 정리해보았다. 그러다 갑자기 보덴슈타인의 추론에 대한 모든 의구심을 없애고 자신에게 터널 끝의 빛을 보여주는 인식에 도달했다. 하나의 가능성이 개연성으로 바뀐 것이다.

"엘러스는 파울리네 피습과 아무 관련이 없어요." 그녀는 너무 흥분해서 가슴이 터질 것 같았지만 침착한 어조로 말하려고 애썼다. "그 때문에 변호사의 조력이 필요 없었던 거예요! 확실한 알리바이는 없지만 자신이 그 일에서 깨끗하다는 걸 알고 있었던 거죠. 엘러스가 어떤 질문에서 변호사를 요구했는지 생각해보세요."

롬바르디는 눈을 가늘게 뜨고 피아를 잠시 바라보더니 고개를 끄덕였다.

"당신 말이 맞을 수도 있겠네요." 그가 인정하며 미소를 지었다. "엘러스는 아르투어에 대해 물었을 때 처음으로 정말 걱정이 되는 것 같았어요. 그게 무슨 뜻일까요?"

용의자를 심문할 때 담당 사건과는 아무 상관없는 외부 전문가를 끌어들이는 일은 드물지 않았다. 롬바르디는 사전에 보덴슈타인에게 질문 목록을 받고 어느 정도 설명을 들었지만, 이 사건의 좀 더 자세한 배경에 대해서는 알지 못하고 있었다.

"지금까지 보덴슈타인 반장이 내내 해온 추측이 옳았다는 뜻이죠."
피아는 휴대전화를 꺼냈다. 당장 보덴슈타인과 통화해야 했다. "당시 자주 어울리던 아이들 그룹이 있었어요. 보덴슈타인 반장도 속한 자기들만의 폐쇄적 패거리였죠. 아르투어가 가족과 함께 루퍼츠하인으로 이사 와서 보덴슈타인 반장과 친하게 지내자 다른 아이들은 질투를 했어요. 그래서 아르투어를 괴롭히고 싫어했죠. 반장님은 처음부터 그 아이들이 아르투어의 실종과 관련이 있을 거라고 생각했지만 나는 회의적이었어요. 당시 기껏해야 열한 살, 열두 살 아이들이잖아요."

"1993년 존 베너블스와 로버트 톰슨이 두 살짜리 제임스 불거를 유괴해 고문해 죽였을 때가 열 살이었어요. 안타까운 일이지만 여기 독일에서도 아이들이 다른 아이를 죽인 사건은 넘치도록 많습니다."

그래, 그랬던 거야! 아이들이 질투하던 아르투어와 어린 여우를 죽이자 그들의 부모가 자식들을 보호하려고 둘의 시신을 처리했어. 이후 로지 헤롤트가 뒤늦게 후회하면서 신부에게 고백하는 순간 불행이 시작됐던 거야. 살인은 공소시효가 없다. 다만 아이들이 범인이라면 법적 책임능력이 없는 나이이기에 어른이 되어서도 그 일로 처벌받지는 않는다. 하지만 언론이 그 사건을 파서 기사화하면 그동안 쌓아온 그들의 명예와 삶, 가족은 파괴될 수 있었다. 그렇다면 세 건의 살인과 파울리네 피습의 동기는 보덴슈타인의 추측대로 42년에 저지른 범행의 은폐였다.

"이제 어쩔 생각입니까?" 롬바르디가 물었다.

"그 사람들을 모두 소환해야죠. 그래서 그중 하나라도 입을 열면 한자리에 모아놓고 대질심문을 벌일 생각입니다."

***

어디로 가야 할지 알 수가 없었다. 루퍼츠하인으로 들어가는 모든 길은 이미 경찰의 통제 아래 있었다. 때문에 그는 랜드로버를 란츠그라벤 옆 주차장에 세웠다. 그러고는 날이 질 때까지 기다렸다가 계속 걸었다. 니케한테는 갈 수 없었고, 펠리치타스는 죽었다. 물방앗간에는 짭새들이 잠복하고 있었다. 게다가 파울리네한테도 무슨 일이 생겼다. 그건 라디오에서 얼핏 들어서 알았다. 바제도프 박사에게 갈까 잠시 생각했지만 그러면 박사님도 안전하지 못할 것 같았다. 단지 자신을 숨겨주었다는 이유만으로 펠리치타스를 죽인 것처럼. 아무리 미워도 지금 자신을 도울 수 있는 사람은 아버지뿐인 것 같았다. 그렇다고 대문 초인종을 누를 수는 없었다. 감시카메라 화면으로 그를 알아보고 즉시 경찰에 연락할 수도 있으니까. 다행히 그는 남의 눈에 띄지 않고 정원으로 들어가 거기서 다시 집 안으로 들어가는 길을 알고 있었다.

몇 분 뒤 그는 비단잉어가 노니는 연못 뒤쪽의 덤불 속을 기고 있었다. 운이 좋았다! 누나가 테라스에 앉아 담배를 피우고 있었다. 주위엔 신경도 안 쓰고 휴대전화만 들여다보면서.

"레티치아?" 엄마 목소리였다. "차 다 됐다."

그는 덤불 속으로 몸을 숙였다. 허리춤에 꽂은 권총 손잡이가 갈비뼈를 눌렀다. 엄마가 테라스로 나왔다. 이젠 서둘러야 했다. 그는 결연하게 벌떡 일어나 그들을 향해 뚜벅뚜벅 걸어갔다.

"엘리아스!" 엄마는 마치 유령이라도 본 것처럼 아연하게 아들을 바라보았다.

"예, 저예요." 그가 멈추어 섰다. 땀이 나고 온몸이 떨렸다. 손바닥도 축축했다.

"여긴 왜 왔어?" 레티치아가 적의에 차서 물었다. "넌 우리 집에 출입금지잖아. 경찰도 널 찾고 있고. 그 사람들이 여기도 와서 너에 대해 묻고 갔어."

"파울리네는 어떻게 됐어?" 그가 물었다. 너무 긴장해서 목소리가 꺼칠꺼칠했다. 엄마와 누나가 눈을 주고받았다.

"혼수상태야." 레티치아가 대답했다. "누군가 걔를 죽이려고 했어. 걔가 어울려 다니는 부랑자들을 생각하면 뭐 그리 놀랄 일도 아니지."

그녀는 어깨를 으쓱하더니 경멸하듯이 혀를 끌끌 찼다.

수많은 생각이 봇물처럼 그의 뇌리로 밀려들었다. 파울리네는 그의 휴대전화를 갖고 있었다. 편지도. 편지에는 니케의 주소가 적혀 있었다.

"아무래도 경찰에 전화하는 게 좋겠어." 레티치아가 엄마에게 이렇게 말하더니 휴대전화를 집었다.

불현듯 그는 치밀어 오른 증오심으로 어질어질했다. 지금껏 이들은 가족이라는 이름으로 그를 괴롭히고 배척하고, 그의 삶을 앗아갔다. 그는 누나에게 한 걸음 다가가 스마트폰을 낚아채서는 연못 속으로 던져버렸다.

"너 정신 나갔어?" 레티치아는 불같이 화를 내며 동생 가슴을 때렸다. 유리처럼 환한 그녀의 눈동자는 얼음처럼 차갑고 냉혹했다.

"엘리아스, 제발. 그냥 가!" 엄마가 끼어들었다. 목소리에 수심이 가득했다. "돈이 필요하면 줄게."

"엄마 돈은 필요 없어!" 그는 레티치아에게서 눈을 떼지 않고 목청을 높였다.

"제발, 엘리아스. 누나한테는 아무 짓도 하지 마. 안 그러면 내가…… 경찰을 부를 거야. 엄마는 정말 그러고 싶지 않아."

"누나한테 아무 짓도 하지 말라고? 내가 지금껏 누나한테 뭘 어쨌는데?" 그는 믿기지 않는다는 듯이 엄마를 바라보았다. "지금 뭐 혼동하고 있는 거 아냐?"

순간 그의 머릿속에 전깃불이 확 들어온 것처럼 모든 것이 분명해졌다. 그의 부모는 항상 그보다 레티치아의 말을 믿었다. 누나가 얼마나 야비하고 사악한 인간인지 전혀 모르고 있었던 것이다.

돌연 그의 눈앞에 아득한 낭떠러지가 보였다. 엄마가 또다시 그를 곤경에 빠뜨린 것이다. 전에도 자주 그랬던 것처럼, 아니 원래 늘 그랬던 것처럼. 이젠 모멸을 당하고 욕을 먹는 것도 지쳤다. 낙오하고 실패했다는 감정도 더는 견디기 어려웠다. 달라지겠다고 결심하고 마약을 끊는 데도 성공한 지금 하필 모든 일이 지랄같이 어긋나버렸다. 엄마와 누나의 얼굴이 모든 것을 집어삼킬 듯한 뜨거운 분노의 베일 속에서 몽롱하게 어른거렸다. 넌 총이 있어. 머릿속의 목소리가 말했다. 그냥 저 인간들을 쏴버려. 그러면 편안해질 거야.

***

"피아 형사님!" 그녀가 안으로 들어서자 타리크가 흥분해서 손을 흔들어댔다. "여기서 이상한 걸 발견했어요! 직접 보세요."

"뭘 발견했는데?"

"봉투에는 그 병원의 환자 기록이 다 있는 게 아니었어요." 타리크가 설명했다. "모두 특정인들의 개별 기록이에요. 그것도 아주 오래된."

"42년 전의 거?" 피아가 추측했다.

"맞아요." 타리크는 눈을 반짝이며 싱긋 웃었다. "구체적으로 말씀드리면, 페터 레싱, 랄프 엘러스, 클라우스 크롤, 로만 라이헨바흐, 카를 하인츠 헤롤트, 잉카 한젠, 레오나르트 켈러의 진료 기록들이에요."

카이, 킴, 타리크는 책상 네 개를 붙여 그 위에 서류를 모두 펼쳐둔 상태였다. 화이트보드에는 그들이 밝혀낸 사실들이 적혀 있었다.

"이 사람들 모두가 크고 작은 부상을 당했어요." 카이가 타리크의 말을 넘겨받았다. "베인 상처, 멍, 발목 염좌, 짓이긴 상처. 처음에는 그냥 그런가 보다 했는데, 다친 날이 모두 하나같이……."

"…… 1972년 8월 17일?"

"빙고."

"카를 하인츠 헤롤트는 에드가의 아버지인데, 어디를 다쳤다고?" 피아가 물었다.

"오른손이 짓이겨졌어요." 카이가 대답했다. "심지어 손가락 하나는 절단해야 했어요."

"무거운 석판을 들어 올리다보면 그런 일을 당했을 수도 있죠." 타리크가 주석을 달았다.

"잉카 한젠은 어딜 다쳤는데?" 다시 피아가 물었다.

"개한테 물려 감염되었어요." 카이가 대답했다. "완치까지는 꽤 긴 시간이 걸렸는데, 패혈증도 있었어요."

"개가 아니라 여우한테 물렸겠지." 피아가 결론을 내렸다.

그녀는 속으로 쾌재를 불렀다. 이것이야말로 모두가 기다려온 돌파구였다. 바제도프 박사 덕분에 수사를 올바른 방향으로 이끌 결정적인 단서가 발견된 것이다!

"그 사람들은 모두 한스 페터 레싱 박사한테 치료를 받았어. 자식들이 한 일이 밝혀지자 부모들은 모든 걸 비밀에 붙이기로 의견을 모았겠지. 레싱 박사는 혹시라도 경찰 손에 들어가는 일이 생기지 않도록 그 부분을 환자 기록에서 따로 빼둔 것일 테고."

"또한 레싱 박사의 처남인 라이문트 피셔 파출소장은 아이들의 상처가 나을 때까지 프랑크푸르트에 지원을 요청하지 않았어." 피아 뒤에서 보덴슈타인이 말했다. 어느새 소리도 없이 들어온 모양이었다. "그것도 닷새 동안이나."

"아, 반장님 오셨어요?" 피아가 안도하며 소리쳤다. "반장님이 옳았다는 걸 이젠 증명할 수 있을 것 같아요!"

그녀는 랄프 엘러스의 심문 결과를 이야기하려 했지만 보덴슈타인의 표정을 보고는 입을 다물었다.

"그날 저녁 아이들이 왜 숲속에 있었는지 알아냈어." 그가 말했다. 약하지만 단호한 목소리였다. "루퍼츠하인 스포츠협회의 자료를 찾아봤어. 1954년부터 독일인 특유의 꼼꼼함으로 상세히 기록된 자료였는데, 거기서 아주 흥미로운 내용을 발견했어."

보덴슈타인은 자신이 발견한 내용과 거기서 내린 결론을 간략하게 설명했다.

"너무 대담한 추측 아닐까요?" 이 지역의 지리적 상황을 모르는 롬바르디가 회의적이라는 뜻으로 입맛을 다셨다.

"그냥 지푸라기를 잡는 심정이죠." 보덴슈타인이 시인했다. "거기에 맞는 짚단을 찾는 게 문제죠."

"늦어도 내일 기자회견이 끝난 뒤에는 그때 그 자리에 있었던 사람들의 진술을 모두 들어볼 생각이에요." 피아가 보덴슈타인에게 약속했다. "그중 한 사람은 입을 열겠죠."

"그런데 아직도 이해가 안 되는 건 의사가 왜 그 기록들을 없애지 않았느냐 하는 점이에요." 타리크가 말했다. "친구들을 보호한다면서 그 증거를 보관하는 건 앞뒤가 맞지 않는 얘기 아닌가요?"

"그렇지 않아." 보덴슈타인이 씁쓰레하게 웃었다. "그 사람들은 누구도 친구가 아니었어. 단지 한 마을에 살다가 우연히 일어난 사건으로 일종의 운명공동체가 된 것뿐이지. 레싱 박사가 증거를 보관한 이유는 아주 간단해. 압박 수단으로 보관한 거야. 그 사람의 면면으로 보건대 아마 살면서 그 카드를 최소한 한 번 이상은 사용했을 거야."

"비열한 인간이네요." 타리크가 역겹다는 듯이 대답했다.

"아니." 보덴슈타인이 대답했다. "안타깝지만 지극히 인간적이라고 할 수 있어. 게다가 우리 경찰한테는 인간들이 그렇게 비열한 게 오히려 다행일 수도 있고. 이젠 어디서부터 시작해야 할지 알게 됐으니까."

"의문점은 하나 더 있습니다." 카이가 말했다. "레오나르트 켈러의 환자 기록은 그 봉투에 통째로 들어 있었습니다. 자살 시도 후 치료를 받은 종합병원과 재활병원의 기록까지요. 그런 건 항상 담당 주치의한테 보내지죠. 우리는 아르투어에 관한 사건 자료에서 켈러가 자살을 기도했다는 도축용 총 사진을 발견했습니다. 순간 멈칫했죠."

"왜?" 피아가 물었다.

"그런 도축용 총이 어떤 건지 인터넷으로 좀 찾아봤습니다." 타리크가 열을 내며 설명했다. "정확한 명칭은 도축용 공기총이라고 하는데 큼직한 전기 드릴처럼 생겼더군요. 길쭉한 볼트 형태의 총알이 가스 압력에 의해 가축의 머리를 뚫는 거죠. 이 도구는 20세기 초 슈트라우빙거 도축장에서 사전에 가축을 기절시켜 불필요한 고통을 주지 않으려고 고안되었습니다. 도축장에서는 오래전부터 일반적으로 사용되어온 도구라는 뜻이죠. 형태는 여러 가지가 있습니다. 볼트가 도축 동물의 뇌까지 뚫고 들어가는 관통형이 있고, 볼트의 끝이 평평해서 뇌까지 뚫고 들어가지 못하는 뭉툭한 것이 있습니다. 레오나르트 켈러가 사용한 건 뭉툭한 형태였습니다. 그런데 이제 중요한 게 나옵니다!"

이 대목에서 그는 모두가 긴장한 채 자기 말을 듣고 있는지 확인하려고 잠시 말을 멈추었다.

"볼트를 추진하는 탄환은 따로 있습니다. 보통 공포탄이 사용되는데, 공포탄의 뇌관이 폭발하면서 그 힘으로 탄환이 볼트를 밀어내는 식이죠. 탄환은 색으로 구분됩니다. 돼지를 도축할 때와 소를 도축할 때는 관통력이 달라야 하기 때문이죠. 그 사진을 자세히 관찰한 결과 켈러가 사용한 탄환은 녹색으로 확인되었습니다. 관통력이 가장 약한 것으로 돼지와 송아지, 또는 양을 도축할 때 사용되죠. 우리는 켈러가 왜 그걸 사용했는지 의문을 품었습니다."

"급한 마음에 정육점에 있는 걸 아무거나 들고 갔겠지." 피아가 말했다.

"아니, 아니, 아닙니다." 타리크가 세차게 고개를 저었다. "켈러는 능숙한 도축사입니다. 하르트만 정육점에서 도축 일을 배운 뒤 프랑크푸르트의 도축장에서 1년 일하다가 하르트만의 조수로 다시 돌아왔습니다. 그만큼 그 일을 잘 아는 사람이죠. 분명히 자살할 뜻이 있었다면 파란색이나 빨간색 공포탄을 사용했을 겁니다. 건물에서 자살하려는 사람이 2, 3층 높이에서 뛰어내리지는 않지 않습니까? 죽지 않고 다리만 하나 부러지거나, 운이 나쁘면 평생 동안 휠체어를 타고 다녀야 할지 모르니까요."

"도축용 총에 대해 잘 모르는 사람이 급히 서둘러야 했거나 뭔가에 쫓기는 상황이었다면 피아 형사님 말처럼 그렇게 행동했을 수도 있을 겁니다." 카이가 보충했다. "정육점에 몰래 들어가 아무 총이나 들고 나왔을 테니까요."

피아는 동료들이 무슨 말을 하려는지 서서히 감이 잡히기 시작했다.

"게다가 켈러였다면 가축을 도살할 때처럼 분명 이마에 총을 대고 발사했을 거예요." 킴이 덧붙였다. "해부학적 구조상 어려울 수밖에 없는 뒤통수가 아니라."

"우리는 크리스티안한테 컴퓨터 시뮬레이션을 부탁해두었습니다." 카이는 무척 만족스러워 보였다. "레오나르트 켈러의 신장과 머리의 총알 구멍 위치, 총의 무게와 크기를 종합적으로 따져보면 범인의 신장을 가늠할 수 있을 겁니다."

피아는 방금 들은 내용을 머릿속으로 되새겨보고는 보덴슈타인과 눈길을 주고받았다.

"우와." 그녀의 입에서 절로 감탄이 터져 나왔다. "당신들 말이 맞아!"

"결론은, 자살 기도가 아니라 실패한 살해 시도였다는 거죠!" 타리크가 의기양양하게 웃었다. "그 옛날 선배들은 그런 생각까지 하지 못했나 봐요."

"달갑지 않은 사건을 조속히 마무리하려면 어떻게든 빨리 범인을 지목해야 했을 테니까." 보덴슈타인이 어두운 표정으로 말했다.

"그 세심한 의사 선생은 실패한 살인자가 누군지 분명히 알고서 켈러의 자료도 협박용으로 사용했을 겁니다." 타리크의 말이었다. "어쨌든 이렇게 자료를 없애지 않은 건 죽은 뒤이지만 그 양반한테 진심으로 고마워해야 한다는 생각이 듭니다."

***

레오나르트 켈러가 자살을 시도한 게 아니라 살해 기도에서 살아남았을 거라는 의심은 모든 것을 바꾸어놓았다. 휴게실 벽에 걸린 커다란 시계는 8시 10분을 가리켰고, 참석자들은 모두 야근에 대비했다. 킴과 타리크는 범인 프로필을 작성하기 위해 사용한 종이판을 치우고 처음부터 다시 시작했다.

보덴슈타인은 타리크 오마리와 카이 오스터만에게 마을 사람들의 이름과 혈연관계를 알려주었다. 이제부터는 어릴 적 친구들과 그 부모들이 관심의 대상으로 떠올랐기 때문이다. 그와 동시에 한쪽 귀로는 피아가 옆 책상의 롬바르디에게 잉카 한젠의 심문을 위해 사전 정보를 제공하는 소리를 들었다.

해야 할 일과 생각할 거리는 태산이었다. 무엇보다 누가 왜 레오 켈러를 죽이려고 했는지부터 알아내야 했다. 그것도 아르투어가 실종된 지 14일이 지났고 프랑크푸르트 강력계 형사들이 수사를 맡은 지 벌써 한참이 지난 뒤가 아니던가? 레오는 뭘 알고 있었을까? 그 내용이 누구에게 위협이 되었을까? 레오에 대한 공격은 왜 그 훨씬 이전에 이루어지지 않았을까? 아니면 레오는 아는 것이 없는데, 냄새를 맡고 뒤쫓는 형사들을 따돌리려고 그를 희생양으로 삼은 것일까? 그로 인해 레오 가족이야 파멸되든 말든 신경 쓰지 않고? 인간이 자신을 지키기 위해 무슨 짓까지 할 수 있는지는 이미 이 일을 하면서 너무 자주 봐왔다.

보덴슈타인의 휴대전화가 울렸다. 카롤리네였다. 그는 양해를 구하고 마당으로 나갔다.

"아르투어의 누나 발렌티나가 프랑크푸르트 행 밤 비행기를 탔대요." 카롤리네가 말했다. "내일 아침 6시 20분에 도착한다네요. 우리 집에 묵으라고 했는데, 괜찮죠?"

"물론이지. 당신이 좋다면."

"당연하죠." 그녀는 잠시 말이 없었다. "당신 괜찮아요?"

"조금 전에 잉카 집에 갔다가 잉카를 체포했어."

그는 이 말을 하는 순간에야 자신이 얼마나 엄청난 짓을 저질렀는지 어렴풋이 깨달았다. 지금까지는 자신의 행동이 명쾌하고 논리적이라고 생각했다. 특히 카이와 타리크가 밝혀낸 배경에 비추어볼 때 더욱 그랬다. 그런 것이 이제야 의구심이 들기 시작했다. 잉카가 이 일과 아무 관련이 없으면 어쩌지? 그녀는 아들의 장모로서 가족의 일원이 아니던가? 그 점을 고려했어야 하지 않았을까?

"내가 실수를 한 거면 어떡하지?" 그의 입에서 한숨이 새어나왔다. "완전히 잘못 짚었을지도 모르는데."

"조금이라도 혐의가 있으면 누구건 조사해야 하는 게 당신 일이잖아요." 카롤리네가 대답했다. "만일 잉카가 그 일과 관련이 없으면 사과하고 내보내면 돼요. 하지만 난 당신이 제대로 하고 있다고 믿어요."

"어째서?" 보덴슈타인은 깜짝 놀라 물었다.

"정확한 이유는 모르겠지만 어쩐지 그런 느낌이 들어요. 나도 잉카를 여러 번 만났지만 항상…… 뭐라 그럴까…… 솔직하지 않고 뭔가 숨기는 것 같은 인상을 받았어요."

솔직하지 않다. 그게 정답이었다. 그들 둘이 우정을 나눈 긴 시간뿐 아니라 연인으로서 함께 지낸 2년 동안에도 잉카는 마음을 털어놓은 적이 없었다. 그녀에겐 언제나 그가 넘지 말아야 할 선이 있었다. 대화는 일상적 내용이나 그와 그의 가족과 관련된 이야기로 제한

되었고, 그녀 자신에 관한 이야기가 나온 적은 한 번도 없었다. 화제가 그쪽으로 향한다 싶으면 잉카는 불편한 기색을 숨기지 않고 바로 차단막을 쳤고, 무언가 마음에 들지 않는지 침묵하거나 회피했다. 그래서 그는 그녀가 왜 그런 반응을 보이는지, 그게 혹시 소피아나 그 자신 때문은 아닌지 스스로에게 물을 때가 많았다. 그 점에 대해 진지하게 대화를 나누어보려고 해도 소용이 없었다.

"사건이 다 끝난 상태면 얼마나 좋을까 싶어." 보덴슈타인은 한숨을 내쉬었다. "당신과 여행을 떠나고 싶어. 당신과 우리 아이들을 데리고 가능한 한 멀리 어디로건 떠나고 싶어."

"나도 그래요." 카롤리네의 목소리에서 그녀가 웃고 있는 것이 느껴졌다. "그다음엔 당신이 우리 집으로 들어와 살면서 우리의 새 보금자리로 어디 아담한 농장이 없는지 같이 둘러봐요."

보덴슈타인은 이대로 그녀의 집으로 달려가고 싶었지만 그럴 순 없었다. 마음은 정말 굴뚝같지만 당장 내일 있을 기자회견을 준비해야 했다. 피아에게 모든 걸 맡기고 혼자 떠나는 건 도리가 아니었다.

"그래, 꼭 그렇게 하자고." 보덴슈타인은 웃으며 대답했다. "오늘은 늦을 거야. 밤을 새울지도 모르고."

"괜찮아요. 일 끝나면 알려만 줘요. 오늘 못 보면 내일 기자회견장에서 봐요, 괜찮죠?"

"오케이. 나도 당신이 기다려져."

"나도요. 사랑해요."

"나도 사랑해."

그는 이 여인이 오늘밤뿐 아니라 모든 일이 잘 풀리면 남은 생 동안도 자신을 기다려줄 거라는 생각에 마음이 가벼워지고 넓어지는 느낌이었다. 그리고 분명히 그리 될 거라 굳게 믿었다. 그녀는 그를 이해했다. 심지어 그가 지금 느끼는 이 저급한 감정도 이해해줄 것이다. 한편으론 낯부끄럽지만, 다른 한편으론 자신의 어두운 과거의 한 장을 영원히 닫는 데 필요한 힘을 주고 그를 앞으로 나아가게 하는 그 감정 말이다.

정신 무장과 함께 한층 내적 안정을 되찾은 보덴슈타인이 막 건물로 들어가려는 순간 검정색 리무진 한 대가 옆에 멈추더니 운전석 창이 스르륵 내려갔다.

"안녕하신가, 올리버?" 플로리안 클라징 박사였다. "내 누이가 전화로 급히 가보라고 해서 달려왔지. 자네가 잉카를 체포했다면서?"

클라징은 독일에서 가장 유명한 형사 사건 변호사 중 하나로, 우연히 잉카의 말 병원 동업자 아내인 안나 레나 케르스터의 오빠이기도 했다. 보덴슈타인과는 오래전부터 아는 사이인데, 세월이 지나면서 둘 사이엔 우정 같은 것이 생겨났다.

"오래만이군, 플로리안. 자네가 잉카 변호산가?"

"아직 본인을 못 만났으니 단정할 수는 없지만 아마 그렇게 되지 않겠나?" 클라징이 진지하게 말했다. 그는 주차장 빈자리에 차를 세운 뒤 시동을 끄고 차에서 내렸다.

"무슨 일인가?" 클라징이 물었다. "혐의가 뭔데? 혹시 연쇄 살인과 관련이 있나?"

클라징이 여기 사건을 알고 있는 것은 어찌 보면 당연했다. 지난 며칠간 언론의 관심은 온통 이곳의 연쇄 살인 사건과 좀처럼 성과를 내지 못하는 경찰 수사에 쏠려 있었기 때문이다. 다만 지금까지는 이 사건들이 아르투어의 실종과 연관되어 있을 가능성은 전혀 노출되지 않았다. 하지만 변호사에게는 그 사실을 알려야 했다. 보덴슈타인은 경찰서 건물 입구로 걸어가면서 클라징에게 잉카를 임시 구금한 이유를 짧게 설명했다.

"그것만 갖고는 영장판사도 구속영장을 발부할 순 없어. 그건 자네도 잘 알잖아." 클라징이 말했다.

"그래, 알지." 보덴슈타인이 고개를 끄덕였다. 경비 경찰이 그를 보더니 출입문 개폐스위치를 눌렀다. "솔직히 말할까? 내가 원하는 건 그때 정말 무슨 일이 있었는지 잉카가 솔직하게 얘기해주는 거야. 나도 잉카가 누구를 죽였다고 생각하지는 않아. 하지만 잉카는 분명 뭔가를 알고 있어. 우리한테는 그 뭔가가 중요해."

"내가 만나서 얘기 좀 해볼까?"

"물론이지. 근데 이번 수사 지휘는 피아 산더 형사가 맡고 있어. 자네가 왔다는 사실을 내가 알려줄게."

"알았어. 그때까지 기다리지." 클라징은 손목시계를 쓱 내려다보더니 보덴슈타인에게로 눈길을 돌렸다. "잉카가 완강하게 버틸지도 몰라. 내가 어떻게든 설득해서 자네한테 이야기를 하게 만들면 좋겠지만, 그게 안 되면 어떻게 되는 거지?"

"우리는 스물네 시간 동안 구금할 수 있어. 하지만 영장판사에게 도주나 증거 인멸의 위험이 있다는 점을 확신시키면 한동안 갇혀 있어야 할 거야."

"그럴 위험은 없어."

"안타깝지만 그렇지 않아." 보덴슈타인이 변호사를 똑바로 바라보았다. "잉카는 도주하려고 자동차에 짐을 싣는 현장에서 붙잡혔어. 게다가 말 병원을 팔았다는 소식은 자네도 알고 있겠지?"

클라징은 대답 대신 어깨를 으쓱했다.

"이런 정황에다 잉카가 어제 온라인으로 미국 비자를 신청한 사실이 더해지면 영장판사도 도주 위험이 있다고 판단하지 않을까?"

***

레티치아, 헨리에테 게다가 페터까지 마치 도깨비라도 본 것처럼 잔뜩 겁먹은 표정으로 그 앞에 앉아 있었다. 팔다리는 뒤로 돌려져 묶인 상태였고, 말을 하지 못하게 입도 질긴 은색 테이프로 틀어 막혀 있었다. 특히 레티치아는 머리까지 테이프로 돌돌 감겨 있었다. 테이프를 풀 때 몹시 아프라고. 이 모든 것은 그들이 그에게 저지른 모든 짓에 대한 아주 작은 복수였다.

그들이 서로 풀어줄 수 없는 상태라는 확신이 들자 그는 위층으로 올라가서 느긋하게 샤워를 하고 면도까지 했다. 그러고는 깨끗한 옷으로 갈아입고 여행 가방을 쌌다. 지난 몇 년 동안 이렇게 기분이 좋았던 적은 없었다. 부엌으로 내려와서는 샌드위치 두 개를 구우면서 프라이팬에 계란 몇 개를 올렸다. 그 뒤 다시 지하 보일러실로 내려갔다. 지하실 문이 방음 면에서 완벽하다는 건 자신의 고통스러운 과거 경험으로 알고 있었다. 그래서 그들이 어떤 식으로건 재갈을 푼다고 해도 걱정하지 않았다. 여기 지하에서는 아무리 소리를 질러도 위쪽 거리로 새나가지 않을 테니까.

그는 그들 앞 스툴 의자에 앉아 이야기를 시작했다. 이제는 그들이 그의 말을 들을 차례였다. 지금까지는 벼락같은 호통으로 그의 입을 닫게 하고, 말을 듣지 않으면 그를 여기 지하실에 가둔 사람들이었다. 이제는 입장이 완전히 바뀌었다. 칼자루를 쥔 건 그였다. 그의 부모는 레티치아가 그를 어떻게 이용했고, 그녀의 비열한 목적을 위해 어떻게 악용했는지 듣고는 경악했다. 그것도 그에게는 저항할 기회조차 없었던 수년 동안. 그는 자신이 왜 이상 행동을 보였고, 왜 반복해서 집을 나갈 수밖에 없었는지 설명했다. 자신에게 말을 걸어주고 무슨 일이냐고 물어봐줄 사람을 기대했지만 아무도 없었다. 그 오랜 시간 동안 그의 말을 믿어준 사람은 바제도프 박사가 유일했다. 하지만 아버지의 협박으로 바제도프 박사조차 아무 조처를 취하지 못했다. 두려워서.

"난 거의 2주 전부터 마약을 완전히 끊었어요. 이젠 깨끗해요." 그가 말했다. "당신들이 나한테 그렇게 뒤집어씌우려고 했던 '편집증적 정신분열증'에 대해 찾아봤어요. 짧게 설명할 테니까 잘 들어봐요. 인터넷에서 아주 흥미로운 이론을 몇 가지 발견했거든요."

그는 처음엔 버블헤드 인형처럼 고개를 끄덕이는 아버지에게, 그다음엔 어머니에게 총을 겨누었다.

"1970년대 초에 대두한 이른바 '환경이론'에 따르면 정신 질환은 주로 가정 내에서 생겨요. 연구 결과에 따르면 정신분열 환자 중에는 부모 가운데 최소 한쪽이 자식에게 스스로의 자아상과 자기목표를 발전시켜 나갈 가능성을 허용하지 않을 때 발생한 경우가 많아요." 그가 차갑게 웃었다. "그 말을 생각하면 할수록 여기서 누가 정신분열증을 유발하는 가정의 이미지에 딱 들어맞는지 알겠더라고요. 지배하려는 경향만 강할 뿐 자식의 욕구나 감정 따위에는 신경도 쓰지 않는 당신들 부모죠. 당신들은 노골적으로 억압만 하는 것이 아니라 부모의 잘못된 사랑과 걱정을 앞세워 자식에게 자신들의 뜻을 관철하려고 해요. 어때요, 뭐 기억나는 거 없어요?"

그는 일어나서 레티치아를 건어찼다.

"당신들이 괴물로 키운 건 내가 아니라 바로 이 년이에요!" 그는 이렇게 소리치더니 누나의 입에서 테이프를 뜯어내고는 총구로 그녀의 갈비뼈를 눌렀다. "옛날에 네가 당한 사고가 진짜 어떻게 일어났는지 얘기해! 어서! 아무도 네 말을 가로막지 않을 테니까!"

"무…… 무슨 말을 하는지 모르겠어." 레티치아는 울음 섞인 소리로 말했다. 순간 그는 방아쇠를 당겼다. 귀청을 때리는 소리가 났고, 타격 성능도 생각보다 강했다. 벽에서 회칠이 흘러내린 것이다.

"다음 총알은 네 무릎을 맞힐 거야." 그는 증오하는 누나를 위협했다. "자, 어서 말해!"

***

잉카 한젠은 자신의 동료들이 보낸 변호사와의 접견을 거부했다. 플로리안 클라징 박사도 결국 아무것도 하지 못하고 등을 돌릴 수밖에 없었다. 잉카는 자신의 권리에 대한 안내를 무표정하게 들었고, 심문 과정이 전부 녹화될 거라는 피아의 말에 짧게 고개만 끄덕거렸다. 그녀는 30분 전부터 열심히 거짓말만 하고 있었다. 어떻게든 이 모든 것에서 벗어날 수 있을 거라고 여전히 믿는 것일까?

"어디로 가려던 중이었나요?" 피아가 물었다.

"학술회의요. 빈으로요."

"우리가 확인한 바로는 거기선 수의학 학술회의가 없다는데요?"

"전…… 딸하고 저기…… 남프랑스로 가려고 했어요."

"아하. 그러면 남프랑스 어디로 가려고 했나요?"

"거기…… 아를이요."

"음. 그럼 호텔은 예약하셨겠군요. 아닌가요?"

"아뇨. 현지에 도착해서 찾아보려고 했어요. 그래서 마음에 드는 곳에 묵으려고요."

"어제 미국 비자는 왜 신청하셨나요?"

"거기서 열리는 학술회의에 초청을 받아서요."

잉카의 입에서는 거짓말이 술술 나왔다. 피아는 한숨을 내쉬었다. 이 문제는 이걸로 충분했다.

"막시 기억하죠? 올리버가 젖병을 물려서 키운 여우?" 그녀는 화제를 바꾸었다.

"네." 잉카는 피아에게 미심쩍은 시선을 던졌다.

"막시를 좋아했나요?"

"전 모든 동물을 좋아해요."

"음." 피아는 보덴슈타인이 준 사진의 확대본을 잉카에게 내밀었다. "이걸 보면 막시를 좋아했던 것 같지는 않은데요."

잉카의 이마에 작은 땀방울이 송골송골 맺혔다.

"당신은 막시를 미워했어요, 아닌가요? 올리버가 여우만 좋아했으니까요. 그게 부럽고 질투가 난 거죠. 게다가 올리버가 러시아에서 온 남자애하고만 노는 것도 싫었고. 당신을 비롯해서 다른 애들과는 어울리지 않았으니까요. 맞나요?"

잉카 한젠은 아무 대답 없이 피아의 어깨 뒤쪽 한 지점만 뚫어져라 바라보았다.

"한젠 박사님." 피아가 간절하게 말했다. "어린 남자아이가 죽었어요. 겨우 열한 살이었어요. 당신도 딸이 있잖아요. 아르투어의 가족은 40년 넘게 아들의 생사도 모르고 살아야 했는데, 그게 정말 아무렇지도 않나요? 그 심정을 모르겠어요?"

피아는 해부학적으로 정확하게 배치된 아르투어의 유골 사진을 책상 위로 내밀었다. 법의학연구실의 금속 테이블에 놓고 환한 불빛 아래 찍은 사진이었다.

"이 사진들을 보세요!"

잉카 한젠의 표정은 여전히 닫혀 있었다. 한 치의 실수가 있어선 안 되는 시험을 보는 것처럼 온 신경을 집중하고 있는 듯했다. 우정과 모성에 대한 호소만으론 더는 진척이 없을 것 같았다. 이젠 더 강한 수단을 써야 했다.

롬바르디는 수첩을 뒤적거렸다. 보덴슈타인이 피아와 그에게 자세히 설명해준 내용이었다.

"한젠 박사님, 뭘 두려워하시는 건가요? 누구에게 협박이라도 받았나요? 그래서 갑자기 잘나가는 병원을 팔고 루퍼츠하인을 떠나시는 건가요?" 지아니 롬바르디의 목소리에 담긴 연민이 잉카를 울먹이게 했다. 그녀는 고개를 저었고, 자세를 바꾸어 앉으며 귓불을 잡아당겼다. 그녀의 시선은 줄곧 반사막을 입힌 유리로 향해 있었다. 보덴슈타인이 앉아 취조 과정을 지켜보고 있었다.

"누구를 두려워하시는 거죠?" 롬바르디가 집요하게 물었다. "뭣으로 당신을 협박했나요?"

"두려워하는 사람은 없어요." 잉카는 고개를 흔들었지만, 몸의 언어는 그녀의 말이 거짓임을 드러내고 있었다. "왜 이런 질문들을 하는 거죠?"

"페터 레싱이 그랬나요?" 피아는 이 질문에 수의사가 움찔하는 것을 인지했다. 그래, 바로 이거야! 그녀는 가차 없이 공세를 퍼부었다.

"어릴 때 페터와 다른 남자애들이 동물들을 괴롭히고 죽인 거 기억나세요? 개구리, 기니피그, 토끼, 고양이, 그런 동물들이었죠. 당신도 그 자리에 있었나요? 그게 재미있던가요? 동물들이 고통스러워하고 비명을 지르는 게 보기 좋던가요? 다른 생명의 생사여탈권을 쥐고 흔드는 것이 즐겁던가요?"

지금 이것은 잔인하고 무자비한 취조 방식이었다. 피아는 상대의 지극히 예민한 부분을 건드려 취조 당하는 사람이 어떤 경우에도 내놓지 않으려고 하는 비밀을 토설할 수밖에 없게 만드는 이런 식의 강압적 심문을 좋아하지 않았지만 어쩔 수가 없었다.

"아뇨, 기억나지 않아요." 잉카는 완강하게 비협조적인 태도를 고수했다. "당신이 무슨 말을 하는지 모르겠어요."

"우린 1972년 8월 17일의 일에 대해 이야기하고 있어요." 피아가 말했다. "당신은 그때 열한 살이었어요. 그리고 당신이 잘 알고, 당신과 동갑이던 소년이 그날 흔적도 없이 사라졌어요."

"당신을 도울 방법이 없군요." 수의사가 대답했다. "기억이 나지 않으니까."

"살아 있다면 아르투어는 지금 당신과 같은 나이일 겁니다. 그 오랜 세월 동안 아르투어에게 무슨 일이 일어났을까 생각해본 적이 없나요?"

"아니면 그럴 필요조차 없었습니까?" 롬바르디가 물었다. "그때 일어난 일을 당신은 알고 있으니까?"

침묵.

"어제 아르투어와 막시의 유골이 발견되었다는 소식을 듣고 놀랐습니까?"

"당신 딸이 흔적도 없이 사라졌고, 딸에게 무슨 일이 있었는지조차 전혀 모른다면 당신 심정은 어떨까요?"

피아와 롬바르디는 번갈아가며 질문을 했는데, 질문 하나하나가 비수처럼 잉카 한젠의 가슴을 찌르는 듯했다. 그건 불안하게 껌벅거리는 눈과 깍지를 낀 채 꽉 움켜쥔 두 손에서 드러났다. 그래도 실토할 기미는 보이지 않았다. 무슨 질문을 해도 대답은 한결같았다.

"무슨 말을 하는지 모르겠어요. 기억나지 않아요."

피아와 롬바르디는 재빨리 시선을 주고받았다. 잉카는 뭐가 저렇

게 두려운 것일까? 아니, 좀 더 정확히 말해서 누가 저렇게 두려운 것
일까?

"뭐 좀 마시겠어요?" 롬바르디가 물었다. "물 한 잔 갖다드릴 수도
있고, 잠시 쉬었다 할 수도 있습니다."

"아뇨, 아무것도 마시고 싶지 않아요. 그냥 집으로 가고 싶어요. 날
그냥 이렇게 가두어둘 수는 없어요. 이건 공권력 남용이에요."

"우린 당신을 스물네 시간 구금할 수 있어요." 피아가 주지시켰다.
"실제로 그렇게 할 거고요. 당신은 내일 영장실질심사를 받을 겁니
다. 그러면 판사가 당신을 풀어줄지, 아니면 더 구금할지 결정하겠죠.
하지만 당신이 지금까지 우리한테 한 거짓말을 고려하면 집으로 돌
아갈 가능성은 극히 희박해 보이네요."

잉카 한젠은 이제야 사태의 심각성을 어렴풋이 깨달은 듯했다.

"나한테 대체 원하는 게 뭐예요?" 그녀의 목소리에서 공격성이 묻
어났다. "당신 반장은 순전히 개인적인 이유로 날 잡아온 거예요. 나
한테 복수하려고요! 당신 반장은 지금 저 유리창 뒤에 앉아 당신이
나를 족치는 걸 즐기고 있겠죠, 아닌가요?"

드디어 피아가 기다리던 감정 변화가 찾아왔다. 잉카 한젠이 스스
로 알아서 자신을 막다른 골목으로 몰아넣고는 방어 자세를 취하고
있었던 것이다. 그들은 그녀가 두려워하는 지점으로 서서히 접근했
다.

"당신을 족치려는 사람은 아무도 없어요." 피아가 고개를 저었다.
"우리는 단지 아르투어가 실종된 날 저녁에 무슨 일이 있었는지 알고
싶을 뿐이에요."

"말했잖아요, 기억나지 않는다고!"

"우린 그 말을 믿지 않아요."

"당신이 기억할 수 있게 우리가 좀 도와드릴까요?" 롬바르디는 약간 몸을 내밀었다. "1972년 8월 17일 오후 슈나이트하인에서 축구 시합이 열렸습니다. 이른바 정기 하계 대회였죠. 그날 루퍼츠하인 스포츠협회 소속의 소년 팀은 형편없이 졌습니다."

축구 시합이 언급되자 잉카의 입은 자기도 모르게 눈에 띄게 실룩거렸다. 그렇게 오랜 세월이 지나 별로 중요하지도 않았던 사건을 누군가 기억하고 있다는 게 완전히 의표를 찌른 듯했다.

"축구 시합이 끝나고 슈나이트하인에서 돌아와 다른 애들과 숲으로 갔을 때 무슨 일이 있었나요? 당신도 함께 있었나요? 아르투어를 우연히 만났나요?"

"기억나지 않아요." 잉카의 근심 가득한 얼굴은 마치 돌로 만든 가면 같았다. 하지만 호흡이 빨라지더니 턱에 고인 땀방울이 목을 타고 가슴 쪽으로 흘러내렸다.

"당신은 거짓말하고 있어요." 피아가 침착하게 말했다.

"아니에요, 아니에요……." 잉카는 이렇게 중얼거리며 고개를 숙이더니 자신의 손을 내려다보았다.

"아니, 맞아요." 피아는 고삐를 늦추지 않았다. "당신은 지금 두려워하고 있어요. 어찌할 줄 모르는 지독한 두려움에 떨고 있어요. 세 사람이 벌써 살해됐어요. 다들 그 일에 대해 너무 많이 알고 있었기 때문이죠. 다음 차례는 당신일 수 있고, 어쩌면 당신 딸일 수도 있어요! 당신과 당신 친구들은 뭔가 나쁜 짓을 저질렀고, 그 일을 절대 발설하지 않기로 맹세했어요. 당신들은 그때 일을 40년 동안 떨쳐버렸다고 생각했지만, 이제 과거가 당신들 뒤를 바짝 뒤쫓고 있어요. 우린 내일 당신들을 모두 만날 거예요. 하나씩 차례로. 랄프 엘러스는 벌써 옆방에 와 있어요. 오늘 체포했죠. 라이헨바흐 부부는 당신처럼 완강하게 입을 다물지는 않을 거라고 생각해요. 자기들 딸이 왜 저렇게 맞아서 혼수상태를 헤매고 있는지, 그 이유를 알게 된다면 말이죠."

"난 아무 짓도 안 했어요!" 잉카가 찢어질 듯이 날카롭게 소리쳤다.

"하지만 당신은 알아요. 그 자리에 있었으니까." 피아가 말했다. "당신은 범행 당시 형사 책임이 없는 미성년자였기에 지금도 법적으로는 처벌을 받지 않는다고 해도 앞으로 사람들은 지금까지 흠잡을 데 없던 당신의 이름을 네 건의 살인 사건과 연결해서 떠올리게 될 겁니다. 사람들 사이에서 한번 오물을 뒤집어쓰면 씻어내기란 쉽지 않은 법이죠. 당신이 뭘 어떻게 하든 절대 이 일에서 벗어날 수 없을 겁니다."

침묵.

피아의 말이 효력을 발휘했다. 잉카는 거짓말과 부인이 아무 소용이 없다는 사실을 서서히 깨달았다. 그녀는 솟구치는 눈물을 막으려고 두 눈을 질끈 감았다.

롬바르디는 또 다른 사진들을 책상에 펼쳐 놓았다. 클레멘스 헤롤트의 불탄 시신은 차마 눈 뜨고 볼 수 없을 정도로 소름끼쳤고, 뼈밖에 남지 않은 로지 헤롤트의 깡마른 시신은 입술이 파랬으며, 머리가 퉁퉁 부어오른 아달베르트 마우러의 코와 입에는 마른 피가 묻어 있었다. 망자들, 초점 없는 눈, 인화지 위의 악몽…….

"이 사진들 좀 보세요!" 롬바르디가 명령했다.

"당신과 가장 친한 친구의 딸이 죽을 정도로 맞고 쓰레기처럼 풀밭에 내던져졌어요. 당신 집에서 직선으로 500미터도 떨어지지 않은 곳이라고요!" 피아가 말했다. "그래도 아무렇지 않아요?"

"당연히 그럴 리는 없죠." 잉카 한젠이 속삭이듯이 말했다.

"지난 금요일에 옛 친구들을 만났을 때 무슨 이야기를 나눴나

127

요? 모두 기억나지 않는다고 말하기로 입을 맞췄나요?"

수의사는 두 팔을 가슴에 모으고 떨리는 몸을 진정시키려 애썼지만 소용이 없었다.

"이 사진들 좀 똑똑히 봐요!" 롬바르디는 깜짝 놀랄 정도로 느닷없이 호통을 쳤다. "당신과 당신 친구들이 무슨 짓을 했는지 똑똑히 보라고요! 당신들 모두 아는 사람이에요. 한 사람은 산 채로 불타 죽고, 한 사람은 목이 졸려 죽고, 또 한 사람은 죽을 정도로 맞았어요! 불에 타죽는 게 어떤 고통인지 알아요? 말짱한 정신으로 괴로워하며 숨막혀 죽는 게 어떤 느낌인지 알아요? 파울리네가 쇠지레로 맞아 광대뼈가 으스러졌을 때 무슨 생각을 했을지 상상이 가요?"

잉카 한젠의 시선이 천천히 사진들을 훑었다. 피아는 잉카의 저항이 무너지는 것을 보았다. 얼굴은 하얀 재처럼 창백해졌고, 눈에서는 눈물이 흘렀다. 그러다 어느 순간 두 손에 얼굴을 묻고 울음을 터뜨리기 시작했다. 후회인지 자기연민 때문인지는 알 수 없었지만, 어떤 것이든 상관없었다.

"한젠 박사님! 그때 무슨 일이 있었던 겁니까? 얘기하세요!"

"안 돼요, 안 돼!" 잉카가 흐느꼈다. "당신이 있으면 말 못해요."

"좋아요." 피아가 일어섰다. "그럼 제가 나가죠."

조사실을 나온 피아는 바로 옆의 모니터실로 들어가서는 보덴슈타인 옆에 말없이 앉았다. 롬바르디는 이제 공감과 이해심 있는 청자의 역할을 성실히 수행했다. 그와 함께 그녀의 입도 마침내 열렸다.

"아르투어가 모든 걸 망쳤어요!" 그녀가 괴로워하며 흐느꼈다. "그전까지 난 무척 행복했어요. 그런데 걔가 나타나면서부터 갑자기 모든 게 달라졌어요. 우린…… 그냥 본때만 보여주려고 했어요! 걔가 죽는 건 원치 않았어요. 그저 걔가…… 사라지기만 바랐어요. 그래서 모든 것이 다시 예전처럼 돌아갈 수 있게."

"정확히 무슨 일이 있었습니까?"

"우리는 그날 축구 시합에 갔어요." 잉카는 당혹스럽게 울먹이는 소녀의 목소리로 말했다. "남자애들은 시합에서 졌고, 그 때문에 코치와 말다툼이 있었어요. 화가 난 코치는 애들을 버스에 태우지 않고 루퍼츠하인까지 걸어가게 했어요. 지모네와 나도 우리끼리만 버스를 타고 갈 수가 없어 함께 걸어갔죠. 무척 후텁지근한 날이었어요. 금방이라도 소나기가 쏟아질 것 같은……. 그러다 보니 애들 기분이 좋을 리가 없었죠. 특히 페터와 에드가는 분을 참지 못하고 길길이 날뛰었어요. 그러다 농장의 방화수 못으로 수영을 하러 가기로 했어요. 그런데 거기…… 아르투어가 앉아 있었어요." 그녀는 다시 훌쩍거렸다. "다리에 앉아…… 막시와 놀고 있었죠."

피아는 재빨리 보덴슈타인에게로 시선을 던졌는데 그의 표정은 돌처럼 굳어 있었다. 그는 몸을 숙이고 팔꿈치를 무릎에 괸 채 반사막을 입힌 유리를 통해 한때 사랑했던 여인을 가만히 응시하고 있었다. 지금 그의 마음속에서는 어떤 감정이 일고 있을까?

"막시는 누구였습니까?"

"여우요. 올리버가 길들인 여우." 잉카는 손으로 얼굴의 눈물을 훔쳤다. "아르투어는 우리를 보자 도망쳤고, 우리는 걔를 쫓았어요. 처음엔 그냥 장난이었어요. 무슨 짓을 하려고 했던 게 아니라 그냥 겁을 주려고 했던 거죠. 보통은 개 혼자 있은 적은 없었어요. 올리버가 항상 걔를 지켰으니까." 그녀의 목소리에서 쓸쓸함이 묻어났다. 잉카는 얼굴에서 손을 내리고는 헛기침을 하더니 어서 끝내려는 듯 빠르게 말을 이어갔다. "페터, 에드가, 랄프는 무척 골이 났어요. 아르투어를 놓쳤기 때문에. 그러다 걔를 다시 발견했어요. 걔는 도망치다가 나무 위로 올라갔어요. 남자애들은 나무 밑에서 계속 기다리자고 했지만, 지모네는 집에 가야 했어요. 그래서 우린…… 그러니까 지모네와 난 집으로 갔어요. 그게 내가 아는 전부예요. 아르투어가 그날 밤 집에 들어오지 않았다는 소식은 다음 날 들었어요. 페터도 그 이야기를 듣고 우리 패거리를 소집했어요. 비밀 아지트로요. 페터는 우리한테 각자 부모님의 목숨을 걸고 맹세를 시켰어요. 아르투어를 만난 일을 누구한테도 말하지 않겠다고. 뭔가 무서운 일이 일어난 것 같았지만 남자애들은 지모네와 나한테도 그 이야길 한 번도 하지 않았어요.”

“그래서 당신들 모두 그 맹세를 지켰습니까?”

“그렇다고 생각해요. 네.” 잉카는 고개를 끄덕이더니 얼굴에 내려온 머리카락을 쓸어 올렸다. 한결 마음이 가벼워지고 안정된 모습이었다. 잉카는 허리를 펴고 앉았다.

지아니 롬바르디는 말없이 그녀를 응시했다. 그렇게 1분이 지나고, 다시 1분이 지났다. 침묵은 불안감을 일으키는 가장 효과적인 방법 중 하나였다. 아무 말이 없는 상황을 견딜 수 있는 사람은 극소수에 불과했다.

“왜 말이 없으세요?” 효과가 나타났다. 잉카는 그 정도 이야기면 충분할 거라고 확신한 것 같았다.

롬바르디는 대답하지 않았다. 대신 손바닥을 맞댄 채 양쪽 검지를 입과 코앞에 대고는 가만히 수의사만 바라보았다. 그녀는 초조하게 의자에서 이리저리 자세를 바꾸어 앉았고, 머리카락과 귀를 만졌다. 눈도 좌우로 움직였다. 1초 1초가 거듭될수록 불안해지는 기색은 뚜렷해졌다. 다리도 꼬았다 다시 내렸다를 반복했다.

3분의 침묵.

4분.

"대체 이게 뭐하는 거죠?" 그녀가 마침내 반발했다. "뭐라도 말 좀 해보세요. 그렇게 할 말이 없으면 난 이제 집에 가도 되겠네요."

"부인께서 계속 이야기하길 기다리는 겁니다." 롬바르디가 말했다.

"내가요? 나보고 무슨 이야기를 더 하라고요? 난 할 말 다 했어요."

"아뇨, 그렇지 않습니다."

"예? 내가 무슨 얘길 안 했다는 거죠?" 그녀의 목소리가 다시 날카롭게 변했다.

"저 여잔 두려워하는 게 아니에요." 유리 뒤편에서 피아가 말했다. "뭔가 나쁜 짓을 한 거예요."

"부인은 어쩌다 막시한테 물렸습니까?" 롬바르디가 물었다.

"그게 무슨 말이에요?" 잉카 한젠은 짐짓 놀란 듯 눈을 동그랗게 떴다. 그러고는 너무 크다 싶게 웃었다.

"부인 오른손의 흉터요. 그때 물려서 생긴 거 아닌가요?"

"아니에요." 수의사는 손을 무릎 사이에 숨겼다. "개한테 물린 거예요."

"1972년 부인은 물린 상처 때문에 패혈증까지 생겼습니다." 롬바르디는 잉카의 말에는 아랑곳하지 않고 진료 기록 복사본을 그녀 앞에 내밀었다. "그로 인해 8월 18일부터 24일까지 매일 레싱 박사한테서 치료를 받았죠."

잉카의 얼굴에 핏기가 싹 가시더니 목구멍에서 침 넘어가는 소리가 꼴깍 들렸다. 그녀가 느끼는 공포가 뚜렷이 드러났다.

"자, 계속할까요?"

"막시는……." 그녀의 눈에 눈물이 고였다. "맞아요, 막시가 날 물었어요. 난 그냥 쓰다듬어주려고 했던 것뿐인데……."

"당신이 목을 부러뜨렸나요?"

"아니에요!" 그녀는 버럭 고함을 질렀다. "내가 한 게 아니라고요! 남자애들이 아르투어한테 나무에서 내려오지 않으면 막시를 죽이겠다고 협박했어요."

"그래서요?"

그 순간 보덴슈타인이 자리에서 벌떡 일어났다.

"집으로 가야겠어." 그가 단호하게 말했다. "더는 견딜 수가 없어."

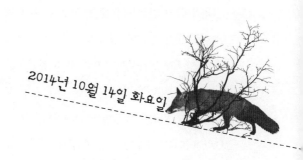

2014년 10월 14일 화요일

루퍼츠하인을 가리키는 도로 표지판을 지나 그의 집이 있는 오른편으로 꺾었을 때 시각은 자정 직후였다. 그는 곧바로 카롤리네에게 달려가고 싶었지만, 그전에 장모에게 소피아의 옷가지와 장난감을 챙겨다주겠다고 약속한 바람에 어쩔 수가 없었다. 잉카의 자백은 그에겐 충격과 경악이었다. 자신이 그 끔찍한 사건의 유발자일 수 있다는 생각은 단 한 번도 하지 못했었다. 친구들은 그가 자기들에게 등을 돌린 것에 기분이 상해 아르투어에게 앙갚음을 했다. 보덴슈타인이 그렇게 변한 게 모두 아르투어 때문이라고 생각한 것이다.

잉카는 스스로를 가해자가 아닌 피해자로 여겼다. 계속 부인하면서 빠져나갈 구멍만 찾고, 자신의 행동에 대해 필사적으로 이해를 구걸하는 모습이 어찌나 초라하고 딱하던지! 그녀는 단 한마디도 후회의 말을 입에 올리지 않았다. 어떻게 그 긴 시간 동안 그 사실을 혼자만 속에 담아두고 있었을까? 그걸 알고도 어떻게 그의 얼굴을 매일

133

볼 수 있었을까? 어쨌든 두 사람은 2년 넘게 연인으로 지내면서 식탁과 침대, 일상의 삶을 공유했다. 사정을 다 아는 다른 애들은 그런 그를 어떻게 생각했을까? 얼마나 굴욕적인 일인가! 그를 보며 아무것도 모르고 남의 말을 잘 믿기만 하는 얼간이라고 비웃었을까? 바보 같은 놈. 그런 여자와 밤마다 살을 맞대고 누워 낄낄거리며 좋아했겠지? 무기력한 분노에 쓸쓸함이 더해졌다.

보덴슈타인은 청소년기 내내 잉카를 열렬히 흠모했다. 그래서 그가 말에서 떨어져 크게 다친 뒤 그녀가 하필 마구간 칸막이 안에서 잉바르와 뒹구는 것을 보는 순간 그의 가슴은 무너지는 듯했다. 저 멀리 함부르크로 대학을 간 것도 그녀를 잊기 위해서였다. 수십 년이 지나서야 잉카는 잉바르와 결코 진지한 관계가 아니었고, 그녀는 항상 그만을 사랑했다고 고백했다. 그는 그 말을 너무 쉽게 믿었다. 그게 사실인지 아닌지 의심 한 번 해보지 않고서. 그녀가 당시 그에게 했던 말 중에서 거짓말이 아닌 게 뭐가 있었을까? 만일 그가 말에서 떨어지지 않아 잉바르 룰란트 대신 자신이 원래 꿈꾸던 대로 장애물 경마 선수로 성공했더라면 그의 인생은 어떻게 되었을까? 아마 잉카가 그의 아내가 되었을 것이다. 그랬다면 그녀가 평생토록 유지해온 거짓말이 들통 났을 때 그 실망과 환멸이 어땠을지는 상상하고 싶지도 않았다.

보덴슈타인은 지칠 대로 지쳐 있었지만 정신은 말짱했다. 온몸에 앙갚음의 욕구가 충만했다. 아르투어의 어머니가 내뱉은 저주가 떠올랐다. 자기 아들에게 정의가 실현되기 전까지는 그에게 죄 지은 모든 이들과 그 가족과 자식들, 그리고 그 자식의 자식들에게도 그 형벌로 병과 불행과 고통스런 죽음이 닥칠 거라고 했다. 보덴슈타인은 미신을 믿지 않았지만, 최소한 로제마리 헤롤트는 그 저주에 따라 병과 끔찍한 죽음으로 대가를 치렀고, 잉카도 평생 과거의 그림자에 쫓기며 행복하지 않은 삶을 살았다.

보덴슈타인은 진입로에 차를 세우고 내렸다. 그런데 발코니의 동작감지센서에서 불이 들어오고 나서야 어둠 속에서 자신을 노리는 형체를 알아차렸다. 완전히 무방비 상태에서 공격을 당했다. 한 몸체가 전력으로 달려와 그에게 부딪히는 순간 그는 균형을 잃고 비틀거리며 쓰러졌다.

✳✳✳

그녀의 몸은 파김치처럼 지쳐 있었지만 정신은 도무지 쉴 생각을 하지 않았다. 현재와 과거의 사건들을 좀 더 면밀히 살펴보고, 서로의 연결 고리를 찾아 거짓과 혼선을 명확하게 집어낼 수 있을 만큼 시간이 많다면 얼마나 좋을까! 잉카 한젠의 자백에도 불구하고 밝혀지지 않은 퍼즐 조각은 여전히 많았고, 뭔가 석연치 않은 구석도 있었다. 뭔가가 빠진 듯했고, 뭔가가 맞지 않았다.

피아는 평온하게 코를 고는 남편 곁에 누워 어둠 속에서 잠을 이루지 못했다. 시선은 반복해서 침실 천장에 투영된 자명종의 빨간 숫자로 향했다. 그녀는 크리스토프에게 잉카의 자백을 이야기해주었다. 오펠 동물원의 동물들을 돌봐온 잉카 한젠을 잘 알던 그도 피아만큼 망연자실했다.

00:49.

피아는 눈을 감고 잉카 한젠의 이야기를 찬찬히 검토해보았다. 불행한 우연들이 부른 불행한 연쇄 사건들이었다. 잉카의 이야기는 논리적으로 들렸고, 헤닝이 아르투어의 유골에서 확인한 골절 상태와도 맞아떨어졌다. 여우가 더 중요했던 아르투어는 나무에서 내려오다가 웬만한 높이에서 떨어져 많이 다쳤다. 그럼에도 여우를 구할 수는 없었다. 이미 화가 많이 난 아이들이 여우의 목을 부러뜨렸기 때문이다. 그 이후엔 잉카와 지모네만 집으로 갔다고 했다. 다른 아이들은 뭘 했을까? 아르투어를 죽였을까, 아니면 다친 아이를 숲에 내팽개치고 가버렸을까? 형법상 구조 방기는 큰 문제가 아니었다. 게다가 아이들은 형사 책임을 물을 수 있는 나이도 아니었다. 하지만 양심이 있다면 가책을 느끼고 평생을 괴로워하며 살았을 것이다. 실제로 그랬기도 했고.

아르투어와 막시는 어떻게 가족 묘지로 옮겨졌을까? 잉카 한젠의 말이 사실이라면 자기들 집에 그 사건을 말한 사람은 없어야 했다. 그럼 로지 헤롤트는 그 일을 어떻게 알았을까? 아이들 중 하나가 맹세를 어긴 것일까?

01:36.

그랬을 것 같았다. 그렇지 않다면 페터 레싱의 아버지가 왜 그 사건의 증거에 해당하는 환자 기록을 감췄겠는가? 그런데 처음부터 그 사실을 알았다면 어째서 진찰 내용을 기록해두었을까? 뭔가 수상한 낌새가 보여 마을 사람 중 몇에게 넌지시 떠보았고, 그래서 어쩔 수 없이 누군가 그에게 진실을 털어놓은 것일까? 아니면 전혀 다른 상황도 있을 수 있을까? 예를 들어 자기 아들이 관여돼 있는 사실을 알고 나서 그 일을 은폐할 생각을 한 것일까?

01:55.

당시 마을 사람들 간의 관계가 어땠는지, 1972년 루퍼츠하인에 어떤 적대 관계와 어떤 반목 관계가 있었는지 밝혀내야 했다. 레싱 박사가 아무 이유 없이 그 자료를 보관했을 리는 없었다. 분명히 목적이 있었을 것이다. 그게 뭘까?

***

"이 나쁜 인간!" 토어디스는 이를 갈았다. 균형 잡힌 얼굴이 분노로 일그러졌다. "대체 무슨 생각으로 우리 엄마를 체포했어?"

겁에 질려 몸을 떨었던 보덴슈타인은 다시 일어나 옷에 묻은 흙을 털었다. 조만간 며늘애가 자기 앞에 나타날 거라고 예상은 했지만, 야밤의 이런 습격과 분노는 정말 뜻밖이었다.

"대답 안 할 거야?" 토어디스는 금방이라도 다시 달려들 듯했다. "엄마가 당신을 떠났다고 이런 싸구려 복수를 하는 거야? 아니면 뭐야?"

"먼저, 네 엄마는 체포된 게 아니라 경찰에 일시적으로 구금된 거야. 그리고 둘째……."

"그런 억지는 집어치워!" 토어디스가 그의 말을 거칠게 가로챘다. "체포나 구금이나 결국 같은 거잖아!"

"…… 네 엄마가 떠난 게 아니라 내가 떠난 거야." 보덴슈타인은 아까 하려던 말을 마저 끝냈다. 심장 박동은 다시 어느 정도 정상으로 돌아왔다. "이제 여기서 나가. 그렇지 않으면 주거 침입으로 신고할 거야."

"엄마를 만나고 싶어. 그것도 지금 당장!"

"그건 안 돼."

"당신은 엄마의 변호사도 내쫓았어!" 토어디스가 비난했다. "엄마가 당신을 고소할 거야!"

건너편 이웃집에서 불이 켜지더니 블라인드가 올라갔다.

"클라징 박사가 와서 네 엄마랑 이야기를 했어!" 보덴슈타인은 자제할 수가 없었다. 실성한 것처럼 무작정 덤벼드는 이 어린 여자의 부당한 비난을 가만히 듣고 있을 기분이 아니었다. "그 뒤에 네 엄마가 돌려보낸 거라고!"

"거짓말 마!" 토어디스는 씩씩거렸다. "엄마를 언제 내보내줄 거야?"

"그렇게 빨리는 안 돼. 네 엄마가 자백을 했어. 변호사가 있는 자리에서는 그런 자백을 하고 싶지 않던 거야. 그게 얼마나 부끄러운 내용인지 자기도 아는 거지."

"자백이라고?" 토어디스가 그의 말을 반복하더니 조롱하듯이 웃었다. "엄마가 자백할 게 뭐 있다고?"

조롱하는 말투에 보덴슈타인은 핏대가 섰다.

"네 엄마를 포함해서 몇몇 친구가 한 남자애를 죽음으로 내몰았다는 사실을 고백했어." 보덴슈타인은 인정사정없이 솔직하게 대답했다.

"그럴 리가……." 토어디스는 이렇게 말하면서도 목소리에 자신감이 사라지기 시작했다. "우리 엄마를 골탕 먹이려고 일부러 꾸며낸 이야기지?"

"난 그럴 이유가 없어. 네 엄마와 다른 애들이 죽인 아이는 나하고 가장 친한 친구였어."

며늘애의 아득한 표정에 그는 악의적인 만족감을 느꼈다. 지난 며칠 동안 깨달은 사실과 쓰디쓴 환멸은 그가 차마 자기 속에 있을 거라고 믿지 않았던 비열한 속성을 끄집어내고 있었다.

"42년 전의 일이지만, 살인 사건에는 공소시효가 없어."

토어디스는 얼굴이 창백해지더니 턱 근육을 파르르 떨었다. 마치 그를 다시 공격할 것처럼 주먹도 불끈 쥐면서. 평소 이 젊은 여성을 그렇게 예쁘게 보이게 했던 매력과 분위기는 더 이상 남아 있지 않았다.

"난 아무 말도 안 믿어! 우리 엄마가 미워서 당신이 뒤집어씌우는 거야. 분명히!"

"난 네 엄마를 미워하지 않아. 경멸하지." 보덴슈타인은 며늘애의 말을 바로잡았다. "네 엄마가 얼마나 거짓말을 잘하고, 얼마나 잘 숨기고, 얼마나 핑계를 잘 대는지는 네가 제일 잘 알 거야. 혹시 그사이 네 아버지가 누군지는 털어놓던?" 그는 상처를 주려고 일부러 얕잡아보듯이 말했다. 아버지 이야기가 이 아이에게 아픈 부분이라는 걸 알고 있었다. "네 엄마가 왜 그렇게 그 이야기를 숨기려고 하는지 물어본 적은 있니, 응?"

갑자기 울음을 참으려고 안간힘을 쓰는 토어디스를 보는 순간 보덴슈타인은 방금 자신이 얼마나 비열하고 잔인한 짓을 했는지 깨달았다. 잉카에 대한 분노를 아무 잘못이 없는 그 딸에게 전가한 것이다. 토어디스가 우는 모습을 보자 그의 분노도 눈 녹듯이 사라졌다.

"내가 해서는 안 될 말을 한 것 같구나." 그가 후회막급한 심정으로 말했다. "미안하다."

"사실을 말했을 뿐이잖아요." 갑자기 슬프고 의지할 데 없어 보이는 토어디스의 모습에 보덴슈타인은 가슴이 아팠다.

"너한테 상처를 주려고 했던 건 아니다." 그가 나직이 말했다. "네 엄마가 오늘 한 말에 너무 환멸을 느껴 너한테 폭발하고 만 거야. 그래선 안 되는 일이었다. 용서해다오."

토어디스는 한동안 그를 바라보았다. 아랫입술이 파르르 떨리더니 이윽고 한줌 남은 자제력마저 무너지며 울음을 터뜨렸다. 그러고는 그의 품으로 뛰어들어 절망적으로 울었다. 그렇게 오래 우는 사람을 보지 못했을 정도로 오랫동안. 그는 며늘애를 꼭 안고 등을 쓰다듬으며 소피아한테 그러듯 진정시키는 말을 중얼거렸다.

"죄송해요." 그녀의 말은 흐느낌으로 중단되어 토막토막 들렸다. "전 평생 아버님 같은 아버지가 있었으면 좋겠다고 생각했어요. 그런 사람이 시아버지가 되었는데도 제가 너무 못되게 굴었어요."

"그 때문에 너한테 화난 건 아니다." 이 말에 그녀의 어깨는 더 한층 들썩거렸다. 그는 토어디스를 현관 앞 계단으로 데려가 함께 앉았다. 그러고는 재킷 주머니에서 티슈를 꺼내 건네자 토어디스는 발작적으로 몸을 떨며 코를 풀었다.

"아버지가 누군지를 왜 그렇게 비밀로 하는지 모르겠어요." 그녀의 목소리가 갈라졌다. "그 일로 로렌츠와 저는 계속 싸워요."

"네 아버지가 누군지를 모른다고?" 보덴슈타인이 놀라 물었다.

"아뇨, 그 때문에 제가 아이를 가지지 않으려고 해서요." 토어디스는 다시 훌쩍이기 시작하면서 두 팔로 자신의 상체를 감쌌다. "제 안에 어떤 유전자가 있는지 모르잖아요! 엄마가 저한테 아버지가 누군지 말하지 않는 데는 다 그만한 이유가 있는 게 분명해요. 사이코패스한테 강간을 당했는지도 모르잖아요!"

이 말에 담긴 깊은 슬픔과 절망으로 보덴슈타인은 잉카에 대한 분노가 다시 활활 불타올랐다. 그 여자는 정말 인간적으로 못할 짓을 하고 있었다. 자신의 이기심이나 비겁함 때문에 진실을 말하지 않음으로써 딸아이에게 저런 고통을 안긴 것이다.

"안으로 들어가자. 여기 있다간 감기 걸리겠다. 로렌츠한테 연락해서 오늘밤은 여기서 자고 갈 거라고 해라."

"저한테 이렇게 잘해주시는데 저는 욕만 했어요!" 토어디스의 얼굴에 다시 근심이 피어올랐다. "정말 죄송해요."

"아니, 괜찮다. 오히려 내가 못할 말을 해서 미안하구나." 보덴슈타인은 며늘애의 손을 잡아 일으켰다. 그러고는 토어디스의 어깨에 팔을 두르고 문까지 부축했다. "자, 들어가자, 아가야. 이제 둘이서 코냑이나 한잔하자. 두 잔도 좋고."

***

세상은 아직 동트기 전의 깊은 어둠에 잠겨 있었다. 3시 40분에 보덴슈타인이 재차 레싱 집의 초인종을 눌렀지만 안에서는 아무 기척이 없었다. 이 거리의 다른 집들도 모두 어둠 속에 있었지만, 이렇게 완전히 불이 꺼진 집은 없었다. 어떤 집은 집 주소에 불이 들어와 있었고, 어떤 집은 감시카메라에 빨간 불이 깜박거렸다. 반면에 레싱의 집은 사람 하나 살지 않는 것처럼 칠흑 그 자체였다.

"이상한데요. 차가 분명 두 대나 세워져 있는데도 안에서는 아무런 움직임이 없어요." 피아가 말했다. "레싱 부부의 휴대전화도 꺼져 있어요."

그녀는 보덴슈타인이 전화로 깊은 잠에 빠진 자신을 깨운 것에 대해선 한마디도 하지 않았다. 특별한 상황에선 특별한 조치가 필요하다는 걸 둘 다 알고 있었다. 피아는 불과 30분 만에 보덴슈타인이 경찰관 두 명과 함께 기다리고 있던 마법의 산 주차장에 도착했다. 레싱의 집으로 가는 짧은 시간 동안 그는 토어디스와 있었던 일을 이야기했고, 이렇게 이른 시간이지만 당장 페터 레싱을 만나야 할 이유를 설명했다. 레싱의 아버지가 당시 왜 그런 일을 했는지가 그들이 찾고 있는 빠진 퍼즐 조각일 수 있었다. 그건 피아도 같은 생각이었다.

"이제 어떻게 할까요?" 정복 경관 중 하나가 물었다.

"정원으로 가서 거기 상황을 체크해보세요." 피아가 지시했다. "우린 다시 초인종을 눌러볼 테니까."

두 경관이 어둠 속으로 사라졌다. 발소리가 잦아들자 사위는 정적 속에 가라앉았다. 인근 숲에서 나무를 스치는 바람 소리밖에 들리지 않았다. 아직은 비가 내리지 않았지만, 대기는 잔뜩 습기를 머금고 있었다. 피아는 몰래 연이어 하품을 했고, 눈도 아직 완전히 떠지지 않은 상태였지만 그럼에도 정신은 활발하게 돌아가고 있었다.

"잉카가 그렇게까지 완강하게 아버지의 정체를 숨긴 건 쓸데없는 짓 같아요." 피아가 밤의 고요 속에서 말했다. "정말 끔찍한 뭔가를 감춰야 하는 게 아니라면 말이에요. 어제 취조 중에 페터 레싱의 이름이 나오자 잉카의 첫 반응은 공포감이었어요. 저는 그게 42년 동안 유지되어온 어릴 때의 약속을 깨는 것에 대한 공포는 아니라고 생각해요."

"아니면?"

"잉카가 페터의 아버지와 뭔가 남녀관계로 엮여 있지 않나 싶어요. 소꿉친구의 아버지와 그렇게 엮이는 것만큼 고약하고 곤혹스러운 일이 있을까요? 어쩌면 페터의 엄마도 그 사실을 알았을 거예요. 다만 그 사실이 드러났을 때 망신을 당할까 두려워했겠죠. 그런 면에서 혹시 페터의 엄마가 상대의 약점을 쥐려고 환자 기록을 보관했던 건 아닐까요? 바제도프 박사 말로는 레싱 집에서 실권을 쥔 사람은 엄마라고 하던데."

"흥미로운 추측이야. 하지만 페터 아버지가 그렇게 위험한 연애를 했을 거라고는 상상이 안 돼." 보덴슈타인이 회의적으로 말했다. "그랬다면 자신이 협박을 받을 수 있는 상황이었을 텐데, 그걸 알면서도 그런 무모한 짓을 할 사람이 아냐. 굉장히 영악한 인간이거든."

한 경관이 돌아와 테라스의 유리문이 활짝 열려 있다고 보고했다.

"좋아. 그리 들어가자고." 보덴슈타인이 결정했다. "느낌이 안 좋아."

"잠깐! 방탄조끼부터 착용하세요." 피아는 자신의 업무용 차 트렁크에서 케블라 방탄조끼를 두 개 꺼내 보덴슈타인에게 하나를 건넸다. 두 사람은 손전등을 주머니에 챙겨 넣고 출발했다. 정원 울타리를 넘어 경관을 따라 덤불 사이를 헤치고 들어갈 무렵 빗방울이 얼굴에 떨어졌다. 그들은 잔디밭에 도착하자 총과 손전등을 꺼냈다. 아무도 입을 열지 않았다.

"저길 봐요!" 피아가 티크나무 테이블을 가리켰다. 쟁반과 찻잔 둘, 차 주전자, 설탕, 그리고 작은 우유병이 놓여 있었다.

"여기서 차를 마시려다가 누군가에게 급습을 당한 것 같아요." 피아가 말했다.

어두운 집 안으로 먼저 들어간 사람은 보덴슈타인이었다. 쥐 죽은 듯이 조용했다. 여기서도 동작감지센서는 작동하지 않았다. 경보 장치도 울리지 않았고, 냉장고 돌아가는 소리도 들리지 않았으며, 천장의 화재경보기도 깜빡이지 않았다.

"누군가 보안 장치를 끈 것 같아." 보덴슈타인이 추측했다. 그들은 천천히 집 안을 수색했다. 방 하나하나를 열 때마다 잔뜩 신경을 곤두세웠다. 그사이 피아는 밖에서 대기 중이던 또 다른 경관 둘에게 문을 열어주었다. 이제 여섯이서 이 큰 집을 계속 수색해 나갔다. 침실의 침대는 비어 있었고, 사람이 잔 흔적도 없었다. 지하실에서 배전함을 찾았는데, 실제로 메인 차단기가 꺼져 있었다. 보덴슈타인이 차단기 버튼을 올리자 순식간에 집 안 전체에 불이 들어왔다. 위층 부억에서 윙윙 냉장고 돌아가는 소리가 들렸다. 그때 배전함 옆에 샛노란 메모지가 눈에 띄었고, 거기엔 이렇게 적혀 있었다. 보일러실에 깜짝 선물이 기다리고 있음!

보덴슈타인과 피아는 짧게 시선을 교환했다. 빨갛게 칠한 이 육중한 금속문 뒤에 과연 무엇이 기다리고 있을까?

"그때 이후로 전 보일러실이 싫어요." 피아가 중얼거렸다.

"그래도 여긴 최소한 따뜻하긴 할 것 같은데." 몇 년 전 그들이 한 용의자의 집에서 몇 시간 동안 엄청나게 추운 보일러실에 갇혀 있었던 기억이 보덴슈타인의 머릿속에 또렷이 떠올랐다.

한 경관이 자물쇠에 꽂힌 열쇠를 돌려 문을 열었다. 순간 역한 똥오줌 냄새가 코를 찔렀다. 손발이 묶인 두 사람이 시멘트 바닥에 멍하니 앉아 갑자기 환한 불빛에 눈을 찡그렸다. 레싱 부부였다. 둘 다 기력이 없어 보였지만 전체적으로 다친 데는 없는 것 같았다. 피바다를 예상했던 보덴슈타인은 안도의 숨을 내쉬며 권총을 총집에 넣은 뒤 헨리에테에게 몸을 숙여 입에 붙은 테이프를 떼어주었다.

"다친 덴 없습니까?" 그는 이렇게 묻고는 묶인 손발을 풀어주려고 쪼그려 앉았다. 오줌 냄새가 견딜 수 없을 정도로 역했다. 꽤 오랫동안 이러고 있었던 게 분명했다.

"없어요." 레싱 부인은 혀끝으로 마른 입술을 핥았다. "목만 좀 말라요."

남편은 움직이지 않고 벽에 기댄 채 멍하니 앞만 응시하고 있었다.

"엘리아스가 당신들을 여기 가두었나요?" 피아가 부인에게 물었다.

"네. 하지만 아무 짓도 안 했어요." 헨리에테가 울기 시작했다. "창피해 죽겠어요. 모든 게 너무 끔찍해요. 차라리 죽어버렸으면 좋겠어요."

"따님은 어디 있나요? 차는 차고 앞에 있던데. 진녹색 미니를 타고 다니는 거 맞죠?"

"엘리아스가…… 데려갔어요." 부인이 흐느꼈다. 완전히 넋이 나간 듯했다.

"어서 엘리아스를 찾아야 해." 페터가 힘들게 일어나더니 부운 손목을 문질렀다. "걘 아무 잘못이 없어."

그는 힘과 기운이 모두 빠져버린 듯했다. 지난 목요일에 피아가 봤을 때보다 갑자기 몇 년은 더 늙어 보였다.

부부는 충격으로 얼이 빠져 보였다. 그렇지 않고서야 딸 걱정을 조금도 하지 않는 이유가 설명되지 않았다.

"수수께끼 같은 말씀을 하시네요." 피아가 말했다. "무슨 일이 있었던 거죠?"

"엘리아스는 총이 있어요." 페터는 이 말만 남기고 보덴슈타인의 부축을 받으며 보일러실을 나갔다. 아내에겐 눈길 한 번 주지 않고서. 부모님이 서로를 사랑했다면 그건 오래전의 일일 거예요. 지금은 서로를 증오할 뿐이죠. 부모에 대한 레티치아의 평이었다. 피아는 헨리에테를 붙잡아 일으켰다.

"우리는 그 사실을 전혀 몰랐어요." 그녀는 더듬거리며 반사적으로 목걸이의 보석을 만지작거렸다. "정말이에요. 전혀 몰랐어요. 믿어주셔야 해요. 우린 너무 큰 잘못을 저질렀어요!"

"알았으니까 그만 진정하시고 정확히 무슨 일이 있었는지부터 말씀해보세요." 피아는 헨리에테가 무슨 뜻으로 그런 말을 하는지 어느 정도 짐작했다. 현재 부인은 뭔가 논리적인 이야기를 할 수 있을까 의심스러울 정도로 혼란스러운 상태였다. 그럼에도 말은 들어봐야 했다. "엘리아스가 누나한테 뭔가 안 좋은 짓을 할 거라고 생각하세요? 왜죠?"

"난…… 난…… 개 심정 이해할 수 있어요." 부인이 속삭이듯이 말했다. "끔찍했어요. 우리가…… 테라스에 나와 있는데 갑자기 엘리아스가 나타났어요. 레티치아는 동생을 경멸하듯이 대했어요. 늘…… 그래온 일이기는 하지만…… 엘리아스가 누나 휴대전화를 연못에 던져버리고 우리를 지하실에 가두었어요. 그러다 남편도 잡아서 우리와 함께 가두었죠. 그러고는…… 그러고는…… 그 이야길 했어요. 그 소름끼치는 얘기를……. 다 레티치아 잘못이에요. 개가 엘리아스를 그렇게 만들었고, 그 때문에 우린 아들이 정신병이라고 믿었어요. 우린 엘리아스를 거짓말쟁이로 생각했고…… 심지어 사이코패스라고까지……. 단지 누나의 강요로 그랬던 것뿐인데…… 아무튼 아들이 그럴 때마다 남편은 항상…… 오 하느님, 이 모든 걸 어떻게 바로잡을 수 있죠?"

헨리에테는 손으로 자기 입을 막았다. 과호흡 증상을 보이기 일보 직전인 듯했다. 부인의 옷에서 나는 악취 때문에 피아는 속이 뒤집힐 것 같았지만, 우선 엘리아스가 권총을 갖고 있다는 사실을 동료들에게 반드시 알려야 했다.

"그럴 때마다 남편이 항상 뭘 어쨌다는 거죠?" 피아가 다시 캐물었다.

"엘리아스가 사고를 칠 때마다 남편은…… 남편은…… 매번 개를 보일러실에 가두고 불을 꺼버렸어요." 헨리에테의 뺨 위로 눈물이 흘러내렸다.

"당신은 그걸 보고만 있었고요?" 피아가 믿을 수 없다는 표정으로 물었다.

"남편은 개가 정신을 차리고, 뭐가 옳고 그른지 깨닫기를 바라는 마음에서 그랬던 것뿐이에요!" 레싱 부인이 반발했다. "우린 엘리아스에게 엄한 교육이 필요하다고 생각했어요. 예전에 시아버지도 남편을 그렇게 키웠어요. 그래서 남편도 그런 교육이 해롭지 않을 거라고 생각했어요!"

피아는 자기가 지금 듣고 있는 말을 도저히 납득할 수 없었다.

"부탁이에요, 우리 애 좀 찾아주세요!" 레싱 부인이 피아의 손을 잡고 애원했다. "난 걔가 평생을 후회할 짓을 할까 너무 무서워요!"

"우리는 닷새 전부터 엘리아스를 찾고 있었어요." 피아가 날카롭게 대꾸했다. "당신이 처음부터 솔직하게 말했다면 우린 오래전에 엘리아스를 만났을 테고, 그랬다면 오늘 같은 일은 벌어지지 않았을 겁니다!"

"난 그렇게 비난받아도 싸요. 우린 엘리아스한테 너무 많은 잘못을 저질렀어요. 다시는 회복하지 못할 정도로요." 헨리에테는 피아의 손을 놓더니 두 손에 얼굴을 묻으며 다시 풀썩 주저앉았다. "내 생각에 레티치아는 차고 맨홀에 갇혀 있을 것 같아요. 엘리아스가 아직 어렸을 때 레티치아가 걔를 거기다 가두곤 했거든요."

***

엘리아스의 총이 진짜인지 가짜인지는 보일러실 벽에 꽂힌 일그러진 총알을 통해 밝혀졌다. 탄피는 세면기 아래 떨어져 있었다.

"9밀리 구경이군." 피아는 걱정스레 확인하고는 총알과 탄피를 증거물 봉투에 넣었다.

엘리아스는 자기 말에 힘을 싣기 위해 좁은 공간에서 총을 발사했다. 사람에게 겁을 주려고 총을 이리저리 흔들어대는 것도 문제지만,

실제로 총을 쏘는 건 더 심각한 문제였다. 엘리아스는 윤리적 저지선을 넘어섰고, 그것은 앞으로 위험한 상황이 오면 언제든 주저 없이 총을 쏠 수 있다는 것을 의미했다. 현재 그는 극단적인 감정 상태에 빠져 있었다. 엄마의 검정색 BMW X5를 훔쳤고 실탄이 장전된 권총을 소지하고 있었다. 피아는 이 정보를 본부에 보고한 뒤 위로 올라갔다.

레티치아 레싱은 정말 차고 맨홀에 있었다. 팔다리가 묶이고 재갈이 물린 것은 물론이고 강력 테이프로 눈까지 가려져 있었다. 그런데 그녀는 그 자리에 있던 모든 사람이 깜짝 놀랄 정도로 말짱했다. 정신적인 충격 같은 건 전혀 느껴지지 않았다. 다만 자신이 처한 달갑지 않은 상황에 몹시 화가 나 있을 뿐이었다. 30분 뒤 피아는 그 젊은 아가씨와 마주앉았다. 레티치아는 몸을 데우려고 뜨거운 커피잔을 양손으로 쥐고 커피를 홀짝거렸다.

"무슨 일이 있었는지 얘기해봐요." 피아가 부탁했다.

"동생이 정원으로 들어와 엄마와 저를 총으로 위협했어요." 레티치아는 커피를 후 불었다. "그러고는 우리를 지하실에 가두고 묶었어요. 그런 다음 숨어서 아빠를 기다렸죠. 그건 그렇고, 엘리아스는 경찰 수배 전단지에 있는 사진과는 완전히 달라요. 지금은 짧은 머리에 안경을 쓰고 있어요."

"엘리아스가 당신한테 원한 게 뭐죠?"

"모르죠." 레티치아는 어깨를 으쓱했다. "권총을 마구 흔들어대다가 내가 아빠한테 전화하려고 하자 내 휴대전화를 연못에 던져버렸어요. 그러고는 우리를 감금했죠."

"여기 왔을 때는 뭔가 이유가 있었을 거 아닙니까?"

"설사 있었다고 해도 우리한테는 얘기하지 않았어요."

"동생은 지금 아주 큰 위험을 감수했어요. 루퍼츠하인 곳곳에 경찰이 깔려 있고, 진입로마다 검문검색을 하고 있거든요." 피아는 주장을 굽히지 않았다. "당신들을 지하실로 데려갔을 때는 뭔가 할 얘기가 있었던 거 아닌가요?"

"걔가 원하는 게 뭔지 내가 어떻게 알아요?" 레티치아도 주장을 꺾지 않았다. "그 미친 자식이 나한테 총을 겨누었을 때 얼마나 무서웠는지 알아요? 한참을 지하실에 나를 처박아두더니 나중에 그 구멍으로 끌고 갔어요!"

그녀의 눈에서 눈물이 반짝거렸다. 손도 떨렸다. 이제야 충격이 온 것일까? 아니면 쇼를 하는 것일까? 순간 바제도프 박사의 말이 마치 LED 광고판에 불이 들어오듯 피아의 머릿속에 확 떠올랐다. 레티치아는 상습적인 거짓말쟁이예요. 머리가 비상할 뿐 아니라 사람을 조종하는 능력이 있고, 자기 목적을 위해 수단과 방법을 가리지 않는 아이죠.

"동생은 완전 미친놈이에요!" 젊은 아가씨가 흐느껴 울면서 주먹으로 잠깐 입술을 눌렀다. 절망의 그림자가 두 눈에 먹구름처럼 어른거렸다. 측은한 모습이었다. "정신병자가 이제 총까지 갖고 있어요! 난 경찰의 보호가 필요해요. 파울리네한테 그런 짓을 한 게 걔라고 해도…… 난 놀랍지 않아요."

"그만해! 거짓말은 그 정도로 충분해!" 피아는 깜짝 놀라 뒤를 돌아보았다. 뒤에 헨리에테가 서 있었는데, 균형 잡힌 얼굴이 분노로 하얗게 질려 있었다. "짐 챙겨서 당장 이 집에서 나가, 이 거짓말쟁이야!"

"엄마! 걔가 지껄인 말을 믿어? 어떻게 그런 말 같지도 않은 말을 믿을 수 있어? 걔는 나한테 복수를 하는 거야!" 레티치아는 맹세를 하듯 두 손을 들어 올렸고, 뺨에서는 눈물이 흘러내렸다. "걔 이야기는 다 꾸며낸 거야. 예전부터 항상 나를 질투해왔다고!"

"엘리아스가 당신과 이야기를 한 건 틀림없군요." 피아가 말했다. 그녀는 이들 가족 전부에게 서서히 신물이 났다. "당신은 엘리아스가 여기 온 이유를 모른다고 한 것 같은데?"

"그런 말 한 적 없어요." 레티치아가 뻔뻔하게 거짓말을 하며 눈물을 훔쳤다. 심지어 입가에 미소까지 살짝 어른거렸다. 다시 냉정을 되찾아 이 곤란한 상황에서 빠져나갈 수 있다고 확신하는 소시오패스였다. "당신이 나한테 핑계를 대게 한 것뿐이죠."

순간 피아는 인내심을 잃었다. 일주일 가까이 거의 잠도 자지 못하고 세 건의 살인 사건과 파울리네 피습 사건에만 매달려왔다. 이제 더는 낭비할 시간이 없었다.

"됐어요!" 그녀가 날카롭게 말했다. "레싱 부인, 이제 제가 하는 질문에 짧고 솔직하게 대답해주세요. 자책이나 불필요한 수사는 생략하시고요. 그렇지 않으면 경찰서로 가서 대화를 나누게 될 겁니다. 제 말 이해하셨죠?"

"네."

"좋아요. 엘리아스가 여기 온 이유가 뭐죠?"

"잘못 말하면 안 돼, 엄마!" 레티치아가 끼어들었다.

"당신은 입 다물어요!" 피아가 젊은 아가씨를 싸늘하게 쏘아보았다.

"엘리아스는 그동안 누나가 자기한테 한 짓들을 얘기했어요. 처음 듣는 얘기였어요. 우린 누나 말만 믿고 걔를 수없이 병원에만 데려갔죠. 정신병을 앓고 있다고 생각했거든요. 다른 식으로는 걔의 행동을 설명할 수가 없었어요."

"걔는……." 레티치아가 다시 끼어들려고 했다. 그러자 피아는 식탁에서 대기하고 있던 경찰관들 중 한 명에게 손짓을 했다.

"이 아가씨를 당장 경찰서로 데려가세요. 롬바르디 형사가 출근하는 대로 바로 심문하라고 하세요."

경찰관은 고개를 끄덕였다. 뭔가 할 일이 생겨 기쁜 듯했다.

"야, 이게 무슨 짓이야?" 레티치아가 거세게 반발했다. "너 미쳤어? 어디서 이 같잖지도 않은 짭새 년이!"

"내가 분명히 경고했어요." 피아는 냉정하게 대답했다.

"갑시다." 경찰이 젊은 아가씨에게 손을 뻗었다.

"손대지 마, 이 더러운 새끼야!" 레티치아가 흥분해서 소리쳤다. "딸딸이나 치는 그 불결한 손 안 치워? 안 그러면 고소할 거야!"

"레티치아!" 엄마가 격분해서 호통을 쳤다.

"당신은 지금 네 번이나 형법 제185조의 모욕죄에 해당하는 발언을 했습니다. 아주 비싼 대가를 치르게 될 겁니다." 피아는 미소를 지었다. 이 말이 엘리아스의 누나를 미친 듯이 화나게 할 거라고 생각했기 때문이다. 예상대로였다. 레티치아는 피아와 엄마, 두 경찰에게 온갖 상스런 욕을 퍼부으며 집에서 나가는 걸 거부했다. 그때 거실에서 얼굴을 두 손에 묻고 있던 페터가 일어나 부엌으로 성큼성큼 들어오더니 누가 말리기도 전에 딸의 뺨을 후려갈겼다. 딸이 휘청하며 쓰러질 뻔할 정도로 세차게.

"너는 오랫동안 우릴 속여왔어." 그가 탁한 목소리로 말했다. "내 집에서 당장 꺼져. 다시는 이 집에 발을 들여놓을 생각 하지 마!"

"후회할 거야." 레티치아는 증오의 화신처럼 이를 바득바득 갈더니 아버지 발밑에 침을 퉤 뱉었다. 그러고는 턱을 꼿꼿이 든 채 두 경찰의 호위를 받으며 계단을 올라가 현관 쪽으로 나갔다.

***

페터 레싱은 샤워를 하고 부엌의 스탠드형 식탁에 앉아 있었다. 커피잔이 앞에 놓여 있었지만 잔에는 손도 대지 않았다. 반면에 보덴슈타인은 커피잔을 손에 들고 화강암 싱크대에 기대서 있었다. 피아가 다가갔을 때 두 남자는 말이 없었다.

"아드님이 부인의 BMW X5를 훔쳐갔습니다." 피아가 레싱에게 알렸다.

"거긴 GPS가 장착되어 있어요." 그가 말했다. "도난 방지용으로요. 예전에 자동차를 도난당한 적이 있거든요."

'그 말을 누가 믿는다고!' 피아는 생각했다. '당신 아내가 어디로 돌아다니는지 통제하려는 의도잖아!'

"부탁인데 엘리아스한테 아무 일이 없도록 해주십시오." 레싱이 피곤한 목소리로 말했다.

"장담할 수 있는 건 없습니다." 피아가 대답했다. 이 남자에 대한 강한 거부감을 억제해야 했고 무슨 일이 있어도 경솔한 말은 하지 않아야 했다. "엘리아스가 경찰 검문에 걸려 총이라도 꺼내들면 문제가 커집니다."

레싱이 한숨을 토해냈다. 간밤에 뭔가 변화가 생긴 듯했다. 그의 모습에서 우월감이나 오만함은 더는 엿보이지 않았다. 그는 굳은 표정으로 바깥쪽 정원만 꼿꼿이 바라보고 있었다. 점점 밝아오는 여명 속에서 정원의 윤곽이 서서히 드러났다.

"무척 힘든 밤을 보내셨다는 건 잘 압니다만 몇 가지 물어볼 게 있습니다. 괜찮으시겠습니까?" 피아가 물었다.

"네, 물론입니다."

그녀는 레싱에게 그의 권리에 대해 간단히 알려준 뒤 형식상 대화를 녹음하는 것에 대해 양해를 구했다. 그러고는 녹음 기능을 켠 스마트폰을 레싱 옆에 놓았다.

"지난 며칠 동안 일어난 살인 사건과 관련된 질문입니다. 피해자들은 모두 당신이 아는 사람들이었습니다. 맞나요?"

"네, 맞아요."

예상과 달리 레싱은 반박하지 않고 순순히 협조했다. 대답은 간결하고 정확했으며, 변죽을 올리거나 변명하지도 않았다.

"부모님과의 관계는 어땠습니까?"

"그건 왜 묻는 거죠?" 그의 시선이 처음으로 피아에게 향했다.

"부모님이 엄했나요, 아니면…… 관대한 편이었나요?"

"상당히 엄했죠."

"당신이 동물들을 괴롭힌다는 사실을 알았을 때 그분들의 반응은 어땠나요?"

뜻밖에도 그는 이 질문에 고단한 미소만 지었다.

"이보세요. 올리버가 당신한테 나에 대해 뭐라고 말했는지는 모르겠지만, 그래요. 난 그때 고양이를 죽였고, 그 때문에 지금도 부끄러워하고 있어요. 그건 일종의…… 담력 테스트였어요. 당시 난 열 살이었고, 그 일로 벌까지 받았어요."

"그 일에 대해 입을 다물라고 친구들한테 협박하지 않았나요?"

"맞아요, 그랬어요."

"그런데 어떻게 발각됐죠? 친구 중 누군가 말을 했나요?"

"아뇨. 내 입으로 이야기했어요." 페터 레싱은 손으로 얼굴을 쓸었다. "그 일로 악몽까지 꾸었어요. 그래서 자다가 오줌을 싸기 시작했어요. 그럴 시기는 지났는데도 말이죠. 그걸 보고 부모님은 뭔가 이상하다고 생각하고 무슨 일인지 털어놓으라고 하셨어요. 부모님은 그리 자상한 분들이 아니었어요. 결국 난 실토하고 말았죠."

반발이나 핑계를 예상했던 피아는 보덴슈타인에게 재빨리 시선을 던졌다. 레싱의 말은 사실인 것 같았다. 보덴슈타인이 계속해도 좋다는 표시로 가볍게 고개를 끄덕였다.

"'담력 테스트'를 당신한테 요구한 사람은 누구였나요?"

그는 아주 잠깐 망설였다.

"그건 기억나지 않습니다."

거짓말이었다. 그는 정확히 기억하고 있었다. 그러나 피아는 일단 이 부분은 그냥 덮고 넘어갔다.

"금요일 21시에서 23시 사이에는 어디 계셨나요?"

"집에요."

"지난 주 수요일에서 목요일 밤에는요?"

"에어푸르트요. 사업상."

"호텔 영수증이 있겠죠?"

"없어요. 참, 주유 영수증은 있어요! 집으로 가는 중이었죠. 난 밤에 운전하는 걸 좋아해요. 고속도로가 한산해서 조용히 생각하기 좋거든요. 그날 집에 도착한 건 아마 자정 무렵이었을 겁니다."

"토요일 저녁 8시에서 자정 사이에는 어디 계셨나요?"

"집에 있었습니다. 우린 포도주를 한 병 마셨고, 비교적 이른 시간에 잠자리에 들었어요."

그는 알리바이를 지어내려 하지 않았다. 살인이 저질러진 시간을 모르는 것일까? 아니면 죄가 없어서 이렇게 솔직한 걸까?

"1972년 8월 17일 당신의 오른손에 깊은 자상이 생겼습니다." 피아가 돌연 화제를 바꿨다. "어떻게 생긴 상처였나요?"

지금껏 어떤 질문에도 별로 관심을 안 보이던 사람이 이 질문에는 목까지 얼굴이 살짝 붉어졌다. 관자놀이의 혈관까지 요동치기 시작했다. 그가 허리를 꼿꼿이 폈다.

"그때 그런 상처가 실제로 있었는지는 모르겠지만, 기억이 나지 않습니다." 명백한 거짓말이었다. 무의식적인 신체 반응과 태도가 그것을 증명해주고 있었다. "40년도 훨씬 지난 일이라고요!"

"기억력을 돕기 위해 말씀드리자면 당신이 속한 소년 축구팀은 8월 17일 오후 FC 슈나이트하인과의 경기에서 0:6으로 졌습니다."

"난 15년 동안 축구를 했어요." 레싱은 이제 조심스러워졌다. "다섯 살 때부터였죠. 그런데 어떻게 모든 경기를 다 기억하겠어요?"

"물론 다 기억하시지는 못하겠죠." 피아가 이해한다는 듯이 미소를 지었다. 그러자 레싱도 약간 긴장을 풀었다. "하지만 그 시합은 기억하실 겁니다. 왜냐하면 시합이 끝난 뒤 당신과 당신 친구들은 보덴슈타인 농장의 방화수 못에서 아르투어 베르야코프를 만났거든요."

흉터가 있는 레싱의 얼굴이 급속히 빨개졌다.

"부인해봤자 소용없습니다." 피아가 차갑게 말했다. "우린 어제 잉카 한젠과 랄프 엘러스를 심문했습니다. 당신이 금요일 저녁 메를린에서 친구들을 만나 예전의 맹세를 상기시켰다고 해도 두 사람이 이제 그 맹세를 깨뜨렸습니다."

레싱은 고개를 들어 다시 창밖을 바라보았다. 무표정 속에 감추고 싶었지만 내면의 동요는 실룩거리는 목울대에서 그대로 드러났다.

레싱 옆에 놓인 피아의 스마트폰이 웅웅 울어대기 시작했다.

"스위스 정신의학자 카를 구스타프 융은 이렇게 말했죠. 건강한 인간은 타인을 괴롭히지 않는다. 보통 괴롭힘을 당한 사람이 다시 타인을 괴롭힌다. 당신의 현재 모습에는 다 그만한 이유가 있을 겁니다.

당신 아버지는 당신이 뭔가 잘못된 행동을 했다고 생각되면 굴욕감을 주고 지하실에 가두었습니다. 어머니도 말리지 않고 그냥 구경만 했을 테고요. 당신이 엘리아스를 보일러실에 감금할 때 아내가 가만히 지켜보기만 했던 것처럼요. 당신이 타인에게 그렇게 많은 고통을 야기하지만 않았다면 저도 당신을 동정했을 겁니다."

"내가 살아가면서 저지른 모든 잘못을 부모님 탓으로만 돌리는 건 너무 단순한 생각이겠지만……." 레싱이 피아를 바라보았다. 얼굴은 완전히 잿빛이었고 눈은 흐릿했다. "예, 맞아요. 그분들은 다정하고 이해심이 많은 부모가 아니었어요. 아버지는 성질이 불같고 손찌검을 잘하셨죠. 하지만 그럭저럭 견딜 수는 있었어요. 견디기 어려웠던 건 어머니였어요. 겉으로만 이해하는 척할 뿐 실은 통제하려는 마음뿐이었죠. 어머니 앞에서 무언가를 숨기는 건 불가능했어요. 모든 것을 알아낼 때까지 꼬치꼬치 심문했고, 그다음엔 항상 벌을 내렸죠. 그것도 굉장히 가혹하고 굴욕적인 벌을요."

그는 손으로 얼굴을 쓸어내렸다.

"난 어머니에 대한 내 감정이 어떤 것인지 몰랐습니다. 나는 어머니를 사랑하면서도 증오했고, 항상 어머니의 기대에 미치지 못한다는 감정을 갖고 있었어요. 그 때문에 항상 화가 났지만 그 분노는 어머니와 아버지가 아닌 나보다 약한 사람들에게 풀었어요. 훗날 내 자식들에게는 그러지 말고 좀 더 좋은 환경을 만들어주려고 했지만, 내 부모의 잘못을 되풀이함으로써 완전히 실패하고 말았습니다."

"그 때문에 어머니가 돌아가시고 나서야 루퍼츠하인으로 돌아오신 건가요?"

"네."

"하지만 다른 데도 많았을 텐데 왜 하필 이곳을 선택하셨죠?"

"그건 나도 잘 모르겠어요." 그가 어깨를 으쓱했다.

"아뇨, 당신은 정확히 알고 있어요." 피아가 대답했다. "어머니가 죽자 비밀을 지켜야 했으니까요. 당신의 옛 친구 잉카 한젠도 루퍼츠하인으로 돌아온다는 소식을 듣고는 더더욱 그래야 했겠죠."

잉카의 이름이 나오자 레싱은 거의 눈에 안 띌 정도로 몸을 움찔했다. 피아는 자신이 정곡을 찔렀음을 알아차렸다.

"고양이를 죽이라고 한 사람이 잉카였죠?"

피아는 보덴슈타인의 망연자실한 눈과 마주쳤다.

"네." 레싱이 나지막이 대답했다.

"아르투어를 뒤쫓자고 한 것도 잉카의 아이디어였나요?"

"네." 남자의 목소리는 더더욱 기어들어갔다. 그는 팔꿈치를 스탠드형 식탁에 괴고 얼굴을 두 손에 묻었다.

"당신은 왜 잉카의 말에 따를 수밖에 없었죠? 그럴 만한 이유라도 있었나요?"

고통스런 긴 침묵이 이어졌지만 피아는 인내심을 보였다. 위에서 문 열리는 소리가 들리자 피아는 보덴슈타인에게 헨리에테가 대화에 끼어들지 못하게 하라고 눈짓을 보냈다. 레싱은 아내가 있는 자리에서는 분명 입을 열지 않을 것이다.

"잉카 한젠은 당시 열 살에 불과하던 당신에 대해 뭘 알고 있었나요?" 피아가 조심스레 물었다.

"잉카의 어머니는 내 어머니와 친했어요." 레싱이 탁한 소리로 말했다. "당시 난…… 큰 고민이 하나 있었어요. 많이 괴로워했죠. 그걸 아는 사람이 없었는데 잉카가 알게 됐어요. 어머니가 잉카 어머니한테 말한 거죠. 잉카는 그걸로 나를 놀렸고, 모두에게 소문내겠다고 협박했어요. 난 창피해서 죽을 거 같았어요. 그래서 잉카를 미워했죠.

하지만 개한테 어찌할 방법이 없었어요."

"무슨 고민이었는데요?" 피아가 캐물었다.

레싱은 침을 꿀꺽 삼켰다. 자기 자신과 싸우는지 눈을 감았다.

"포경이요."

뭔가 굉장한 비밀을 기대했던 피아는 너무 하찮아 보이는 고민에 한동안 정신이 멍했다. 다시 눈을 뜬 레싱이 그녀의 황당해하는 모습을 보았다.

"네, 알아요. 그게 남들한테 무척 우습게 들린다는 거. 물론 지금 내 생각도 그래요. 하지만 그때는 그렇지 않았어요. 정말 끔찍하고 창피한 일이었죠. 이후 잉카는 그 약점을 쥐고 나를 이용해 먹었어요. 게다가 걔는 나에 대한 것뿐 아니라 다른 친구들에 대한 것도 모르는 것이 없었어요. 잉카 어머니가 요즘 말로 '마당발'이었거든요."

레싱은 이 고백으로 무거운 짐을 내려놓은 것처럼 갑자기 편안해 보였다.

"내가 루퍼츠하인으로 돌아온 건 부모님의 집을 상속받아 새로 집을 지을 괜찮은 부지가 생겼기 때문이에요. 우리가 이사 온 뒤에 잉카도 돌아왔어요. 내가 집을 팔고 다른 곳으로 다시 이사를 가자고 했다면 헨리에테는 아마 이해하지 못했을 거예요. 이해를 시키자면 그 부끄러운 이야기를 다 털어놓아야 했는데, 그럴 수는 없었죠."

"그래서 차라리 그 모든 걸 꾹꾹 억누르며 사셨군요."

"네. 그사이 잉카는 멀리서만 몇 번 봤을 뿐입니다. 걔도 우리 모두와 거리를 둬서 한결 편했죠."

"하지만 이제 모든 게 다시 수면 위로 떠올랐어요." 피아가 말했다. "당신과 당신 친구들이 그렇게 비밀로 묻어두고 싶어 했던 아르투어 사건이요. 그로써 이제 당신은 어쩔 수 없이 당신의 과거와 마주하게 되었습니다."

레싱이 다음 말을 기다리는 시선으로 피아를 바라보았다.

"금요일 메를린에서 옛날 친구들을 만난 이유는 뭐죠? 만나서 뭘 의논했나요?"

"그 만남은 지모네가 제안했어요. 로지가 살해됐다고 하면서 올리버가 수사를 지휘한다고 했어요. 로지의 캠핑카가 불에 탔다는 소식은 이미 우리 모두 알고 있었고, 심지어 나는 올리버와 당신의 방문까지 받은 상태였죠."

"그래서요?"

레싱은 숨을 깊이 들이쉬었다 잠시 멈추고는 다시 길게 토해냈다.

"올리버가 우리 중 누구한테 물어도 아르투어 일은 절대 발설하지 말자고 약속했어요. 무심코라도."

"당신들은 어째서 아르투어 문제가 이 세 살인 사건과 관련이 있을 수 있다고 생각했나요?"

"왜냐하면……." 그의 시선이 보덴슈타인에게 향했다. "왜냐하면 우린 그때 이후 언젠가는 그 일이 예기치 못한 우연으로 다시 거론될 수도 있을 거라고 항상 염려했기 때문이죠."

"뭐 그렇다고 해요. 어쨌든 레싱 박사님, 죄는 상상도 안 되는 무거운 짐이에요. 한시라도 빨리 내려놓는 게 좋습니다." 피아의 말에 레싱은 눈을 내리깔았다. 이날 밤 그는 자식들과의 관계에서 자신이 완전히 실패했음을 자인했다. 엘리아스에게서 들은 말은 그의 전 인생에 대한 파산선고나 다름없었다. 그 역시 어떤 면에선 가해자가 돼버린 피해자였음에도 그 실패는 용서될 수 없는 것이었다. "때로는 상황이 정말 원치 않는 방향으로 흘러갈 때도 있습니다. 그것이 때로는 파국으로 이어지기도 하고요. 우리는 당신과 당신 친구들이 축구 시합을 하고 돌아오는 길에 아르투어를 만난 것을 알고 있어요. 당신들은 그를 사냥하듯 내몰았고, 아르투어는 빠져나갈 구멍이 없었어요. 당신들은 아홉이나 됐으니까요. 급한 마음에 아르투어는 나무 위로 올라갔지만 증오로 똘똘 뭉친 당신들은 봐주지 않았어요. 당신들은 아르투어를 보호하려던 여우를 죽였어요. 그렇다고 당신들이 아르투어를 죽였다고는 생각하지 않아요. 우린 아르투어가 다친 몸을 끌고 도로로 나갔다가 로지 헤롤트의 차에 치였다고 생각해요. 그리고 당신 아버지는 그 모든 걸 알고 있었어요. 그 긴 세월 내내."

레싱의 몸이 굳어갔다. 눈이 커지고 얼굴에 혈색도 사라졌다.

"우리는 당신 아버지가 로지 헤롤트 부부와 함께 아르투어와 여우의 사체를 숲 속 묘지에 숨겼다고 생각해요. 그때 쾨니히슈타인 파출소장이던 당신 외삼촌은 며칠 동안 강력계 형사들의 개입을 막았고요. 당신 부모는 당시 있었던 일을 전부 알고 있었어요. 그 모든 일에 침묵의 담요를 씌운 것도 그 사람들이고요. 당신 부친은 당신과 당신 친구들이 그날 숲에서 입은 상처에 관한 진료 기록을 모두 감췄어요. 경찰의 손에 들어가지 못하게요. 우리는 당신 부친이 뭔가 압박 수단이 필요할 때마다 그걸로 오랫동안 다른 부모들을 협박했다고 생각해요."

"사실이 아니에요." 레싱이 속삭이듯이 말했다.

"아뇨, 난 사실인 것 같아요." 피아는 고개를 끄덕였다. "당신 부모님은 의도적으로 당신과 당신 친구들이 아르투어를 죽였다고 믿게 했어요. 그 때문에 당신들은 지금까지도 스스로를 살인자로 여기고 있죠."

레싱의 두 어깨가 힘없이 털썩 내려갔다. 피아는 그의 내면에서 뭔가가 무너지는 것을 느꼈다.

"이 마을에는 모든 비밀을 알고 있고, 어떤 수단을 써서라도 그 비밀이 새나가는 걸 막으려는 인간이 하나 있어요. 우리는 로지가 클레멘스와 신부에게 그 인간의 정체를 말했다고 생각해요. 그래서 그들 셋이 죽어야 했던 거죠. 그런데 운명의 아이러니인지 그자는 캠핑카에 불을 지를 때 하필 당신 아들한테 들켰어요. 이제 그자는 엘리아스의 이름을 알고 있어요. 엘리아스는 그자에게 위험인물이 되었죠. 만일 우리보다 먼저 그자가 엘리아스를 찾는다면 틀림없이 죽일 거예요."

"무슨 이런 일이!" 레싱은 두 팔로 머리를 감쌌다. 제대로 충격을 받은 것 같았다. 더 이상 뭔가를 거짓으로 꾸미려는 힘은 남아 있지 않는 듯했다. 피아는 이 기회를 이용했다.

"두 가지만 더 묻겠습니다, 레싱 박사님. 어머니는 어떻게 돌아가셨나요?"

"계단에서 굴러 떨어졌어요. 넓적다리뼈 골절이었죠. 급히 수술에 들어갔는데 수술 중에 돌아가셨어요."

"잉카 한젠과는 육체적 관계였나요?"

레싱은 두 팔을 풀었다.

"그런 적은 없어요." 그의 눈에서 증오의 불꽃이 튀었다. "하지만 한 번 한 적은 있어요."

"언제요?"

"지모네와 로만의 결혼식 피로연 때였어요. 애인과 함께 온 올리버가 자기에게는 신경도 안 쓰자 잉카는 절망에 빠졌죠." 레싱이 쓰게 웃었다. "내가 그런 잉카에게 관심을 보이며 위로했고, 장난처럼 슬쩍 추파를 던져보았죠. 그랬더니 쉽게 넘어오더군요. 원래 그런 여자였어요. 조심성 없고 까다롭게 굴지도 않는. 우리는 숲으로 갔어요. 바로 그 지점까지요. 잉카는 그곳을 전혀 알아보지 못하더군요. 어쨌든 아주 낭만적이었어요. 그곳에서 난 걔가 예전에 그렇게 나를 갖고 놀려대기 좋아하던 내…… 거기가 이젠 아무 문제가 없다는 걸 증명해 주었죠."

"그게 1983년 여름이었나요?"

"맞아요." 레싱은 고개를 끄덕였다. "얼마 뒤 잉카는 미국으로 갔어요. 거기서 임신했다는 편지를 보내왔더군요. 난 그따위 거짓말은 하지도 말라고 답장을 보냈죠. 심지어 1984년 1월에는 미국으로 건너가기까지 했어요. 그런데 잉카는 정말 만삭이었고, 나를 보더니 무척 행복해하더군요. 내가 자기와 결혼할 거라고 진심으로 믿었던 것 같았어요. 마치 자기가 그전에 내게 했던 짓을 내가 까맣게 잊기라도 한 것처럼! 나는 걔의 면상에다 대고 분명히 말했어요. 나는 널 증오한다고, 너와 아이는 돌보지 않을 거라고. 그러고는 돌아서서 와버렸어요. 그렇게 복수를 한 거죠. 그 뒤로도 잉카는 몇 년간 편지를 보냈지만 나는 뜯어보지도 않고 버렸어요. 그걸로 잉카라는 여자와는 끝이었죠."

"그래도 양육비는 청구할 수 있었을 텐데 왜 그러지 않았죠?" 피아가 물었다.

"그러기엔 자존심이 너무 상했겠죠." 레싱이 씁쓸하게 콧방귀를 뀌었다. "아이의 출생 기록에 내 이름도 적어 넣지 않은 여자였으니까."

***

"소돔과 고모라가 따로 없네요." 피아가 레싱의 집을 나오면서 고개를 저었다. "도저히 이해할 수가 없어요."

"나도 무슨 말을 해야 좋을지 모르겠어." 보덴슈타인이 체념한 듯 대답했다. "일단 생각을 좀 정리해봐야겠어."

페터 레싱이 경찰차에 올랐다. 호프하임 강력반으로 가서 진술을 반복한 뒤 서명하기 위해서였다.

피아의 휴대전화에 다시 진동벨이 울렸다. 그녀가 짜증을 내며 전화를 받았다.

"피아 형사님, 정말 죄송해요." 연결이 되자마자 다급한 여자의 목소리가 들려왔다.

"누구시죠?" 신경질적으로 물었다. 피아는 전화 건 사람이 자기 이름부터 밝히지 않는 걸 싫어했다.

"메를레예요. 근데…… 니케가 없어졌어요! 니케 엄마가 방금 딸의 방에 가봤는데, 방이 비어 있다지 뭐예요!"

"이런 제길!" 피아의 입에서 절로 욕이 터져 나왔다. "대체 어쩌다가?"

"저도 잠은 자야죠!" 메를레도 기분이 상한 목소리였다. "열일곱 살짜리 여자애의 침대 옆에서 밤을 새울 수는 없잖아요!"

"엘리아스는 총을 갖고 있어." 피아는 동료의 푸념을 흘려들었다. "엄마 차도 훔쳐갔고. BMW X5."

"기가 막히는군요."

"니케가 무슨 메시지를 남기지는 않았고?"

"아뇨, 없어요. 아무래도 우리가 모르는 다른 이메일이 있었던 것 같아요. 아이패드를 갖고 있었다는 걸 보니. 아이패드가 있다는 건 니케 부모가 깜박 잊고 우리한테 얘기하지 않았대요. 집의 감시카메라를 확인해보니까 새벽 3시 58분에 백팩을 메고 지하실 문으로 나갔어요. 니케가 이중플레이를 한 것 같아요."

"내 생각도 그래." 낮게 깔린 잿빛 구름에서 가랑비가 내리고 있었다. 피아는 고개를 잔뜩 움츠린 채 업무용 차량으로 다가갔고, 보덴슈타인이 조수석 문을 열어주자 차 안으로 미끄러져 들어갔다. "어쨌든 알았어. 우리도 할 수 있는 건 다했어. 메를레, 일단 집으로 가서 푹 자."

"무슨 일이야?" 보덴슈타인이 시동을 걸며 물었다.

"니케가 사라졌대요." 피아가 어두운 표정으로 대답했다. "애초에 우리를 도울 생각이 없었던 거죠. 벌써 엘리아스를 만나 다른 곳으로 이동 중일 텐데, 이제 체포는 더 어려워지겠네요. 빌어먹을!"

"아닐 수도 있어. 어쨌든 니케랑 함께 있다면 그 아가씨 휴대전화로 엘리아스와 통화를 할 수 있지 않을까?"

"니케가 휴대전화를 갖고 갔다면요."

"엘리아스가 니케한테 전화를 했다고 했지? 그럼 엘리아스가 사용한 휴대전화 번호는 알지 않아?"

"몰라요. 발신자표시제한으로 전화했어요."

"그럼 둘은 어떻게 연락을 주고받아?"

"이메일이죠. 니케는 새벽 4시 직전에 지하실로 집을 빠져나갔어요. 백팩 하나만 메고."

"분명 어딘가 목적지가 있겠군." 보덴슈타인은 로베르트 코흐 가로 진입해 피아가 차를 세워둔 마법의 산 주차장으로 올라갔다. "안전하다고 느끼는 곳이겠지. 엘리아스는 자신이 수배를 받고 있고, 이 일대 곳곳에서 검문검색을 한다는 걸 알고 있어."

그 순간 피아의 휴대전화가 다시 울렸다. 타우누스루 스포츠낚시협회의 한 못 안에서 자동차 한 대가 발견되었다는 전언이었다. 소방대와 독일인명구조협회가 기중기를 갖고 차량을 인양하러 가는 중이라고 했다.

"타우누스루 스포츠낚시협회가 어디 있는지 아세요?" 피아가 물었다. "거기 못 안에 자동차 한 대가 빠져 있대요."

"8번 국도 옆의 숲에 있어. 숲친구하우스로 꺾어 들어가는 길목이지." 보덴슈타인은 메를린 레스토랑의 테라스 아래쪽 주차장에 차를 세웠다. 피아의 자동차 옆이었다. "몰린 부인의 랜드로버에서 채취한 혈액의 DNA 결과는 나왔어?"

"모르겠어요." 순간 피아는 보덴슈타인이 말하고자 하는 것을 알아차렸다.

"엘리아스가 파울리네의 차가 아니라 랜드로버를 타고 다녔을 수도 있다고 생각하시는 건가요?"

"그것도 하나의 가능성이지. 우리가 왜 지금까지 파울리네의 차만 탈취했을 거라고 생각했는지 모르겠어."

"파울리네 친구 로나의 말 때문에 그랬죠. 파울리네가 엘리아스를 만나려 한다고."

"엘리아스는 목요일부터 수배 중이었지만, 어디서도 걔를 봤다는 사람이 없었어." 보덴슈타인은 요점을 정리하면서 마른 유리창 위로 벅벅 소리를 내며 움직이는 와이퍼를 중지시켰다. "어쩌면 그동안 내내 숲친구하우스에 숨어 있었는지 몰라. 랜드로버에서 발견된 피가 엘리아스의 것이라면 임차인 언니가 숲에서 걔를 발견하고 자기 집으로 데려가 숨겨주었을 수도 있어."

"그러고 보니 엘리아스가 랄프 엘러스의 집에 개도 두 마리 갖다놓았다고 했죠?" 피아는 이제야 놓치고 있던 맥락을 포착했다. "숲친구하우스의 개들일 수도 있어요. 지난 목요일에 거기 갔을 때 개 짖는 소리를 들었잖아요!"

"그렇다면 엘리아스는 왜 개들을 그리로 데려갔을까?"

피아와 보덴슈타인의 눈이 마주쳤다.

"이제 이렇게 해요." 그녀가 단호하게 말했다. "기자회견까진 아직 네 시간 남았어요. 저는 셈과 함께 낚시협회에 들렀다가 숲친구하우스로 갈게요. 그런 다음 기자회견이 끝나면 당시 축구 시합에 참가한 사람들을 모두 수사과로 데려가는 거예요. 그래서 우리가 잉카 한젠과 페터 레싱, 랄프 엘러스에게 들은 이야기를 해주는 거예요. 개별적으로가 아니라 다 함께 있는 자리에서요. 그러면 집단 압박 아래서 무슨 일이든 벌어지겠죠."

"좋아." 보덴슈타인은 고개를 끄덕였다. "레오 켈러는 어떡할까? 신변 보호를 위해 우리가 데리고 있어야 하지 않을까? 기자회견에서 레오의 이름이 나올 경우 사람들이 또 터무니없는 짓을 할 수도 있으니까."

"우리한테 그럴 여력이 있을까요?" 피아는 얼굴을 찡그렸다. 그러고는 셈에게 전화하려고 문을 열면서 휴대전화를 꺼냈다.

"내가 어디든 데려다놓을게." 보덴슈타인이 대답했다. "아, 그리고 피아……."

"네?" 그녀가 차에서 내리다 말고 고개를 돌렸다.

"정말 잘하고 있어." 그가 진지하게 말했다. "진심이야. 윗사람들이 당신을 내 후임으로 결정하지 않는다면 정말 바보 같은 인간들일 거야."

"고마워요." 피아는 잠시 망설이다가 지금이 크리스토프만 알고 있는 사실을 보덴슈타인에게도 알릴 적기라는 생각이 들었다. "아시다시피 저는 반장님이 이대로 남았으면 더 좋겠다고 생각하지만…… 어제 비스바덴에서 결정이 내려졌다고 엥엘 과장이 통보했어요."

"아 그래? 무슨 통보?"

"제가 반장님 자리를 물려받을 거랍니다."

"우와, 정말 잘됐어!" 보덴슈타인이 웃었다. "진심으로 축하해! 정말 기뻐! 난 혹시 엥엘 과장이 내가 추천했다는 이유로 당신을 배제하면 어쩌나 걱정했거든."

"과장님도 고민이 많았던 것 같아요." 피아도 마찬가지로 웃으려고 했지만 잘되지 않았다. "그러다 결국 저를 강력하게 밀어줬다고 하네요."

"과장도 다른 방법이 없었을 거야. 그 자리에 당신이 최고 적임자라는 건 우리 모두가 알고 있는 사실이니까."

"고마워요." 피아는 차에서 내렸다가 다시 한 번 차 안으로 고개를 디밀었다. "반장님이 1년 후 다시 강력반으로 돌아오시면 저는 기쁜 마음으로 반장님 책상을 돌려드릴 겁니다."

***

"설마 트렁크에서 또 시체가 나오는 건 아니겠지?" 크레인이 파울리네의 녹슨 도요타를 못에서 조금씩 끌어올리는 것을 보면서 피아가 셈에게 말했다. 열린 차 문으로 진흙물이 쏟아졌고, 죽은 물고기의 은빛 몸뚱이가 수면 위로 철퍼덕철퍼덕 떨어졌다. 파열된 주유 탱크에서 새어나온 연료로 양식장 물고기들이 속절없이 목숨을 잃고 만 것이다. 물 위에 둥둥 떠 있는 엔진오일은 마치 검은 얼룩 같았다. 낚시조끼 주머니에 손을 넣은 늙은 남자 다섯이 못 가장자리에 서서 가랑비를 맞으며 어두운 표정으로 인양 작업을 지켜보고 있었다.

빛바랜 야구 모자를 쓴 작고 뚱뚱한 한 남자는 20분 전부터 몹시 흥분해서 쾨니히슈타인 경찰들과 소방대장에게 계속 뭐라고 이야기하고 있었다. 그의 비통한 목소리는 크레인 엔진 소리를 압도했다.

"저 차는 오늘 아침에 저기 빠진 게 아니래요." 셈이 말했다. 그는 루퍼츠하인에서 피아를 만나 이리로 함께 차를 타고 오면서 간밤에 있었던 일을 피아에게서 들었다. "우리가 숲친구하우스로 가서 몰린 부인을 만나보죠."

그는 신사답게 피아에게 우산을 받쳐주었다. 우아한 진회색 비옷을 입고 그에 색깔을 맞춘 장화까지 신은 것이 마치 야외 촬영 나온 모델 같았다.

"어이, 거기 나 좀 봐요! 거기가 수사반장이오?" 경찰관과 소방대장에게서 원하는 정보를 듣지 못한 뚱뚱한 남자가 씩씩거리며 다가와 두 사람 앞에 멈추어 섰다. 그러고는 양손을 허리에 척 올린 채 노골적인 불신의 시선으로 셈을 바라보았다. "당신은 외국인 아니오?"

"우리 모두는 어딘가에선 외국인이죠." 셈이 정중하게 대답했다. "우리 가족은 터키 출신입니다."

"아, 그래요? 그래도 우리말은 좀 하는군." 뚱뚱한 남자는 어깨를 으쓱하더니 셈이 마치 난청인이기라도 한 것처럼 큰 소리로 말했다. "내 말 알아듣수?"

"뭐 그럭저럭." 셈은 무척 재미있다는 표정을 짓고 있었다. "하지만 아주 천천히 정확히 말씀해주셔야 합니다. 헤센 사투리는 가끔 알아듣지 못할 때가 있거든요."

남자는 셈이 슬쩍 비꼬는 것을 전혀 눈치채지 못하는 듯했다.

"난 콜이오, 베르너 콜. 1974 타우누스루 스포츠낚시협회 e. V. 회장이오."

그가 'e. V.'를 정말 '에 쩜 파우 쩜('에'와 '파우'는 알파벳 e, v의 독일어 발음이다. '쩜'은 중간의 점(.)을 강조한 발음이다_역주)이라고 발음하는 순간 피아는 피식 웃음이 나오려는 걸 간신히 참았다.

"1974가 들어가는 건 우리가 그해에 협회를 만들어서 그렇수. 내 말 알아듣수?"

"네, 알아들었습니다, 베르너 콜 씨." 셈이 아주 진지하게 맞장구를 쳤다. "그런데 에 쩜 파우 쩜은 무슨 뜻인가요?"

피아가 팔꿈치로 그의 옆구리를 쿡 찔렀다. 이런 장난을 치고 있을 때가 아니었던 것이다.

"에 고런께 고건 '등록된 협회'라는 뜻이오, 알아듣수?" 베르너 콜이 힘차게 고개를 끄덕였다. "회원은 스물여덟이고, 그중 활발하게 활동하는 사람은 열둘이오. 근데 이런 망할 놈의 짓으로 낚시터 안의 물고기가 다 죽지 않수? 돈으로 따지면 얼만지 아슈? 5만 유로요 5만!" 콜은 자기 말을 강조하려고 두 팔을 허공에 흔들어댔다. "송어, 잉어, 비단잉어뿐 아니라 다음 시즌을 위해 키우는 새끼들까지 깡그리! 이제 다 망쳤수. 당신들도 보시다시피 울타리, 둑, 못 전체가 엉망이 되지 않았수? 여기서 이런 일은 처음이유."

"당신이 회장이라면 우리 반장님하고 직접 이야기해보시는 게 낫겠군요." 셈이 고갯짓으로 피아를 가리켰다. "저는 그저 반장님의 시종일 뿐이니까."

"엥? 뭐이?" 베르너 콜은 흠집 많은 다초점 안경 너머로 얕잡아보듯이 피아를 훑어보았다. "여자가 수사반장이라고?" 그가 낚시꾼 회원들에게로 몸을 돌리더니 두 팔을 올렸다. "형사라고 외국인하고 여자가 왔어. 이게 말이 돼? 어째 요런 요상한 일이! 불쌍한 독일 같으니, 쯧쯧."

피아는 자신들의 제한된 시각에서 벗어난 모든 것에 의구심과 반감을 가진 이런 유의 남자들을 잘 알고 있었고, 이런 인간들이 힘과 권위 앞에서는 또 금방 꼬리를 내린다는 것도 잘 알았다. 그녀는 신분증을 꺼내는 척하면서 일부러 재킷을 옆으로 젖혔다. 뚱뚱한 남자가 총을 볼 수 있게 하기 위해서였다.

"난 호프하임 수사과의 살인 사건 전담반 산더 경사입니다." 그녀가 근엄하게 말했다. "당신이 흥분한 건 이해할 수 있지만, 그렇다고 그런 차별성 발언은 그냥 묵과할 수 없군요, 콜 씨."

"살인 사건 전담반?" 콜의 달덩이 같은 얼굴이 새빨개졌다.

"저 차량은 범죄 피해자인 젊은 여성의 소유입니다." 피아가 말했다. "이 못을 비롯해 주변 지역은 범행 현장일 가능성이 높습니다. 당신과 당신 회원들은 이제부터 여기 들어오시면 안 됩니다."

"에이, 이 무슨 날벼락인지." 남자는 어이없어 했다. "그 여자가 왜 우리 양식장 안으로 차를 몰고 들어온 거유?"

"피해자가 직접 차를 몰고 왔겠습니까?" 피아는 짜증스럽게 대꾸했다. 셈은 뚱뚱한 남자의 편협하고 고루한 태도에 웃음을 참지 못하고 몸을 돌렸다.

"에이, 그럼 어떤 새끼가 저런 짓을 한 거람?"

"지난 목요일에 숲친구 캠핑장에서 발생한 방화 사건으로 사람이 죽은 거 모르십니까?"

어쩌면 이렇게 세상일에 무관심할 수 있을까?

"에 그게, 일주일 동안 마누라랑 하르츠 산지에 있다가 왔수." 콜이 당황해서 머리를 긁적이더니 어쩔 줄 모르는 표정으로 낚시 회원들에게 다시 몸을 돌렸다. 그런 일은 전혀 예상치 못한 것 같았다.

그때 피아에게 한 가지 아이디어가 떠올랐다.

"여러분, 이리 좀 와보세요." 그녀의 손짓에 남자들이 주춤주춤 다가왔다. "여러분은 열성적인 낚시꾼들이니까 여기 자주 오시겠죠?"

그들은 단체로 고개를 끄덕였다.

"지난 목요일에 여기서 뭔가 이상한 걸 본 적이 없나요?"

다섯 명의 노인은 말없이 시선을 교환했다.

"그때 저기 안쪽 숲은 정신이 없었지." 이윽고 한 사람이 입을 열었다. "불이 났으니까."

백점!

"쿠르티와 나는 막 대형 못의 필터를 청소하고 있었어요." 다른 남자의 말이었다. 언청이에 신경질적인 틱 증세를 보이는 비쩍 마른 남자였다. "방송국 차들도 여러 대 왔지. 근데 이리로 오다가 바로 저 건너편에서 멈췄어요. 그 여자가 지프차를 타고 미친 듯이 돌진해 왔거든. 그러다 저 밑에서 방향을 틀면서 울타리를 받을 뻔했지."

피아는 귀를 세웠다.

"전에도 본 적이 있는 여자였나요?"

"에이 그럼요. 마누엘라의 언니죠. 숲친구하우스. 밥맛없는 여자예요. 여길 지나가면서도 인사 한 번 하는 걸 본 적이 없어요."

흰머리의 낚시 회원들이 웅성웅성 그 말에 동조했다.

"그게 대략 몇 시쯤이었나요?" 피아가 캐물었다.

"몰라요. 한 아홉 시쯤? 아닌가, 쿠르티?"

"맞아." 언급된 남자가 짧게 시인했다.

"여자가 돌아오는 것도 보셨나요?"

"그게, 그러니까…… 한 두세 시간 뒤쯤 됐나?"

"우린 그 여자가 그렇게 오래 숲속에서 뭘 했는지 궁금해했어요. 거긴 이어지는 길이 없거든요."

"그럼 두세 시간 뒤에야 올라왔다는 얘기네요." 끈기 있게 듣던 피아가 정리했다. "그 뒤엔 다시 숲친구하우스로 돌아갔나요?"

"맞아요. 근데…… 그 금발 마녀는 운전석 옆에 앉아 있었어요." 쿠르티가 말했다. "운전은 다른 사람이 했고. 누군지는 모르지만."

엘리아스 레싱이었을까? 그렇다면 수색견이 숲 한가운데서 흔적을 잃은 것이 설명되었다. 피아는 고맙다고 인사한 뒤 낚시꾼들에게 그들이 본 내용을 나중에 다시 한 번 진술해주었으면 좋겠다고 말했다. 그러고는 셈과 함께 그사이 파울리네의 자동차를 실은 견인차 쪽으로 향했다.

***

"에 쩜 파우 쩜이라니!" 피아는 고개를 저으며 중얼거리더니 라텍스 장갑을 꼈다. 그러고는 견인차 위로 올라가 도요타의 운전석 문을 열고 차 안을 살펴보았다. 뒤따라 온 셈은 트렁크를 맡았다.

"사체는 없어요." 그가 알렸다. "적어도 사람의 사체는."

그는 죽은 물고기 몇 마리를 길 건너편 관목 속으로 던졌다. 피아는 차 안으로 몸을 쑥 밀어 넣었다. 민물 진흙 냄새가 났다. 맨 먼저 물이 가득 찬 조수석 앞 사물함을 열었다. 진창 속으로 뭔지 알아보기 힘든 물건이 몇 개 눈에 띄었다. 그건 크리스티안의 감식반에 맡기면 될 듯했다. 그녀는 차 문 안쪽 수납함에 손을 넣고 더듬거렸다. 손가락 끝에 뭔가가 만져졌다. 스마트폰이었다!

"하나 찾았어!" 그녀가 말했다.

"나도. 여기 뭐가 많아요." 셈이 뒤쪽에서 소리쳤다. "무엇보다 노트북을 하나 건졌네요. 나머지 잡동사니들은 어떡하죠?"

"그냥 내버려둬. 감식반에 맡겨." 피아는 휴대전화를 증거물 봉지에 담은 뒤 견인차에서 내려왔다. 무슨 일이 있었던 것일까? 적외선 카메라의 영상에서 엘리아스를 알아본 파울리네가 숲친구하우스로 가서 그에게 자수하라고 종용했을까? 엘리아스는 그녀가 신고할까 두려워 극도의 흥분 상태에서 그렇게 무지막지하게 폭력을 행사한 것일까? 그러고는 흔적을 없애려고 파울리네의 차를 못에 밀어 넣은 뒤 의식 불명의 파울리네를 그 올빼미 여자의 랜드로버에 싣고 루퍼츠하인으로 갔을까? 파울리네는 토요일 저녁 늦게 사라졌다가 월요일 아침에야 중상을 입고 발견되었는데, 그사이엔 어디에 있었을까?

"엘리아스가 완전히 통제 불능 상태에 빠진 것 같아." 피아가 자동차로 돌아가면서 말했다. "이제 걔는 아무도 믿지 않아."

"게다가 만삭인 애인까지 같이 있고." 셈은 걱정스럽다는 듯이 피아의 말에 동조하며 조수석 문을 열어주었다.

엘리아스는 왜 랄프 엘러스의 물방앗간에 개들을 데려다놓았을까? 또한 충분히 그럴 수 있었을 텐데도 파울리네를 죽이지 않은 이유는 무엇일까? 죽었다고 생각한 걸까?

셈이 가속 페달을 밟으며 깊은 웅덩이를 피하려고 급하게 핸들을 좌우로 틀었다. 그늘진 숲이 점차 밝아졌다. 나무들 사이로 유원지 식당과 그에 딸린 살림집이 나타났다.

"차고가 비었어." 피아가 차를 타고 지나가면서 확인했다. "랜드로버가 없어! 이런 빌어먹을! 엘리아스가 그걸 타고 다닌 게 분명해. 그것도 모르고 도요타만 쫓았으니……."

주차장에는 쾨니히슈타인에서 온 제복 경찰 둘이 기다리고 있었다. 셈과 피아는 차에서 내려 주위를 살펴보았다. 조용했다. 새 한 마리 지저귀지 않았고, 넓은 공터 위로 비만 부슬부슬 내렸다. 캠핑카들에도 아무런 움직임이 없었다.

"건물 밖을 빙 둘러봤는데 아무도 없는 것 같습니다." 한 경관이 말했다.

"알았어요. 안은 우리가 확인해보죠." 피아는 고개를 끄덕였다. "우린 현관문으로 들어갈 테니까 아무도 빠져나가지 못하게 차고 쪽 뒷문을 지켜줘요."

경관들은 차고 쪽으로 향하고 피아와 셈은 식당 건물과 붙은 살림집으로 다가갔다. 현관문은 닫혀 있지 않았다. 둘은 눈을 주고받으며 총을 꺼냈다. 방탄조끼는 트렁크에 있었다. 피아는 망설였다. 이젠 그녀가 책임자였다. 수고스럽더라도 들어가기 전에 방탄조끼부터 챙겨 입어야 할까? 보덴슈타인이라면 이 상황에서 어떻게 했을까?

"들어갈까요?" 셈이 속삭였다.

피아는 긴장한 모습으로 총을 겨눈 채 고개를 끄덕였다. 손가락 끝에까지 심장 박동이 느껴졌다. 셈이 발로 슬며시 문을 밀고 들어가자 그녀가 뒤따랐다. 뭔가 부패한 듯한 들척지근한 냄새가 따뜻한 공기와 섞여 훅 끼쳤다.

"아만 알라임!" 셈은 터키어로 탄식의 말을 내뱉더니 역겨움을 이기려고 두 볼에 바람을 불어넣었다. "너무 늦은 것 같은데요!"

피아는 구역질이 나오려는 걸 참으려고 힘겹게 침을 꿀꺽 삼켰다. 그들은 총을 겨눈 채 좁고 어두운 복도를 따라 차례로 문을 열어보았다. 짙은 나무 천장 때문에 그렇지 않아도 작은 방들이 더 낮고 작게 보였다. 이발소 그림 수준의 싸구려 그림이 잔뜩 걸린 목조 패널 벽들도 그런 인상을 더 악화시켰다. 자그마한 사무실은 비어 있었고, 침실도 마찬가지였다. 침실의 더블침대는 하나만 사용한 흔적이 있었다. 부엌도 깨끗이 정돈된 상태였다. 복도 맨 끝에 있는 문이 욕실이었다. 가까워질수록 썩은 살 냄새는 더 짙어졌다.

"여기네요." 셈이 겨우 한마디를 토해냈다. "맙소사, 코를 들 수가 없어요!"

반쯤 찬 욕조의 물은 갈색이었다. 물속에는 몰린 부인의 시체가 누워 있었는데, 흉측한 몰골이었다. 원래는 흰색이었을 테지만 핏물 때문에 선홍색으로 변한 옷을 입고 있었다. 욕조 가장자리에는 마른 피가 묻어 있었고, 바닥에는 깨진 포도주병 조각이 널려 있었다. 욕조 옆의 스툴에는 반 정도 찬 레드와인 잔이 눈에 띄었다. 셈이 몸을 숙여 시체를 살펴보았다.

"목을 그은 것처럼 보입니다." 그가 냉철한 목소리로 말했다. "그게 사인이라면 최소한 고통의 시간이 길지는 않았을 것으로 보입니다."

몰린 부인에게 아무리 호감이 없던 피아였지만 이런 식의 죽음 앞에서 분노가 치미는 것은 어쩔 수가 없었다.

"옷은 왜 입고 욕조에 들어갔을까?" 그녀가 의문을 표했다.

"먼저 제압한 뒤 욕조에 넣었겠죠." 셈이 추정했다. "물을 받아놓고 포도주를 준비한 걸 보면 느긋하게 목욕을 즐기려 했던 것 같아요. 물론 그전에 범인에 의해 제압당했겠지만."

"음." 피아는 골똘한 표정으로 고개를 끄덕였다. "그럴 수도 있겠군. 카이한테는 내가 전화하지."

피아는 총을 집어넣은 뒤 휴대전화를 꺼내들고 집 밖으로 향했다. 밖에 나오자마자 맑은 공기를 반갑게 들이마시고는 카이한테 전화해 간략하게 이곳 사정을 알렸다.

"여기도 새로운 소식이 있어요." 카이가 말했다. "파울리네의 옷을 검사해본 결과 개털이 나왔어요."

"딱 맞아떨어지는군." 피아가 대답했다. 엘리아스가 의식을 잃은 파울리네를 임차인 부부가 개들을 태우고 다니는 차의 짐칸에 실은 게 분명했다.

"참, 몰린 부인의 랜드로버에 묻은 피도 엘리아스 레싱의 것이었어요."

예상대로였다. 퍼즐이 점점 맞춰지고 있었다.

"레싱 부인의 도난당한 BMW X5의 위치는 바트 조덴으로 확인됐어요." 카이가 계속 보고했다. "하지만 현장에 도착해보니 GPS 장치뿐이고 자동차는 없었어요."

영리하게도 녀석이 GPS 장치를 떼버린 것이다. 그렇다면 이제 차량 위치를 추적할 길은 없었다. 피아는 전화를 끊고 집 안으로 들어가자 막 셈이 계단을 내려오고 있었다.

"위층 침실 침대 옆에 이게 놓여 있었습니다." 그가 증거물 봉지에 넣은 쪽지를 건넸다. 피아는 마구 휘갈겨 쓴 글자를 읽느라 애를 먹었다.

아줌마를 가둬서 정말 죄송해요. 꼭 니케를 만나 할 얘기가 있어서 그래요. 이해해주셨으면 좋겠어요. 휴대전화와 노트북은 잠시 빌려가요. 나중에 돌려드릴게요. 경찰한테는 제발 연락하지 말아주세요! 나중에 다 설명드릴 테니까. 걔들은 제가 데려가니까 걱정하지 마세요. 자동차도 돌려드릴 거예요. 참, 시동이 안 걸렸던 건 기름이 없어서였어요. 나중에 봐요! ☺

피아가 그를 쳐다보았다. "엘리아스가 쓴 거네."

"이걸 보면 엘리아스가 몰린 부인을 죽인 것 같지는 않아요. 돌아올 생각이었으니까요."

"실제로 돌아왔겠지. 그래서 여자가 화를 내자 싸움이 벌어졌고,

그 와중에 엘리아스가 여자의 목을 긋고 욕조에 집어넣었겠지."

"도망치느라 경황이 없어 현관문 닫는 것도 잊었고요." 셈이 보충했다. "그랬을 수도 있겠네요."

그들은 범행 흔적을 지우지 않으려고 집에서 나왔다.

"그 여자가 엘리아스한테 이곳을 은신처로 제공했어요!" 셈이 화를 냈다. "금요일에 여기 왔을 때 엘리아스를 보호하려고 반장님과 저를 속였어요. 그런데 그 빌어먹을 어린놈은 은혜를 베푼 사람을 죽였고요!"

"어쩌면 자발적으로 은신처를 제공한 게 아닐 수도 있어. 여자를 겁주고 협박했을지도 몰라. 그러다 파울리네가 나타나자 상황이 걷잡을 수 없이 악화됐을 거야." 피아는 엘리아스의 아버지가 떠올랐다. 페터 레싱은 자기 부모의 잘못된 행동을 자식들에게 똑같이 되풀이했다고 고백했다. 그녀가 그에게 인용한 융의 말은 정확했다. 아동학대의 경우 사람들은 흔히 육체적 폭력이나 성적 폭력을 먼저 떠올리지만, 정신적 폭력이 훨씬 잔인하고 오랫동안 영향을 미칠 때가 더 많았다. 부모는 자신들에게 무방비로 내맡겨진 자식에 대해 어마어마한 권력을 갖고 있다. 자식 입장에서는 부모의 학대가 아무리 심하더라도 부모를 보호하려고 무슨 짓이든 다 할 것이다. 어릴 때만 그런 것이 아니라 성인이 되어서까지. 대대로 존경 받고 성공한 것처럼 보이는 이 풍비박산이 된 집안에 얼마나 큰 재앙의 역학이 작용했던가! 엘리아스는 자신이 당한 그간의 부당한 일에 대해 복수에 나선 것일까? 아니면 그의 행동은 도움을 청하는 절망적인 외침일까? 동기가 무엇이건 이제 그의 길을 가로막는 모든 이에게 그가 심각한 위협이라는 사실에는 변함이 없었다.

***

보덴슈타인은 켈크하임 시청 앞 광장을 가로질렀다. 1970년대의 실용적 건축 방식으로 지어진 시청은 시립강당에서 대각선 방향으로 위치해 있었다. 보통 사체가 발견되었다는 연락을 받으면 그는 항상 아드레날린이 격하게 솟구치는 것을 느꼈지만, 이번에는 달랐다. 피아가 전화로 숲친구하우스의 욕조에서 펠리치타스 몰린의 시신이 발견되었다고 해도 아무런 느낌이 없었다. 그저 숙명론적으로 이런 생각만 들었다. 아, 그 여자까지! 지난 며칠간 이해할 수 없는 일들이 너무 많이 닥쳐 공감 능력이 더는 작동하지 않는 듯했다. 자기보호 본능에 따라 대뇌변연계가 일시적으로 작동을 멈춘 것 같다고 할까! 그러나 이성만큼은 분노와 환멸 같은 감정에 영향 받지 않고 거의 병적일 정도로 냉철하게 고도의 집중력을 발휘하고 있었다.

30분 전에 보덴슈타인은 늙은 켈러 부인을 만나고 왔는데, 레오는 평소처럼 오전 6시 반에 전동자전거를 타고 일하러 갔다고 했다. 부인은 당연히 걱정스런 표정으로 그가 왜 아들을 급히 만나려 하는지 물었다. 마을에서 일어난 일을 알고 있던 그녀로서는 "그 옛날 일"이 다시 불거져 사람들이 레오를 향한 예전의 의심을 떠올리지 않을까 두려워했다. 보덴슈타인도 바로 그게 걱정돼서 레오의 안전을 위해 경찰서로 데려가려는 것이라고 대답했다. 그러자 부인은 레오의 휴대전화 번호를 알려주었다. 그러나 연결은 되지 않았다. 시청 건물 1층에 있는 공동묘지 관리소를 찾아가자 친절한 여직원은 레오가 오늘 오전 중앙 공동묘지에서 일을 하기로 돼 있는데, 모르는 전화가 오면 대개 받지 않는다고 일러주었다. 그러면서 보덴슈타인을 보고 이해하라고 했다. 레오는 말하는 게 시원찮아서 모르는 전화를 피한다는 것이다. 이 말과 함께 여직원은 레오에게 바로 전화해서 공동묘지 장례식장으로 가보라고 하겠다고 약속했다.

보덴슈타인은 타리크 오마리의 전화번호를 눌렀다.

"네, 반장님?" 보덴슈타인이 막 전화를 끊으려는 순간 타리크가 전화를 받았다. "루퍼츠하인에 거의 다 와 갑니다."

"그전에 켈크하임 중앙 공동묘지에 들러 레오나르트 켈러를 경찰서로 데려가도록 해. 거기 동료들에게는 벌써 말해뒀고, 켈러도 알고 있어. 장례식장에서 기다리고 있을 거야. 신변 보호용 조처라고 말하고, 모친도 알고 계신다고 해. 기자회견이 끝나면 내가 레오를 데려가서 자세한 걸 설명해줄 테니까."

"알았습니다, 반장님. 나중에 봬요."

타리크는 강력반엔 더없이 적합한 인물로 입증되었다. 무슨 일이든 두 번 지시할 필요가 없었고, 어떤 과제를 맡겨도 힘들어하거나 마다하지 않았다. 보덴슈타인은 프랑크 벤케와 안드레아스 하세가 업무 분담을 놓고 끊임없이 불평하던 시절이 떠올랐다. 그때는 늘 업무 분위기를 완전히 엉망으로 만드는 말다툼이 벌어지곤 했다. 그는 피아가 자신의 후임이 된 걸 기뻐했고, 그녀 곁에 셈 알투나이와 타리크 오마리 같은 유능한 동료가 있다는 사실이 반가웠다. 셈은 자기가 아닌 피아가 선택된 걸 곧 이겨낼 것이고, 그를 대신할 동료도 곧 나타나게 될 것이다.

보덴슈타인은 다시 켈크하임의 철로 차단기 앞에서 기다린 뒤 피시바흐를 지나 루퍼츠하인으로 올라갔다. 공항으로 발렌티나 베르야코프를 마중 나간 카롤리네가 벌써 그와 만나기로 한 시민회관으로 오는 중이었다. 그렇게 긴 세월이 지나 다시 이 마을로 오는 발렌티나의 심정은 어떨까? 자신들을 그렇게 적대적으로 대한 마을이었는데 말이다. 당시 그가 동생을 제대로 지켜주었더라면 그런 비극이 일어나지 않았을 거라고 그에게 책임을 물으면 어떡해야 할까? 지금껏 보덴슈타인은 아르투어 누나와의 재회에 대해 생각해본 적이 없었는데, 갑자기 불안감이 솟구치는 것을 느꼈다.

루퍼츠하인은 사람들로 들끓었다. 오버 텐 비르켄 가에서 비젠 가로 접어드는 순간 도로의 차들은 보행 속도로만 나아갔다. 다목적용 시민회관 주변은 한마디로 북새통이었다. 온갖 방송사에서 나온 중계차들이 어지럽게 길가에 서 있었다. 언론의 관심은 예상을 훨씬 뛰어넘었다. 대규모로 투입된 경찰들은 회관 입구에서 방문객의 몸을 철저히 검색한 뒤 안으로 들여보냈다. 몇 년 전 엘할텐 기자회견장에서 경악스런 집단 패닉과 무질서로 사망자 하나와 많은 중상자가 발생했던 까닭에 이번에는 제한된 인원만 입장시켰다. 보덴슈타인은 그냥 지나가라는 손짓과 함께 차단기를 통과한 뒤 회관 뒤쪽 주차장으로 진입했지만, 빈자리가 없어 그냥 다른 차 뒤에 세웠다. 승마장 부지로 이어진 도로는 통행이 재개되어 파울리네가 발견된 장소를 찾는 사람들이 많았다. 방송 카메라 팀은 운동장 울타리 옆에 수북이 쌓인 꽃과 인형, 양초를 카메라에 담았다. 며칠 뒤엔 레오 켈러가 소속된 시청 청소과 직원들이 모두 치울 것들이었다.

찬바람이 일어 비구름을 몰아내고, 작은 주차장을 에워싼 나무들을 휘감았다. 울긋불긋한 나뭇잎이 물기로 반짝이는 보도 위에 하늘하늘 춤을 추며 떨어졌다. 10월의 태양 아래 은행나무의 황금빛 잎들이 찬란하게 반짝거렸다. 보덴슈타인은 시민회관으로 들어가기 전에 심호흡을 했다. 이제 조금만 있으면 살인자와 희생자들을 생각할 필요 없이 이렇게 좋은 날을 마냥 즐기며 살 수 있을 것이다. 이런 생각이 들자 강력반에서의 마지막 날이 더욱 간절하게 기다려졌다.

***

시민회관 주방에서는 피아가 로젠탈 검사, 킴, 니콜라 엥엘과 이야기를 나누고 있었다. 카이, 셈, 슈테판 스미칼라, 수사국 공보관도 그녀의 말에 집중하며 귀를 기울이고 있었다. 보덴슈타인은 주위를 두리번거렸다. 카롤리네와 발렌티나는 어디 있을까?

"반장님 오셨어요!" 피아가 하던 말을 중단하고 모두를 내버려둔 채 급히 다가왔다. 지쳐 보였다. 사실 모든 팀원이 기진맥진 상태였다. 게다가 더더욱 힘이 빠지는 것은 며칠 밤을 죽어라 일만 했는데도 아직 결정적인 단서를 찾아내지 못하고 있다는 점이었다.

"모든 정황상 엘리아스가 며칠 동안 펠리치타스 몰린과 함께 있었던 게 분명해요." 피아가 소리를 낮춰 말했다. "엘리아스의 편지가 발견됐는데, 몰린을 감금한 건 미안하지만 꼭 니케를 만나러 가야 한다고 적혀 있어요. 걔들은 엘러스의 물방앗간에 데려다놓고, 자기는 몰린의 여동생 랜드로버를 타고 돌아다녔어요. 엘리아스가 물방앗간에 자주 갔다고 하니까, 거기서 쇠지레 하나쯤 몰래 챙기는 건 일도 아니었을 겁니다."

"몰린 부인은 죽은 지 대략 얼마나 됐어?"

"헤닝 말로는 일요일 정오쯤인 것 같대요. 집 안의 난방이 풀가동되고 있었고, 처음엔 뜨거운 물을 받아놓았을 욕조에 계속 누워 있던 점을 감안하면 더 정확한 사망 시점을 특정하기는 어렵다고 하네요."

"음." 사체 상태가 어땠는지 머릿속으로 충분히 그려지는 보덴슈타인으로서는 피아의 현장 목격 경험이 전혀 부럽지 않았다. "엘리아스는 왜 몰린을 죽이고, 파울리네를 왜 그렇게 죽도록 때려야 했을까?"

"만일 그게 엘리아스 짓이라면 일시적 감정 폭발에 의한 행동이었겠죠. 파울리네가 경찰에 자수하라고 계속 설득했을 테니까요. 엘리아스는 흔적을 지우려고 차를 낚시터에 빠뜨렸어요. 소지한 총은 몰린의 제부 것이고요. 크리스티안이 숲친구하우스에서 총기소지허가증과 총알을 발견했어요." 피아는 잠시 말을 멈추더니 아랫입술을 깨물고 생각에 잠겼다. 긴장으로 얼굴이 파리했다. "몰린은 자기를 가둔 엘리아스에게 화를 내며 길길이 날뛰었을 거예요. 그 과정에서 엘리아스가 참지 못하고 폭발했을 수 있죠."

"어쨌든 엘리아스는 현재 무장 상태에다 언제든 무기를 사용할 준비까지 돼 있어. 니케 하벌란트도 데리고 있고. 죄가 없다면 자수할지도 모르지." 보덴슈타인이 말했다. "지금까지 우리는 엘리아스가 운전을 하지 못한다고 생각했지만 사실이 아니었어. 면허증만 없었던 거야."

"엘리아스가 자기 아버지와 공모했을 가능성은 없을까요?" 피아가 물었다. "가스통과 벤진은 물방앗간에서 가져왔을 겁니다. 거기서는 몇 개 없어져도 눈에 띄지 않을 테니까. 게다가 가택 침입 경험이 많은 엘리아스가 거짓 흔적을 만들려고 에드가 헤롤트의 목도리를 훔쳤을 수도 있어요. 레싱은 아들을 도구로 삼고, 아들은 아버지의 마음에 들기 위해 시키는 대로 다 하는 식이죠. 혹시 들통 나더라도 레싱은 모든 걸 아들에게 미루면 그만입니다. 엘리아스는 아버지와는 달리 아직 열아홉 살이라 청소년 법정에서 재판을 받을 수 있을 테니까요."

어느새 거기 있던 모든 사람이 호기심 어린 얼굴로 피아와 보덴슈타인 주위에 모여들어 둘의 대화에 귀를 기울이고 있었다.

"자자, 20분 뒤에 시작해야 합니다." 슈테판 스미칼라가 재촉했다.

"밖에서 무슨 말을 할 건지 빨리 의견을 모아야 하지 않을까요?"

보덴슈타인은 공보관의 말에 신경도 쓰지 않았다.

"난 레싱이 뭔가 그럴 듯한 얘기로 우리를 속이려 한다는 느낌은 받지 못했어. 부모가 자신에게 저지른 잘못을 자기 자식들에게도 똑같이 되풀이했다는 사실로 괴로워했어. 게다가 자신을 비롯해 그때 그 자리에 있던 친구들이 아르투어를 죽인 것이 아니라는 말을 들었을 때는 정말 충격을 받은 듯했어. 그런 사람이 왜 지금 와서 넷이나 죽여야 할까?"

"냄새나는 시궁창의 뚜껑을 계속 덮어두고 싶었던 거죠." 피아는 빠르게 말했다. 두 눈이 흥분으로 반짝거렸다. "오늘 아침 우리가 1972년 당시의 부상 사실을 들이댔을 때 레싱은 기습을 당한 것처럼 깜짝 놀랐어요. 바제도프 박사가 아버지의 기록을 보관하고 있었다는 걸 전혀 몰랐던 거죠. 뭐, 어차피 그게 어디 있는지는 아무도 몰랐지만요. 어쨌든 협박을 받은 사람들은 레싱이 그걸 갖고 있을 것으로 짐작했을 겁니다."

보덴슈타인의 직관은 피아의 추정에 반기를 들고 있었다. 그는 잘못된 노선들의 혼돈 속에서 올바른 길을 찾아내려고 안간힘을 썼다.

"그건 어차피 중요하지 않아요." 니콜라 엥엘이 끼어들었다. "그 사건은 이미 오래전에 시효가 지났거나, 범죄 구성 요건 자체가 안 돼요. 범인들이 형사책임이 없는 나이이기 때문이죠."

"하지만 증거가 있습니다. 환자 기록이요." 피아가 반박했다.

"뭣에 대한 증거? 아이들이 다친 거? 그건 얼마든지 설명이 가능해요. 그 나이의 애들은 다치는 일이 흔하니까." 과장은 악마의 대변인 (의도적으로 반대 입장에 서서 선의의 비판자 역할을 하는 사람_역주) 역을 자처하면서 이번에도 사건 기록에 대한 자신의 꼼꼼한 지식을 또다시 증명했다. "내가 알기로 카를 하인츠 헤롤트는 철물공이었어요. 그런 직업에선 손가락 하나 으스러지는 건 예삿일이죠. 게다가 레싱과 잉카 한젠의 자백도 있지 않나요?"

"안타깝지만 솔직한 자백이 아닙니다." 피아가 고개를 저었다.

"그럼 솔직한 자백을 받아내세요." 엥엘이 말했다.

"제 생각엔 우리가 모든 걸 너무 이성적으로 보고 있는 것 같아요." 지금까지 말없이 토론을 지켜보던 킴이 끼어들었다. "관건은 굳게 봉인된 마을의 비밀을 지키려는 사람들의 마음이에요. 거기엔 오랜 적대 관계 같은 사람들의 심리가 개입되어 있어요. 권력과 명성의 문제이기도 하고요. 진실은 마을의 위계질서를 뒤흔들어버릴 수 있어요. 그래서 제가 여러분 입장이라면 사람들의 이성이 아니라 감정과 양심에 호소하는 쪽을 택할 겁니다. 사람들의 감정을 건드려야 합니다. 그래야만 입을 열게 할 수 있어요."

문이 열렸다. 순간 웅성거리는 소리가 확 밀려들어오더니 곧 잦아들었다.

"그건 제가 할 수 있을 것 같아요."

모두가 목소리가 들린 쪽으로 고개를 돌렸다. 보덴슈타인은 카롤리네의 모습을 보는 순간 심장이 쿵쾅거렸다. 그의 시선이 카롤리네 옆의 부인에게로 옮겨 갔다. 발렌티나였다. 아르투어의 누나. 양 갈래로 땋은 금발에 아리땁고 다리가 길었던 소녀가 이제 날씬하고 매력적인 중년 여성으로 변해 있었다. 그 미모에 보덴슈타인은 한순간 숨이 멎었다. 예전의 금발은 희끗해졌지만 눈동자는 똑같았다. 수레국화 같은 파란 눈은 초롱초롱하면서도 왠지 모를 슬픔에 잠겨 있었다.

"제가 아르투어의 누나로서 사람들 앞에 선다면 무언가 감정을 불러일으킬 수 있을 거라고 생각합니다." 따뜻하고 리드미컬한 목소리를 듣는 순간 보덴슈타인의 머릿속에서는 아르투어의 집에서 보낸 즐거운 저녁 시간들이 퍼뜩 떠올랐다. 아르투어 어머니도 목소리가 똑같았다. 아르투어의 눈…… 그들과 똑같았던 아르투어의 눈이 보덴슈타인의 뇌리를 스치고 지나갔다. 그런데 이제는 그런 생각이 고통스럽지 않고 위로처럼 느껴졌다.

"발렌티나!" 보덴슈타인은 미소를 지으며 말했다. "하나도 변하지 않았네요!"

"나도 보자마자 널 바로 알아봤어." 발렌티나도 마찬가지로 엷게 웃었다. 그녀의 독일어는 부드럽고 유창했다. "예전의 네 아버지와 똑같아."

두 사람은 상대의 나이 든 얼굴에서 예전의 친숙했던 면모를 찾으려는지 서로를 유심히 살펴보았다. 보덴슈타인이 발렌티나를 마지막으로 본 건 그녀가 열일곱이나 열여덟 살 때였다. 그녀는 고등학교 졸업 뒤 곧장 장학금을 받고 영국으로 유학을 떠났는데, 그 뒤로는 만나지 못했다.

"여기까지 와줘서 정말 고마워요." 보덴슈타인이 말했다. 그녀가 진심 어린 몸짓으로 두 손을 뻗자 그는 그 손을 맞잡았다.

"내가 더 고맙지. 포기하지 않고 동생을 찾아줘서." 발렌티나는 그에게 화가 나 있지 않았다. 원망도 없어 보였다. "아르투어를 찾았다는 소식을 들었을 때 어머니가 얼마나 기뻐하셨는지 몰라."

"아!" 보덴슈타인은 깜짝 놀랐다. "어머님이 아직 살아 계신지는 몰랐어요."

"지금 여든여섯이시지. 아버지가 돌아가시고 내가 사는 롱아일랜드로 오셨어." 발렌티나는 미소를 지었다. 슬픔이 묻은 미소를. "안타깝게도 치매를 앓고 계셔. 좋은 날들은 드물어."

둘은 손을 놓았다. 보덴슈타인은 동료들에게 발렌티나를 소개했다.

"부인이 언론 앞에서 몇 마디라도 해주신다면 정말 큰 도움이 될 겁니다." 피아가 말했다. "괜찮겠습니까?"

"물론이죠." 발렌티나는 고개를 끄덕였다. "그때의 사건을 밝히는 일이라면 뭐든 할 용의가 있어요."

순간 보덴슈타인은 기자회견을 어떻게 진행해야 할지 깨달았다. 킴의 말이 백 프로 옳았다. 지금까지 밝혀낸 사실과 그 어떤 추측도 중요하지 않았다. 지금 여기서 중요한 것은 침묵을 깨는 것이었다.

***

타리크는 어디 있지? 벌써 도착했을 텐데! 보덴슈타인은 문틈으로 회관 홀 안을 들여다보았다. 연단 앞에는 기자들이 우글우글했고, 마이크가 잔뜩 놓인 연단 테이블 앞에는 피아와 로젠탈 검사, 발렌티나 베르야코프, 니콜라 엥엘이 앉아 있었다. 카메라와 마이크로 무장한 기자들의 밀집 대형 뒤로 루퍼츠하인 주민 가운데 절반은 온 듯했다. 모인 사람들 중에는 파울리네의 친구로 보이는 많은 젊은이들을 비롯해 다른 아는 얼굴들이 많았다. 아내와 딸과 함께 온 빌란트가 보였다. 소냐 슈레크와 그녀의 남편 데틀레프, 반디, 이레네 페터, 야콥 엘러스 부부와 그의 어머니가 눈에 띄었다. 또 포코르니 부부와 하르트만 부부, 클라우스 크롤, 바제도프 박사, 저녁놀 요양원의 루치아 란덴베르거도 참석했다. 보덴슈타인의 부모도 크벤틴과 마리 루이제와 함께 자리를 지키고 있었다. 살인 사건이 온 마을을 움직인 모양이었다. 다만 라이헨바흐 부부는 딸의 병상을 지키느라 오지 않았다.

이해할 수 있는 일이었다. 게다가 에드가 헤롤트와 헨리에테 레싱이 없는 것도 놀랍지 않았다.

사람들을 여기까지 오게 한 것이 두려움이든, 아니면 구경꾼 심리나 호기심이든 그건 중요하지 않았다. 사람들에게 더 많은 정보가 제공될수록 파울리네의 피습과 관련해서 자신이 아는 것을 용감하게 말해줄 사람이 나올 가능성은 더 커졌다. 진실은 아주 가까이 있었다. 누구든 침묵을 깨뜨리기만 하면 되었다.

보덴슈타인이 주방을 나올 때 그를 주목하는 사람은 없었다. 모두 엥엘 과장의 안내 말에 귀를 기울이고 있었다. 셈은 연단을 등지고 군중 쪽을 바라보고 있는 것이 마치 축구 시합 때의 질서 정리 요원 같았다.

"올리버!" 보덴슈타인이 지나가자 그의 아버지가 손을 뻗었다. 그는 걸음을 멈추고 쪼그려 앉았다.

"무슨 일이세요?"

"여기, 네 동료들이 우리한테 보낸 사진들이다." 아버지가 속삭이며 의자 밑에서 천 가방을 꺼냈다. "너희가 찾는 게 정확히 뭔지 몰라 그냥 사진 속 사람들의 이름을 뒤에 적어두었다. 도움이 됐으면 좋겠구나."

"감사해요, 아버지. 정말 수고 많으셨어요."

"네 상관 옆에 있는 여자는 누구냐?" 어머니가 몸을 내밀며 물었다.

"발렌티나 베르야코프예요." 보덴슈타인이 천 가방을 어깨에 걸쳤다. "일부러 뉴욕에서 왔어요."

이젠 피아의 차례였다. 그녀는 살인 사건들과 각각의 범행 정황을 설명한 뒤 파울리네에 관해 이야기하기 시작했다. 테이블 옆에는 카이가 노트북으로 조종하는 첨단 멀티미디어 화이트보드가 준비되어 있었다. 피해자들의 생전 사진과 엘리아스 레싱의 수배 사진이 그 위에 비추어졌고, 이어 파울리네의 웃는 얼굴이 나타나는 순간 사람들 입에서 동시에 탄식이 터져 나왔다.

"오늘 아침 숲친구하우스에서 또 한 명의 여성이 시체로 발견되었습니다." 피아가 말했다. "이로써 이번 사건을 통틀어 다섯 번째 희생자가 나왔습니다. 범인은 이 지역을 아주 잘 아는 사람입니다. 게다가 여기 계신 여러분 모두에게 익숙한 인물이라 그 움직임이 특별히 눈에 띄지도 않을 것입니다. 그래서 부탁드립니다. 살인이 저질러진 시각에 범행 현장이나 그 근처에서 별로 대수롭지 않은 것이라도 본 것이 없는지 한번 잘 생각해주시기 바랍니다."

그녀는 다시 한 번 범행 장소와 날짜, 시간을 이야기했다. 홀 안은 쥐 죽은 듯이 조용했다. 보덴슈타인은 클라우스 크롤과 코니 포코르니, 안디 하르트만을 집중 관찰했다. 피아는 범인을 구석으로 몰아넣기 위해 미리 짜둔 각본을 정확히 지켰다. 20~70세 사이에 해당하는 모든 남자들의 유전자 검사를 예고하자고 한 것은 킴 프라이탁의 아이디어였다. 범인에 대한 압박의 수위를 높이기 위한 조치였다.

"우리는 이번 사건의 범행 동기가 수십 년 전 루퍼츠하인에서 발생한 범죄를 은폐하기 위한 것이라고 생각합니다." 기자회견의 핵심 주제를 언급하는 피아의 목소리는 차분하고 진지했다. 화이트보드에 막시를 안은 아르투어의 사진이 나타났다. 아무 걱정 없이 생기발랄하게 카메라를 향해 활짝 웃고 있는 모습이었다.

"1972년 8월 17일에 실종된 아르투어 베르야코프의 유골이 지난 일요일에 발견되었습니다. 발견 장소는 숲 속 한 가족 묘지의 무덤인데, 거기엔 소년이 아끼던 새끼 여우 막시의 유골도 함께 있었습니다. 여러분들 중에 나이 드신 분들은 그때 일을 잘 기억하고 계실 겁니다. 당시 프랑크푸르트에서 온 형사들의 수사와 탐문에 대해서도 요. 또한 두 남자가 잘못된 의심을 받았던 것도 기억하실 겁니다. 그 잘못된 혐의와 실수로 인해 두 가정의 삶이 파괴된 것도요. 우리는 오늘 여기 계신 분들 중에서 그때 일의 진실을 아는 사람들이 있을 거라고 생각합니다. 우리와 그 가족들에게 열한 살짜리 소년이 왜, 어떻게 죽어야 했는지 말해줄 수 있는 분들이 말입니다. 우리는 그분들이 과거와는 달리 진실을 말해줄 힘과 용기를 내주시길 바랍니다. 앞으로 더 많은 사람이 희생되기 전에요."

피아가 말을 멈추었다. 기자들이 즉시 질문을 쏟아냈다.

"이번 살인 사건들이 옛날 사건과 관련이 있다고 생각하시는 이유가 뭡니까?" 누군가 소리쳤다.

"명백한 증거가 있습니다." 피아가 대답했다.

"그게 뭡니까?"

"수사 전략상 현재로선 더 이상 자세히 말씀드릴 수 없는 점 양해 바랍니다." 피아가 말했다. "다만 한 가지만 말씀드리자면 두 사람이 자백을 했습니다."

순간 홀 안에 숨소리마저 멈춘 정적이 흘렀다. 클라우스 크롤, 안디 하르트만, 코니 포코르니는 전혀 미동도 없었다. 나이 든 루퍼츠하인 주민 중에는 그게 누굴 말하는지 아는 사람이 있을까? 아무도 고개를 돌리지 않았다. 다들 얼어붙은 것처럼 의자에서 꼼짝도 하지 않았다. 마치 눈빛이나 무의식적인 움직임만으로도 의심을 살까 두려워하는 것처럼. 온 마을이 집단적인 양심의 가책을 느낀다는 증거였다.

"추후 더 많은 질문을 던질 기회가 있을 테니 그때까지 기다려주십시오."

화이트보드에 아르투어의 유골 사진이 잠시 떠워지자 객석에서는 탄식에 가까운 사람들의 숨소리가 터져 나왔다. 곧바로 막시를 안고 활짝 웃는 아르투어의 사진이 다시 나타났다. 피아는 일부러 짧게나마 법의학적 검사 결과를 소상히 설명했다. 아르투어는 어느 정도의 높이에서 떨어져 골절상을 입었고, 그 밖에 넓적다리뼈 분쇄골절로 보아 자동차에 치였을 것으로 보인다는 내용이었다. 그건 42년 전에는 밝혀지지 않은 실체적 사실이었다.

자, 다들 이제 생각해보세요. 기억을 떠올려보라고요!

"지금 이 자리에 아르투어의 누님이 와 계십니다." 피아가 말했다. "지금은 뉴욕에 살고 있지만 동생의 유골이 42년 만에 발견되었다는 소식을 듣고 바로 달려왔습니다. 자, 나오시죠, 베르야코프 부인."

시민회관 홀 안이 갑자기 웅성거리기 시작했다. 발렌티나가 마이크를 들고 일어나자 장내 소란은 다시 가라앉았다. 발렌티나는 테이블 뒤로 돌아 나와 연단 앞 가장자리까지 걸어갔다. 그러고는 한동안 가만히 서서 앞쪽에 앉아 있는 사람들을 응시했다. 소박한 스타일의 검은 옷을 입은 이 아름다운 여인은 오래전에 잊었다고 믿은 과거와 현재의 연결 고리였다. 카메라 플래시가 쉴 새 없이 터졌다. 그녀의 등장은 전혀 예상치 못한 일이었다. 이 이야기는 모든 언론의 머리기사를 장식할 것이다.

"45년 전 우리 가족은 옛 소비에트 연방에서 독일로 입국 허가를 받았습니다." 그녀가 또랑또랑한 목소리로 말을 시작했다. "우리는 독일어를 썼고 스스로를 독일인이라 여겼습니다. 우리의 선조가 18세기에 더 나은 삶을 찾아 러시아로 이주한 분들이기 때문입니다. 그런데 2차 세계대전이 끝나고 소련 내의 모든 독일인은 스탈린에 의해 시베리아나 카자흐스탄으로 강제 이주 당했습니다. 제 조부모는 독일 이름인 베르거를 베르야코프로 바꿔봤지만 별 도움이 되지 않았습니다. 소련 내 독일인들은 종전 뒤에도 25년 동안이나 극단적인 억압과 배척에 시달렸고, 기회의 균등은 주어지지 않았습니다. 제가 열두 살 때 우리 가족은 드디어 독일 입국 허가를 받았고, 시민권과 독일 여권을 받았습니다. 우리는 먼 친척이 사는 루퍼츠하인에 정착했고, 그로써 독일 땅에 사는 독일인이라고 자부하게 되었습니다. 하지만 우리가 맞닥뜨린 건 거부였습니다. 아니, 노골적인 증오라고 해야 더 정확한 표현일 겁니다. 우리는 소련에선 '파시스트'라 손가락질 당하고, 여기선 '이반', 즉 더러운 러시아인이라 배척당했습니다. 저와 남동생 아르투어에게는 충격적인 일이었죠. 우린 우리를 향한 적대감을 이해할 수 없었습니다. 누구에게도 나쁜 짓을 하지 않았으니까 말이죠. 부모님은 돈벌이를 위해 아무도 하지 않는 천한 일을 하셨습니다. 특히 아르투어는 끊임없는 불안 속에서 살았습니다. 마을 아이들에게 위협과 매질을 당했기 때문이죠. 그런데도 집에서는 부모님이 걱정할까 봐 그런 내색을 하지 않았습니다. 아르투어는 사랑스러운 아이였습니다. 활기차고 재능 있고 영리했습니다. 훗날 인문계 학교와 대학에 진학해 신경외과 의사나 우주비행사가 되는 것이 꿈이었지만 그런 미래는 허락되지 않았습니다."

그녀는 잠시 말을 멈춘 뒤 숨을 깊이 들이마셨다. 목소리는 담담했다. 과장이나 원망, 신랄함은 찾아볼 수 없었다. 부당한 운명에 꿋꿋하게 대처하는 의연한 모습이었다. 이 아름다운 여성은 온몸으로 슬픈 분위기만 자아낼 뿐 이 모든 이야기로 과거의 상처를 다시 헤집는 것이 얼마나 힘든 일인지는 드러내지 않았다. 카메라들은 계속 그녀에게 고정되어 있었다.

"1972년 8월 17일 저녁 제 동생은 만나지 말았어야 할 사람들을 만났고, 그 뒤 다시는 집으로 돌아오지 못했습니다. 이후 우리의 삶은 예전으로 돌아갈 수 없었습니다. 42년 동안 우리는 동생에게 무슨 일이 있었는지조차 모른 채 살아갈 수밖에 없었습니다. 그로 인해 부모님은 가슴이 무너졌고, 저 역시 다시는 사람이나 동물에게 마음을 주지 않겠다고 맹세했습니다. 그 살인자는 아르투어에게만 피해를 준 것이 아니었습니다. 제 부모도 살인자의 피해자였고, 저도 그랬습니다. 또한 거기에 그치지 않고 여전히 사람을 죽이고 있습니다. 살인자는 어쩌면 여러분 모두가 아는 자일 겁니다. 여기 살고 있기도 하고요. 여러분이 무언가를 알고 계신다면 더 이상 침묵하지 마십시오! 그때 일을 기억해내시고, 용기를 내어 경찰에 가십시오! 부디 더 많은 사람이 죽지 않도록, 더 많은 가족이 고통을 겪지 않도록 해주십시오. 어른이 되기를 손꼽아 기다렸지만 그럴 수 없었던 아르투어를 대신해서 이렇게 경청해주신 모든 분께 감사드립니다. 살해되지 않았다면 지금은 쉰네 살이 되었을 제 동생의 이름으로요."

감정적 호소의 효과는 청중의 얼굴에 여실히 드러났다. 몇몇 여자는 눈물을 훔치기도 했다. 보덴슈타인 역시 자신이 숨을 멈춘 것을 알아차렸다. 그만큼 발렌티나의 말은 감동적이었다. 그녀는 마이크를 테이블 위에 내려놓고 무대를 떠났다. 순간 기자들이 우르르 몰려나와 저마다 뒤죽박죽 질문을 쏟아냈다. 그 바람에 공보관은 대답할 기회조차 잡지 못하고 어깨를 으쓱하며 포기해버렸다.

'대단해!' 보덴슈타인은 가슴이 뭉클했다. 그가 기대한 게 바로 이것이었다. 이제는 뭔가 움직임이 있을 거라는 느낌이 들었다.

✳✳✳

보덴슈타인은 제일 먼저 회관을 빠져나왔다. 그전에 피아는 옛 동창들에 대한 심문을 그녀와 롬바르디에게 맡기고 뒤로 물러나 있으라고 그에게 부탁했다. 그가 있으면 그들이 입을 열지 않을까 염려스러웠기 때문이다. 그래서 그는 회관 입구 가장자리에 서서 회관을 나오는 사람들을 관찰했다. 어떤 이들은 말없이 침울한 표정만 지었고, 어떤 이들은 흥분해서 논쟁을 벌이며 지나갔다. 그들은 좀 꺼리는 시선을 그에게 던졌다가도 그의 시선과 부딪치면 재빨리 눈을 내리깔았다. 아무도 그와 대화를 나누려는 사람은 없었다. 기자회견이 그들의 마음에 큰 파장을 일으키기는 했지만, 과연 그게 누군가의 입을 열게 하기에 충분할까?

보덴슈타인은 형사 생활을 해나갈수록 초창기에 품었던 이상주의를 조금씩 잃어갔다. 물론 그럼에도 지금까지는 나쁜 사람보다 좋은 사람이 세상에 더 많다고 믿어왔는데, 이젠 그 믿음조차 흔들리고 있었다. 정말 좋은 사람이 더 많을까? 그는 사람들의 얼굴을 보면서 기운을 쭉 빠지게 하는 진실이 환멸감으로 커져가는 것을 확인하고 있었다. 이들 대부분은 여기서 무슨 일이 일어나건 전혀 상관이 없어 보였다. 단지 자신과 자신 가족에게 그런 일이 닥치지 않은 것을 기뻐할 뿐이었다. 사람들은 귀찮기도 하고, 또 자신의 좁고 제한된 세계의 안전을 위해 자발적으로 경찰에 전화를 걸어 자신을 노출하는 일은 꺼릴 것이다. 어쩌면 이웃에게 혐의를 씌웠다가 나중에 그게 사실이 아닌 것으로 밝혀졌을 때 생길 낭패감에 대한 걱정도 있을 것이다. 그런저런 걸 감안하면 사람들의 이런 태도를 나쁘게 생각할 수만은 없었다.

보덴슈타인은 시민회관을 돌아 자동차를 세워둔 곳으로 갔다. 그 사이 타리크 오마리에게서 부재중 전화가 일곱 통이나 와 있었다. 보덴슈타인은 그에게 전화를 걸었다.

"잘 처리했어?" 그가 물었다.

"아뇨, 켈러는 장례식장에 없었습니다. 공동묘지를 둘러보고 동료들도 만나봤지만, 켈러의 행방을 아는 사람은 없었습니다. 도망친 게 아닐까 걱정입니다."

"육체적인 장애가 있어서 전동자전거만 타고 다니는데, 멀리 가진 못했을 거야." 보덴슈타인의 목소리에서 살짝 짜증이 묻어났다.

"이제 어떻게 할까요?"

"일단 루퍼츠하인으로 와. 비젠 가의 켈러 어머니 집에서 만나."

전화를 끊는 순간 그의 걸음이 뚝 멈추어졌다. 막 안디 하르트만과 코니 포코르니, 클라우스 크롤이 돌처럼 굳은 표정으로 경찰 버스에 오르고 있었던 것이다. 버스가 주차장을 빠져나가자 보덴슈타인은 뒷문으로 시민회관 주방에 들어갔다. 고개를 돌린 카롤리네는 그의 얼굴에서 긴장감을 알아차렸다.

"발렌티나는 내가 챙길게요. 그 문제는 신경 안 써도 돼요." 그녀가 그를 안심시켰다.

"고마워." 보덴슈타인은 억지로 미소를 지어주고는 피아를 찾아 나섰다. 그녀는 킴과 함께 무대 뒤에서 발렌티나가 기자들에게서 벗어나길 기다리고 있었다.

"레오 켈러가 사라졌어." 보덴슈타인이 말했다. "타리크와 난 지금 레오의 어머니한테 가볼 거야. 무서워서 집에 갔을지도 모르니까."

"오케이." 피아는 이마를 찌푸렸다. "몰린 부인의 랜드로버가 여기 숲 근처 주차장에서 발견됐어요."

"거기 차를 세우고 걸어서 부모 집을 찾아간 거군." 보덴슈타인이 추측했다. "그런 다음 엄마의 BMW를 가져갔고. 하지만 계속 숨어 다닐 순 없을 거야. 언젠가는 기름을 넣어야 하니까. 그때 잡을 수 있어."

"그 아가씨가 걱정이에요." 피아가 말했다. "니케를 인질로 잡으면 어떡하죠?"

"그러진 않을 거야." 보덴슈타인은 확신에 찬 목소리로 말하려고 했지만, 사실 그 자신도 확신이 서지 않았다. 엘리아스는 걸어 다니는 시한폭탄이었기 때문이다. "개 둘과 뱃속의 아기에게 더 위험한 건 그 뒤를 쫓는 킬러야."

"방금 라이헨바흐 부부를 병원에서 호프하임으로 데려가라고 했어요." 피아가 말했다. "그 사람들을 모두 모아놓고 진실의 종을 울리게 할 거예요. 그 아홉 명 모두요. 오늘은 자백하지 않으면 아무도 집에 안 보낼 생각이에요. 내일 아침까지라도."

그녀는 완강하면서도 걱정스러워 보였다. 보덴슈타인은 그녀가 일정한 결과를 얻을 때까지 결코 더는 뒤로 물러서지 않을 것임을 알고 있었다. 그 자신도 잘 아는 감정이었다. 파김치처럼 지친 몸의 상태를 잊게 해주는 것은 물론이고 스스로의 한계를 뛰어넘게 하는, 몹시 근질거리는 동시에 얼음처럼 차가운 사냥에 대한 욕구였다. 강력계 형사에게 이것은 끈기와 추진력, 강인한 정신력, 뛰어난 종합적 판단 능력만큼 꼭 필요한 요소였다. 하지만 그에겐 이제 그것이 없어졌다. 달이 가고 해가 갈수록 그는 최고의 컨디션에서 멀어졌고, 게다가 이 빌어먹을 사건으로 그나마 남은 마지막 자원들까지 빼앗겨버렸다. 대신 전혀 다른 동기가 그를 몰아대고 있었다. 프로답지 못한 복수의 충동이.

***

"에잇." 엘리아스가 손바닥으로 핸들을 내리쳤다. "기름이 떨어져가."

아침부터 계기판의 기름 바늘이 빨간 눈금을 가리켰다. 이젠 기껏해야 60킬로미터도 더 달리지 못할 것 같았다. 모든 일이 계획보다 훨씬 복잡해졌다. 고속도로로 부모님의 별장이 있는 프랑스로 갈 생각은 이제 접어야 했다. 니케 말로는 경찰들이 톨게이트에 설치된 카메라로 자동차 번호판을 자동으로 인식한다는 것이다. 엘리아스는 그게 맞는 말인지는 알 수 없었지만 위험을 감수하고 싶지 않았다. 주유소에도 죄다 CCTV가 있었다. 그가 주유기 앞으로 진입하자마자 경찰에 포착될 게 분명했다.

이젠 어떻게 해야 할까? 어디서 밤을 보내야 할까? 그냥 다른 자동차의 번호판으로 바꿔 달까도 생각했지만 니케가 거세게 반대했다. 애는 지금 이 상황을 어떻게 생각하는 것일까? 여행이라도 가는 줄 알고 있을까? 엘리아스는 신경이 곤두섰다. 니케가 아무리 계속 징징거려도 상황은 나아지지 않았다. 완전한 자유를 찾은 것 같았던 처음의 감격은 라디오에서 흘러나오는 경찰의 수배 방송을 듣는 순간 곧바로 사라졌다. 그 뉴스는 30분 간격으로 교통 소식이 끝날 때마다 반복되었다.

경찰은 여러 건의 살인 사건과 관련해 19세 청년 엘리아스 레싱을 찾고 있습니다. 현재 MTK-HB 번호판을 단 검정색 BMW X5를 타고 다닐 것으로 추정되는데, 키 178센티미터에 상당히 말랐고, 짙은 금발에 머리는 짧습니다. 안경을 착용하고 있을 가능성도 있습니다. 임신 9개월의 17세 소녀 니케 하벌란트와 함께 있습니다. 엘리아스 레싱은 무장을 했고 위험합니다. 그를 보신 분들은 접근하지 말고 가까운 경찰서로 연락주시길 바랍니다.

니케는 방송에서 말하는 게 어떤 살인 사건이냐고 물었고, 그는 결국 욕조에 죽은 채로 누워 있던 펠리치타스에 대해 이야기했다. 자신과 무관한 일이라고 맹세했음에도 니케의 눈에는 의구심이 떠올랐고, 그 의구심 아래에는 두려움이 엿보였다.

작은 펠트베르크 산 근처의 숲 주차장에는 아무도 없었다. 그건 장점일 수도 있지만 동시에 위험일 수도 있었다. 차 한 대만 달랑 있으면 당연히 남의 눈에 띄기 쉬웠기 때문이다. 하지만 어쩔 도리가 없었다. 기름은 얼마 남지 않았고, 마땅한 은신처도 없었다.

"경찰에서 다시 알립니다." 차량 스피커에서 다시 방송이 나왔다. 엘리아스는 즉시 라디오를 꺼버렸다.

"엘리." 니케가 떨리는 목소리로 말했다. "부탁이야. 우리 이성적으로 행동해."

"에이, 짜증나. 벌써 백번도 더 설명했잖아!" 그가 버럭 화를 냈다. "난 감방에 가고 싶지 않다고!"

"그럼 어쩔 건데? 영원히 숨어 있을 순 없잖아!"

맞는 말이었다. 인정하고 싶진 않지만 인정할 수밖에 없는 최악의 진실이었다. 평생을 이렇게 도망 다닐 수는 없었다. 심리적으로도 사흘 이상은 버틸 수 없을 것 같았다.

그 빌어먹을 캠핑카에 왜 그냥 죽치고 있지 않았을까? 어째서 밖으로 기어 나와 쓸데없이 주변을 기웃거렸을까? 그 바람에 캠핑카에 불을 지른 자를 보았고, 그자가 이 망할 놈의 수배 방송을 듣고 자신의 정체를 알았기에 이렇게 거지발싸개 같은 상황으로 말려들고 만 것이다.

"그 여자 형사는 무척 상냥한 사람이었어." 니케가 불안해하며 말했다. "잘 설명하면 우릴 이해할 거야."

얘는 순진한 건지, 바보 같은 건지…… 이제 처음으로 돌아가는 건 애당초 불가능했다. 그는 펠리치타스의 물건을 훔쳤고, 무면허로 운전을 했고, 가족을 총으로 위협하고 지하실에 가두었다. 어쩌면 펠리치타스가 죽은 것도 그에게 뒤집어씌울지 몰랐다. 엘리아스는 핸들에 머리를 박았다. 갑자기 힘이 쭉 빠졌다. 더는 불안에 떨며 살고 싶지 않았다. 짭새들은 왜 그를 죽이려는 놈을 잡지 못하고 있을까? 그러면 모든 게 끝나고, 그는 새 삶을 시작할 수 있을 텐데…… 니케와 함께. 둘만의 아기와 함께.

"어두워지면 어떡해?" 니케가 물었다. "여긴 숲 한가운데인데."

"여긴 내가 잘 알아." 그가 무덤덤하게 대답했다. "걱정 마. 넌 내가 지킬 테니까."

"그건 나도 알아."

그는 니케의 손이 자신의 허벅지에 닿는 것을 느끼고 그 손을 잡았다. 그녀는 그를 믿었다. 아직은. 이젠 단념할 수밖에 없었다. 그렇지 않으면 그들 사이의 모든 것이 영원히 파괴되고 말 것이다.

"좋아." 그가 말했다. "내일 아침에 경찰서로 가자."

"정말?"

엘리아스는 고개를 돌려 니케를 바라보았다. 그녀의 입가에 미소가 피어오르고 눈 속에 희망이 어른거렸다.

"정말이야." 그도 일부러 미소를 지어주며 차에 시동을 걸었다. "오늘 밤 묵을 수 있는 곳이 있어."

***

타리크는 아네미 켈러 부인의 집 대문 앞에서 기다리고 있었다. 비젠 가의 3층짜리 집 1층은 원래 40년도 넘게 문을 닫은 잡화점이었다. 1층의 빛바랜 블라인드는 바닥까지 내려와 있었고, 유리문 뒤에는 "임시 폐업"이라고 적힌 누런 표지판이 걸려 있었다. 그것을 보는 순간 보덴슈타인은 자신과 피아를 다른 마을로 이끌었던 다른 사건이 떠올랐다. 거기서도 마을 공동체가 한 가족과 그들의 삶을 무참하게 파괴했고, 용의자의 부모는 싸잡아 범인 취급을 받았었다.

초인종을 누르자 얼마 뒤 2층 창문이 열렸다. 늙은 켈러 부인이 밖으로 몸을 내밀었다.

"또 자넨가?" 반갑지 않은 기색이 역력했다. "레오는 없어."

"부인께 드릴 말씀이 있습니다." 보덴슈타인은 부인의 박대에도 아랑곳하지 않았다. "레오가 사라졌어요. 그게 걱정이 돼서 온 겁니다."

노부인은 먹잇감을 노리는 매처럼 한동안 위에서 그를 응시했다. 그러다 말없이 창문이 닫혔다.

"이제 어떡하죠?" 타리크가 물었다.

"기다려야지. 켈러 부인은 걸음이 불편해."

"제가 보기엔 우리와 얘기하고 싶은 마음이 전혀 없는 것 같은데요?" 타리크가 의심스러워했다.

"아냐, 그렇지 않아." 보덴슈타인이 장담했다. "기다려보자고."

몇 분이 흘렀다. 대문 뒤에서 뭔가가 달그락거렸다. 이어 자물쇠에 열쇠를 꽂고 돌리는 소리가 나더니 쪽문이 열렸다. 노부인은 타리크를 슬쩍 훑어보며 들어오라고 손짓하더니 다시 조심스레 문을 잠갔다. 보도블록이 깔린 정방형의 마당은 깔끔했다. 블록들 사이에 잡초

하나 없었다. 안쪽의 작은 채소밭은 정연하게 가꾸어져 있었고, 화단엔 마지막 가을꽃이 피어 있었다. 예전에는 마구간으로 썼을 길쭉한 건물이 길 쪽으로 뻗어 있었다.

"레오는 죄가 없어." 켈러 부인이 선수를 쳤다. "걔는 그때 욕먹을 짓을 하지 않았어!"

"우리도 그렇게 생각하고 있습니다." 보덴슈타인이 대답했다. "그래서 아드님의 신변 보호를 위해 우리가 며칠 데리고 있으려는 겁니다. 그런데 행방을 몰라 걱정이네요."

"레오는 옛날 일이 다시 반복되지 않을까 두려워하고 있어." 켈러 부인이 보행기의 손잡이를 움켜잡았다. 검버섯이 핀 창백한 피부에 푸르스름한 혈관이 불거졌다. "그건 나도 마찬가지고. 레오는 착한 녀석이야. 지금까지 그 일로 한 번도 날 힘들게 한 적이 없어. 말이 그렇지 그게 어디 그리 쉬워? 걔한테는 차라리 그때 여길 떠나는 게 더 쉬웠겠지! 하지만 날 위해 여기 남은 게야. 게다가 그때 일을 더는 기억하지 못하는 것도 걔한테는 큰 고통이고." 노부인의 목소리는 갈라졌고, 연한 파란색 눈에는 눈물이 글썽거렸다. "자네도 알 거야. 그때 사람들이 우리를 어떻게 대했는지! 우리 집 앞을 지나치기 싫어 다른 길로 돌아가기까지 했어. 게다가 우리 애가 망측하게도 어린 남자애들을 이렇게 저렇게 했다는 해괴한 소문은 또 어떻고! 우리 애는 축구 코치였고, 아이들을 좋아했을 뿐이야. 그런데 다들 몹쓸 놈이라고 손가락질을 해대니 어쩌겠어? 스스로 목숨을 끊을 수밖에!"

부인은 흐느끼며 얼굴을 찡그렸다. 과거의 아픔은 사라지지 않고 여전히 남아 있었다. 마을 사람들에 대한 원망과 함께.

"켈러 부인, 우리는 아드님을 보호하려는 겁니다." 보덴슈타인이 몸을 숙여 노부인의 손에 자신의 손을 얹었다. "당시 레오가 자살 시도를 한 게 아니라는 사실이 밝혀졌습니다. 누군가 도축용 총으로 레오를 죽이려고 한 거죠."

"뭐?" 노부인의 얼굴에 영문을 모르는 놀라움이 가득했다. "하지만…… 하지만…… 모두가 그랬어! 경찰들, 의사들, 마을 사람들 모두 개가 그 도구를 손에 들고 있었다고."

"누군가 레오를 죽이려고 시도한 뒤 자살처럼 꾸몄던 거예요. 우린 증거도 확보했습니다."

노부인에게는 감당하기 어려운 소식이었다. 그녀는 한 손으로 가슴을 누르고 보행기를 벽 옆의 나무 의자 쪽으로 밀더니 신음을 토하며 앉았다. 그러고는 코를 푼 휴지를 바닥에 툭 떨어뜨렸다. 시선이 머물 곳을 찾지 못하고 마당을 이리저리 배회했다.

"도저히 이해가 안 돼." 그녀는 혼란스러워했다. "전문가라는 사람들도 그렇고, 형사라는 사람들도 그렇고…… 그 사람들이 그렇게 잘못 보았을 리 없잖아! 혹시 무슨 다른 꿍꿍이가 있는 거 아닌가?"

그녀는 의심스러운 눈으로 보덴슈타인을 쳐다보았다. 순간 그는 이 노부인이 그동안 어떻게 살아왔을지 짐작이 가면서 안타까운 마음이 들었다. 그의 기억 속에 레오의 부모는 마음씨가 좋은 사람들이었다. 가게에 온 아이들은 누구나 사탕을 그냥 집어먹을 수 있게 했다. 주머니가 가벼운 사람에게는 너그럽게 외상을 주었고, 나중에 갚으라고 요구하지도 않았다. 그런데도 사람들은 고마워하지 않았다. 그 일 이후 마을 공동체의 집단 따돌림으로 남편은 술독에 빠졌고, 잡화점은 파산에 이르렀다. 그런 일을 겪다보니 노부인이 불신을 드러내는 건 당연했다.

"아닙니다, 켈러 부인. 아드님은 죄가 없습니다." 보덴슈타인은 단언했다. "레오가 아무 짓도 하지 않았다는 건 우리가 잘 압니다. 누군가 자기 죄를 감추려고 희생양을 만든 거였어요.”

“오, 세상에나, 세상에나!” 켈러 부인의 주름진 뺨 위로 눈물이 한 방울, 한 방울 타고 내렸다. “이젠 어떡하지? 이젠 어떡하지? 아, 남편이 살아 있었다면! 지금은 나밖에 없는데…… 내 곁엔 레오밖에 없는데.”

“아드님은 앞으로도 계속 부인 곁에 있을 겁니다.” 보덴슈타인은 참을성 있게 그녀를 확신시켰다. “레오는 지금 어디 있을까요? 당장 만나야 합니다.”

켈러 부인은 다시 코를 푼 뒤 눈물을 훔치고 일어났다. 그녀의 눈에서는 불안이 사라지고 대신 다른 표정이 자리를 잡았다.

“난 우리 레오가 자살을 시도했다고 한 번도 믿지 않았어. 내 자식은 내가 알아.” 노부인의 어조는 달라져 있었다. “우리 아들한테 그런 짓을 한 인간이 로지 모자와 신부님을 죽인 건가?”

“그럴 가능성이 있습니다.” 보데슈타인은 조심스럽게 시인했다.

“그자가 이 마을 사람이고?” 그녀의 눈이 갑자기 불길하게 반짝거렸다. 그 눈길은 보덴슈타인에게 경고등이나 다름없었다.

“우리는 그렇게 짐작하고 있습니다.”

“그랬군.” 켈러 부인은 마당을 응시하며 이를 악물었다. “자네가 여기 다녀간 뒤 내가 레오한테 전화했어. 이 난리법석이 다 지나갈 때까지 어디 꼭꼭 숨어 있으라고.”

“왜 그러셨어요?”

“우리 둘은 아무도 믿지 않아.” 노부인이 쓰디쓴 미소를 지었다. “특히 경찰은.”

***

"솔직히 난 켈러 부인이 나쁘게 생각되지 않아." 거리로 나온 보덴슈타인이 타리크에게 말했다. "당시 형사들은 레오에게 선입견을 갖고 있었고, 그 바람에 확실한 증거도 없이 범인 딱지를 붙였어. 사건을 빨리 종결하려는 의도에서. 그때부터 다들 레오가 아르투어를 성폭행한 뒤 살해해서 어딘가에 유기했다고 믿었어. 지금 진짜 범인이 잡힌다고 해도 그동안의 억울함은 결코 풀리지 않을 거야."

"레오 켈러가 정말 그 일과 연관이 없다고 확신하세요?" 타리크가 물었다. "레오는 로지 헤롤트의 내연남일 수도 있어요. 레오가 숲 속에서 나오는 걸 봤다는 한 여자의 증언이 있었잖아요. 그 사람이 왜 그런 거짓말을 했겠어요?"

"물론 의심 가는 부분은 있어." 보덴슈타인은 인정했다. "하지만 범행에 대한 명백한 증거가 없는 이상 무죄추정의 원칙을 따라야겠지."

그는 재킷 주머니에 두 손을 넣고 생각에 잠긴 채 마을 위로 우뚝 솟은 마법의 산 건물을 쳐다보았다. 해는 저물었고, 대지엔 땅거미가 깔리고 있었다. 맑은 가을 하늘에 파리한 초승달이 떠 있었다. 그가 레오라면 어디에 숨을까? 믿을 만한 친구라도 있을까?

"그래, 오두막!" 마침내 그의 입에서 새어나온 한마디였다. 타리크보다는 자신에게 한 말이었다. "같이 가지. 레오가 있을 만한 곳이 생각났어."

그들은 비젠 가를 따라 시민회관까지 갔다가 거기 주차장에 차를 세운 뒤 운동장 앞의 좁은 길로 내려갔다. 계곡의 모형비행기 비행장과 보덴슈타인 농장으로 이어진 길이었다. 길 왼편에는 녹슨 철조망 울타리와 높지막한 산울타리 뒤로 그리 돌본다는 느낌이 들지 않는 사유지가 있었다.

"1960년대에서 70년대 사이에 프랑크푸르트 사람들이 여기 농지를 구입해서 불법으로 주말 별장을 지었지." 보덴슈타인이 설명했다. "별장 주변엔 전나무를 주로 심었어. 그게 가장 빨리 자라거든. 그런데 나중에 나무들이 더 자랐을 때는 제대로 관리를 하지 않아 지금 저 꼴이 됐지."

전나무와 산딸기 덤불, 관목들이 사람 손을 타지 않고 웃자라 어둡고 빽빽한 숲을 이루고 있었고, 그 숲 여기저기에 다 쓰러져 가는 낡은 오두막들이 눈에 띄었다. 단 한 곳만 빼고서. 그곳은 누군가 꾸준히 손질을 하는지 켈러 부인의 마당처럼 깨끗이 정돈되어 있었다.

"여기가 레오의 오두막이야." 보덴슈타인은 철망 문을 살짝 흔들어 보았다. 문은 잠겨 있었고, 튼튼한 자전거 자물쇠까지 채워져 있었다. "어릴 때 여기 자주 왔어. 당시엔 아직 나무들이 없어서 풀밭에서 축구를 하고 놀았지."

"어떻게 들어가죠?" 타리크가 물었다.

"울타리를 넘어야지." 보덴슈타인은 대답과 동시에 철망 구멍에 발을 밀어 넣으며 번쩍 올라섰다.

"이건 주거침입이에요, 반장님!" 타리크가 상기시켰다.

"뭐라고? 무슨 말인지 안 들려." 보덴슈타인은 철망 위를 획 넘어갔다. "자, 어서 와."

"이건 주거침입 사주죄입니다!" 타리크는 어깨를 으쓱했다. "엄밀하게 말하자면요."

오두막의 작은 창문들 안쪽은 컴컴했고, 레오의 전동자전거는 보이지 않았다. 오두막을 한 바퀴 빙 도는 동안 바닥에 쌓인 두툼한 솔잎 때문에 발소리는 별로 나지 않았다. 어느새 나무들 밑은 눈앞의 손이 보이지 않을 정도로 벌써 어두워졌다.

"아무도 없습니다." 타리크가 확인했다. "여기도 무작정 들어가시려고요?"

"당연하지." 보덴슈타인은 문 쪽으로 걸어갔다. 문은 잠겨 있지 않았다. 레오는 철망 문에 채워둔 자전거 자물쇠를 철석같이 믿은 듯했다. 보덴슈타인은 오두막에 들어가 스위치를 눌렀다. 천장 전구에 불이 들어왔다. 퀴퀴한 냄새가 나는 것이 사람이 살지 않는 듯했다. 몇 안 되는 가구에도 먼지가 쌓여 있었고, 맨 타일 바닥 여기저기엔 쥐똥이 굴러다녔다.

"사람이 안 사나 봐요." 타리크가 말했다. "근데 얼마 전에 누군가 다녀간 것 같아요."

"무슨 근거로?"

"먼지 바닥에 신발 자국이 있어요." 타리크가 바닥을 가리켰다. "저기 보세요! 누군가 방 안을 돌아다녔어요."

"자네 주의력이 마음에 들어." 보덴슈타인은 인정한다는 뜻으로 고개를 끄덕거렸다. "일단 사진을 찍어둬."

보덴슈타인은 신발 자국을 훼손하지 않도록 조심하면서 흔적을 따라 부엌으로 들어갔다. 좁은 공간에는 찬장과 전기레인지, 오븐, 냉장고가 있었고, 식탁과 의자 두 개도 놓여 있었다. 벽 달력의 시간은 2011년 3월에 멈추어져 있었다. 그 밖엔 아무것도 없었다. 싱크대는 물기 하나 없이 바짝 말라 있었다. 보덴슈타인은 전원이 꺼진 채 문이 살짝 열린 냉장고를 열어보았다. 순간 피 냄새 특유의 구리 냄새가 훅 끼쳤다. 냉장실 안에는 맥주 두 캔과 쪼그만 고추냉이 캡슐 몇 개뿐이었다. 냉동실을 열었더니 비닐봉투가 하나 있었다. 순식간에 맥박이 빨라지기 시작했다. 그는 재킷 주머니에서 라텍스 장갑을 꺼낸 뒤 봉투를 꺼냈다. 별로 무겁지 않았다. 봉투 안을 살펴보았다. 절단된 신체 일부는 아니고 무언가를 돌돌 만 헝겊이었다. 그는 조심스레 헝겊을 펼쳤다. 피가 묻은 식칼을 보는 순간 마음이 착잡해졌다. 불과 20분 전에 켈러 부인에게 아들은 죄가 없다고 장담하지 않았던가! 그런데 그의 오두막에서 이런 것이 나오다니!

"반장님, 발자국 사진은 전부 찍어······." 부엌으로 들어오던 타리크의 입이 뚝 다물어졌다. "그게 뭐죠?"

"피 묻은 티셔츠와 식칼. 둘 다 비닐봉투에 담겨 냉동실에 숨겨져 있었어."

"오!" 타리크는 이 한마디만 내뱉었다.

"내 생각이 틀렸던 것 같아." 보덴슈타인이 얼빠진 상태로 우울하게 중얼거렸다. 피아의 말이 맞았다. 이 사건과 개인적인 관계로 인해 객관적인 판단이 흐려졌고, 복수심에 매몰되어 수사 방향을 잘못 잡은 것이다.

"감식반 요청해. 켈러 집의 수색영장도." 그는 한숨을 토해냈다. "레오에 대한 수배령도 내리고."

***

"차에서 기다려." 그가 니케에게 말했다. "위험한 게 없는지 살펴보고 올게."

"싫어, 같이 가!" 그녀가 불안해하며 그의 팔을 잡았다. "이런 숲속에 혼자 있고 싶지 않아. 너무 으스스해."

엘리아스는 잠시 망설이다가 어깨를 으쓱했다. 사람들이 대부분 밤중의 숲을 무서워한다는 사실을 매번 잊고 있었던 것이다. 그 자신은 달랐다. 고요한 숲속에 있으면 오히려 포근하고 편안해졌다.

"알았어." 그가 말했다.

그는 검정색 BMW를 창고 뒤쪽의 울창한 전나무들 사이에 주차했다. 한눈에 바로 알아보기가 쉽지 않은 장소였다. 차에서 내리자 니케가 그의 손을 잡았다.

"여기가 어디야?" 그녀가 목소리를 죽여 물었다.

"친구가 여기 살아."

"여기? 이 숲 한가운데서?"

"응. 옛날에 물방앗간이 있던 자리야."

경찰은 여기서 뭘 하려고 했던 것일까? 파울리네 때문에 여기 왔을까? 엘리아스의 머릿속에 떠오른 생각이었다. 두 사람은 축 늘어진 전나무 가지들 아래로 몸을 숙이고 지나 물방앗간 뒷마당으로 들어가는 작은 문에 이르렀다. 발아래에서 마른 가지가 딱딱 소리를 내며 부러졌고, 올빼미 한 마리가 머리 바로 위로 날아갔다. 니케가 놀라 비명을 지르며 그에게 달라붙었다.

"방금 뭐였어?" 그녀가 속삭였다.

"올빼미."

"아, 너무 무서워!"

"무서워할 필요 없어. 내가 있잖아."

엘리아스는 고개를 들고 귀를 기울였다. 완벽한 정적 속으로 시냇물 흐르는 소리밖에 들리지 않았다. 발전기 소리는 멎어 있었다. 그건 짭새들이 창고의 대마 재배지를 발견하고 싹 치웠다는 뜻이다. 그는 문을 열려고 했지만 문이 움직이지 않았다.

"이리 와, 앞쪽으로 돌아가자." 그는 니케를 자기 쪽으로 잡아당겼다. 눈은 이미 어둠에 익숙했고, 이곳은 구석구석 잘 알고 있어서 관목 사이를 지나는 것이 전혀 어렵지 않았다. 니케는 계속 발을 헛디디며 비틀거렸다. 그가 매번 잡아주지 않았다면 아마 쓰러졌을 것이다. 그런데 갑자기 그녀가 고통스럽게 신음을 토하며 걸음을 멈추었고, 그를 잡은 손을 놓더니 배를 감싸 안았다.

"왜 그래?" 그가 걱정스레 물었다.

"진통이 왔어." 그녀가 불안감에 싸여 속삭였다. "좀 누워야 할 것 같아. 화장실도 급하고."

"조금만 기다려. 다 왔어. 몇 미터만 더 가면 돼."

그는 다시 니케의 손을 잡고 끌었다. 이윽고 입구에 도착했다. 마당에는 랄프의 낡은 볼보가 뒷문이 열린 채 세워져 있었다. 개들은 아무 움직임이 없었고, 집안은 칠흑처럼 컴컴했다. 뭔가 이상했다.

"집에 아무도 없나 봐." 엘리아스가 낮게 말했다.

"그럼 어떡해?" 니케의 목소리가 떨렸다. 금방이라도 울음을 터뜨릴 것 같았다. 혼자였다면 그는 분명 자동차나 숲속 아무 데서나 밤을 보냈을 것이다. 그러나 니케는 그럴 수 없었다. 상태가 좋지 않았다. 이런 판국에 이상한 느낌 따위에 신경 쓸 겨를이 없었다. 니케와 아기에 대한 걱정이 훨씬 더 컸다.

"열쇠가 있는 곳을 알아. 오늘밤은 여기서 지내자."

"그래도 괜찮아? 주인도 없는 집에 들어가면 안 되잖아!"

"랄프는 내 친구야. 다 이해할 거야." 엘리아스는 몸을 숙여 말라비틀어진 수국 화분을 살짝 들고는 더듬더듬 열쇠를 찾아 현관문을 열었다. 집에 들어와 문을 닫고 나니 며칠 만에 처음으로 안도감이 느껴졌다. 여기는 안전했다. 경찰도 그렇게 빨리 다시 나타나지는 않을 것이다.

엘리아스는 수납장 옆의 스탠드에 불을 켠 뒤 니케에게 화장실을 가리켰다.

"일단은 이리 와서 소파에 잠시 누워." 그가 니케의 얼굴을 부드럽게 쓰다듬자 그녀는 몸을 기댔다.

"아기가 뱃속에서 하루 종일 발길질을 하고 있어." 그녀는 그의 손을 잡아 자기 배 위에 올려놓았다. "느껴져?"

"응!" 그는 자기도 모르게 눈물이 솟았다. 내 자식이었다! 내 아들이었다! 곧 태어나 살아 숨 쉬게 될, 오직 자신들만의 창조물이었다.

니케가 그를 보고 웃었다. 눈부시게 아름다웠다. 그렇게 아름다운 그녀가 꿈결처럼 지금 그의 곁에 있었다. 다른 것은 아무것도 중요하지 않았다. 앞으로 어떻게 될지는 나중에 생각하면 되었다. 지금은 당분간 안전한 곳에서 이렇게 편히 쉴 수 있다는 것이 중요했다. 그는 니케의 어깨를 팔로 안고 거실로 안내하다가 그 자리에 뚝 굳어버렸다. 혈관 속의 모든 피가 얼어붙는 느낌이었다. 앞의 어슴푸레한 곳에 한 남자가 총을 겨눈 채 서 있었다. 순간 엘리아스는 니케를 이리로 데려온 것이 인생 최대의 실수였음을 깨달았다.

***

그들은 수사과 건물 지하의 창문 없는 회의실 테이블에 말없이 둘러앉아 있었다. 천장이 낮아 공간은 실제보다 더 작아 보였다. 눈부신 네온 불빛이 참석자들의 얼굴에 별로 유쾌하지 않은 푸르스름한 빛을 드리우고 있었다. 입을 여는 사람은 없었다. 하지만 이 자리에 모인 이유는 다들 알고 있었다. 과거가 그들을 이리로 소환한 것이다. 너무 오래전의 일이라 더는 생각조차 하고 있지 않았던 진실의 시간이 찾아온 것이다. 예전 습관처럼 남자들은 가끔 페터 레싱을 힐끔거렸지만, 그 옛날 자기들 패거리의 두목은 테이블의 한쪽 끝에 앉아 포개놓은 두 손만 응시하고 있었다. 그가 살인자였을까? 지금은 목숨이 경각에 달린 아들을 생각하고 있을까? 아니면 아내를? 그것도 아니면 이 곤혹스런 자리를 무사히 빠져나갈 방법을 생각하고 있을까?

피아는 주동자와 단순 가담자들이 섞인 이 패거리를 한 사람씩 돌아가며 유심히 관찰했다. 레싱 옆에는 클라우스 크롤이 앉아 있었다. 로지 헤롤트와 파트리치아 엘러스의 남동생인 그는 의용소방대 대장이자 과수원예협회 회장이자 스포츠협회 명예회장이자 켈크하임 마을 경찰이자 루퍼츠하인에서 부업으로 농장을 경영하는 마지막 농장주였다. 큰 키에 새치도 별로 없는 숱 많은 검은 머리의 호인이었다. 그는 초조함을 감추지 못하고 플라스틱 의자에서 불안하게 엉덩이를 들썩거렸고, 큰 손과 긴 다리를 어디다 두어야 할지 갈피를 잡지 못하고 있었다. 과거 일로 지금껏 자신이 쌓아온 모든 것을 잃을 수 있다고 걱정할 인물이라면 당연히 이 남자를 빼놓을 수 없었다. 그만큼 명성과 위신과 권위가 있는 사람이었다. 혹시 이자가 살인을 저지른 건 아닐까? 아무 의심을 받지 않고 에드가 헤롤트의 작업장에 자유롭게 드나들 수 있을 뿐 아니라 이 일대를 너무 잘 아는 토박이여서 어디든 마음껏 활보해도 전혀 눈에 띄지 않을 사람이었다.

피아의 시선은 안드레아스 하르트만에게로 옮겨 갔다. 이 사람도 마찬가지였다. 그가 운영하는 정육점은 헤롤트 철공소 바로 맞은편에 있었고, 잃을 것도 많은 사람이었다. 혹시 레오가 어린이 살인자로 지목된 뒤 마을 사람들이 그 가족의 일상을 파괴할 만큼 심하게 배척했던 일을 기억하고 있었을까? 과거 일이 밝혀지면 그에게도 비슷한 일이 일어날 거라고 예상했을까? 보덴슈타인의 설명에 따르면 하르트만은 쉽게 기분이 상하고 무자비하게 되갚아주는 다혈질이었다.

하지만 무슨 일을 저지를지 모르는 그런 성격에도 불구하고 보덴슈타인은 그를 철저한 계획이 필요한 냉혹한 살인자로 여기지 않았다. 그 정도로 영악하고 용의주도한 인간은 아니라는 것이다. 그런 점에서는 전형적인 단순 가담자였던 빵집 주인 콘스탄틴 포코르니도 마찬가지였다. 더구나 이 남자는 엄청난 육체적 부피와 불편한 몸 상태를 고려하면 용의선상에 오를 수가 없었다.

피아는 벽시계를 흘낏 쳐다보고는 롬바르디와 눈빛을 교환했다. 보덴슈타인은 어디 있을까? 그 없이 시작해야 할까? 그녀는 이 문제를 여기서 완전히 끝장을 볼 생각이었다.

하르트만은 껌을 질겅질겅 씹고 있었다. 바지 주머니에 두 손을 찔러 넣고 테이블 아래로 다리까지 쭉 뻗은 것이 자신감을 보여주려는 듯했지만, 계속 불안하게 눈알을 굴리는 것이 전혀 그래 보이지 않았다. 그런 느낌은 코니, 에드가, 클라우스도 마찬가지였다.

문에서 노크 소리가 들렸다. 문 옆의 의자에 앉아 있던 경찰이 일어나 문을 열었다. 모두가 고개를 돌렸다.

"어이, 친구들, 오랜만이네." 랄프 엘러스는 롬바르디가 지정한 테이블 반대 끝에 앉으면서 비죽거렸다. "반가워. 갑자기 꼭 옛날로 돌아간 것 같아. 안 그래?"

대답하는 이는 없었다. 랄프의 여변호사는 처음엔 피아의 아이디어에 거세게 반발했지만, 이 거래가 자기 의뢰인에게 기회가 될 수 있다는 점을 간파했다. 엘러스에게 지금 중요한 것은 자기 개들의 안위뿐이었다. 불법 대마 재배로 인한 처벌에는 관심이 없었다. 그러다 보니 다른 이들과는 달리 지금의 이 상황을 즐기는 듯했다.

반면에 잉카 한젠은 밀랍처럼 창백했을 뿐 아니라 눈 밑에 다크서클까지 있었다. 고개를 들지 않고 테이블만 내려다보고 있었는데, 유치장에서 보낸 첫 밤이 갇혀 있는 데 익숙하지 않은 사람으로 바꾸어 놓은 듯했다. 그럴 만도 한 게 갑작스런 고립감과 무력감, 그리고 오직 자기 자신하고만 있다는 감정은 누구에게나 그 흔적을 남기기 마련이다. 그 밤으로 잉카 한젠은 무너졌고, 이제 허탈한 느낌의 껍데기만 남았다.

마지막으로 파울리네의 부모가 들어와 말없이 자리에 앉았다. 눈이 퉁퉁 부었을 뿐만 아니라 온몸에서 슬픔과 근심이 새어나오는 듯했다. 회의실 안에 당혹감이 퍼졌다. 랄프 엘러스를 제외하곤 그들을 바라볼 엄두를 내는 사람이 없었다.

"자, 시작해볼까요?" 피아가 말문을 열었다. 그녀는 페터 레싱의 의자 뒤에 섰고, 롬바르디는 맞은편 테이블 끝에 진을 쳤다. 공기는 벌써 숨이 막힐 듯했다. 테이블 위에는 그 흔한 음료수 병 하나 없었다. 피아는 편안하게 대화 분위기를 조성할 생각이 전혀 없었다. "다들 여기 왜 앉아 있는지는 잘 아실 겁니다."

"난 몰라요." 지모네 라이헨바흐가 공격적으로 쏘아붙였다. "당신들의 이 무분별한 조치를 문제 삼을 거라는 것만 알아두세요. 사전 얘기도 없이 우리를 딸의 병실에서 이리로 끌고 온 건 절대 용서 못할 짓이에요!"

"우리는 당신 딸을 누가 공격했는지 밝히려는 겁니다." 피아가 차갑게 대꾸했다. "당신들은 모두 당시 무슨 일이 있었는지 알고 있습니다. 물론 이제는 우리도 알고 있고요. 그래서 당신들에게서 직접 그 얘길 들으려고……."

"여기서 종교재판이라도 열려는 건가요?" 지모네가 격분해서 피아의 말을 잘랐다. "지금 내 아이가 혼수상태예요. 그런데도 당신들은 살인 사건을 밝힌다는 핑계로 케케묵은 이야기나 꺼내들고 있어요!"

그녀가 의자를 힘차게 뒤로 밀고 일어나 좌중을 둘러보았다. "너희는 왜 이런 꼴을 당하고 있어? 우린 그때 애였어. 열 살, 아니면 열한 살이었다고! 그건 그냥 비극적인 사고였어. 그뿐이었다고!"

로만이 아내의 손을 잡으려고 했지만 그녀는 꼴 보기 싫은 벌레처럼 남편 손을 뿌리쳤다.

"당신들은 지난 닷새 동안 엘리아스 하나 잡지 못하고 있어!" 지모네는 집게손가락으로 페터 레싱을 가리켰다. "헨리에테와 네가 그 정신병자를 맘대로 활보하고 다니게 내버려뒀어! 그 녀석이 무슨 짓까지 할 수 있는지는 온 마을 사람이 다 알아! 만일 우리 딸한테 그런 짓을 한 놈이 걔라면 내가 직접 갈기갈기 찢어버릴 거야!"

롬바르디가 피아에게 어떻게 해야 할지 눈으로 물었지만, 그녀는 가볍게 고개만 저었다. 개입하지 말라는 뜻이었다.

"난 엘리아스가 파울리네한테 그런 짓을 했다고 믿지 않아." 랄프 엘러스가 나섰다. "내가 아는 한 걔는 그럴 애가 아냐. 엘리아스는 내 집에 자주 왔어. 파울리네도 물론이고. 아니, 너희 자식 모두가 답답한 일이 있거나 말할 사람이 없을 때 나를 찾아와 속마음을 털어놓고 가. 부모라는 인간들은 걔들의 말을 들어주지 않으니까. 하긴 너희는 항상 다른 게 중요했지. 일, 성공, 체면 이 따위 것들이!"

"남의 자식들한테 쿨한 삼촌 역할 하는 거야 쉽지!" 로만 라이헨바흐가 으르렁거렸다. "우린 파울리네한테 너 같은 부랑자하고는 상종도 하지 말라고 했어!"

"그래도 파울리네는 이 대부한테 오는 걸 좋아했는걸." 랄프 엘러스는 악의적으로 히죽거렸다. 그따위 모욕에는 신경도 쓰지 않는 눈치였다. "너희 자식들은 나하고 있는 걸 좋아해. 나는 걔들을 진지하게 대하고, 있는 그대로 존중하거든."

"네가 젊은이들의 자랑스러운 본보기라도 되는 것처럼 굴지 마!" 하르트만이 냉소적으로 말했다. "평생 쓸모 있는 일이라곤 해본 적이 없는 게으름뱅이 주제에!"

"그래, 부럽겠지." 엘러스는 재미있다는 듯이 눈을 반짝거렸다. "아침부터 밤늦게까지 개미처럼 일만 하면서 돈이나 좇는 너희보다야 내가 분명 더 낫게 살고 있으니까. 나는 부자였던 적은 없지만 부족한 것도 없어. 대신 전 세계를 돌아다니며 구경했어."

"심지어 교도소까지." 클라우스 크롤이 이죽거렸다.

"그것도 하나의 경험이었지." 랄프가 어깨를 으쓱했다.

"쳇, 여자들한테 얹혀살기나 한 주제에 주둥이는 살아서……." 코니 포코르니가 중얼거렸다. "그래, 그건 나도 부럽다."

"어떤 여자가 널 먹여 살리려고 하겠어?" 엘러스가 받아쳤다. "네 꼴 좀 보고 얘기해! 아무튼 네 마누라도 가끔 나를 찾아와 대마초 한 대 피우면서, 너 같은 걸 만나 개차반으로 살게 됐다고 신세 한탄을 늘어놓고 가."

"어디서 주둥이를 함부로 놀려! 내 마누라는 그런 소릴 지껄일 사람이 아냐!" 뚱뚱한 빵집 주인의 얼굴이 벌게졌다.

"난 허튼소리는 안 해." 엘러스는 다른 사람들을 도발하는 걸 좋아했다. 그는 의자에 등을 기대더니 배에 손깍지를 꼈다. "지모네, 너도 이제 좀 앉아! 그렇게 꿰다놓은 보릿자루처럼 서 있으니까 불편하잖아."

"무슨 말을 그렇게 해, 내 집사람한테!" 로만 라이헨바흐가 버럭 소리를 질렀다. "너는 아직도 뭐든 다 해도 된다고 생각해?"

"못할 게 뭐 있어?" 엘러스가 비죽거렸다. "난 너희처럼 고객들 똥구멍이나 닦을 일이 없어. 앙칼스런 노친네 등쌀에 시달릴 일도 없고. 어이, 에드가, 너도 네 마누라 목 비틀어버리고 싶을 때 많지? 잔소리가 지겨워서. 아냐?"

"네 엄마가 너를 그렇게 창피해한 이유를 알겠다!" 지모네가 씩씩거렸다. 입에서 침까지 튀었다. "네 형과 파트리치아가 있었기에 다행이지, 아니면 네 엄마도 참 불쌍했겠다."

"맞아, 엄마한테 그 둘이 있는데 뭐가 걱정이야? 나까지 신경 쓸 필요는 없지. 난 그런 고리타분한 가족주의 같은 건 역겹게 생각하는 사람이야."

"넌 정말 하나도 안 변했어!" 로만이 혐오스럽다는 듯이 내뱉었다. "여전히 이기주의로 똘똘 뭉친 재수 없는 놈!"

"넌 여전히 예전과 똑같이 비겁한 놈이고!" 랄프는 아무렇지도 않게 되받아쳤다. "예전에는 엄마 뒤에 숨더니 이제는 마누라 뒤에 숨어 살지?"

감정이 들끓기 시작했다. 위험한 도박이었음에도 피아는 개입할 생각이 없었다. 지금까지 잉카 한젠과 페터 레싱만 당시 일을 자백했다. 물론 세세한 부분까지 밝히지는 않았지만. 만일 다른 이들이 침묵하고 부인한다면 그들의 자백은 아무 소용이 없었다. 피아는 이들이 주변에 경찰과 마이크, 카메라가 있는 것도 잊고 멱살잡이까지 해가며 속 이야기를 털어놓길 끈기 있게 기다렸다. 기다린 보람이 있었다. 혐오감과 악의, 증오로 가득 찬 무덤이 돌연 열렸다. 처음엔 랄프 엘러스가 공동의 표적이었다면 이제는 각자 서로에 대한 공격이 시작되었다. 페터와 잉카, 과묵한 클라우스 크롤만 이런 상황과 어느 정도 거리를 유지하고 있었다.

"여우 목을 부러뜨린 사람은 누굽니까?" 모두가 잠시 숨을 고르는 사이 롬바르디가 불쑥 질문을 던졌다.

"쟵니다!" 하르트만과 에드가, 뚱보 빵집 주인이 한 치의 망설임도 없이 클라우스 크롤을 가리켰다. 순간 바늘 떨어지는 소리도 들릴 만큼 정적이 감돌았다. 랄프 엘러스가 느릿느릿 박수를 치며 말했다.

"멍청이들! 돈 없는 인간들처럼 생각이 없는 인간들이 있지."

"맞나요, 크롤 씨?" 피아가 확인했다. "당신이 여우를 죽였습니까?"

"네, 맞습니다." 켈크하임 경찰이 시인했다. "제가 목을 부러뜨렸습니다." 순간 그의 시선이 잉카 쪽으로 향하면서 경련과도 같은 증오가 얼굴에 일렁거렸다. 그토록 오랜 세월이 지났는데 저리 격한 감정을 드러내다니! "재가 그렇게 하라고 했어요. 자기는 못 한다면서. 재는 막시를 무척 싫어했죠."

"그다음엔 어떻게 했죠?" 피아가 물었다. 그때 휴대전화 진동벨이 울렸다. 그녀는 휴대전화를 꺼내 보덴슈타인의 메시지를 읽었다.

"여우가 죽자 난 집으로 달려갔어요." 크롤이 대답했다. "그땐 아르투어가 아직 살아 있었어요. 그래요, 내가 곤경에 빠진 개를 내버려둔 건 맞아요. 하지만 우리 중에서 개를 좋아한 사람은 없었어요."

"아르투어가 보는 데서 여우를 죽여 놓고 그냥 갔다고요? 아르투어가 그 사실을 얘기할 수도 있을 텐데?" 롬바르디는 고개를 저었다. "그 말은 믿기 어렵네요."

"하지만 사실입니다." 크롤이 어깨를 으쓱했다. "막상 막시를 그래 놓고 나니까 마음이 안 좋았어요. 심지어 무척 후회하는 마음까지 들었죠. 그때부터 그 여우 생각을 하지 않은 날이 하루도 없을 정도로. 그래서 땅에라도 묻어주려고 몇 번 숲으로 가서 여우를 찾아보기도 했어요." 크롤은 두툼한 입술을 일그러뜨리며 씁쓸하게 웃었다. "하지만 여우를 죽일 당시는 아르투어가 올리버한테 얘기를 하든 말든 상관없다고 생각했어요. 나한테 중요한 건 잉카뿐이었으니까. 잉카가 그저 나를 이용해 먹은 것뿐이라는 건 나중에야 알았죠. 너무 늦게.”

***

레오 켈러는 예전에 마구간으로 썼던 길쭉한 건물을 거처로 개조해서 쓰고 있었다. 보덴슈타인은 개조한 공간을 넋 나간 사람처럼 둘러보면서 자신의 추측이 완전히 빗나갔고, 그로써 전체 수사를 잘못된 방향으로 이끌었음을 낯 뜨겁게 깨달았다. 쪽매널마루, 고급스런 가구, 현대식 부엌, 세 벽면에 책꽂이가 바닥에서 천장까지 설치된 작업실, 그리고 다양한 운동 기구들……. 책상에는 컴퓨터를 비롯해 인쇄용지와 메모지가 놓여 있었고, 침실 침대 옆에는 책 한 권과 독서용 안경이 있었다. 토머스 핀천의 소설『블리딩 에지(Bleeding Edge)』였다. 뇌손상이 있는 시청 잡역부가 읽을 만한 책은 아니었다.

어른이 되고 난 뒤로 거의 켈크하임에서 살았던 보덴슈타인은 레오가 전동자전거를 타고 지나가거나, 시청의 다른 일꾼들과 함께 꽃을 심고 나뭇가지를 정리하고 눈을 쓸고 쓰레기를 치우는 모습을 멀리서 가끔 보곤 했다. 그래서 오렌지색 작업복을 입은 그의 모습은 시의 일상적 풍경이었다. 그랬기에 보덴슈타인 스스로 억눌러온 아르투어의 실종을 한 번도 그와 연관 지어 생각해본 적이 없었다. 다만 잘생기고 스포티한 청년을 그렇게 이른 나이에 신체적 불구와 사회적 아웃사이더로 만들어버린 그 미스터리한 비극적 사건만 연상되었을 뿐이다. 하지만 이젠 달랐다.

당시 무슨 일이 있었던 걸까? 레오는 왜 도축용 총의 서툰 공격에 당했을까? 누가 그랬을까? 그리고…… 그리고…… 레오 켈러는 정말 어떤 사람일까?

"반장님?" 셈이 문틀에 모습을 드러냈다. 크뢰거 감식반과 함께 숲 친구하우스에서 곧바로 달려와 이 집을 함께 수색하던 중이었다. 처음에 켈러 부인은 예전의 마구간 문을 열어주지 않고 버티다가 보덴슈타인이 문을 부수겠다고 협박하자 그제야 마지못해 문을 열었다. 그는 살림집 3층을 둘러보고 나서 레오가 거기 거주하지 않는다는 사실을 확신했던 것이다.

"무슨 일이야?" 보덴슈타인이 돌아보았다.

"찾아낸 게 있는데, 직접 보시는 게 좋을 것 같습니다."

그는 셈을 따라 침실을 나섰다. 거실 구석 쪽에 접이식 사다리가 내려져 있었고, 보덴슈타인은 셈을 따라 가파른 사다리를 올라갔다. 옛 마구간 건물에는 한 사람이 겨우 똑바로 서 있을 만한 작은 다락이 하나 있었다. 지붕창 아래에는 낡은 소파가 있었고, 주변에는 갖가지 색깔로 많은 사람의 이름이 적힌 화이트보드가 여럿 보였다. 이름들 몇몇은 화살표로 연결되어 있었고, 몇몇은 가운데에 줄이 그어져 있었으며, 몇몇은 동그라미가 쳐져 있었다. 보덴슈타인의 시선이 다른 모든 이름들 위에 굵은 인쇄체로 적힌 한 이름에 멈췄다. 아르투어 베르야코프.

보덴슈타인은 줄이 그어진 이름들을 보며 소름이 돋았다.

라이문트 피셔 †1973

프란치스카 하르트만 †1978

하인츠 켈러 †1984

한스 페터 레싱 †1998

게를린데 레싱 †2001

헤리베르트 한젠 †2001

로자 헤롤트 †2014

클레멘스 헤롤트 †2014

아달베르트 마우러 †2014

"연쇄살인범의 살인 목록 같지 않아요?" 셈이 옆에서 말했다. "지극히 계획적이고 주도면밀한 살인범요."

그럴 리 없었다. 레오는 심한 뇌손상을 입었고, 몇 개월 동안 의식불명 상태에 빠져 있었다. 도저히 그런 짓을 할 만한 상태가 아니었다. 아니면?

"혹시 이게 무엇을 의미하는지 아시겠어요?" 크뢰거가 물었다. 보덴슈타인은 전율과 황홀감이 뒤섞인 감정으로 화이트보드를 바라보았다. 레오 켈러와의 만남에 대한 기억들이 머릿속에 한꺼번에 떠올랐다. 부자연스런 움직임, 더듬거리는 말투, 공허한 눈빛, 입가에 흐르는 침. 보덴슈타인은 그 사람을 여기 이 모습과 도저히 연결시킬 수 없었다. 한마디로 불가능했다.

"아니, 나도 모르겠네." 그가 대답했다. "다만 우리가 엄청난 착각에 빠졌던 게 아닌가 하는 생각이 들 뿐이야. 40년 넘게."

***

"자." 피아가 힘차게 말했다. "이제 서로를 탓하는 건 그만두고 모두 진정하세요. 협조만 잘하면 5분 내로 끝내드리겠습니다."

보덴슈타인이 보낸 간략한 메시지로 인해 이 심문은 갑자기 쓸데없는 짓으로 비쳤다. 하지만 여기서 그만두기에는 너무 멀리 왔다. 이젠 최대한 빨리 마무리 짓는 것이 상책이었다.

피아는 팔짱을 낀 채 테이블 주위를 돌며 아홉 명의 얼굴을 바라보았다. 이미 오래전부터 더는 친구가 아닌 사람들이었다.

"여기 앉아 있는 여러분 모두 42년 동안 한 아이를 죽였다고 믿으며 살아왔습니다." 그녀가 시작했다. "우리 사회의 통념상 여러분이 도덕적으로 비난받을 반사회적인 행동을 한 것은 사실이고, 그때 모두 아이들이었습니다. 요즘 말로 마음에 안 드는 친구 하나를 집단적으로 따돌린 것이죠. 1972년 8월 17일 저녁에 일어난 사건과 관련해서 여러분은 이미 벌을 받았다고 생각합니다. 그날 일을 잊지 못하고 늘 양심의 가책으로 마음이 편치 못했을 테니까요."

포코르니, 하르트만, 라이헨바흐 부부는 용서를 구하는 무언의 간절함과 희망이 섞인 눈으로 피아의 움직임을 따라갔고, 나머지는 모두 시선을 피했다.

"여러분은 그날 있었던 일을 아무에게도 말하지 않기로 맹세했습니다. 어린 나이지만 최소한 뭔가 나쁜 짓을 했다는 건 스스로 알고 있었으니까요. 가정이기는 하지만, 만일 그때 여러분이 부상당한 친구를 숲에 방치하지 않고 즉시 어른들에게 도움을 청했다면 아르투어를 살릴 수 있었을 겁니다. 하지만 그러지 않았습니다. 그에 대한 동기를 추측하자면, 벌을 받는 게 두려웠든지, 아니면 아르투어야 어떻게 되든 상관없다고 생각했겠죠. 그건 여러분 스스로 가슴에 손을 얹고 고민해야 할 문제이기는 하지만 우리에게는 중요하지 않습니다. 중요한 건 여러분 중 누군가 침묵의 약속을 깼다는 겁니다. 그때 일어난 일을 여러분의 부모가 알게 됐기 때문이죠. 어떻게 알게 됐는지를 추측해보면, 여러분이 숲에서 입은 상처 때문일 수도 있고, 아니면 누군가 양심의 가책을 이기지 못하고 부모에게 실토했을 수도 있습니다. 어쨌든 여러분의 부모들이 그 사실을 알고 관여하면서부터 관련자 모두에게 치명적인 결과가 생기게 되었습니다."

피아는 지모네의 의자 뒤에 서서 에드가를 관찰했다. 그녀가 이제부터 하려는 말은 증거가 전혀 없는 단순 추측이었다.

"헤롤트 씨." 그녀가 철물공을 꼿꼿이 바라보았다. "우리는 당신들이 한 일을 부모에게 말한 사람이 당신일 거라고 짐작하고 있습니다."

모두의 시선이 에드가에게 향했다. 그는 놀라 고개를 움찔했고, 얼굴이 붉게 상기되었다.

"무슨 소릴 하는 거요? 나는 그러지 않았어. 맹세해요!" 그는 격렬히 반발했다. "그런 말을 하느니 차라리 혀를 깨물었을 거요. 너희도 내 말 믿어! 정말이야!"

피아는 안도감으로 잠시 맥이 탁 풀렸다. 정확히 그녀가 기대한 대답이었기 때문이다.

"그 말 믿겠습니다, 헤롤트 씨." 피아가 말했다. "그럼 이제, 그때 어떤 일이 있었는지 제 생각을 말씀드리죠. 당신의 어머니 로제마리는 그날 저녁 누군가를 만났습니다. 당신 아버지 몰래 자주 벌어졌던 일이죠. 남녀 간의 밀회로 보이지만, 어쨌든 절대 들켜선 안 되는 금지된 일임은 분명했습니다. 아르투어는 중상을 입은 상태에서도 도움을 청할 수 있으리라는 희망 속에서 어떻게든 도로나 숲 주차장 어딘가로 나왔습니다. 죽은 여우도 함께요. 평소 그렇게 아끼던 여우를 숲에 그냥 놔두고 갈 수가 없었던 거죠. 그러다 결국 사고인지 고의인지는 모르지만 자동차에 치었습니다. 당신 어머니의 차일 가능성이 지극히 높아 보입니다. 애인과 함께 타고 있던 차 앞에 아르투어가 갑자기 나타났겠죠. 그래서 발각될까 두려워 당신 어머니와 애인은 아르투어의 시신을 어딘가에 유기하는 것 말고는 달리 방법이 없었을 겁니다. 아르투어는 사고 당시 죽었거나, 아니면 두 사람이 죽여서 막시와 함께 오랫동안 출입이 없던 보덴슈타인의 옛 가족 묘지에 묻었던 거죠."

"세상에!" 지모네는 나직이 탄식을 터뜨리고는 손으로 입을 막았다. 다른 이들도 충격에 빠지기는 마찬가지였다. 오랜 세월 믿어온 것과는 달리 아르투어를 죽인 것이 그들이 아닌 다른 이였다는 사실이 아주 천천히 의식 속으로 스며들었지만, 그렇다고 그들의 죄가 덜해지는 것은 아니었다. 아니, 그 반대였다. 그들은 아르투어를 구할 수 있었지만 그렇게 하지 않았던 것이다.

"그 뒤에 일어난 일은 이렇습니다." 피아가 말을 이어갔다. "당시 루퍼츠하인의 의사였던 레싱 박사는 그 사실을 알게 되었습니다. 누구한테 어떻게 알게 됐는지는 우리도 모릅니다. 다만 레싱 박사는 로지와 그녀의 정부를 비롯해 여러분 모두가 처벌받지 않도록 손을 썼습니다. 레싱 박사의 처남이던 라이문트 피셔 파출소장은 일주일 가까이 형사들의 개입을 지연시켰고요. 레싱 박사는 그날 저녁 여러분이 입은 상처와 관련한 진료 카드를 몰래 빼돌렸습니다. 겉으로는 사심 없이 여러분의 범죄를 은닉하기 위한 것처럼 보였죠. 어쨌든 그 때문에 형사들은 수사 방향을 잘못 잡았습니다. 그걸 보고 처음에는 다들 안도했지만, 나중에는 레싱 박사가 그들을 가만 놔두지 않았습니다. 자신이 아는 사실들을 내세워 관련자들을 협박하기 시작했거든요. 그에 대한 증거로 진료 카드를 폐기하지 않고 따로 보관하고 있었던 겁니다. 레싱 박사가 노린 것은 권력이었습니다. 그리고 그 진료 카드로 여러분 부모들에 대한 권력을 확실히 틀어쥘 수 있게 되었죠."

피아는 방 안의 분위기가 바뀌는 것을 느꼈다.

"레싱 박사는 그런 방법으로 루퍼츠하인에서 강력한 힘을 갖게 되었습니다. 물론 전에도 영향력이 없진 않았지만, 이후로는 인위적인 장악력까지 얻게 되었습니다. 제법 많은 사람들이 그에게 감사해야 할 일이 생겼기 때문이죠. 하지만 사람들은 속으론 고마워하지 않았습니다. 오히려 그렇게 끌려갈 수밖에 없게 된 처지를 저주했죠. 결국 레싱 박사는 힘은 있었지만 존경받지는 못했습니다. 그래서 장례식장에서도 진심 어린 눈물을 흘린 사람은 없었습니다. 레싱 박사와 마찬가지로 페터 레싱도 지금까지 여러분을 손아귀에 틀어쥐고 있었습니다. 옛날에도 여러분의 우두머리였고, 여러분은 그의 말에 순종해야 했습니다. 하지만 이제 페터 레싱이 여러분을 협박한 비밀은 더 이상 비밀이 아닙니다. 여러분이 아르투어를 죽인 것이 아니라는 사실을 다 알게 되었으니까요."

모두의 시선이 엘리아스의 아버지에게로 향했다. 불안과 두려움이 증오와 경멸로 바뀌고 있었다.

"이제 그날 저녁에 있었던 일을 차분하게 떠올려주시기 바랍니다. 세월이 지나면서 잊었거나 억눌렀던 내용들이 세세히 다시 떠오를 수도 있습니다. 이름, 소문, 추측, 뭐든 좋습니다. 로지 헤롤트가 그날 저녁에 만난 사람이 누군지를 알면 현재까지도 온갖 수단을 동원해 그 비밀을 지키려는 자를 찾아낼 수 있습니다. 네 사람을 죽이고 파울리네까지 죽이려고 한 인간을 말입니다."

지모네 라이헨바흐가 흐느꼈다.

"너무 지난 일입니다." 클라우스 크롤이 말했다. "로지가 어떤 남자를 만났다고 해도 그 남자는 벌써 죽었을 겁니다."

"그렇지 않습니다. 그때 20대 초반이었다면 지금은 60대 초반입니다." 피아가 대답했다. "또 설사 그 남자가 죽었다고 해도 그 아들이 아버지의 사후 평판에 금이 가는 걸 막으려고 나섰을 수도 있습니다."

일순간 정적이 흘렀다.

"그날 저녁 어머니가 집으로 돌아오지 않았어요." 입을 연 사람은 다름 아닌 에드가 헤롤트였다. 피아를 제외한 나머지 사람은 모두 깜짝 놀라는 눈치였다. 그는 테이블에 팔꿈치를 괴고 두 손에 얼굴을 묻었다. 다시 입을 열었을 때 그의 목소리는 담담했다. "아버지는 화를 참지 못하고 미친 듯이 날뛰었지만 어머니가 차를 가져가는 바람에 나갈 수가 없었죠. 그래서 늘 그렇듯 술을 마셨고, 나한테 분풀이를 했어요. 형한테는 그러지 못했어요. 형이 가만있지 않고 몇 번 반항한 뒤로는 아버지도 함부로 못 했죠. 아버지가 술에 곯아떨어지자 형과 나는 어머니를 찾으러 나섰어요. 그날 밤은 비가 많이 왔어요. 우린 어머니가 사고라도 당한 게 아닌가 걱정했어요. 그러다 길에서 레오를 만났죠. 우리 축구 코치요. 형의 친구이기도 했고. 레오는 기분이 무척 안 좋아 보였어요. 나는 그날 우리가 축구를 너무 못해서 아직도 화가 난 줄 알았어요. 하지만 그게 아니었던 것 같아요. 무슨 일인지는 몰라도 클레멘스 형도 화를 내며 레오와 치고받기 일보 직전까지 갔어요. 나는 둘이 하는 말 중에서 몇 마디만 알아들었어요. 그래서 형한테 레오가 왜 우리 엄마를 보고 창녀라고 하는지, 창녀가 무슨 뜻인지 물어봤어요. 하지만 형은 아무 말도 하지 않았어요." 에드가는 눈을 들어 피아를 쳐다보았다. 엉망이 된 삶에 대한 깊은 절망이 담긴 표정이었다. 그의 투박한 얼굴은 창백했다. 지금 그녀 앞에는 부모 집에 팽배하던 살벌한 분위기와 폭력, 거짓에 대한 자기보호 본능으로 가혹하고 냉소적으로 변한 한 불쌍한 열한 살짜리 소년이 앉아 있었다. 피아는 갑자기 이 남자가 불쌍해졌다. "그날 밤 이후 난 아르투어한테 무슨 일이 일어났는지 계속 궁금했어요. 그 모든 걸 잊을 수가 없어요. 그 뒤로는 모든 게 예전 같지 않았으니까. 어머니와 아버지는 소리를 지르고 싸우기만 했는데, 나는 그게 전부 내 탓인 것 같았어요."

에드가가 아직 한 번도 고개를 들지 않고 있는 페터에게 눈길을 돌렸다.

"이게 다 너 때문이야!" 철물공이 갑자기 폭발했다. "네가 그때 그렇게 우기지만 않았어도 그런 일은 벌어지지 않았어! 코니와 로만이 도움을 청하러 농장으로 달려가려고 했을 때 네가 뭐랬어? 고함을 지르면서 못 가게 했잖아! 우리한테 주둥이 닥치고 아무 말도 못하게 한 것도 너였어! 이런 엿 같은 일이 일어난 게 다 너 때문이라고. 네가 심판한테 대들어서 레드카드만 안 받았어도 이런 일은 일어나지 않았어! 그래서 우린 시합에 졌고, 그래서 걸어서 집으로 돌아가야 했고, 그래서 화난 상태에서 아르투어를 보자 네가 엉뚱한 곳에 분풀이를 한 거야!" 헤롤트가 벌떡 일어나는 바람에 의자가 뒤로 넘어갔다. "어서 말해! 네가 우리한테 어떻게 새빨간 거짓말을 시켰는지! 우리가 어떻게 다 똑같은 말을 지껄이고 아무에게도 다른 소리를 하지 못하게 했는지! 어서 말하라고!"

페터 레싱은 고개를 들어 무감각한 눈으로 헤롤트를 바라보았다. 이렇게 노골적인 비난을 받으면 평정심을 잃고 같이 흥분하는 것이 일견 당연해 보였지만, 그는 변화를 보이지 않았다. 이젠 어떤 것도 그의 마음을 흔들지 못하는 듯했다.

"너희도 이제 입을 열고 진실을 말해!" 에드가가 뻣뻣하고 불편하게 앉아 있는 옛 친구들에게 소리를 질렀다. "이젠 아무리 거짓말을 해도 소용 없어!"

"에드가 말이 맞긴 하지만 다는 아냐." 마침내 랄프가 입을 열었다.

"페터가 도와줄 사람을 부르러 가지 못하게 한 건 맞아. 걔는 아르투어를 좋아하지 않았으니까. 뭐, 그건 우리도 마찬가지였지만. 어쨌든 아르투어를 질투한 건 잉카였어. 올리버의 절친이었는데, 갑자기 아르투어가 나타나는 바람에 올리버가 우리를 상대하지 않았잖아."

"맞습니까?" 피아가 좌중을 둘러보며 물었다.

다들 주저하고 불편해했다. 아무도 잉카 한젠에게 눈길을 주지 않았다. 그녀는 굳은 듯이 앉아 자기 손만 내려다보고 있었다.

"맞습니다." 뚱뚱한 빵집 주인이 마침내 시인했다. "사실 우리를 주도한 건 잉카였어요. 그 때문에 페터는 잉카를 미워했고."

모두가 동의의 뜻으로 고개를 끄덕였다.

"페터의 계획은 우리가 아르투어를 만난 적이 없다고 말하자는 거였어요." 로만이 보충했다. "슈나이트하인에서 곧장 집으로 온 것으로 입을 맞추자는 거였죠."

정적.

"그럼 그날에 정확히 어떤 일이 있었던 겁니까?" 롬바르디가 물었다. "이것만 말씀해주시면 집으로 돌아가셔도 좋습니다."

이것은 끝까지 알아내야 했다. 물론 지금 그 진실을 알아낸다고 해서 헤롤트 모자와 마우러 신부의 살인자를 밝히는 데 반드시 도움이 된다는 보장은 없었지만. 하지만 이 사람들이 털어놓는 기억의 홍수속에서 뭔가 단서가 될 만한 이름이 튀어나올지는 모를 일이었다.

"우리가 쫓아가자 아르투어는 다람쥐처럼 날쌔게 나무에 올라갔어요." 긴장된 침묵을 깬 사람은 에드가였다. "우리 중에는 그렇게 나무를 잘 타는 애가 없어서 우린 걔가 내려올 때까지 밑에서 기다렸죠. 그런데 잉카가 여우한테 다가가자 여우가 물었어요. 클라우스가 여우를 붙잡았고, 잉카는 목을 비틀어버리라고 소리쳤어요. 위에 있던 아르투어가 내려갈 테니까 여우한테는 아무 짓도 하지 말라고 외쳤지만 이미 너무 늦었죠. 아르투어는 급하게 내려오다가 미끄러져서 나무에서 떨어졌어요. 처음엔 지모네와 클라우스, 안디가 달아났어요. 그다음엔 로만과 코니까지 도망쳤고, 마지막엔 랄프와 페터, 잉카, 나 이렇게 넷만 남았죠. 그때 잉카가 미친 사람처럼 아르투어를 걷어차기 시작했어요. 뭔 일이 나지 않을까 랄프와 내가 무서워할 정도로요. 결국 우린 걔를 뜯어말렸어요. 그때 천둥번개가 쳤어요. 우리는 비가 쏟아지기 전까지 집에 돌아가지 못할까 걱정을 했어요." 에드가의 목소리가 떨렸다. 면도를 하지 않은 뺨 위로 눈물 한 방울이 타고 내렸다. "아르투어가…… 아르투어가…… 우리를 소리쳐 불렀어요. 도와 달라고…… 난…… 한 번 더 돌아보기는 했지만…… 그냥…… 죽을 때까지 그 모습은 잊지 못할 겁니다. 아르투어가 바닥에 누워서…… 죽은 여우를 품에 안고…… 우는 모습은 영원히……." 그의 얼굴 위로 눈물이 쏟아졌다. "그날 이후 난 더 이상 거울을 볼 수 없었어요. 너무 비겁했던 자신이 부끄러워서……. 그 일을 후회했고 벌도 받았습니다. 거짓말이 아닙니다. 그때 일은 42년 동안 매일 무거운 납덩이처럼 가슴속에 남아 있었으니까요."

***

에드가 헤롤트가 스타트를 끊자 그때부터 다른 사람들도 쉽게 입을 열었다. 심지어 오랜 세월 가슴속에 묻어둔 짐을 내려놓게 되었다는 안도감이 느껴지기도 했다. 잉카 한 젠 한 사람만 제외하고. 그녀는 한마디도 하지 않았다. 페터가 옛 친구들에게 당시 잉카가 자신을 무엇으로 협박했는지 적나라하게 토로했을 때도 말이 없었다. 피아는 랄프 엘러스만 남기고 모두 돌려보냈다. 그는 여전히 파울리네의 핏자국과 자신의 지문이 묻은 쇠지레에 대해 납득할 만한 해명을 내놓지 못했다.

피아는 서류를 정리했다. 보덴슈타인에게 심문 결과를 보고하려면 서둘러 루퍼츠하인으로 가야 했다. 그런데 계속 찜찜한 것이 남아 있었다. 경험상 그것은 무언가를 간과했을 때 드는 감정이었다. 로지와 밀회를 즐긴 사람이 페터의 아버지가 아닌 것은 분명했다. 자신이 당사자였다면 증거를 보관해둘 것이 아니라 모든 흔적을 없애버렸을 것이다. 하지만 그러지 않았다. 그렇다면 레싱은 그 자료로 누군가를 협박할 수 있을 거라고 생각했을 가능성이 높았다. 마을의 주도권을 놓고 다투는 경쟁자였을까? 아니면 자신에게 줄곧 갚아야 할 빚이 있게 만들어야 할 사람이었을까? 어쨌든 잃을 게 아주 많은 사람인 건 틀림없었다. 혹시 그때 아이들의 아버지였을까?

계단을 올라가는 동안 카를 구스타프 융이 다시 떠올랐다. 그의 공시성 원칙은 인과적으로 관련이 없음에도 서로 연결되어 있고 연결된 것으로 인지되는, 시간적으로 상관관계에 있는 사건들을 가리킨다. 피아는 걸음을 멈추었다. 아이들의 이야기를 듣고 나자 이 사건이 바로 그 경우라는 것을 명확히 알 수 있었다. 다친 아르투어를 내버려두고 떠나간 아이들은 로지 헤롤트와 미지의 애인과는 아무 관련이 없었다. 두 사건은 그저 순차적으로 일어났고, 나중에야 서로의 연관성이 밝혀졌다. 아이들 중 누구도 그날 숲에서 일어난 일을 부모에게 말하지 않았다. 어른들끼리 자기들만의 결론을 내렸고, 고의든 고의가 아니든 아이들에게 자신들이 아르투어를 죽였다고 믿게 했다. 아이들 간의 신뢰 부족과 레싱 박사의 권력욕이 부른 또 다른 비극이었다.

그런데 이 전체 시나리오에서 레오나르트 켈러가 차지하는 위치는 어디일까? 만일 그가 로지의 애인이었다면 그녀의 아들 면전에다 대고 엄마를 창녀라고 욕하지는 않았을 것이다. 그렇다면 레오 켈러는 뭔가를 본 것이다. 봐서는 안 될 아주 치명적인 것을. 그 이야기를 누구한테 했을까? 그 사실로 위험해지는 사람은 누구일까? 그는 왜 그날 밤 이후 며칠이 지나서야 테러를 당했을까?

계단을 마저 올라간 피아는 기자회견 반응을 알아보려고 특별수사본부가 차려진 휴게실에 들러 동료들을 죽 훑어보았다. 늦은 시간이었음에도 다들 퇴근 시간이 한참 지난 것조차 잊고 열심히 일에 몰두하고 있었다. 벽에 걸린 텔레비전은 소리 없이 영상만 돌아가고 있었다. 기자회견 장면은 어느 방송국 뉴스건 할 것 없이 빠짐없이 나왔다. 유튜브에 올린 기자회견 전체 영상은 저녁 9시 기준으로 벌써 조회 수가 3백만이 넘었고, 발렌티나 베르야코프와 피해자 가족들을 동정하고 경찰을 신랄하게 비난하는 댓글이 수없이 달렸다. 왜 아직 체포하지 못하느냐? 살인자를 잡는 게 뭐가 그리 어렵냐? 사람들이 이렇게 조바심을 내는 것은 모두 미국 범죄드라마 CSI 때문이었다. 거기 나오는 프로파일러와 법의학연구원, 컴퓨터 분석가들이 최첨단 기술의 도움으로 아무리 복잡한 사건도 몇 시간, 또는 길어야 며칠 안에 해결하는 것을 보면서 시청자들은 자료 몇 개만 컴퓨터에 입력하면 범인이나 피해자의 사진과 이력, 현주소, 계좌번호, 통화 내역, 현재 위치를 금세 파악할 수 있다고 착각했다. 현실은 달랐다. 그 작업들은 하나같이 산더미 같은 기록과 자료를 정밀히 연구하고 조사해야 가능했다. 아무리 사소한 것이라도 절대 그냥 넘기지 않으면서.

"평소와 마찬가지로 별 쓸데없는 제보들만 잔뜩 들어왔어요." 카트린 파싱어가 의자에 앉은 채로 몸을 돌리며 헤드셋을 벗었다. "관심을 가질 만한 제보는 지금까지 두 건뿐이었어요."

카트린은 동료 넷과 함께 새로 가설된 핫라인 전화를 받고 있었다. 그녀가 이마에 주름을 잡으며 목록을 뒤졌다. 모든 제보 전화에는 내부적으로 번호가 매겨져 있었다. "제보 47번. 안트예 오르텐슈타인이라는 부인이 제보한 내용인데, 로제마리 헤롤트는 1970년대와 80년대에 쾨니히슈타인에 있는 '스위트 푸시캣'이라는 술집을 자주 드나들었다고 합니다. 자기는 당시 거기서 서빙을 했고요."

"그건 좀 알아봐야겠군." 피아가 말했다. "그 부인이 여기 온다고 했어?"

"아뇨." 카트린이 고개를 저었다. "제보자는 플렌스부르크에 사는데, 주소와 전화번호를 받아뒀어요. 제보 111번도 있습니다. 제보자는 클라우디아 엘러호르스트인데, 예전에 루퍼츠하인에 살았고 발렌티나 베르야코프의 친구였답니다. 내일 이리로 온다고 했습니다. 그전에라도 통화하고 싶으면 연락하라고 휴대전화 번호를 알려줬어요."

피아는 더 많은 것을 기대했지만 오래된 사건일수록 유익한 단서를 얻는 게 힘들다는 걸 본인도 잘 알고 있었다.

"법의학연구실에서 새 소식이 들어왔어요." 카이가 컴퓨터에서 눈을 떼지 않고 말했다. "파울리네의 옷에서 발견된 개털은 고불고불하고 긴 검정색 털이랍니다."

"그럼 랄프 엘러스의 핏불 테리어는 아니라는 뜻이군. 엘러스가 물방앗간 개집에 넣어둔 다른 개들도 아니고." 피아가 결론을 내렸다. "귀신이 곡할 노릇이군."

"파울리네의 자동차에서 발견된 스마트폰과 노트북은 복구할 방법이 없는 것 같답니다. 물속에 너무 오래 잠겨 있었대요." 카이는 고개를 들더니 머리 뒤로 손깍지를 끼고 등을 쭉 폈다. "그래도 마지막까지 IT 기술자들이 최선을 다하고 있답니다. 엘리아스와 니케는 너무 잠잠합니다. 꼭 땅속으로 꺼진 것처럼요."

"하벌란트 집에 다시 전화해서 니케의 절친과 니케가 연락할 만한 사람으로 누가 있는지 알아봐. 친척 중에라도. 그리고 가족 별장 같은 건 없는지도 물어보고."

"곧 자정이에요." 카이가 난감한 표정을 지었다.

"벌써 잠자리에 들었을 것 같지는 않아." 피아가 답했다. 그녀의 시선이 화이트보드에 걸린 엘리아스의 수배 사진으로 향했다. 숲친구 하우스 내부엔 그의 지문이 지천에 깔려 있었다. 다들 엘리아스가 펠리치타스 몰린의 살해범이 거의 확실하다고 생각하는 것 같았다. 하지만 그 여리고 허약한 청년이 그렇게 잔인한 범죄를 저지를 수 있을까? 한 사람의 목을 식칼로 목뼈까지 그으려면 엄청난 힘과 분노가 있어야 했다.

그는 지금 어디에 숨어 있을까? 이 일대는 그에게 너무 위험한 곳으로 변해 있었다. 게다가 언젠가는 주유도 해야 했다. 그런 위험을 감수하려고 할까? 피아는 언제든 주유소에서 그를 봤다는 제보가 들어올 것으로 예상하고 있었다. 다만 누군가의 겁도 없는 도발로 엘리아스가 총기를 사용하는 일만 생기지 않기를 바랄 뿐이었다.

그에게 또 어떤 가능성이 있을까? 엘리아스가 아직 신뢰할 수 있는 사람으로는 누가 있을까? 펠리치타스는 죽었고, 파울리네는 의식 불명 상태였으며, 랄프는 유치장에 있었다. 순간 피아는 멈칫했다. 랄프가 뭐라고 했었지? 난 엘리아스가 파울리네한테 그런 짓을 했다고 믿지 않아. 내가 아는 한 걔는 그럴 애가 아냐. 엘리아스는 내 집에 자주 왔어.

"잠깐!" 그녀는 하벌란트 부인의 번호를 찾아 막 전화를 하려는 카이에게 소리쳤다. "엘리아스와 니케가 어디 있는지 알 것 같아!"

"어딘데요?"

"랄프 엘러스의 물방앗간!" 피아는 휴대전화를 꺼내 보덴슈타인의 단축 번호를 눌렀다. "걔는 거기 자주 갔었어! 펠리치타스의 개들도 거기 데려다놓았고. 빌어먹을, 왜 진작 그 생각을 못했지?"

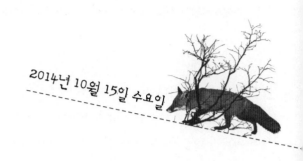

2014년 10월 15일 수요일

피아가 루퍼츠하인과 슐로스보른 사이의 숲속 주차장에 도착한 시각은 새벽 1시였다. 그곳엔 이미 작은 군부대 규모의 병력이 집결해 있었다. 검정색 제복을 입고 헬멧을 쓴 경찰특공대원들이 벌써 도착해 장비를 점검하고 있었다. 보덴슈타인은 키 큰 대머리 남자와 함께 특공대 전용의 고출력 검정색 차량 보닛 위로 몸을 숙인 채 펼쳐 놓은 지도를 살펴보고 있었다. 특공대장 요아힘 조 섀퍼는 개선 불가능한 마초였지만 이런 작전에는 최고의 적임자였다. 피아는 경찰학교에서 이 사람이 진행하던 강좌를 두 개 들었고, 이후 여러 번 작전에 함께 투입되었다. 마지막으로 함께 출동한 것은 5년 전쯤이었다. 당시 무장한 청년이 인질을 두 명 데리고 있는 상황이었는데, 다행히 작전은 피를 보지 않고 마무리되었다.

"안녕하세요, 조." 피아가 탄탄한 몸매의 특공대장에게 인사를 던졌다. 섀퍼가 돌아보았다.

"아, 이게 누구신가! 우리의 키르히호프 부인 아니신가!" 그가 싱긋 웃었다. "잘 지냈나, 피아! 내가 아직 당신의 현재 성을 몰라서."

"제가 무슨 2년마다 한 번씩 성을 바꾸는 사람처럼 말씀하시네요." 24시간 가까이 눈을 붙이지 못한 피아는 조 섀퍼 특유의 농담을 받아줄 기분이 아니었다. "준비는 다 됐어요?"

"슐로스보른의 도로는 이미 차단했고, 여기 꼭대기 주차장으로 올라오는 길도 바리케이드를 쳐뒀어." 보덴슈타인은 이렇게 대답하며 지도 위의 두 곳을 손가락으로 가리켰다. "그 집은 입구가 둘이야. 대원을 두 개 조로 나눠, 한쪽은 뒷문을 확보하는 동시에 나머지 한 조가 앞문을 칠 거야."

"자고 있으면 좋겠구먼. 그래야 저항 없이 편하게 끝날 텐데." 섀퍼가 말했다. "참, 거기 개는 있나? 동작감지기는?"

"지금은 개가 없어요." 피아가 대답했다. "하지만 우리의 표적이 데리고 있는 열일곱 살 아가씨가 만삭이에요. 자의로 함께 있는 건지, 아니면 인질 상태인지는 아직 알 수 없어요. 그러니까 섬광탄과 최루탄 사용은 어떻게든 피해야 해요."

"오케이." 조 섀퍼는 잠시 눈썹을 치켜들더니 피아를 주의 깊게 살펴보았다. "그 밖에 다른 정보는?"

"표적은 9밀리 구경 권총을 갖고 있고, 사용한 적도 있어요."

"그건 알고 있어."

경찰차 뒤로 구급차 한 대가 주차장 쪽으로 방향을 틀고 있었다.

"그럼 출발해요." 피아가 말했다.

섀퍼가 대원들에게 지시를 내리러 떠나자 피아와 보덴슈타인 둘이 남았다. 피아는 이 기회에 자세한 심문 내용을 이야기해주고 싶었지만 나중으로 미루는 게 좋을 듯했다.

"제가 뭘 궁금해하고 있는지 아세요?" 대신 그녀는 이렇게 물었다. "그자가 왜 그 긴 세월 동안 아르투어의 유골을 묘지에서 꺼내 다른 데로 옮기지 않았을까요? 그랬다면 우리는 절대 찾지 못했을 텐데."

"그 점은 나도 생각해봤어." 보덴슈타인이 대답했다. "내 생각엔 로지와 함께 아르투어의 시신을 숨긴 건 남편이었던 것 같아. 실수로 사람을 쳤다고 로지가 다음날 남편에게 말했겠지. 그래서 우리가 찾는 범인은 아르투어한테 정확히 무슨 일이 있었는지 몰랐던 거야."

"우리는 지금 당시 일을 마치 분명하게 아는 것처럼 말하고 있어요." 피아가 한숨을 내쉬었다. "여론은 우리한테 집중포화를 퍼붓고 있는데, 우린 여전히 추측만 하고 있어요. 아직은 윗선에서 우리를 엄호해주지만, 사건을 빨리 해결하지 못하면 곤란해질 것 같아요."

보덴슈타인은 특공대 차량에 기대 담배에 불을 붙였다. 피아는 라이터 불빛에 비친 그의 얼굴에서 회의와 좌절감을 알아차렸다.

"괜찮으세요?" 피아가 물었다.

"아니, 전혀 괜찮지 않아. 어쩌다 내가 그런 착각을 했는지……."

"무슨 착각이요?" 피아는 깜짝 놀랐다.

"그래, 난 이 사건에서 발을 뺐어야 했어. 관련 인물들과 사적으로 연관돼 있는 건 수사관으로선 좋지 않은 일이야."

"무슨 말인지 잘 모르겠어요."

"우린 레오 켈러를 좀 더 빨리 심문했어야 했어. 당신은 지난 일요일에 벌써 레오를 만나 이야기해보려고 했지만, 난…… 마을에서 또다시 마녀사냥이 일어날까 염려되어 마냥 기다리기만 했지. 범인의 프로필이 레오와 일치한다는 생각을 왜 진작 못했을까?"

"범인의 프로필에 맞지 않았으니까요!" 피아가 일부러 힘주어 대답했다. "우리가 상정한 범인은 신체 건강하고 무척 지능적인 인간이었어요. 게다가 독립적이고 유동적인 일을 하고, 이 지역을 문제없이 돌아다닐 수 있는 사람이어야 했어요. 그런데 레오 켈러는 나이 육십에 낡은 전동자전거를 타고 다니고, 아직도 어머니에게 의지하는 가벼운 정신장애를 앓는 시청 잡역부예요."

"그래도." 보덴슈타인은 여전히 고집을 꺾지 않고 담배를 길게 빨았다.

"'그래도'가 아니에요!" 피아는 고개를 저었다. "반장님은 잘못하지 않았어요! 그 남자의 실제 모습이 겉으로 드러난 것과 다르다면 누가 그걸 알겠어요?"

"자, 우린 준비 다 됐어요." 조 섀퍼가 어둠 속에서 불쑥 나타났다. 헬멧을 쓰고 검정색 복면을 턱까지 내린 상태였다. "두 사람은 우리와 함께 내려가 방탄조끼부터 입어요. 현장에 도착하면 끽소리도 내면 안 돼요. 밤중의 숲속에선 낮보다 두 배는 더 잘 들리니까."

***

그들이 차에서 내려 물방앗간으로 올라갔을 때 초승달은 구름 뒤로 자취를 감추었다. 타우누스 앞쪽 산은 밤에도 완전히 캄캄하지는 않다. 근처 대도시와 회히스트 공업 단지, 공항의 불빛 때문이었다. 그러나 산등성이 뒤쪽의 여기 계곡은 높은 나무들에 둘러싸여 칠흑처럼 어두웠다. 셈과 타리크는 다른 작전 차량을 타고 와서 보덴슈타인 일행과 합류했다. 바람 한 점 불지 않았고, 밤하늘엔 짙은 구름이 깔려 있었다. 특공대원들은 그림자처럼 소리 없이 쇠락한 물방앗간 안마당과 뒷마당으로 흩어졌다. 야간투시경 덕에 쓰레기 더미와 건축 자재들은 문제없이 피해갔다. 랄프 엘러스의 볼보는 변함없이 마당에 세워져 있었다. 집은 그 자체로 어둠 덩어리였다. 움직임도 느껴지지 않았다. 어둠 속에서 조 섀퍼가 불쑥 나타나는 순간 피아는 소스라치게 놀랐다.

"숲 안쪽 덤불에 검정색 X5가 세워져 있어." 그의 소곤거리는 말에 피아는 긴장감이 더욱 커졌다. 야간 출동 시 목표는 확실하지만 결과를 확신할 수 없는 경우와 찾던 인물이 실제로 사정권 안에 들어온 경우는 조금 달랐다. 니케에 대한 피아의 걱정이 점점 커져갔다.

"엘리아스가 탄 차가 맞아요." 피아가 확인해주었다. 그녀는 특공대원들과 함께 집 안으로 들어가 최우선적으로 니케부터 보호하고픈 마음이 굴뚝같았다. 그러나 대원들과 동행하게 해 달라는 그녀의 부탁을 섀퍼가 들어줄 리 없었다.

"이제 진입할 거야." 특공대장이 속삭였다. "상황 종료 시까지 당신들은 저 앞쪽 보도블록 더미 뒤에 숨어 있었으면 좋겠어요. 자, 어서!"

"보도블록이 어디 있는지 어떻게 알아요? 야간투시경도 없는데." 피아가 말했다.

"그럼 내 손을 잡아." 섀퍼는 이렇게 말하고는 그녀를 마당으로 끌었다. 보덴슈타인, 셈, 타리크가 그 뒤를 따랐다. 그들이 보도블록 뒤에 웅크리고 앉자 섀퍼는 순식간에 사라졌다. 주변에선 나뭇잎 살랑거리는 소리 외에 어떤 소리도 들리지 않았다. 완벽한 정적이었다. 몇 초가 지나고 다시 몇 분이 흘렀는데도 아무 움직임이 없었다. 피아는 조바심으로 온몸이 근질거렸다. 왜 이렇게 오래 걸리는 거지?

"이런 젠장!" 보덴슈타인이 갑자기 질식할 것 같은 목소리로 비명을 지르며 황급히 옆으로 비켰다. "쥐! 쥐! 쥐가 내 손을 지나갔어!"

바로 그때 쾅 소리와 함께 현관문이 열렸고, 창문 안쪽으로 환하게 불이 켜졌다. 이어 여기저기서 목소리들이 시끄럽게 터져 나왔다.

"빌어먹을!" 피아는 더는 보도블록 뒤에 숨어 있을 수가 없었다. 벌떡 일어나 몸을 숙인 채 쏜살같이 마당을 가로질렀다. 이 망할 놈의 인간! 만삭의 임산부가 있으니까 섬광탄을 사용하지 말라고 그렇게 당부했건만! 피아는 돌에 걸려 비틀거리는 일도 없이 용케 문 앞에 도착했다. 그런데 안으로 들어가려는 순간 그녀만큼 빨리 나오려던 한 특공대원과 쿵 부딪쳤다. 눈앞에 별이 아롱거렸다.

"저 안에 무슨 일이에요?" 그녀는 화가 나서 대원에게 호통을 치며 이마를 문질렀다.

"그 아가씨한테 진통이 시작됐습니다." 목소리가 복면과 헬멧에 먹혀 둔탁하게 들렸다. "구급차와 응급의가 필요합니다!"

"망할 놈의 인간!" 피아는 특공대원을 밀치고 안으로 뛰어 들어갔다. 좁은 방 안 곳곳에 제복을 입은 우람한 대원들이 서 있었다.

"밖에서 기다리라고 하지 않았나, 키르히호프?" 조 섀퍼는 마뜩잖게 말하더니 복면을 내렸다. "내 수업에서 이랬다면 진작 탈락이었어."

"섀퍼, 당신도 탈락이에요." 피아가 받아쳤다. "제가 이 사건의 수사 지휘관으로서 섬광탄을 쓰지 말라고 분명히 지시했을 텐데요!"

섀퍼는 불쾌한 표정으로 그녀를 쏘아보았다.

"뭐야? 어떻게 됐어?" 보덴슈타인이 현관에 나타났다.

"저항은 없었어요." 섀퍼가 말했다. "표적은 이미 무장해제했고. 그런데 인원이 총 셋입니다."

"뭐요? 아기가 벌써 태어난 건가?"

섀퍼는 말없이 거실 쪽으로 고갯짓을 했다. 보덴슈타인과 피아는 특공대원들 사이를 비집고 들어갔다.

엘리아스는 고개 한 번 들지 않고 양탄자에 주저앉은 채 니케의 머리를 안고 땀범벅이 된 얼굴을 손수건으로 닦아주고 있었다. 손도 꼭 쥐고 있었다. 니케는 똑바로 누워 눈을 크게 뜨고 간간이 숨을 발작적으로 토해냈다.

"더 이상 못 참겠어!" 니케는 숨을 헐떡거리더니 심한 진통으로 몸을 뒤틀었다. 그제야 피아는 니케 옆에 무릎을 꿇은 또 다른 남자를 보았다. 니케는 그의 손을 움켜쥐고 있었다.

"숨을 쉬어!" 남자가 부드러운 목소리로 조금도 더듬는 기색 없이 말했다. "계속 천천히 호흡해!"

"안녕, 레오." 보덴슈타인이 말했다.

남자가 뒤를 돌아보았다. 입가에 가벼운 미소가 피어올랐다. 얼굴 근육이 실룩거리지도, 침도 흘리지 않았다.

"안녕, 올리버." 그가 대답했다. "다 설명할 테니까 조금만 시간을 줘."

***

레오나르트 켈러는 나이를 잘 먹었다. 얼굴 주름이야 그렇다 쳐도 몸은 여전히 젊을 때처럼 군살이 없고 단단했다. 희끗희끗한 짙은 머리는 숱이 많았고, 70년대처럼 어깨까지 기르지 않고 짧게 잘랐다.

특공대는 철수했다. 물방앗간 마당에는 구급차가 뒷문을 열어놓은 채 대기했고, 니케의 부모도 도착했다. 딸아이를 탈 없이 무사히 돌려받았다는 안도감은 순식간에 지나갔다. 그들이 할아버지 할머니가 될 뿐 아니라 니케가 아기를 내놓을 생각이 전혀 없다는 사실을 확인하고 다시 그들의 얼굴에 먹구름이 끼었다. 니케는 구급차에 누워 있었고, 엘리아스는 옆에서 걱정스레 손을 어루만졌다.

레오 켈러는 열린 구급차 문 옆에 서 있었다.

"이제 됐습니까?" 보덴슈타인은 레오에게 궁금한 질문들을 던지고 싶어 한시도 더 기다릴 수가 없었다.

"쟤들이 아기 이름을 레오라고 짓겠다네." 켈러가 꿈을 꾸듯 미소를 지었다.

"그럼, 여자아이가 아니길 바라야겠군요." 보덴슈타인이 무덤덤하게 대답했다.

"여자아이면 레오노라라고 지으면 되지." 켈러가 말했다. "네 어머니처럼."

보덴슈타인은 말없이 고개만 저었다.

"가시죠. 우린 할 얘기가 좀 있을 것 같은데."

"그렇지, 당연히 해야지." 켈러는 고개를 끄덕이고는 보덴슈타인과 함께 마당을 지나 자동차가 있는 곳으로 향했다. 셈은 그사이 차를 주차장으로 옮겨놓았다. 레싱 부부도 도착했지만, 니케와 떨어져 있어야 한다는 사실에 마음이 무거운 엘리아스는 부모를 거들떠보지도 않았다. 피아가 수갑을 채워 그를 경찰차로 데려갔다.

새벽 3시 반의 거리는 텅 비어 있었다. 쾨니히슈타인을 지나 호프하임으로 가는 동안 만난 차는 겨우 몇 대뿐이었다. 레오는 조수석에 조용히 앉아 두 손을 무릎에 올려놓고 앞만 바라보았다.

"내가 왜 40년 동안 마을 바보 노릇을 하면서 살았는지 궁금하겠지." 그가 잠시 뒤 말했다.

"그것도 무척 궁금하죠." 보덴슈타인은 이 남자의 변신에 여전히 갈피를 잡지 못했다. 정신적 육체적 장애가 있다고 생각해서 평생 동정했던 남자가 아니던가! "그런 연극을 한 이유가 뭐죠? 왜 아무도 알아보지 못하는 다른 곳으로 떠나지 않았죠?"

"어머니를 혼자 두고 떠날 수는 없었어. 나로 인해 어머니와 아버지가 겪은 고초를 생각하면 더더욱 그랬지. 어머니는 루퍼츠하인에서 나고 자랐어. 네 부모님과 조부모님, 증조부님처럼. 더구나 여긴 아버지 무덤이 있는 곳이야. 어머니는 아버지 혼자 내버려두고 떠나려 하시지 않았어. 그래서 나도 어머니가 살아 계실 동안 곁에 있겠다고 약속했고."

"큰 부상으로 몇 개월 동안 의식불명 상태에 빠져 있던 사람이 이렇게 회복됐는데 어떻게 아무도 그 사실을 모를 수 있죠?"

"백 프로 회복된 건 아냐. 그 일로 손상된 내 뇌 부위는 천만다행으로 대부분 다시 소생할 수 있었지만. 그래도 다시 말하는 법을 배우고 운동 능력을 회복하기까지는 몇 년이 걸렸지. 의사들은 특정 시점부터 내가 더는 나아지지 않는 걸 보고 미치려고 했어. 그 이유를 도저히 이해할 수 없었던 거지. 그건 순전히 자기보호 본능 때문이었어. 하지만 이젠 명예 회복을 위해 정말 좋은 기회가 찾아왔어. 세월이 지나면서 난 제2의 천성이 돼버린 이 바보 역할에 너무 익숙해졌어. 게다가 그러고 사는 것이 그렇게 나쁘지만은 않았어. 사람들은 말만 좀 더듬고, 몸을 실룩거리고, 침을 흘리면 아무것도 알아듣지 못할 거라고 생각하지."

보덴슈타인은 믿어지지 않는 레오의 이중생활과 그 결과들이 도저히 이해가 되지 않았다. 레오는 자신이 살해 혐의를 받고 있고, 보덴슈타인이 자신의 집을 수색했다는 사실을 아직 모르고 있었다. 그 문제는 수사과에 도착해서 정식으로 추궁하기로 피아와 사전에 약속해두었다.

"당신은 여전히 공식적으론 아르투어 베르야코프 사건의 범인입니다. 다만 지속적인 심문이 불가능한 상태여서 기소되지 않은 것뿐이죠." 보덴슈타인이 말했다.

"그게 아니라 증거가 부족했겠지. 그 정도는 나도 알아. 시신도 나오지 않았고, 목격자와 사건 현장도 없었으니까. 하지만 이젠 달라졌어."

레오는 한숨을 내쉬었다.

"난 40년 동안 그때 무슨 일이 있었는지 기억해내려고 무진장 애를 썼어. 하지만 내 기억 속에는 자살 기도 앞뒤로 큰 구멍이 뚫려 있어. 도저히 뚫고 들어갈 수 없을 정도로 새까만 구멍이. 난 정말 안 해본 짓이 없었어. 전문가들한테 최면 요법을 받기도 하고, 심리치료를 받기도 하고, 또 아르투어에게 일어난 일과 내가 그 일과 어떤 관련이 있는지 언론에 문의해보기도 했어. 하지만 어떤 것도 소용이 없었어."

"머리를 심하게 다쳤으니까요."

"그건 사실이지. 하지만 난 지금까지도 내가 왜 자살을 시도했는지 모르겠어. 내가 한 아이를 죽였다는 건 도저히 상상이 안 돼. 그것도 아르투어를. 난 걔를 좋아했거든. 무척 재능이 많고 누구에게도 나쁜 짓을 하지 않을 사랑스러운 아이였어. 그런 애를 죽였을지 모른다는 생각 때문에 난 밤낮 없이 괴로워했어. 나는 살인자일까, 아닐까?"

"현재 우린 그게 자살 기도가 아니었던 것으로 판단하고 있습니다." 보덴슈타인이 말했다. "누군가 당신을 죽이려고 했던 거죠."

"뭐?" 레오는 얼빠진 표정으로 그를 응시했다.

"아주 똑똑한 젊은 형사가 그걸 밝혀냈죠." 보덴슈타인이 대답했다. "그 친구는 당신이 사용했다는 도축용 총을 면밀히 살펴본 뒤 화력이 가장 약한 총알이 장전되어 있던 것을 확인했습니다."

"그래서?"

"당신은 도축장에서 일했습니다. 한마디로 도축 전문가였죠. 그런 사람이 자살을 계획했다면 당연히 가장 강력한 총알을 사용하지 않았겠습니까?"

레오는 말없이 고개를 끄덕이는 것으로 대답을 대신했다.

"게다가 뒤통수가 아니라 이마에 대고 방아쇠를 당겼겠죠."

"그랬을 테지." 레오의 목소리가 탁하게 들렸다. "아니…… 방금 그…… 그게 무슨 소리지?"

그는 정말 모르는 것일까?

"당신이 누군가에게 위험한 존재였다는 겁니다. 다시 말해 살인자에게 치명적인 위험이 될 뭔가를 알고 있었던 거죠. 그래서 당신을 제거하려고 했는데 실패로 돌아갔습니다. 결과적으론 그게 오히려 일석이조가 됐죠. 당신은 기억을 잃고, 자살 기도는 죄의 자백으로 여겨졌으니까."

그는 레오를 빠르게 곁눈질했다.

"게다가 수사과로 익명의 전화가 왔습니다. 아르투어가 실종되던 날 밤에 당신이 숲에서 나오는 걸 봤다는 한 여자의 제보였습니다. 그로써 경찰 입장에선 모든 게 분명해졌죠."

***

"무슨 의도로 당신 집의 화이트보드에 사람들 이름을 적어놓은 거죠?" 롬바르디가 물었다.

"내 나름대로 조사를 한 겁니다." 레오가 대답했다. "그때 무슨 일이 있었는지 알아내고 싶어서요."

"그게 왜 하필 지금이죠? 20년 전이나 30년 전에도 할 수 있었을 텐데."

"이제야 뭔가 달라졌으니까요. 로지와 클레멘스의 죽음으로."

"뭐가 달라졌다는 거죠?" "사람들이 옛날 일을 다시 이야기하기 시작한 거요."

"전에는 그러지 않았나요?"

"전혀. 한 번도 없었어요."

"그래서 사람들이 뭐라고 하던가요?"

"이런저런 추측을 내놓았죠. 소문들도 퍼졌고."

"아, 그래요."

새벽 4시였지만, 피아는 자신에게든 레오에게든 잠시도 쉴 틈을 주지 않고 거세게 몰아붙였다. 보덴슈타인은 피아와 롬바르디가 심문하는 것을 지켜보면서 점점 마음이 불편해졌다. 그들의 눈에 레오는 분명 유력한 용의자였다. 하지만 사전에 그에게 피의자의 권리를 고지했음에도 이어지는 질문에 답하기 전에 변호사를 부르는 편이 나을 거라고 명시적으로 알리지는 않았다. 레오가 정말 살인자라면 이런 절차상의 태만이 이후의 형사소송에서 큰 문제가 될 수 있었다.

"난 40년 동안 이 순간을 기다려왔어요." 레오가 말했다. "그때 무슨 일이 있었는지 정말 궁금했으니까요. 그 생각은 한 번도 내게서 떠난 적이 없어요. 누군가 내 삶을 훔쳐갔는데, 그걸 어떻게 잊겠어요?"

"누군가 당신의 삶을 훔쳐갔다고 어떻게 그리 확신하시죠?" 피아는 손을 포갠 채 책상에 앉아 맞은편 남자를 실눈을 뜨고 응시했다. "어쩌면 그건 당신 자신일지도 모르잖아요. 당신이 기억하지 못할 뿐이지."

"바로 그걸 몰라 미칠 지경이었어요."

"아르투어를 죽인 게 당신으로 밝혀지면 어쩌려고요?"

"내가 왜 그런 짓을 해요?" 레오는 토끼가 뱀을 보듯 피아를 바라보았다. 그는 두려워하고 있었다. 온몸이 그것을 말했다. 창문 하나 없는 조사실, 눈부시게 환한 불빛, 피아와 롬바르디의 공격성, 이 모든 것이 의도대로 남자를 불안에 떨게 하고 있었다.

"우리 생각을 한번 들어보시겠습니까?" 피아가 말했다. "당신은 로지가 죽음으로써 진실이 묻힐까 걱정했어요. 때문에 요양원으로 가서 로지에게 압박을 가했어요. 그런데 로지는 오히려 당신이 기대한 것과 다른 말을 했어요. 당신이 아르투어를 죽였다고요! 그래서 당신은 다시 로지를 찾아가 목 졸라 죽였어요."

"아닙니다!" 레오는 땀을 흘리기 시작했다. "사실이 아니에요!"

"게다가 로지가 아들 클레멘스와 신부에게도 그때 일을 이야기하는 바람에 당신은 그 두 사람까지 제거해야 했어요." 피아는 레오의 반발에는 아랑곳하지 않고 말을 이어갔다. "살해 도구를 구하는 건 당신에겐 일도 아니었을 겁니다. 루퍼츠하인 어디를 돌아다녀도 당신을 이상하게 보는 사람은 없으니까요. 그런데 숲친구 캠핑장에서 당신을 본 사람이 있었어요. 엘리아스죠. 그래서 개의 입도 다물게 할 필요가 있었어요. 펠리치타스 몰린의 목을 그은 것은 엘리아스의 행방을 말하지 않았기 때문이고요."

"말…… 말도 안 돼요. 엘리아스를 죽이려 했다면 조금 전 물방앗간에서 죽였어야죠." 레오가 반박했다.

"니케가 옆에 있어서 못 했겠죠." 피아는 그의 반박을 묵살했다. "아니면 엘리아스가 캠핑장에서 당신의 얼굴을 본 게 아니라는 사실을 확인했을 수도 있고요. 당신의 살인 명단에는 얼마나 많은 사람이 올라 있나요?"

"살인 명단이라니요?" 레오가 온몸을 떨었다. 진짜로 저러는 것일까, 아니면 꾸민 모습일까? 레오는 이런 상황에 대비할 시간이 무척 많았을 것이다. 그 긴 세월을 기다려왔으니까. 피아가 서류에서 메모지를 꺼내 읽었다.

"라이문트 피셔, 프란치스카 하르트만, 하인츠 켈러, 한스 페터 레싱, 카를 하인츠 헤롤트, 게를린데 레싱, 헤리베르트 한젠." 피아가 눈을 치켜떴다. "모두 당신의 피해자인가요?"

"피해자라니요?" 레오가 낮게 되물었다. 두 눈이 금방이라도 얼굴에서 튀어나올 듯했다. "피해자는 나라고요! 내가 목숨을 잃을 뻔했다고요!"

"당신은 30분 전에야 자살이 아니라 피습을 당한 걸 알았어요." 피아가 싸늘하게 대답했다. "그것도 사실이 아닌가요? 놀란 것처럼 연기한 건가요? 온 세상에 마을 바보인 것처럼 행세하고 다닌 것처럼? 난 당신이 피해자라는 걸 믿지 않아요. 당신이 범인이라고 생각해요."

"아닙니다!" 레오가 이성을 잃고 벌떡 일어났다. "난 아무 짓도 하지 않았어요!"

"앉으세요!" 피아가 날카롭게 소리치자 그는 순순히 따랐다.

"당신이 아무 짓도 하지 않았다고 어떻게 그리 확신하죠?" 롬바르디가 물었다. "아무것도 기억하지 못한다고 하지 않았나요?"

"정말 기억하지 못해요. 난 아무것도 몰라요. 제발 믿어주세요!"

롬바르디와 피아는 의미심장한 눈길을 주고받았다.

"우리가 당신 말을 어떻게 믿을 수 있죠? 나중에 검사나 판사도 마찬가지고요." 피아가 고개를 저으며 말했다. "무려 40년 동안 바보로 위장한 사람은 상당히 의심스러울 수밖에 없어요. 당신은 탁월한 연

기자예요. 그런 사람의 말을 어떻게 믿죠? 그것도 지금에 와서 하는 말을."

레오는 옅은 숨을 몰아쉬었고, 주먹을 쥔 채 초조하게 침을 삼켰다.

"당신의 오두막 냉장고에서 펠리치타스 몰린을 살해한 칼이 발견되었어요." 피아가 레오 앞에 사진 한 장을 내밀었다. 시신 사진이었다. "칼은 당신의 명찰이 달린 티셔츠로 돌돌 말려 있었어요. 이건 어떻게 설명할 거죠?"

"거긴 몇 개월 전부터 사용한 적이 없어요." 레오가 쉰 목소리로 말했다. "그런 사람이 어떻게 냉장고에 그런 게 있는지 알겠어요?"

"오두막을 사용하지 않았다는 말은 믿겠어요." 피아가 고개를 끄덕였다. "하지만 당신은 거기 간 적이 있어요. 뒷정리라도 깨끗이 해놓지 그러셨어요! 먼지 쌓인 바닥에 신발 자국이 선명하게 남아 있던데. 지금 연구실에서 당신의 모든 신발과 대조하고 있어요. 그 자국과 일치하는 신발이 나오면 당신은 상당히 불리해지겠죠?"

레오는 대답하지 않았다. 얼굴 위로 땀이 흘렀다.

"루퍼츠하인에 사는 게 좋으신가요?" 롬바르디가 물었다.

"딱히 그런 생각은 해보지 않았습니다." 레오는 어깨를 으쓱했다. "여기가 아니면 어디 살겠어요?"

"필명이 여러 개더군요. 그걸로 대중소설을 써서 돈도 제법 버셨구요. 시청에서 받는 돈보다 훨씬 많은 돈을요. 우리는 당신의 은행 잔액 명세표를 발견했습니다. 65만 유로쯤 되는 돈이 있더군요. 그 돈이면 세상 어디를 가건 잘 살 수 있을 텐데."

"그건 돈을 벌려고 한 일이 아닙니다!" 레오가 두 손을 들었다. "40년 동안 난 어머니 말고 제정신으로 대화를 나눌 수 있는 사람이 없었어요. 글을 읽고 쓰는 것만이 내 이성을 깨웠고, 나를……."

"당신은 사기꾼입니다." 롬바르디가 그의 말을 무질렀다. "당신은 바보 연기로 주변 사람들에게 동정을 얻었습니다. 또 그와는 별도로 살인 사건의 수사까지 중단하게 만들었고요. 당신은 발각될까 두려워했어요. 발각되면 법적 책임을 져야 한다는 걸 알고 있었으니까. 독일에는 살인에 대한 공소시효가 없거든요."

"로지를 보고는 왜 창녀라고 했죠? 클레멘스한테 그랬다면서요." 피아가 물었다.

"그…… 그런 말 하지 않았어요." 레오는 영문을 모르겠다는 듯이 말을 더듬었다.

"아뇨, 당신은 그렇게 말했어요. 1972년 8월 17일에서 18일로 넘어가는 밤에 길에서 클레멘스 형제를 만나 분명히 그렇게 말했어요. 그때까지 집에 돌아오지 않은 어머니를 찾으러 나선 형제한테요."

보덴슈타인은 더는 모니터실에 앉아 있을 수가 없었다. 피아와 롬바르디는 저런 정보를 어디서 얻었을까? 왜 저렇게 레오한테 압박을 가하는 것일까? 그는 벌떡 일어나 심문을 중단시키려고 막 문손잡이를 잡는 순간 다시 생각했다. 레오 켈러는 예전에 자신이 알던 사람이 아니었다. 범죄 용의자였다. 보덴슈타인 자신의 죄책감 때문에 지금 수사에 혼선을 줘서는 안 될 일이었다.

"그건 기억나지 않아요." 레오는 막 이렇게 속삭이고 있었다. 얼굴은 하얗게 질렸고, 초초한지 계속 두 손으로 허벅지를 문질렀다.

"슈나이트하인에서 있었던 축구 시합에 대해 말씀해보세요." 피아가 다시 말을 넘겨받았다. "하계대회에서 당신이 맡은 루퍼츠하인 소년 축구팀은 형편없이 졌어요. 당신은 화가 나서 아이들을 협회 버스에 태우지 않고 걸어서 집으로 가게 했어요."

레오는 양 눈썹이 거의 맞닿을 정도로 미간을 찌푸리며 피아를 바라보았다.

"페터는 형편없는 경기를 했을 뿐 아니라 심지어 심판한테 대들어 레드카드까지 받았어요." 피아의 말이 이어졌다. 그녀는 가져온 서류 중에서 사진 한 장을 꺼냈다. 클레멘스의 드롭박스에서 발견한 축구 팀 사진을 확대한 것이었다. "여기 있는 아이들이 누구누구인지 말해 줄 수 있나요?"

레오 켈러는 셔츠의 가슴 주머니에서 독서용 안경을 꺼내 떨리는 손으로 썼다. 그러고는 사진 위로 고개를 숙여 주저 없이 사진 속 아이들의 이름을 말해나갔다.

"경기는 어떻게 끝났죠?" 롬바르디가 지나가는 말처럼 물었다.

"0:6" 레오가 자동으로 대답했다. 순간 눈이 커지더니 안색이 시체처럼 창백해졌다. 본인도 어안이 벙벙한 모양이었다. "이걸 내가 어떻게 알지? 그…… 그 시합은 한 번도 생각해본 적이 없는데! 어떻게…… 어떻게 그걸 기억하지?"

"다치기 전의 일이니까요." 롬바르디는 쥐를 잡은 고양이처럼 만족스런 미소를 지었다.

***

보덴슈타인은 반사막을 입힌 유리창으로 두 개의 조사실을 동시에 볼 수 있는 모니터실에서 나와 피아와 롬바르디를 기다리지 않고 뒷문으로 나갔다. 그러고는 계단에 앉아 담배에 불을 붙인 뒤 한 모금 깊이 빨았다.

기억을 잊고 산다는 건 얼마나 끔찍한 일일까! 인간의 생존 의지라는 건 또 얼마나 대단한가! 가벼운 정신장애자의 모습 뒤에 가려진 레오의 삶에서는 기쁜 일이 있었을까? 미래 전망은 있었을까? 삶을 살아갈 만한 것으로 만들어주는 행복하고 즐겁고 흥분되는 순간들이 있었을까? 삶의 질이라고 할 만한 것이 전혀 없었을 텐데 어떻게 하루하루를, 1년을 계속 버틸 수 있었을까? 레오와 그 어머니는 지금껏 연좌제처럼 한통속으로 묶여 죄인 취급을 받고 배척당하며 살아오지 않았던가!

보덴슈타인은 문득 옛 상관이던 프랑크푸르트 살인 사건 전담반의 멘첼이 좌우명으로 삼았던 말이 떠올랐다. 과거의 흔적을 뒤쫓아라!

그렇게 과거의 흔적을 하나하나 더듬어 가보니 보덴슈타인 자신이 있었다. 그날 저녁 그가 〈보난자〉를 보지 않고 아르투어를 집에 데려다주었다면 친구들은 아르투어를 숲에서 만나지 못했을 것이다. 그랬다면 아르투어는 로지와 마주칠 일이 없었을 테고, 지금쯤 결혼해서 행복하게 살고 있을 것이다. 막시도 언젠가 나이 들어 죽었지 클라우스 크롤의 손에 목이 비틀려 죽지는 않았을 것이다. 레싱 박사는 아무도 협박하지 않았을 것이고, 레오는 장애인이 되지 않았을 것이고, 그 부모도 은퇴할 때까지 잡화점을 운영했을 것이고, 수십 년 동안 그렇게 많은 사람들을 죄책감으로 몰아넣는 일도 일어나지 않았을 것이다. 게다가 로지와 클레멘스, 마우러 신부도 살해되지 않았을 것이고, 파울리네도 혼수상태에 빠지지 않았을 것이고, 펠리치타스의 목도 그어지지 않았을 것이다. 이 모든 의도치 않은 불행의 시발점에 그 자신이 있었다. 쓰디쓴 진실이었다.

대체 자신이 무슨 일을 저질렀는가? 보덴슈타인은 극심한 죄책감에 사로잡혔다. 아무도 그에게 손가락질을 하지 않고 책임을 묻지 않았지만, 그게 오히려 더 최악이었다.

***

모두들 밤을 꼴딱 새웠다. 그럼에도 집으로 돌아가 잠을 청하려는 사람은 아무도 없었다. 피아가 둘러보니 하나같이 지치고 고단한 얼굴들이었다. 그렇다고 수사에 딱히 진척이나 성과가 있는 것도 아니었다. 모든 흔적이 막다른 골목에서 꽉 막힌 상태였다. 레오와 엘리아스의 첫 심문 결과 둘 다 펠리치타스의 살해와 파울리네의 피습에 관련이 없어 보였지만, 부검 결과 범행 시각으로 추정되는 일요일 저녁 20시에서 20시 30분까지 알리바이가 없었다. 범인은 다시 한 번 그들을 혼선에 빠뜨렸다. 레오의 오두막에 살인 무기와 피 묻은 티셔츠를 갖다놓은 것이 그 증거였다.

카트린이 모두를 위해 아침 식사를 준비했다. 햄과 치즈를 얹은 빵과 진한 커피가 모두에게 약간의 활기를 불어넣었다. 킴과 롬바르디는 엘리아스의 심문을 끝내고 레오를 심문하기 전에 잠시 휴식을 취하고 있었다.

"동기, 수단, 기회." 피아가 빵을 씹으며 말했다. "레오는 원칙적으로 그걸 다 갖고 있어. 이 일대를 돌아다녀도 신경 쓰는 사람도 없고. 뭐 그 자체로 이 지역의 자연스러운 풍경인 셈이지."

"게다가 위장의 천재라는 사실도 드러났죠." 셈이 보충했다. "우리가 살인 혐의를 추궁했을 때 레오가 보인 반응도 전부 진실이라고는 믿기지 않아요."

"켈크하임의 베토벤 가에서 저녁놀 요양원까지 걸어서 가려면 꽤 먼 거리예요." 카이가 서류를 뒤적이며 말했다. "에드가 헤롤트는 이른 오후에 레오를 고객 집에 데려다준 뒤 건재상으로 갔다고 하는데, 레오한테는 요양원까지 그렇게 재빨리 다녀올 차가 없었어요."

맞는 말이었다. 피아는 좌절의 한숨을 토해냈다. 파울리네가 혼수상태에서 깨어나거나, 복구 중인 엘리아스의 휴대전화에서 뭔가를 찾아낼 수만 있다면 얼마나 좋을까! 지금 필요한 건 팩트였다. 명확한 증거였다. 추측만으론 충분치 않았다.

"엘리아스는 뭐래?" 피아가 물었다.

"걔한테는 좀 다른 심문 기법을 사용해봤어." 킴이 말했다. 그녀도 무척 지쳐 보였다. 웬만해서는 이런 모습을 보이는 일이 없는 사람이었다. "인지 심문이라는 건데, 다들 알고 계시죠?"

모두 고개를 끄덕였다. 인지 심문은 증인에게 단순히 질문을 던지는 것이 아니라, 본래의 사건 이전으로 돌아감으로써 묻혀 있거나 잊었던 것으로 생각되던 기억을 일깨우는 방법이었다. 이 심문에서 피질문자는 우선 평소의 사소한 일이나 걱정, 행복한 경험처럼 사건 이전의 평범한 일상을 떠올려야 했다. 간혹 특별한 냄새나 특정한 감정에 대한 기억만으로도 본래 사건의 올바른 맥락을 짚기에 충분할 때가 있었다. 인지 심문의 두 번째 기법은 증인이 직접 겪은 것을 성찰할 수 있도록 기억의 순서를 바꾸는 것이 그 핵심이었다. 그러니까 순차적으로 접근하지 않고 어떤 사건의 끝이나 중간쯤에서 시작하는 것이다. 세 번째 기법은 증인의 관점을 바꾸는 것이었다. 그런데 이런 인지 심문은 진술할 마음이 있는 사람들에게만 통했고, 거기다 특수한 방법론적 원칙이 있어서 실제로 적용하는 것은 모든 형사가 자유자재로 구사할 수 있는 기술이 아니었다.

"엘리아스는 지금 넋이 나간 상태예요." 롬바르디가 대꾸했다. "이제야 자기가 펠리치타스 몰린의 죽음에 책임이 있다는 사실을 제대로 인지한 것 같아요. 펠리치타스는 숲속의 집에 혼자 있는 게 싫기도 하고, 또 살인자가 다시 그곳에 나타날까 무섭기도 해서 엘리아스에게 은신처를 제공했습니다. 그러면서 엘리아스한테 계속 경찰에 자수해서 범행 동영상이 담긴 휴대전화를 제출하라고 종용했지만, 엘리아스는 다시 교도소에 들어갈까 두려워서 거부했답니다. 그 말만 들었어도 펠리치타스는 아직 살아 있었을 테고, 파울리네도 혼수상태에 빠지지 않았겠죠."

"그 여자는 반장님과 내가 찾아갔을 때 거짓말을 했어요." 셈이 말했다. "목숨을 대가로 치른 중대 실수였죠."

피아는 고개를 갸웃거리며 생각에 잠겼다. 사망자 넷, 중상자 하나, 트라우마에 빠진 엘리아스, 보상이 불가능한 새로운 죄악······. 왜? 뭣 때문에 이런 짓을 벌여야 했을까? 이 모든 악몽의 출발점이 정말 진부하기 짝이 없는 외도일 뿐일까? 아무튼 작은 눈덩이 하나가 거대한 산사태를 일으켜 수많은 사람들을 몰락시킨 건 분명했다.

"캠핑카 화재가 있던 날 밤에 대한 엘리아스의 기억은 상당히 실망스러워요. 범인을 보긴 했는데 잘 묘사하진 못했어요. 날씬하고 움직임이 유연했다고 하는데, 그것만으론 너무 빈약해요."

"그런데 엘리아스 말로는, 캠핑카 화재 며칠 전에 몰린 부인이 캠핑장 숲길 쪽에서 차를 타고 오는 한 남자를 봤다고 합니다. 그 부인은 엘리아스보다 기억력이 좋았던 모양입니다. 정확히 짙은 색 왜건 한 대가 전조등도 켜지 않고 지나갔다고 하니까."

규모를 가늠할 수 없을 만큼 넓은 짚더미에 떨어진 또 하나의 작은 바늘이었다.

"랄프 엘러스는 파란색 볼보를 타고 다녀." 보덴슈타인이 지적했다. "물론 컴컴할 때는 그냥 짙은 색으로 보이기도 하겠지만."

"카이, 루퍼츠하인에서 짙은 색 콤비를 타고 다니는 사람이 누구누군지 확인할 수 있을까?" 피아가 물었다.

"원칙적으로는 가능한 일이지만, 시간이 오래 걸릴 겁니다."

"상관없어, 뭐든 해봐야지." 피아가 헛기침을 했다. "오늘 14시에 루퍼츠하인 공동묘지에서 로지와 클레멘스 헤롤트의 장례식이 열려요. 우리도 다 그리 갈 거예요. 반장님과 셈은 그전에 레오 어머니를 다시 한 번 만나보세요. 레오가 당시 주로 뭘 하고 지냈는지, 여가 시간은 누구와 보냈는지, 친구나 적 혹은 질투하는 사람은 없었는지 확인해주세요."

"오케이." 보덴슈타인과 셈은 동시에 고개를 끄덕였다.

"타리크, 자네는 병원으로 가서 파울리네의 상태를 확인해봐." 피아는 젊은 동료의 눈동자가 반짝이는 걸 놓치지 않았다. "필요 이상으로 오래 있지는 말고."

"저는 여기서 전화를 받을게요." 카트린이 말했다. "오스트레일리아로 여행 중인 몰린 부인의 여동생도 수소문해보고요."

"좋아." 피아가 고개를 끄덕였다. "레티치아 레싱은 오늘 내보내도 돼."

"랄프는?" 보덴슈타인이 물었다.

"파울리네 피습과 무관하다는 사실이 명백하게 밝혀지지 않는 한 아직 잡아두고 있어야 해요." 피아는 잠시 생각한 뒤 말을 이었다. "게다가 아직 쓸모가 있을 수도 있어요. 롬바르디와 킴이 레오 켈러한테서 뭘 알아내는지에 따라."

"레오한테도 인지 심문 기법을 사용할 생각입니다." 롬바르디가 말했다. "레오는 피습 시점 이전으로 돌아가는 것에 놀랄 정도로 반응이 좋아요. 게다가 축구 시합에 대한 구체적인 기억이 떠오름으로써 그 이전까지 파고들 수 있는 기준점도 생겼어요. 분명 효과가 있을 겁니다."

"밑져야 본전이니까 그렇게 해봐요." 피아는 쟁반에 놓인 치즈빵 반쪽을 마저 집어 들었다. "이제 난 제보자 안트예 오르텐슈타인과 통화를 해볼 생각이에요. 모두 12시에 여기서 다시 만나요."

"참, 사진!" 보덴슈타인이 소리치며 의자에서 일어섰다.

"아버지가 어제 클레멘스의 사진을 돌려주셨어. 차에서 가져올 테니까 레오한테 보여줘. 기억을 떠올리는 데 자극이 될 수도 있으니까."

"좋은 생각이에요." 피아가 고개를 끄덕였다.

임무가 나누어지자 다들 흩어졌다. 피아는 처음으로 마지막 퍼즐 조각이 손에 잡힐 듯 가까워진 느낌이 들었다. 그와 함께 뭔가 퍼뜩 떠올랐다.

"아, 반장님!"

보덴슈타인이 돌아보았다.

"다들 생각하는 것과는 달리 레오 켈러가 장애가 없다는 사실을 사람들한테 알리는 것도 도움이 되지 않을까 싶어요." 피아가 싱긋 웃었다. "포코르니 빵집에 들러 커피 한잔 마시면서 슬쩍 귀띔만 해줘도 온 마을에 금방 퍼지지 않겠어요?"

***

신호가 갔다. 피아는 계속 기다렸다. 지금은 자신의 사무실로 옮긴 상태였다. 아래층보다 여기가 집중하기에 더 좋았다. 그녀가 막 전화를 끊으려는 찰나에 상대방이 헐레벌떡 전화를 받았다. 안트예 오르텐슈타인은 숨찬 목소리로 너무 늦게 받아 미안하다면서 손자들을 돌보느라 어쩔 수 없었다고 했다. 유치원이 몇 주 전부터 교사 파업으로 문을 닫은 데다 딸까지 방금 병원에 갔다는 것이다. 피아는 부인의 수다를 한동안 가만히 들어주었다. 증인의 경우, 뭔가 한마디를 얻어내는 데도 진을 빼야 하는 사람보다는 수다쟁이가 백번 나았기 때문이다. 오르텐슈타인은 슈나이트하인에서 태어나 쾨니히슈타인에서 학교를 다녔다. 부모는 작은 농장을 갖고 있었고, 아버지는 회히스트 주식회사에서 일했다. 용돈을 넉넉히 받을 수 없는 형편이라 자신의 꿈인 미국 여행을 이루기 위해 일찍부터 아르바이트를 했다. 그런데 '카페 크라이너'에서 제과제빵 견습생으로 일하면서 받는 돈은 얼마 되지 않아 1971년 여름부터는 "스위트 푸시캣"에서 일했다. 주중 세 번, 토요일 저녁에 한 번. 거기서 로지 헤롤트를 자주 봤고, 그 기억이 나서 텔레비전에서 기자회견 방송을 보는 순간 핫라인으로 전화를 걸었다고 했다.

"로지는 항상 목요일 저녁에 친한 여자친구랑 같이 왔어요. 시민대학에서 무슨 강좌를 듣는다고 했는데, 그걸 마치고 오는 거였죠." 오르텐슈타인이 말했다. "내가 보기엔 그냥 바깥 공기를 좀 쐬고 싶거나, 아니면 심심해서 강좌를 듣는 것 같았어요. 그래서 틈만 나면 남자들한테 샴페인을 얻어 마시고, 같이 시시덕거리는 걸 좋아했죠."

"로지 헤롤트가 특별하게 만나는 남자는 있었나요?" 피아가 물었다.

"아뇨, 그렇진 않았던 것 같아요. 우리 술집엔 단골이 많았지만, 쾨니히슈타인으로 몇 주간 휴양 온 손님들도 있었어요. 로지는 친구보다 일찍 갈 때가 많았는데, 그럴 때마다 친구는 입을 샐쭉거리며 이렇게 말했어요. '로지는 이제 숨겨둔 애인을 만나러 가요.'"

"그 친구 이름은 기억나시나요?"

"그럼요!" 오르텐슈타인 부인은 뛰어난 기억력의 소유자였다. "들을 때마다 참 이국적이고 아름다운 이름이구나, 하고 생각했으니까요. 에스테파니아 우고넬리였어요! 이탈리아 여자였는데 정말 그림처럼 예뻤죠. 긴 흑발에 커다란 눈이 꼭 지나 롤로브리지다 같은 스타일이었어요. 로지와는 달리 아직 미혼이었는데, 그 때문에 로지가 늘 부러워했죠. 에스테파니아는 남자를 낚아 맘껏 놀 수 있었지만, 자기는 시간이 되면 남편과 아이들이 있는 집으로 돌아가야 했으니까요."

피아는 흥분으로 가슴이 뛰기 시작하는 걸 느꼈다. 여자들은 가장 친한 친구에겐 마음속 비밀을 털어놓는 경향이 있었다. 로지도 그랬을까? 자신이 은밀하게 만나는 남자에 대해 에스테파니아에게 얘기했을까? 그 여자친구는 아직 살아 있을까? 살아 있다면 특이한 이름 때문에 찾는 건 어렵지 않을 것 같았다. 카이한테 부탁해야겠다는 생각을 했다.

"언제부턴가 에스테파니아 혼자 왔어요. 하지만 로지가 없어서 그런지 그전만큼 재미있게 놀지는 못했어요."

"로지는 왜 함께 못 왔나요?"

"남편이 외출 금지령을 내렸다고 들었어요. 로지가 푸시캣에 드나드는 걸 안 거죠. 누가 얘기를 했을 거예요. 뭐 사실 놀랄 일도 아니죠. 오히려 그렇게 오랫동안 몰랐다는 게 더 이상하죠." 부인이 한숨을 내쉬었다. "그때는 지금과 다른 시절이었다오. 유부녀가 그런 유흥업소에 드나들면 손가락질 받는 시절이었으니까. 로지는 남편한테 심하게 맞았어요. 그 뒤에 아이가 덜컥 들어섰어요."

"그게 언제였죠? 기억나시나요?"

"음." 부인은 잠시 생각하는 눈치였다. "나는 1973년 크리스마스까지 일했는데, 그땐 로지가 가게에 오지 않은 지 벌써 꽤 됐어요. 그러니까 마지막으로 온 게…… 1972년 여름이었던 것 같네요. 그 뒤로 쾨니히슈타인의 장터나 '카페 크라이너'에서 몇 번 만난 적이 있지만, 뭐 시답잖은 얘기만 몇 마디 주고받고 헤어졌죠."

"에스테파니아가 어디 살았는지는 기억하시나요?"

"피시바흐요." 부인이 대답했다. "둘은 항상 각자 차를 갖고 왔어요. 대개 집에 돌아갈 때쯤에는 제법 취해 있었지만, 아시다시피 그때는 제대로 된 음주단속이라는 게 없었잖수. 게다가 로지는 쾨니히슈타인 경찰에 꽤 쓸 만한 백이 있었어요. 내 기억이 정확하다면 거기 파출소장이 이웃사람이라고 했던 것 같은데……. 아무튼 그 남자도 우리 가게에 자주 왔는데, 보아하니 로지한테 잔뜩 눈독을 들이고 있는 것 같았어요. 나중에 뭐 트랙터 사고로 죽었다는 얘길 얼핏 들었어요."

피아는 감전이라도 된 듯했다. 레싱 박사의 처남인 라이문트 피셔 파출소장은 당시 강력반의 개입을 며칠이나 지연시킨 장본인이었다. 그렇다면 그건 지금까지의 가정과는 달리 레싱의 사주가 아닌 로지의 부탁을 받고 한 일이었을까? 피셔는 정말 사고로 죽었을까? 혹시 위험할 정도로 너무 많은 걸 알고 있어서 누군가에 의해 제거된 건 아닐까? 레오 켈러의 집에서 발견된, 선이 그어진 명단에서 피셔의 이름은 맨 위에 있었다. 그것은 무슨 뜻일까?

***

"기름 넣는 걸 깜박했어요." 리더바흐 언덕에 이르렀을 때 셈이 계기판을 보면서 말했다. "이런 젠장!"

"왼쪽으로 꺾어." 보덴슈타인이 스마트폰에서 고개를 들었다. 로렌

츠가 왓츠앱으로 메시지를 보내왔다. 순간 그는 아들에게 며늘애의 부친이 누군지 알아냈다는 사실을 알려야 할지 잠시 고민했다. "켈크하임의 셸 주유소에서 기름을 넣고 피시바흐를 지나 루퍼츠하인으로 가면 돼."

"알겠습니다." 셈은 깜빡이를 켰고, 켈크하임 중앙공동묘지를 지나 교차로에서 켈크하임으로 진입했다. 주요소가 한산해서 주유기 옆에 바로 차를 댈 수 있었다. 셈이 주유하는 동안 보덴슈타인은 아들에게 답신을 보냈다. 며늘애가 30년 동안 모르고 있던 친부의 존재를 이런 메신저로 간략하게 알려주는 건 아무래도 도리가 아닌 듯했다. 게다가 앞으로 손자들이 태어나면 다른 사람도 아니고 페터 레싱과 혈연으로 엮일 수밖에 없다는 생각에 심정이 복잡했다. 그래서 토어디스의 아버지가 누군지 알았지만 휴대전화가 아니라 며늘애를 직접 만나서 알려주겠다고 답했다. 그때였다. 차창을 두드리는 소리에 화들짝 놀라 고개를 들었다. 무성한 콧수염에 얼굴이 불그스름한 남자가 차 안을 들여다보고 있었다. 보덴슈타인은 어리둥절한 표정으로 그를 바라보았다. 남자를 알아보기까지는 몇 초가 걸렸다.

"아, 데틀레프!" 자동차에 그냥 앉아 있으면 예의가 아닐 것 같아 그는 차에서 내렸다.

"어이, 올리버, 여기서 뭐해?" 소냐 슈레크의 남편은 기름때 묻은 작업복을 입고 있었고, 손가락이 새까맸다. 보덴슈타인은 그가 주유소 내 자동차 정비소에서 일한다는 사실을 퍼뜩 떠올렸다.

"기름 넣으려고요." 그가 건성으로 대답했다. "여기서 뭐하세요?"

"뭐하긴 뭐해? 여기가 내 일터인데." 데틀레프가 고갯짓으로 정비소를 가리켰다.

"장례식에는 안 갑니까?"

"안 가. 클레멘스를 좋아하지도 않던 사람이 이제 와서 무덤 앞에서 슬픈 표정을 짓고 있을 순 없잖아!" 그는 입을 비죽거리더니 작업복 멜빵 밑으로 엄지를 쑥 밀어 넣었다. 보덴슈타인은 다리를 넓게 벌리고 똥배를 내민 채 경멸하듯이 싱글거리는 이 불그스름한 얼굴을 보면서 소냐가 왜 그렇게 체념한 채 살아갈 수밖에 없는지 이해가 되었다. "게다가 장모님도 우리 소냐를 무척 힘들게 했어. 그래서 장모님이 죽은 것도 안 슬퍼."

그 말을 들은 셈은 눈썹만 치켜들었다.

"레오를 가뒀다고 하던데?" 데틀레프의 멀건 눈이 갑자기 반짝거렸다. "옆집 사는 루제 엘프리데한테 들었어. 레오 집도 수색했다면서? 그 멍청이를 어쩔 생각이야?"

데틀레프가 창문을 두드린 건 순전히 호기심 때문이었다.

"레오는 우리 모두를 아주 감쪽같이 속였어요. 지금도 어이가 없어 말이 안 나오네요." 보덴슈타인은 서툰 친밀감을 드러냈다. "40년 동안 정신장애가 있는 것처럼 행동하고 말을 더듬고 중얼거린 건 다 연기였어요! 실제로는 지극히 정상적으로 얘기한다니까요."

"에잉?" 데틀레프의 눈이 휘둥그레졌다. 방금 자신이 들은 소식이 대뇌 피질로 스며들어 서서히 각인되는 과정이 표정에서 뚜렷이 드러났다. "레오가? 말도 안 돼!"

"그러게요. 저도 이해가 안 됩니다." 보덴슈타인은 고개를 저었다. "우린 지금 모두 완전 멘붕 상태예요. 특히 레오가 우리한테 해준 얘기를 듣고는 더 그랬죠. 그렇게 오랫동안 다들 약간…… 덜떨어진 사람이라고 생각했는데 전혀 아니었어요."

"레오가? 말도 안 돼!" 데틀레프는 짧은 호흡의 가성으로 같은 말을 반복했다. "어떻게 그럴 수가 있지?"

"옛날에 친구였죠? 혹시 당시 레오한테 여자친구가 있었습니까? 아니면 레오가 좋아하던 여자라도?"

"파트리치아와 좀 같이 다녔지. 길게는 아니지만." 데틀레프가 어깨를 으쓱했다.

"파트리치아? 야콥의 부인?" 보덴슈타인이 확인했다.

"맞아. 그땐 다들 파트리치아 뒤를 졸졸 따라다녔어. 물론 그 여잔 우리 같은 것들은 거들떠도 안 봤지만." 그의 목소리에 해묵은 원망이 묻어났다. "그 여자가 원한 건 야콥이었어. 야콥 외엔 어떤 남자도 눈에 안 찼어. 변호사 마누라 같은 귀부인이 꿈인 사람이었으니까. 그래서 거기다 다 걸었어. 하지만 야콥은 약혼한 여자가 있었어. 게다가 파트리치아한테 별 관심도 없었고." 데틀레프의 이죽거리는 웃음이 좀 더 일그러졌다. "그래서 파트리치아만 우스운 꼴이 되고 말았지."

주유기에서 딸깍 소리가 났지만 셈은 차 옆에 그대로 서 있었다.

"하지만 파트리치아는 그 정도로 포기할 여자가 아냐. 그때부터 아주 영악했지. 그 여자는 계획을 세웠고, 야콥은 그 덫에 완전히 걸려들었어." 데틀레프가 키득거리며 고소해했다. "사육제 때 저기 초록숲 술집에서 거지 분장 무도회가 열렸는데, 그때 잔뜩 꼴려 있던 야콥이 남자 화장실에서 파트리치아와 그 짓을 한 거야. 레오는 그것도 모르고 밴드 악기만 열심히 차에 싣고 있었고."

"그걸 어떻게 알아요?"

"우리도 거기 같이 있었으니까." 데틀레프의 붉은 얼굴이 좀 더 붉어졌다. "클레멘스와 내가 망을 봐줬거든. 그런 일은 전에도 자주 있었어."

"대단한 친구들이었네요." 보덴슈타인이 말했다. 언청이에 여드름 투성이였던 데틀레프는 잘생긴 외모의 야콥을 부러워했는데, 그런

261

그가 야콥과 여자들의 섹스 장면을 지켜보면서 잔뜩 몸이 달았을 상상을 하니 역겨움으로 소름이 돋았다.

"뭐, 그때는 그랬지." 데틀레프는 자신의 고소한 심정을 드러내는 걸 조금도 부끄러워하지 않았고, 양심의 가책도 전혀 느끼지 못하는 듯했다. "그 일로 한방에 바로 임신이 될 거라고는 정말 상상도 못했어." 그가 음탕하게 웃었다. "몇 달 뒤 야콥이 주말에 부대에서 휴가를 나왔을 때 파트리치아가 임신 사실을 말했어. 그 일로 그 친구가 우리 앞에서 늘 자랑스럽게 떠벌려대던 그 거창한 계획들도 다 끝나버리고 말았지. 대학도 못 가고 외국에도 못 가고, 그냥 결혼해서 루퍼츠하인에 눌러앉게 된 거지!" 데틀레프는 오랜 세월이 지났는데도 여전히 고소한 모양이었다. "그 똑똑한 야콥이 아주 제대로 걸린 거지! 우린 그 일로 야콥을 신나게 놀려 먹었어. 특히 클레멘스가 심했지."

"레오는 자기 애인이 친한 친구의 애를 가진 것에 어떤 반응을 보였습니까?" 셈이 물었다.

"좋을 리가 있겠소?" 데틀레프가 말했다. "하지만 어쩌겠소? 이미 엎질러진 물인걸."

"그럼 당신은 어땠습니까?" 셈이 계속 캐물었다. "레오가 한 아이를 살해하고 자살을 기도했다는 얘길 들었을 때 당신과 당신 친구들은 어떤 생각이었습니까?"

데틀레프는 입 안에 바람을 넣어 뺨을 부풀리더니 돼지처럼 작은 눈을 실룩거리며 셈과 보덴슈타인을 번갈아 바라보았다. 그러고는 더러운 손으로 빤질빤질한 머리통을 쓸었다.

"우린 그 일이 믿기지 않았소." 그가 잠시 망설이다가 답했다. "그 말은 누군가와 오랫동안 알고 지내면 그 사람이 그런 짓을 할 거라고는 상상이 안 된다는 뜻이오."

"하지만 당시 경찰에는 그렇게 말하지 않았던 것으로 아는데요."

"예. 아뇨. 기억이 나지 않아요." 데틀레프는 대답을 회피했다.

"그때 정말 무슨 일이 있었는지는 알고 계셨습니까?"

"아뇨, 전혀 몰랐어요. 정말이오!" 불쾌감이 불안감으로 바뀌고 있었다. "많은 말이 나돌았는데, 언제부턴가 그냥 그런 말을 믿은 거요."

"레오 켈러는 사실 자살을 기도한 게 아니라 누군가에 의해 공격을 받았습니다. 이 말을 들으니 어떻습니까? 의외인가요?" 셈이 물었다.

"뭐…… 뭐라고요? 아뇨. 아, 아니, 그러니까 예…… 정말 깜짝 놀랍네요." 남자는 초조한 듯 말을 더듬었다. "대체 누가 그런 짓을 했답니까?"

"그게 문제의 핵심이죠." 셈은 데틀레프가 시선을 피할 때까지 뚫어져라 바라보았다. "혹시 지금 거짓말을 하고 계신가요? 뭔가 아는 거라도 있나요? 살인자를 알면서도 숨기는 건 아닌가요?"

데틀레프는 새파랗게 질려 한 발짝 뒤로 물러났다. 좀 전까지 거들먹거리던 태도는 온데간데없었다.

"아뇨, 절대 아뇨. 그런 게 어디 있겠소?" 그는 목소리도 제대로 나오지 않았다. "맹세해요. 난 아무것도 몰라요!"

"클레멘스 헤롤트는 왜 그렇게 싫어하셨나요? 친한 친구 사이 아닙니까?" 셈이 완강하게 몰아붙이는데도 보덴슈타인은 내버려두었다. 이제 데틀레프의 대답은 귀에 들리지도 않았다. 아니, 관심조차 없었다. 엄청난 의심이 조금씩 그의 의식 속으로 파고들고 있었기 때문이다.

***

주민센터에 문의한 결과, 에스테파니아 우고넬리는 아이펠 지역의 프륌에 살고 있었다. 로지의 이 옛 친구는 결혼한 적이 없든지, 아니면 결혼 뒤에도 본인의 성을 계속 고수하고 있든지 둘 중 하나였다. 어쨌든 특이한 이름 덕분에 그녀를 찾는 일은 상당히 수월했다. 카이는 인터넷을 통해 그녀가 간단한 우편 업무를 겸하는 상점을 운영하다가 그사이 처분한 사실도 알아냈다.

카이가 에스테파니아에게 연락하는 동안 피아는 니콜라 엥엘과 함께 조사실 옆의 모니터실에 앉아 있었다. 롬바르디와 킴은 일체의 암시성 질문을 배제한 채 레오 켈러의 기억 아래 묻혀 있는 정보들을 무한한 인내심으로 집요하게 끄집어내고자 노력하고 있었다. 레오 역시 최대한 협조하려고 애썼지만, 40년의 세월이 흐르는 동안 기억 덩어리는 들은 것과 체험한 것이 뒤섞여 질퍽거리는 잡탕이 되어 있었다. 게다가 레오가 진실을 알아내고자 찾아다닌 심리치료사와 심리학자, 최면술사, 점성술사들도 그의 머릿속 상들에 영향을 끼치고 그 상들의 왜곡에 한몫하고 있었다. 피아는 심문 과정을 지켜보면서 보덴슈타인이 전화로 알려준 데틀레프와의 대화 내용을 생각하고 있었다. 무의식은 그녀에게 무언가를 전달하고자 무진장 애를 쓰고 있었지만, 그게 뭔지는 분명히 잡히지 않았다. 그게 뭘까?

"이게 무슨 짓인지 모르겠군." 엥엘 과장의 말에 피아의 생각은 중단되었다. "시간 낭비 아닌가요?"

"우리의 유일한 희망이기도 합니다." 피아가 답했다. "사건 맥락 중간중간에 구멍이 뚫려 있으면 정황 증거들이 다 무슨 소용이겠어요? 지금까지 이 사건은 전체적으로 가정과 가능성들뿐입니다. 그런 상황에서 이 사건의 유일한 목격자는 저 사람일 가능성이 큽니다."

"하지만 뇌손상으로 아무것도 기억하지 못하고 있잖아요." 엥엘이 비판적으로 덧붙였다. "어쩌면 저자도 우리를 속이고 있는 건지도 몰라요."

"그럴 이유가 어디 있겠어요?" 피아는 반사막 유리창으로 보이는 레오의 얼굴에서 눈을 떼지 않았다. 그는 집중 심문으로 무척 힘들어했지만, 그럼에도 기억을 되살릴 수 있는 불씨를 찾아 줄곧 옛날 사진들을 들여다보고 있었다.

몇 시간 전만 해도 피아는 레오가 그들이 찾는 범인이라고 확신했지만 그사이 생각이 바뀌었다. 그럴 만한 동기가 충분치 않았던 것이다. 로지가 설령 신부에게, 젊었을 때 몰래 만난 남자가 레오였고 그와 함께 아르투어를 죽였다고 고백했더라도 그에게는 달라질 것이 없었다. 그는 여전히 공식적으론 아르투어의 살인범으로 알려져 있었기 때문이다. "레오는 지금이 명예 회복의 기회라고 생각하고 최대한 그 기회를 이용하려고 할 겁니다. 더는 지금까지처럼 살고 싶지 않을 테니까요. 그와는 별도로 우린 모레 집단 유전자 검사를 실시할 겁니다."

"그것도 비교 샘플이 없으면 별 도움이 안 될 것 같은데."

"샘플은 당연히 있죠." 피아가 허리를 꼿꼿이 폈다. "로지의 딸 소냐가 자신의 DNA를 제공했습니다. 연구실에서 남자들의 DNA 분석을 통해 친부를 가려낼 겁니다."

"나무만 쫓다 전체 숲을 보지 못하는 일이 없도록 해요." 과장이 말했다. "크게 보라는 뜻이에요. 비판이 아닌 충고로 이해해줘요."

"감사합니다." 피아는 쓸쓰레하게 중얼거렸다. 과장의 말에 뭔가 적당하게 대구할 말이 있었으면 좋았겠지만 적당한 말이 없었다. 엥엘이 정확히 가장 아픈 곳을 건드렸던 것이다. 그들은 분명 뭔가를 놓치고 있었다. 여러 단서들이 어지럽게 뒤섞이면서 올바른 단서조차 부차적인 정보와 가정들 사이에서 정처 없이 떠돌고 있었다. 그 단서는 손에 잡힐 듯 잡힐 듯하면서도 잡히지 않았다. 어쩌면 식상할 만큼 너무 뻔해서 그럴 수도 있었다. 지금이야말로 팩트를 정리하고 몇 가지 모순되는 부분을 제거할 때였다. 피아는 스피커에서 흘러나오는 조사실의 목소리들을 한쪽 귀로만 듣고 있었다. 그러다 갑자기, 정말 갑자기 하나의 깨달음이 머릿속에서 전깃불처럼 번쩍 켜졌다. 그녀는 누가 뜨거운 물을 붓기라도 한 것처럼 펄쩍 뛰어올라 복도로 뛰어나가더니 옆방 조사실 문을 홱 열어젖혔다. 원래는 심문 도중에 갑자기 뛰어드는 건 금물이었지만 지금은 그런 걸 가릴 때가 아니었다. 롬바르디와 여동생 킴의 화난 눈초리도 전혀 눈에 들어오지 않았다.

"칼을 돌돌 말았던 그 티셔츠요!" 피아는 흥분해서 레오에게 소리쳤다. "그거 언제 마지막으로 입었어요?"

"모…… 모르겠어요." 레오 켈러는 불안한 표정을 지었다. "그런 티셔츠는 열두 장이나 있어요. 작업복이죠."

"보통 어디다 보관합니까?"

"거기…… 일터의 개인 사물함이요. 그게 왜 중요합니까?"

"세탁은 집에 가져가서 하시나요?"

"아뇨. 작업복이 더러워지면 세탁물 컨테이너에 그냥 던져놓아요. 그러면 세탁 회사에서 일주일에 한 번씩 수거해 가요. 그때 그 전주에 수거해서 세탁한 옷을 다시 우리 개인 사물함에 넣어주죠."

"세탁물 컨테이너는 어디에 있습니까?"

"시청 지하실이요. 탈의실 옆에."

"거긴 누구나 들어갈 수 있습니까? 아니면 잠겨 있나요?"

"아…… 아뇨. 잠겨 있지 않아요." 레오는 여전히 영문을 모르겠다는 표정이었다. 지금 자신이 하는 대답이 자신에게 유리한지 불리한지도 판단이 서지 않았다.

"고맙습니다." 피아는 재빨리 대답하고는 다시 밖으로 튀어나갔다. 그 바람에 문 앞에서 엥엘 과장과 부딪칠 뻔했다.

"무슨 일인지 설명이라도 좀……." 과장이 말을 걸었다.

"시간이 없어요!" 피아가 말을 가로챘다. "랄프 엘러스하고 할 얘기가 있어요! 그 사람을 이리로 좀 보내주시겠어요?"

"거야 뭐 어렵지 않지만……." 엥엘은 어리둥절한 얼굴로 피아를 바라보았다.

피아는 한 번에 세 칸씩 계단을 뛰어올라갔다. 제아무리 영악한 범인도 언젠가는 실수를 저지르게 돼 있었다. 그녀가 방금 그것을 찾아낸 것이다.

*****

보덴슈타인과 셈이 켈러 부인의 집에 도착해 차에서 내렸을 때 그녀는 이웃집 부인과 함께 있었다.

"안녕하세요, 하르트만 부인." 보덴슈타인이 그의 동창인 안드레아스의 어머니에게 인사했다. 털스웨터에 긴 조끼앞치마를 입은 엘리자베트 하르트만은 빵 봉투를 들고 있었다. 반백의 짧은 머리에 작고 다부진 사람이었는데, 평생의 노동으로 거칠어진 손은 여전히 많은 일을 할 수 있을 것처럼 힘차 보였다.

"우리 레오는 지금 어쩌고 있나?" 켈러 부인이 보자마자 물었다.

"별일 없으니까 걱정 마세요." 보덴슈타인이 노부인을 안심시켰다. "어젯밤에 그간의 이야기를 모두 털어놨습니다."

"정말인가?" 노부인이 그를 날카롭게 노려보았다.

"그럼요. 이제는 위장하며 살 필요가 없습니다."

셈과 그는 좀 전에 포코르니 빵집에 들러 커피 한 잔에 빵을 하나씩 먹고 오는 길이었다. 코니 포코르니는 홀에 모습을 드러내지 않았지만, 그의 아내는 역시나 두 사람이 레오 켈러에 대해 큰 소리로 주고받는 이야기에 귀를 쫑긋 세웠다. 그러다 마침내 오래 지나지 않아 궁금증을 참지 못하고 아무 핑계나 만들어 그들 자리로 다가왔다. 이제 레오의 오랜 가식적인 삶이 데틀레프와 질비아 포코르니의 입을 통해 오늘 정오에 열릴 장례식 이전까지 온 마을에 퍼질 거라고 보덴슈타인은 확신했다.

"아, 정말 잘됐어." 늙은 켈러 부인의 입에서 한숨이 터져 나왔다. 마을 사람들은 정신장애가 있고 소아성애자로 추정되는 어린이 살해범의 어머니인 그녀를 반평생 동안 나병 환자처럼 꺼려온 것이다. "드디어 그 지긋지긋한 퍼즐이 끝나서 다행이야."

"무슨 퍼즐 말이유?" 하르트만 부인이 궁금해서 물었고, 보덴슈타인은 그녀가 레오를 잘 안다는 사실을 떠올렸다. 레오는 하르트만 부부의 정육점에서 견습생 생활을 했고, 그 사건이 일어났을 때도 거기서 일하고 있었다. 그래서 보덴슈타인은 레오가 그렇게 오랫동안, 그것도 아주 탁월하게 연기를 했다는 사실을 알려주었다.

"왜 그랬을까?" 늙은 정육점집 부인은 어이없는 표정을 지었다.

"자기가 하지도 않은 일 때문에 교도소에 갈까 두려웠겠죠." 보덴슈타인이 대답했다. "당시 경찰은 레오가 아르투어를 성폭행하고 죽였다고 믿었습니다. 게다가 레오의 혐의를 풀어줄 만한 것은 아무것도 없었죠. 하지만 지금은 다릅니다. 아르투어의 유골이 발견되었으니까요."

"좀 앉아야겠어." 하르트만 부인은 여전히 어안이 벙벙한 표정으로 중얼거렸다. 상황을 완전히 이해하기까지는 시간이 좀 걸리겠지만, 벌써부터 양심의 가책을 느끼는 징후가 나타나고 있었다. 언젠가 전후 사정이 모두 드러나면 마지막 숨을 거둘 때까지 가책을 떨칠 수 없을 것이다. 그녀 역시 레오와 그 어머니에게 죄를 지은 사람 중 하나였기 때문이다. 그녀 자신도 그걸 잘 알고 있었다.

"그래, 앉아요, 앉아, 엘리자베트." 보행기에 의지하고 있던 쾰러 부인이 고갯짓으로 대문 앞 벤치를 가리켰다. 눈동자는 의기양양으로 반짝거렸다. 갑자기 사람 자체가 달라진 듯했다. 심지어 무거운 짐을 내려놓아서 그런지 몇 년은 더 젊어 보였다.

하르트만 부인은 벤치에 털썩 주저앉았다. 그러더니 하얗게 질린 얼굴로 자기 목을 잡았다. "그 말은 레오가 그러지 않았다는…… 그러니까 그게……."

"걔는 바보가 아니었어요!" 쾰러 부인이 힘주어 말했다. "죄가 없어서 그런 행동을 한 것뿐이었어요. 당신들 모두가 우리 애한테 못할 짓을 했어요!"

"그럼 그때 왜 스스로 목숨을 끊으려 한 거유?"

"레오가 한 게 아닙니다." 보덴슈타인의 말에 하르트만 부인은 또다시 영문을 모르겠다는 눈길을 던졌다. "누군가 도축용 총으로 레오를 죽이려고 했어요. 레오가 뭔가를 알고 있었기 때문이죠. 우리 판단은 그렇습니다."

***

엥엘 과장은 정말로 한 시간 안에 랄프 엘러스를 구치소에서 수사과로 데려왔다. 그사이 카이는 에스테파니아 우고넬리의 전화번호를 알아냈지만, 전화 연결이 되지 않아 아이펠 지역의 동료들에게 협조를 요청했다. 그래서 현지 경찰이 직접 로지의 옛 친구 집으로 달려가 사정을 얘기하고 피아에게 전화해줄 것을 부탁했다. 이렇게 해서 에스테파니아는 지금 경찰차를 타고 이리로 오는 중이었다.

롬바르디와 피아 맞은편에 랄프 엘러스가 앉아 있었다. 피아는 흥분을 가라앉히지 못하고 속으로 파르르 떨고 있었다.

"내 개들은 어떻게 지내고 있습니까?" 랄프의 첫마디였다.

"켈크하임 동물 보호소에서 잘 지내고 있으니 염려 말아요." 피아가 안심시켰다. "별일 없으면 당신도 곧 개들을 만날 수 있을 겁니다."

"그거 듣던 중 반가운 소리네요." 랄프는 구치소에 갇혀 있어도 전혀 위축된 기색이 아니었다. 감방 경험이 있는데다 원래 주위 시선에도 신경을 쓰지 않았고, 또 경찰이 자신을 오래 잡아둘 수 없다는 사실도 잘 알고 있었던 것이다. "좋아요. 음, 제가 뭘 도와드릴까요, 형사님?"

"1972년 당시의 기억을 떠올려주세요." 피아가 부탁했다. "여름으로요. 아르투어가 실종된 시점으로요."

"그 문제는 이미 끝난 거 아니었던가요?" 랄프는 내키지 않는다는 듯 고개를 저었다.

"당신이나 당신 친구들에 관한 건 끝났습니다. 우린 당신 형의 일이 궁금합니다."

"형이요?" 랄프는 피아에게서 눈을 떼지 않고 과거 일을 기억해내려 애썼다. 잠시 후 얼굴에서 긴장이 풀리더니 웃음을 터뜨렸다.

"맞아요, 그때 아주 재미난 스캔들이 있었죠. 만나는 사람마다 입을 막고 수군거리면서 비웃었던 사건이죠." 그는 당시 상황이 생생히 떠오르는지 싱긋 웃었다. "형은 크리스마스 때 쾨니히슈타인에 사는 아가씨와 약혼을 했어요. 사돈 양반이 도이체방크 은행의 고위직이라 우리 부모는 더할 나위 없이 자랑스러워했죠. 이 쪼그만 동네에서 그만큼 번듯한 혼처가 어디 있겠습니까? 게다가 야콥 형은 뮌헨 대학 법학과에 합격까지 했어요. 어머니는 길에서 만나는 사람마다 붙잡고 아들 자랑 며느리 자랑을 늘어놓았죠. 결혼식에 초대할 손님 명단도 작성하고, 심지어 좌석 배치까지 미리 정해두었어요. 잘나가는 사돈네와 마주앉아 우아하게 샴페인 잔을 건배하는 모습을 상상하며 벌써부터 기뻐했죠." 그가 재밌다는 듯 낄낄거렸다. "그런데 바보같이 형이 다른 여자를 임신시킨 겁니다. 그걸로 결혼은 쫑나고 말았죠. 은행 이사 딸이 파혼을 요구했으니까. 근데 우리 부모한테 더 최악이었던 건 그 잘난 장남이 임신시킨 애가 하필 크롤 집안의 딸이라는 사실이었죠."

"그게 무슨 뜻이죠?" 피아는 야콥 엘러스가 스스럼없이 헨리에테 레싱과 레나테 바제도프 박사의 어깨를 팔로 두르던 모습이 퍼뜩 떠올랐다.

"크롤 집안은 뭐랄까…… 좀…… 문제가 있는 사람들이었어요." 랄프가 설명했다. "자식이 아홉인데 모두 그리 똑똑하지 않았어요. 단 파트리치아는 영악했죠. 형을 제대로 올가미에 옭아매서는 임신 4개월로 접어들 때까지 기다렸다가 임신 사실을 털어놨죠. 크롤 집에서는 당연히 둘이 결혼하길 원했어요. 어찌됐건 자기 딸이 저 꼴이 됐으니 다른 데로 시집가는 건 물 건너갔다는 거죠. 형은 처음엔 완강

히 거부했어요. 넓고 큰 세상으로 나가 출세하고픈 꿈을 가진 사람이
었으니까. 그래서 우리 집은 한동안 난리가 아니었어요. 마을 사람들
은 고소해하며 우리를 비웃었죠. 우리 부모는 남사스러워 얼굴을 들
고 다닐 수 없었어요. 아마 할 수만 있었다면 어머니는 당장 다른 데
로 이사를 갔을 겁니다."

"그게 언제쯤이었죠?"

"둘이 결혼한 게 가을이었어요." 랄프가 대답했다. "마지막까지 버
티다 결국 두 손 든 거죠. 아기가 태어난 게 결혼한 지 3주 뒤였으니
까."

"형은 왜 포기했나요?"

"그 시절은 그랬어요." 랄프가 어깨를 으쓱했다. "파트리치아와 형
은 아직 성인이 아니었어요. 모든 건 부모가 결정했고, 그걸로 끝이었
어요."

"형은 왜 변호사가 되지 않았나요? 그게 꿈이라고 하지 않았나요?"

"처자식이 있으니까 당장 돈을 벌어야 했죠. 처음 몇 년은 우리 집
다락방에서 살았어요. 나가 사는 것보다 그게 경제적으로 훨씬 싸게
먹히니까. 형은 시청 공무원 연수를 마치고 돈을 좀 더 벌게 되었을
때야 독립했어요."

"그 때문에 불만이 많았나요?"

"형한테는 정말 여러 가지로 남부끄럽고 창피한 일이었을 겁니다.
하지만 그런 속내를 겉으로 드러내지는 않았어요. 자부심이 워낙 강
한 사람이었으니까."

"친구들은 어땠나요? 클레멘스 헤롤트, 레오 켈러, 데틀레프 슈레
크는?"

"형은 레오한테 시청에 일자리를 마련해줬어요. 레오만큼은 잘 챙

겼죠. 자살 시도 이후 온갖 소문이 나돌 때도요. 클레멘스와 데틀레프하고는 연락을 끊고 사는 것 같았어요. 물론 클레멘스는 언젠가 루퍼츠하인을 떠나기도 했지만."

"당신이 클레멘스의 여동생 소냐와 결혼했을 때 형은 뭐라고 하던가요?"

순간 랄프 엘러스는 멈칫했다. 처음으로 피아의 질문이 노리는 것이 뭔지 자문하는 듯했다.

"그걸 왜 묻죠?"

"그냥 대답하세요. 반가워했나요? 아니면 결혼을 막으려 했나요?" 피아는 긴장으로 숨이 멎을 것 같았다. 진실은 어두운 밤중에 어디서나 보이는 등대가 아니었다. 컴컴한 구석에 숨어 있다가 밖에서 끈질기게 파고들어야만 간신히 모습을 드러내는 녀석이었다. 피아는 그렇게 했다. 이제는 이 일을 성공적으로 마무리하고 자신의 의심이 옳았음을 증명하기만 하면 되었다.

"음." 랄프는 의아하다는 듯이 바라보았다. "그러고 보니 형은 우리 결혼을 반대했어요. 그것도 여러 차례. 물론 난 형의 말을 귀담아 듣지 않았죠."

"이상하다는 생각은 하지 않았나요?"

"맞아요. 조금 이상하긴 했어요. 평소엔 내가 뭘 하든 별로 신경도 안 쓰던 사람이 말이에요. 사실 형은 나를 안 좋아했어요. 근데 그건 왜 묻는 겁니까?"

"당신 형이 당신 전처의 아버지라고 생각하기 때문이죠." 피아가 대답했다. 랄프는 너무 놀라 벌린 입을 다물지 못했다. "소냐는 1973년 4월 5일에 태어났어요. 당신 형은 1972년 여름에 로지 헤롤트와 내연 관계를 맺고 있었습니다. 그러다 그 관계는 1972년 8월 17일에 갑자기 끝나고 맙니다. 두 사람이 아르투어 베르야코프를 살해했기 때문이죠."

***

"세상에나!" 엘리자베트 하르트만은 입에 손을 갖다 댔다. 놀람이 처음엔 어처구니없음으로, 그다음엔 적나라한 경악으로 바뀌었다. 이 새 소식이 가진 엄청난 파장이 의식의 수평선에서 서서히 파도처럼 밀려오기 시작했다.

"사실 난 레오가 왜 자살을 시도했는지 도저히 이해할 수가 없었어." 그녀가 첫 충격에서 어느 정도 회복한 뒤 느릿느릿 말했다. "겨울에 도축사 시험을 친다고 하던 사람이……."

"당시 레오한테 애인이 있었습니까?"

"아니, 그런 것 같진 않아." 하르트만의 시선이 슬쩍 레오의 어머니에게 향했다. "파트리치아 크롤과 얼마간 사귀긴 했지. 그러다 레오에게 절교를 선언한 파트리치아가 하필 걔와 제일 친한 친구와 결혼하는 바람에 무척 괴로워했지."

"아, 파트리치아!" 켈러 부인의 얼굴이 갑자기 붉으락푸르락 변했다. "우리 레오로는 성이 안 차는 여자였지. 레오는 도축 일을 하는 사람에 불과했으니까! 걘 변호사 여편네가 되길 원했어! 근사한 빌라에서 떵떵거리고 살고 싶어 했지. 근데 보라고. 지금 걔가 어떻게 사는지!" 켈러 부인은 고소해하며 크게 웃었다. "고작 시청 공무원 남편에 방갈로에서 살아! 하!"

"로지는요?" 보덴슈타인이 조심스레 물었다.

"로지?" 켈러 부인이 이마를 찡그렸다. "로지가 뭘 어쨌다고? 결혼해서 아들이 둘이나 있었는데!"

"듣기론 로지가 부부 간의 정조 의무를 그렇게 충실히 지키지 않았다고 하던데……."

두 노부인이 빠르게 시선을 주고받았다. 두 사람은 로지보다 나이가 별로 많지 않았고, 당시 비슷한 또래의 아들들도 있었다.

"그렇긴 했지." 하르트만이 시인했다. "로지는 항상 바람을 피웠어. 다들 알고는 있었지만 쉬쉬했지. 괜히 입을 잘못 놀려 그 집에 분란을 일으키고 싶지 않았던 거지."

"하지만 어느 날인가 그 집 남편이 로지의 외도 사실을 알게 됐어." 켈러 부인이 경멸하듯이 말했다. "그래서 한바탕 난리가 났지. 로지는 두 눈이 시퍼레질 정도로 얻어맞았고. 게다가 로지가 교통사고를 내는 바람에 그 이후론 혼자 차를 타고 나가는 게 금지됐지."

"교통사고요?" 보덴슈타인은 귀를 쫑긋 세웠다. 가슴이 방망이질을 하듯이 두근거리기 시작하면서 갑자기 핵심에 완전히 가까워졌다는 확신이 밀려들었다. 그는 조바심을 간신히 억눌렀다. 재킷 주머니에 넣어둔 휴대전화에서 진동음이 울리기 시작했다.

"차가 상당히 망가졌어." 켈러 부인은 당시 일을 기억하면서 혼자 키득거렸다. "노루를 피하려다 그랬다더군. 하지만 그건 핑계지. 로지가 잔뜩 술을 퍼마시고도 운전대를 잡는다는 건 다들 아는 사실이었으니까."

"라이문트 피셔가 아니었으면 면허도 진작 취소됐을걸." 하르트만이 맞장구를 쳤다. "로지 일이라면 무조건 눈감아주는 사람이었으니까."

보덴슈타인의 예상대로 진실은 그 기나긴 세월 동안 사람들의 머릿속에 여기 조금, 저기 조금씩 남아 있었다. 다들 단편적인 조각을 알고 있었지만, 누구 하나 그 조각들을 하나로 짜 맞추려고 하지는 않았다. 이유는 단순 명료했다. 아무도 그때 일에 관심이 없었고, 그 일을 건드리고 싶지 않았기 때문이다. 아르투어는 이방인이었고, 레오 켈러는 희생양이었다. 다들 그게 자신에게 닥친 일이 아니라는 사실만 기뻐할 뿐이었다.

"로지가 누구와 그렇고 그런 사이라는 소문은 없었습니까?" 그가 캐물었다. 휴대전화는 여전히 웅웅 울리고 있었다. 그는 휴대전화를 꺼내 셈에게 건넸다.

"없었어."

"기억이 안 나."

두 노인은 서로 시선을 애써 피했다. 그도 그럴 것이 인간의 방어 기제인 침묵과 발뺌은 이미 오래전에 제2의 천성으로 변해 인간 마음속 깊이 자리하고 있었기 때문이다.

"여러분이 이런 식으로 계속 입을 닫고 계시니까 살인자가 활개를 치고 다니는 겁니다!" 보덴슈타인의 목소리는 간절했다. "로지는 죽었고 그 남편도 죽었어요. 하지만 레오는 살아 있어요. 두 분이 진실을 밝히는 데 도움을 주신다면 레오는 아동 살인자라는 혐의를 벗을 수 있다고요!"

"반장님……." 셈이 불렀지만 보덴슈타인은 들은 척도 하지 않고 두 노인에게 시선을 고정했다.

"아르투어가 실종되던 날 저녁에 레오가 숲에서 나오는 걸 봤다고 경찰에 익명으로 제보한 사람이 있습니다. 레오가 혐의를 받은 것도 그 때문이고, 피습을 당한 것도 그 때문입니다." 이 지점에서 보덴슈타인은 하르트만 부인 쪽으로 고개를 돌려 자신의 추측을 계속 이야기했다. "게다가 우리는 과거에 레오를 공격했고, 현재 네 사람을 살해한 자가 부인 따님도 죽였을 가능성을 배제하지 않고 있습니다."

"우리 프란치를?" 하르트만은 그대로 굳어버렸다. "그건…… 사고 였는데……."

"미제 뺑소니 사고죠. 라이문트 피셔의 불가사의한 죽음처럼요."

늙은 부인의 아랫입술이 떨리기 시작했다. 눈에도 눈물이 가득 고였다. 그녀는 가슴이 찢어질 듯한 탄식을 토해내더니 몸을 웅크리고 두 손으로 얼굴을 가렸다. 보덴슈타인은 전혀 동정심이 느껴지지 않았다. 진실을 찾아가는 과정에서는 가끔 어느 정도의 잔인함은 피할 수 없었다.

"반장님." 셈이 낮은 소리로 말하더니 보덴슈타인에게 휴대전화를 내밀었다. "이거 읽어보셔야 해요! 꼭이요!"

보덴슈타인은 당혹스럽게 휴대전화를 받아들고는 눈을 가늘게 모았다. 메시지를 읽는 순간 누가 자신의 배를 걷어찬 것처럼 속이 메슥거렸고, 동시에 머릿속 시냅스에 불꽃이 튀었다.

우리가 찾던 범인은 야콥 엘러스예요. 증거가 있어요. 12시 메를린에서 봐요. 그전까지는 아무것도 하지 마세요.

***

"실수하면 안 되니까 다시 한 번 정리하죠." 피아는 단호하고 힘찬 모습으로 테이블 끝에 앉아 있었다. 레스토랑에는 그들뿐이었다. 보덴슈타인에게 전화를 받고 나온 레스토랑 주인이 특별히 그들만 들여보내고 다시 문을 닫았다. 반디의 가게는 공식적으론 아직 문 여는 시간이 아니었고, 오후에 조문객들만 받기로 되어 있었다. 강력반 전원이 모였다.

보덴슈타인은 동료들의 친숙한 얼굴들을 죽 둘러보았다. 집중한 표정, 반짝거리는 눈동자, 고단함과 탈진을 잊게 하는 희열이 모두의 얼굴에서 엿보였다. 목표가 바로 목전이라는 확신이 마지막 힘을 내게 한 듯했다. 이젠 찾아낸 먹잇감을 포위하고 덮치는 일만 남았다.

이번 사건을 수사해오는 내내 보덴슈타인은 자신이 이물질처럼 느껴졌다. 마치 강력반의 정식 구성원이 아닌 것처럼. 피아의 메시지를 읽으면서 좌절감과 자신의 부족함을 뼈저리게 느꼈다. 왜 좀 더 일찍 야콥 엘러스를 떠올리지 못했을까? 어째서 그를 용의선상에서 완전히 배제했을까? 야콥이 당시 군 복무 중이라고 해서? 어떻게 확인해보지도 않고 그가 여기 없었다고 단정할 수 있을까? 그 자신이 이 일에 너무 깊이 연루되어 있어서 객관적이고 냉정하게 판단하지 못한 것일까? 그는 이제 평생 알아왔던 사람들을 완전히 다른 시선으로 보게 되었다. 그것은 마치 온 세상 사물이 갑자기 더 선명하게 보이는 것만큼이나 이상한 느낌이었다.

"야콥 엘러스는 대략 1971년 10월부터 1972년 8월까지 로지 혜롤트와 내연 관계였어요." 피아가 말했다. 보덴슈타인은 집중하려고 애썼다. 이번 사건만 끝내면 돼! 며칠만 참으면 돼! 그 이후엔 모든 게 나와 상관없는 일이 될 거야! "로지의 여자친구 에스테파니아 우고넬리가 말해준 내용입니다."

"증인이 확실하게 그 이름을 얘기했나요?" 니콜라 과장이 물었다.

"아닙니다." 피아가 대답했다. "로지는 자신의 연애 문제와 관련해서 극히 노출을 꺼렸습니다. 기껏해야 이런 암시만 했다고 합니다. '이제 내 병사하고 포복 훈련을 하러 가야지.' 그러면서 의미심장한 몸짓을 하면서 키득거렸다고 합니다. 우고넬리 부인은 두 사람이 어디서 만나는지 알고 있었지만 몰래 따라간 적은 없었답니다."

"야콥 엘러스는 1971년 10월에 입대했습니다." 카이 오스터만이 말을 받았다. "당시는 군 복무 기간이 18개월이었습니다. 야콥은 베츨라르에서 근무했지만, 부대 선임하사와 관계가 좋아 외출을 자주 나갔다고 합니다. 제가 당시 선임하사를 찾아내 통화해봤습니다. 선임하사 말로는 야콥이 거의 매주 목요일 21시경에 부대를 나갔다가 기상 전에 돌아왔다고 합니다. 야콥과 로지는 매주 목요일 저녁 쾨니히슈타인과 루퍼츠하인 사이의 3369번 국도변 숲 주차장에서 만난 것으로 추정됩니다. 그러다 1972년 여름에 야콥은 갑자기 특별 외출을 중지합니다. 당시 선임하사는 정확한 날짜를 기억하지 못했지만, 저는 8월 17일 이후라고 생각합니다."

"우고넬리 부인은 곧 우리와 함께 장례식장으로 갈 겁니다." 피아가 다시 바통을 이어받았다. "야콥은 조문객들 사이에서 부인을 발견하면 분명 반응을 보일 겁니다. 로지의 오랜 친구인 우고넬리 부인이 뭔가를 알고 있을 거라고 생각할 테니까요."

"반응을 보이지 않는다면? 지금까지 나온 모든 것만으로는 살인죄 기소가 충분치 않아요." 과장이 말했다. "어쩌면 부인을 전혀 알아보지 못할 수도 있고."

"아뇨, 분명히 압니다." 피아가 답했다. "부인이 확인해주었습니다."

'반응'이라는 말에 보덴슈타인은 마우러 신부가 버스 앞으로 걸어가다가 넘어졌을 때 그와 나눈 대화 장면이 떠올랐다. 신부는 말 중간에 갑자기 입을 다물고는 의아해할 정도로 당황해하는 태도를 보였다. 이제야 그는 당시 마우러 신부가 그런 반응을 보인 것이 인파 속에서 야콥 엘러스를 봤기 때문임을 깨달았다.

"지역범죄수사국 기술자들이 엘리아스 레싱의 휴대전화를 복구했

습니다." 카이 오스터만이 끼어들었다. "동영상 화질이 별로 좋지는
않지만, 캠핑카에 불을 지른 인물이 야콥 엘러스라는 것은 충분히 알
아볼 수 있습니다. 뒤쪽에 있던 차도 야콥의 것이고요. 빼도 박도 못
할 명확한 증거라고 생각합니다. 파울리네의 옷에 묻은 털은 살짝 곱
슬곱슬한 검정색 개털로 확인되었습니다. 타리크가 알아본 바로는
엘러스도 개를 키우고 있다고 하는데, 그 개가 검정색인지만 확인하
면 됩니다."

"검정색 맞아." 보덴슈타인이 말했다. "검정색에 크고 털이 수북해.
토요일 저녁에 파트리치아한테 성당 열쇠를 돌려주려고 갔다가 야
콥이 막 개를 산책시키고 돌아오는 걸 봤어. 야콥의 신발은 엉망이었
는데 개의 발은 깨끗했어. 에를린의 공사장 근처에서 산책했다고 했
지만 사실이 아닐 가능성이 높아. 그랬다면 개의 발도 더러워야 하니
까. 야콥은 숲친구하우스에 갔다가 나중에 파울리네를 때려눕힌 뒤
낚시터에 차를 빠뜨렸을 거야."

"다른 정황 증거도 많습니다." 카이가 덧붙였다. "일단 야콥은 시청
세탁물 컨테이너에서 티셔츠를 쉽게 빼돌릴 수 있습니다. 게다가 레
오의 오두막을 잘 알고 있고, 친한 친구로서 대문 열쇠와 자전거 열
쇠, 현관문 열쇠도 갖고 있습니다. 또한 루퍼츠하인 어디를 가든 남의
눈에 띄지 않고, 시청에서 저녁놀 요양원까지도 엎어지면 코 닿을 거
리입니다. 마우러 신부를 살해할 때는 아내 모르게 성당 열쇠를 슬쩍
했을 수 있습니다."

"이 지점에서 한 가지 걸리는 문제가 있어요." 니콜라 엥엘이 헛기
침을 했다. "야콥과 레오가 그렇게 친한 사이라면 레오는 왜 그 친구
앞에서까지 연극을 했을까요?"

"야콥을 믿지 않았으니까요." 킴이 대답했다. "야콥은 레오한테 미

안한 마음이 있었을 겁니다. 파트리치아와의 일로 인해 자신도 레오의 자살 기도에 어느 정도 책임이 있다고 생각했을 테니까요. 그래서 시청에 일자리를 마련해주고, 다른 것도 보살펴주었죠. 본인 입으로도 레오한테 애인을 빼앗아서 미안하다고 했답니다."

"실제로는 아마 고마웠을 겁니다. 덕분에 자신은 범행이 발각될 염려를 안 해도 됐으니까요." 롬바르디가 보충했다. "로지 외에는 아르투어 일을 아는 사람이 없지 않습니까?"

"꼭 그럴까요?" 보덴슈타인이 이의를 제기했다. "파트리치아가 남편과 공모했을 수도 있어요."

반시간 전 그는 발렌티나 베르야코프에게서 전화를 받았다. 그녀의 옛 친구 클라우디아가 텔레비전에서 기자회견 뉴스를 보고 핫라인으로 연락을 해서 오늘 아침 뤼네부르크에서 도착했는데, 둘이 함께 옛 추억을 떠올리며 루퍼츠하인을 돌아다니다가 당시엔 대수롭지 않게 여겨졌던 일이 갑자기 떠올랐다고 했다. 정리하면 이랬다. 당시 열세 살 소녀였던 발렌티나, 클라우디아, 프란치스카는 하르트만 정육점 아래쪽 풀밭에 누워 하늘을 쳐다보고 있었다. 8월 말의 후텁지근한 오후였다. 정육점 도축장은 깨끗이 청소를 끝내고, 환기를 위해 문을 활짝 열어둔 상태였다. 그때 한 임신한 여자가 건물 지하실에서 나와 허둥대며 주위를 둘러보았다. 하지만 풀밭에 누운 세 소녀를 미처 발견하지 못한 듯했다. 소녀들은 호기심이 일어 그녀 뒤를 밟았다. 여자는 결연한 걸음걸이로 풀밭 길을 따라 걷다가 마지막에 레오 켈러의 오두막으로 들어갔다. 그리고 15분쯤 뒤 다시 나왔는데, 흐느끼면서 무척 서둘렀다고 했다.

셈이 이어서 켈러 부인과 하르트만 부인에게 들은 얘기를 상세히 전했다. 늙은 정육점집 부인은 레오가 자살을 기도하기 얼마 전 도축장 앞마당에서 야콥과 심하게 다투는 것을 본 적이 있다고 했다. 둘이 무슨 일로 그렇게 싸우는지는 알아듣지 못했지만, 그냥 여자친구를 빼앗긴 걸 두고 다툴 거라고 짐작했다는 것이다. 그런데 그들이 지금 파악한 내용들에 비추어볼 때 두 사람은 전혀 다른 문제로 싸웠을지 몰랐다. 파트리치아 때문일 수도 있지만, 어쩌면 아르투어를 죽인 문제일 수도 있었던 것이다.

"야콥이 범인이라는 증거는 충분합니다." 피아가 말했다. "체포영장도 발부됐습니다. 장례식이 끝나면 덮칠 계획입니다. 셈과 타리크는 출구 근처에서 대기하고, 저와 우고넬리 부인은 조문객들 사이로 들어갈 겁니다. 공동묘지 곳곳에 사복 경찰을 배치했고, 야콥의 집도 감시하고 있습니다. 장례식이 시작되면 마을 진입로를 모두 차단하고, 농로를 비롯해 슐로스보른, 에펜하인, 쾨니히슈타인으로 가는 도로도 전부 봉쇄할 예정입니다. 장례식 장면은 전부 촬영할 것이고, 현장에선 무전으로만 연락을 주고받을 겁니다." 그녀는 시계를 보았다. "현재 시각 13시 10분입니다. 자, 출발합시다! 가서 나쁜 놈을 잡읍시다."

***

수많은 사람이 장례 미사에 참석하려고 성당으로 몰려들었다. 성당 입구에 마련해놓은 조문록 앞에는 사람들의 줄이 길게 늘어서 있었다. 다들 말이 없거나 나직이 얘기를 나누고 있었는데, 여전히 충격에 빠진 모습이었다. 불안과 불신도 뚜렷이 엿보였다. 살인자가 그들 중에 함께 있다는 사실을 알면 어떤 반응을 보일까? 야콥은 아내와 어머니, 그리고 장성한 두 아들 내외와 함께 왔다. 검정 양복에 검정

넥타이를 매고 적당히 슬픈 표정을 짓고 있었다. 겉으로 보면 주변 사람들과 전혀 구분이 되지 않았다. 어느 상황에나 잘 적응하는 카멜레온이었다. 그는 자신의 정체가 노출된 상황을 전혀 모르는 듯했다. 보덴슈타인도 인파 속으로 섞여 들어가 부모와 지인들과 인사를 나누었다. 그들 중 대부분은 그에게 어느 정도 거리를 두었다. 그가 경찰이어서가 아니었다. 그들과 같은 무리가 아니어서였다. 그랬던 적은 한 번도 없었다. 이 사실을 그는 지난 며칠 사이 확실히 깨달았고, 덕분에 이 마을뿐 아니라 어린 시절의 추억과도 작별하는 것이 한결 쉬워졌다.

보덴슈타인은 의식적으로 야콥 엘러스와의 만남을 피해 발 디딜 틈 하나 없이 가득 찬 성당의 고해성사실 옆에 자리를 잡고 섰다. 제단 앞에는 꽃으로 장식된 관이 두 개 놓여 있었다. 로지의 관에는 하얀색 패랭이가, 클레멘스의 관에는 크림색 백합이 장식되어 있었다. 관 뒤쪽에도 장의업체에서 갖다놓은 화환과 꽃다발이 작은 숲을 이루었고, 리본들도 세심하게 펼쳐져 있었다. 달콤한 꽃향기에 보덴슈타인은 머리가 아팠다. 사람들은 자리를 잡기 전에 관 앞에 걸음을 멈추고 잠시 목례를 올렸다. 그는 사람들을 훑어보았다. 루퍼츠하인에 사는 토박이 중에는 빠진 이들이 거의 없었다. 중앙 복도 오른쪽 첫 번째 줄에 에드가 가족이 앉아 있었고, 그 옆으로 소냐와 성인이 다 된 큰 자식들이 나란히 앉아 있었다. 복도 왼편에는 클라우스의 아내 메히트힐트 헤롤트가 앉아 있었는데 시동생과 시누이에게는 눈길 한 번 주지 않았다. 이런 비극으로도 가족 간의 불화는 극복되지 않는 듯했다. 그녀 뒤에는 클레멘스의 직장 동료로 보이는 낯선 남자들이 몇 앉아 있었다. 야콥은 가족들과 함께 두 번째 줄에 있었다. 닷새 전 늙은 마우러 신부를 살해한 성구실 문에서 5미터도 떨어지지 않은 지점이었다. 그럼에도 태연한 표정으로 망자들에게 마지막 예를 표하는 조문객들을 가만히 지켜보고 있었다. 자신이 죽인 사람들이 누워 있는 관을 보면서 무슨 생각을 할까? 마음의 동요는 없을까? 내심 자신의 영리함에 박수를 보내고 있을까? 자신의 완벽한 범행에 흐뭇함을 느끼고 있을까?

야콥의 범행에 대한 압도적인 증거와 정황이 없었다면 보덴슈타인은 저런 침착한 태도를 보면서 또다시 혹시 잘못 짚은 게 아닐까 의구심이 들었을 것이다. 지난 30년 동안 많은 살인자를 봐오면서 결코 용납은 안 되지만 그들이 살인자가 될 수밖에 없었던 상황이 심정적으로 이해가 되는 경우도 더러 있었다. 하지만 이번은 그렇지 않았다. 야콥의 행동은 말할 수 없이 비열하고 이기적이었다. 게다가 범행 동기를 알게 된 사람들이 보기엔 어이없을 정도로 후회하는 기색도 없었다.

갑자기 보덴슈타인의 마음속에서 무감각이 사라지고 증오와 분노가 뜨거운 용암처럼 끓어올랐다. 당장이라도 야콥을 의자에서 끌어내 경건한 척하는 낯짝을 후려갈기고 싶은 마음이 굴뚝같았지만 이를 악물고 참았다. 이어폰으로 피아의 목소리가 들렸다. 공동묘지 곳곳에 동료들이 배치되었고, 성당 문 앞에 사복 경찰 넷이 대기하고 있다고 했다. 신부가 성구실에서 나왔다. 오랜 시간 로지가 이끌었던 어린이합창단이 성가대석에서 아베 마리아를 불렀다. 많은 사람들이 흐느끼고 코를 훌쩍였다. 그러나 아이들의 청아한 합창도, 제단 뒤의 알레마니아 콘코르디아 합창단이 부른 올드 랭 사인도 유가족들의 가슴을 적시지는 못했다. 그들의 얼굴은 굳어 있고 눈은 말라 있었다. 용서할 수 없는 일들이 너무 많이 일어나 슬픔을 표현할 기회조차 가로막고 있었던 것이다. 보덴슈타인은 무심코 야콥의 시선과 마주치는 순간 움찔했다. 그는 짧게 고개를 끄덕였고, 야콥도 같이 고개를 끄덕거리면서 훌쩍이는 아내의 손을 토닥거렸다.

'냉혹하고 더러운 자식' 보덴슈타인은 생각했다. 그는 신부의 감동적인 말들이 하나도 귀에 들어오지 않았다. 나중에 누가 나와 어떤 추도사를 했는지조차 기억나지 않을 정도로 분노의 피만 들끓었다. 마침내 미사가 끝났다. 두 합창단이 함께 〈타임 투 세이 굿바이〉를 불렀고, 관들이 성당 밖으로 운구되는 동안 사람들은 자리에서 일어나 밖으로 나갔다.

***

"표적이 공동묘지로 들어섰다." 피아의 목소리에 긴장이 흘렀다. "의식이 끝날 때까지 기다렸다가 표적이 떠나는 순간 체포한다. 각자 위치에 있지?"

"네," 셈이 대답했다.

"저도요." 타리크의 응답이었다.

다른 동료들도 속속 자신들의 위치를 확인했다. 도로는 모두 봉쇄되었고, 경찰 검문을 받지 않고는 아무도 마을로 들어오거나 빠져나갈 수 없었다.

보덴슈타인은 조문객들의 말없는 행렬에 끼어 자신의 부모님과 나란히 공동묘지로 향했다. 야콥의 몇 미터 뒤였다. 루퍼츠하인 공동묘지는 마을 아래쪽 끝, 그림 같은 곳에 위치해 있었는데 좌우 양쪽이 모두 숲이었다. 여기서 빠져나갈 수 있는 길은 인근 주민들이 다니는 좁은 도로 하나뿐이었다. 공동묘지 입구에서 보덴슈타인은 오른쪽으로 방향을 틀어 비탈길로 올라갔다. 이어 전몰장병기념비를 지나 숲으로 들어간 뒤 숲 가장자리의 한 나무 뒤에 섰다. 공동묘지를 에워싼 철조망 울타리에서 몇 미터밖에 떨어지지 않은 곳이었다. 여기서는 자그마한 공동묘지가 훤히 내려다보였다. 아래쪽에는 언제 저렇게 많은 사람들이 모인 적이 있나 싶게 수많은 인파가 모여 있었다. 헤롤트 집안의 가족묘는 공동묘지 뒤쪽에 있었다. 시청 일꾼들이 벌써 구덩이를 두 개 파놓고 주변에 초록색 인조잔디까지 심어놓았다. 빈 구덩이 위에는 견고한 나무판이 걸쳐져 있었고, 그 위에 관이 놓여 있었다. 장의사들은 조문객들보다 먼저 와 있었다.

고요하고 화창한 10월이었다. 타우누스 산 위로 구름 한 점 없는 담청색 하늘이 펼쳐져 있었고, 따뜻한 가을 햇살이 알록달록한 나뭇잎들 위에 내려앉았다. 맑고 서늘한 공중에는 거미줄이 사르르 흔들렸다. 보덴슈타인이 발을 옮길 때마다 발밑에서 마른 나뭇가지 부러지는 소리가 났다. 호흡은 안정을 되찾았고 증오는 가라앉았다. 이런 결정적인 순간에 사적인 복수욕 때문에 집중력을 잃거나 실수를 저지를 아마추어가 아니었다.

흙냄새와 가을 냄새가 났다. 삶의 덧없음까지 더해진 듯했다. 붉게 물든 나뭇잎이 소리 없이 떨어졌다. 그의 발아래에 있던 인파가 드디어 멈추어 섰고, 좁은 도로까지 길게 이어졌다. 애도의 종소리가 낭랑하게 울리더니 저 아래 계곡까지 퍼져나갔다. 검정색 인파 속에서 신부와 복사들은 하얀 얼룩처럼 보였다. 신부가 목청껏 소리 높여 얘기했지만 보덴슈타인은 몇 마디 말만 띄엄띄엄 알아들을 수 있었다. 그의 눈은 끊임없이 인파를 좇았다. 가족묘 위쪽으로 사람들 틈에 서 있는 피아가 보였다. 옆에는 로지의 여자친구인 흑발의 자그마한 부인이 서 있었다.

"반장님, 표적이 보여요?" 이어폰으로 피아의 목소리가 들렸다.

"방금 전까지 봤는데 어…… 어…… 이제 안 보여." 그가 말했다. "조금 전까지 분명 두 시 방향에 있었는데…….'

흥분으로 맥박이 빨라지고 입 안이 바싹 말랐다. 1분 전까지만 해도 야콥은 신부 근처에 서 있었다. 보덴슈타인은 나무를 잡은 채 인파 속의 얼굴을 하나하나 확인하려고 눈에 불을 켰다. 남자들은 대부분 검정 양복에 검정 넥타이 차림이었고, 그중 상당수는 백발이었다. 빌어먹을! 갑자기 온몸에 열이 확 뻗쳤다. 손바닥에 거친 나무껍질이 너무 뚜렷이 느껴졌고, 유향 냄새까지 코끝을 스쳤다. 야콥이 이렇게 아무도 모르게 사라지는 건 불가능했다. 곳곳에 동료들이 서 있고, 그중 하나는 촬영까지 하고 있지 않은가!

"뭔가 낌새를 알아챈 거 같아." 피아가 속삭였다. "전 대원은 듣는다. 표적이 시야에서 사라졌다. 지금부터 놈이 빠져나가지 못하게 정신 바짝 차려!"

보덴슈타인은 방망이질해대는 심장 소리를 들으며 사람들 사이에서 야콥을 찾았다. 그런데 인파가 아무리 정지해 있다고는 하나 완전히 가만히 서 있는 사람은 거의 없었다. 고개를 돌리고 밀고 피하면서 끊임없이 사람들의 위치가 바뀌었다. 피아는 사람들 틈에 꼼짝없이 갇혀 있었다. 거기서 빠져나오려면 묘석을 여러 개 타고 넘어야 할 것 같았다.

"대체 무슨 일을 이렇게 해요?" 보덴슈타인의 이어폰에서 들리는 엥엘 과장의 날카로운 목소리였다. 그녀는 지금 소방대 앞마당에 주차해놓은 경찰차에 앉아 있었다. "표적은 어디 있어요? 어서 빨리 확인해서 보고해요!"

"젠장!" 보덴슈타인은 이렇게 중얼거리며 귀에서 이어폰을 뺐다. 그때였다. 아래쪽 숲 가장자리에서 뭔가 움직임이 포착되었다. 야콥의 하얀 머리였다. 철조망 울타리를 넘은 게 분명했다. 에스테파니아 우고넬리를 알아본 것일까? 그녀를 보는 순간 자신이 들통 났고 경찰이 덫을 놓은 것을 알아차렸을까?

보덴슈타인은 도주로를 차단하려고 언덕 위로 가파르게 올라갔다. 관목과 덤불 속을 헤쳐가면서 자기보다 약간 앞서가는 도망자를 슬쩍 확인했다. 육체적으론 그보다 훨씬 단단한 인간이었다. 어디로 가는 것일까? 대체 왜 도망치는 것일까? 가봐야 결국 기회가 없다는 걸 모르는 것일까? 잠깐 동안은 도주에 성공한다고 해도 그의 삶은 이것으로 영원히 끝났다. 보덴슈타인은 통행이 힘든 지형을 최대한 빨리 달렸다. 빽빽한 나무와 딸기 덤불, 나뭇잎에 덮인 바위 때문에 몇 번이고 길을 돌아야 했다. 어릴 때 친구들과 자주 놀던 곳이었다. 이 산을 넘으면 에펜하인이 있었고, 산꼭대기 공터는 에펜하인 아이들과 집단으로 싸우던 곳이었다. 그때는 이곳의 샛길이란 샛길은 다 알고 있었고, 울퉁불퉁한 바닥이건 쓰러진 나무건 노루처럼 가볍게 뛰어넘곤 했다. 하지만 그건 40년 전의 일이었다. 그는 벌써부터 헐떡거리는 자신의 숨소리를 들으며 산으로 올라갔다. 나무가 조금씩 듬성듬성해졌다. 보덴슈타인은 잠시 걸음을 멈추고는 나무에 기대 턱 밑까지 차오른 숨을 고르면서 주위를 둘러보았다. 저기! 대략 50미터 앞쪽에 야콥이 뛰어가고 있었다. 보덴슈타인은 갑자기 야콥이 지금 무슨 생각을 하는지 알 것 같았다. 산꼭대기 너머엔 타우누스 석영암을 캐는 채석장이 있었다. 접근성이 좋지 않아 50년 전에 이미 문을 닫은 곳이었다. 그런데 거기엔 그때나 지금이나 깎아지른 절벽이 있었다. 거기서 추락하면 치명적일 수밖에 없었다. 발각될 경우에 대비한 야콥의 플랜 B였다.

"그렇겐 안 돼! 넌 반드시 내 손으로 잡을 거야!" 보덴슈타인은 이를 갈며 속도를 높였다. 살인자가 비겁한 자살로 지상의 심판에서 빠져나가는 건 절대 용납할 수 없었다. 비록 자신이 죽거나 다치는 일이 있더라도. 아르투어와 막시에 대한 기억이 머릿속에서 실룩거렸다. 잔인한 과거사 때문에 더는 인간을 사랑하지도 신뢰하지도 못하는 발렌티나도 떠올랐다. 죄 없이 무자비한 폭력에 노출된 파울리네도 떠오르고, 이 일과 아무 상관이 없는데도 잔혹하게 살해된 펠리치타스도 떠올랐다. 그 생각들이 미칠 듯이 분노를 자극해 그에게 한계를 뛰어넘게 했다. 얼굴과 등에 비 오듯 땀이 흐르고 온몸의 근육이 쥐어짜듯이 아팠지만, 눈앞의 형체에서 눈을 떼지 않고 계속 달렸다. 야콥의 움직임은 조금씩 느려졌다. 사람마다 차이는 있지만 나이는 누구에게든 공평했다. 야콥은 가파른 언덕을 힘겹게 오르면서 계속 미끄러졌다. 산등성이 아래의 숲은 위험했다. 켜켜이 쌓인 나뭇잎들 밑에 미끄러운 바위가 도사리고 있을 때가 많았다. 보덴슈타인은 차츰 거리가 좁혀지는 것을 보면서 속으로 환호성을 질렀다. 그런데 바로 다음 순간 발이 나무뿌리에 걸려 넘어지면서 비탈 아래로 미끄러져 나무에 부딪혔다. 그는 숨을 헐떡거리며 똑바로 누웠다. 신발 한 짝이 벗겨지고 발목이 시큰했지만 지금 그런 걸 따질 때가 아니었다. 하지만 두 발로 버티고 일어서는 순간 발목의 통증이 감전됐을 때처럼 날카롭게 뇌로 파고들었다. 결국 그는 나약한 육신의 거부에 대한 분노를 이기지 못하고 절망적으로 절규했고, 그 소리는 숲속에서 고통스럽게 메아리쳤다.

"야콥! 거기 서! 넌 절대 도망치지 못해!"

보덴슈타인은 간신히 나무를 잡고 일어섰다. 폐는 불처럼 활활 타올랐고, 심장은 가슴 밖으로 튀어나올 것만 같았다. 그는 한쪽 신발만 신고 절뚝거리면서도 타오르는 증오의 힘으로 결연하게 나아갔다.

그러다 옆구리 통증 때문에 더는 숨이 쉬어지지 않고, 아드레날린보다 통증이 더 심해져 눈까지 가물가물해지며 이젠 포기할 수밖에 없다고 생각하는 순간 숲이 활짝 열리면서 공터가 나타났다. 밝은 햇살이 넘실대는 반원형의 풀밭이었다. 여기 가장자리에 채석장의 깎아지른 절벽이 있었다.

어른의 눈으로 보니 공터는 얼마나 작아 보이던지! 하지만 몸이 말을 듣지 않아 걷기조차 힘든 상황에서는 또 얼마나 거대해 보이던지! 20미터도 채 떨어지지 않은 왼쪽 덤불에서 야콥이 튀어나오더니 뒤도 돌아보지 않고 절벽 쪽으로 비틀거리며 나아갔다. 그 역시 보덴슈타인처럼 결연했다. 하지만 목적지는 그가 지금껏 살아오면서 했던 모든 짓처럼 이기적이었다. 보덴슈타인은 총을 꺼내 경고 사격을 했다.

"야콥!" 그는 이렇게 외치며 풀썩 무릎을 꿇었다. "파트리치아가 네 친구 레오를 죽이려 했던 거 알고 있어? 레오가 방해를 못 하게 도축용 총을 들고 오두막으로 간 거 알고 있냐고? 너만 파트리치아를 속인 게 아니라 파트리치아도 널 속였어!"

야콥이 걸음을 멈추더니 몸을 돌렸다.

"거짓말 마!"

"사실이야! 파트리치아를 봤다는 목격자들이 있어!" 보덴슈타인이 다시 일어나 권총으로 야콥의 오른쪽 다리를 겨냥했다. 하지만 손이 너무 떨려 잘못하면 그를 죽일 수도 있을 것 같았다.

"가까이 오지 마!" 야콥은 두 손으로 다가오지 말라는 신호를 하더니 몇 걸음 뒤로 물러났다. 눈빛은 흔들렸고 얼굴은 새빨개졌다. "넌 거짓말을 하고 있어!"

"왜 그런 짓을 했는지 말이라도 해!" 보덴슈타인이 요구했다. "로지와 몰래 관계를 가져 아이까지 생겼다고 해서 무고한 사람들을 그렇게 죽여야 했어?"

"네가 뭘 안다고!" 야콥이 소리쳤다. 그 역시 두 팔을 허리에 올리고 보덴슈타인처럼 숨을 헐떡거렸다. "난 로지를 정말 사랑했어! 하지만 그런 사랑 때문에 내 인생을 망칠 수는 없었어!"

"넌 한 아이를 죽였어!" 보덴슈타인이 격분해서 소리쳤다.

"그건 사고였어!" 야콥이 받아쳤다. "로지가 주차장에서 실수로 걔를 쳤고, 우린 걔가 죽었다고 생각했어! 그런데 차에서 나가보니 걔가 우리를 알아보잖아! 로지가 공포에 질려 반쯤 죽은 사람 같아서 내가 걔를 목 졸라 죽였어! 달리 뭘 어쩌겠어?"

"달리 뭘 어쩌겠냐고? 넌 내 가장 친한 친구를 죽였어. 그것도 단지 로지의 남편이 무서워서!" 보덴슈타인은 부르짖으며 총을 집어넣었다. 마음속에서 폭발한 증오가 꿈에서조차 생각해보지 못한 살인 욕구로 변했다. 야콥에게 달려가는 중에는 아픈 줄도 몰랐다. 그는 온힘을 다해 야콥에게 몸을 던졌고, 둘은 바닥에 쓰러졌다. 격렬한 몸싸움이 벌어졌다. 채석장 절벽을 5미터쯤 두고 벌어진 생사를 건 싸움이었다. 야콥은 거세게 저항했지만 결국 보덴슈타인이 우위를 점했다.

"이러지 마!" 야콥이 낑낑거렸다. "그만해, 제발!"

"이 비열한 새끼!" 보덴슈타인은 숨을 헐떡이며 야콥의 팔을 무릎으로 찍어 눌렀다. 그의 주먹이 상대의 얼굴을 강타했다. 자신이 믿고 마음을 터놓았던 남자였다. 보덴슈타인은 야콥이 술이나 한잔하자며 자신을 집으로 들여서는 정보를 캐내고 몰래 웃음 지었을 그날 밤이 떠올랐다. 그는 정신 나간 사람처럼 주먹을 휘둘렀다. 이가 부러지는 소리라도 듣고 싶었다. 그의 눈은 광기로 붉게 타올랐다. 그는 야콥의 목을 움켜쥐고 두 손에 힘을 주기 시작했다. 그때 갑자기 뒤에서 누군가 그의 팔을 잡아당겼다.

"그만해, 올리버! 그만해!" 누군가의 외침에 보덴슈타인은 정신을 차렸다. 빌란트 카프타이나의 주름진 얼굴이 자신을 내려다보고 있었다. 더는 일어설 힘조차 없었다. 가쁜 숨을 몰아쉬며 풀밭에 웅크려 앉아 한 사람을 죽일 뻔한 자신의 손을 보았다. 얼마나 힘을 주었던지 손가락 마디가 터져 있었다.

"빌란트." 그가 속삭였다. "저 자식이 하는 말 너도 들었어?"

"그래, 들었어." 산림감독관이 대답했다. "수갑은 갖고 있어?"

"내 허리띠에."

빌란트는 들고 있던 엽총을 보덴슈타인에게 쥐어주고는 그의 허리띠에 있던 수갑을 꺼내 신음하는 야콥에게로 걸어갔다.

"저놈이 나를 때렸어, 빌란트!" 야콥이 하소연했다. "너도 봤지?"

"난 네가 비틀거리다 땅에 얼굴을 처박고 넘어지는 것밖에 못 봤어." 빌란트가 이를 갈면서 야콥의 상체를 잡아 일으켰다. "어서 일어나, 이 개자식아!" 그는 엘러스의 팔을 뒤로 돌려 수갑을 채웠다.

보덴슈타인은 아득한 곳에서 들리는 흥분한 목소리에 주위를 두리번거렸다. 그러고 나서야 그게 귀에서 뽑은 이어폰에서 나는 소리임을 깨달았다. 그는 떨리는 손으로 이어폰을 귀에 꽂았다.

"피아?" 그가 쉰 목소리로 말했다.

"반장님! 무슨 일이에요?" 그녀가 흥분해 소리쳤다. "야콥은 어떻게 됐어요?"

"내 앞에 수갑을 차고 풀밭에 앉아 있어. 빌란트가 감시하고 있고."

"지금 어디예요?"

"숲에. 모든 것이 시작된 그곳에."

그는 이어폰을 다시 뽑고 주변의 울긋불긋한 숲을 둘러보았다. 그런 다음 한숨을 내쉬며 바닥에 드러누워 하늘을 올려다보았다. 마른 풀과 약초 냄새가 코끝을 스쳤다. 순간 자신이 마치 다시 열한 살로 돌아가면서 그 이후의 삶이 꿈처럼 느껴졌다. 그러다 갑자기 깊은 평화가 찾아왔다. 수수께끼는 풀렸고, 그는 마침내 자유를 얻었다.

피아가 바트 조덴의 병원 주차장에 차를 대고 병원 건물로 들어설 때는 벌써 땅거미가 지고 있었다. 보덴슈타인은 어제 숲의 공터에서 곧장 병원으로 이송되어 수술을 받았다. 피아는 그가 야콥 엘러스의 첫 심문 자리에 반드시 함께해주기를 기대했지만 그는 거기에 별 무게를 두지 않았다. 자신의 일은 끝났다고 했다. 남은 건 피아의 일이고, 성공도 그녀의 몫이었다. 여러 건의 살인 사건을 일주일 만에 해결하고 살인자를 잡은 것이 그녀였으니까.

피아는 접수처에서 보덴슈타인의 병실을 확인하고 엘리베이터로 4층에서 내렸다. 잠과 휴식이 너무 간절하고 며칠 동안 거의 얼굴조차 보지 못한 크리스토프가 그리웠지만 주말로 넘어가기 전에 보덴슈타인에게 보고하고 싶었다. 5호실은 복도 끝이었다. 피아가 문을 두드렸다.

"들어오세요."

"와우!" 피아의 입에서 감탄이 절로 나왔다. 큼지막한 창문에 쪽매 널마루가 깔린 방은 병실이라기보다는 고급 호텔 같았다. 보덴슈타인이 누워서 책을 읽고 있는 병상만 뺀다면. "이런 호사를 누리시는 지는 몰랐네요!"

"이런 점에서는 우리 같은 공무원도 할 만하지." 보덴슈타인은 독서용 안경을 벗고 책을 치우며 웃었다. "사람 놀래주려고 일부러 연락도 없이 찾아온 거야? 그냥 전화로 해도 되는데. 지금은 그냥 아무 데서나 누워 한숨 자고 싶지 않아?"

"그렇긴 해요. 저만 그런 건 아니고." 피아가 웃었다. "반장님 상태가 어떤지 궁금하기도 했고요."

"고마워. 앉아. 저기 냉장고에 콜라 라이트도 있어."

"네, 알아서 마실게요." 피아는 침대 옆에 의자를 당겨놓고 앉았다. "좀 어떠세요?"

"아주 좋아." 보덴슈타인은 정말 편안해 보였다. "수술은 잘 끝났어. 부러진 뼈는 문제없이 접골했고, 파열된 인대도 다시 접합할 수 있대. 벌써 목발을 짚고 조금 걷기도 했어."

"그럼 곧 복귀하시겠네요."

"아 그건 좀…… 얼마간 병가를 낼 생각이야." 보덴슈타인이 싱긋 웃었다. "그다음에 휴가가 들어가려고."

피아는 가슴이 찔린 것 같은 아릿한 통증이 다시 찾아왔다. 올 연말이면 그녀의 삶에서 중요한 한 장이 마무리될 것이다.

"그렇게 급히 우리를 떠나고 싶으세요?"

"아냐, 피아." 보덴슈타인은 진지해졌다. "자네들 모두 몹시 그리울 거야. 특히 당신이. 당신은 정말 대단한 사람이야. 아, 물론 우리 반 동료들 모두가 대단하지만. 내가 세상에서 완전히 사라지는 건 아니잖아. 나는 언제나 당신 곁에 있을 거야. 잊지 마."

"그거 듣기 좋은 소리네요." 피아는 억지로 미소를 지었다. 두 사람은 잠시 말이 없었다.

"파울리네가 혼수상태에서 깨어났어요." 피아가 말했다. "타리크를 보자마자 바로 알아보더라고요."

"오, 그건 정말 좋은 소식이네."

"야콥 엘러스가 전부 자백했어요. 뭐, 다른 방법이 없었을 거예요. 레오 켈러가 많은 부분을 기억해냈으니까요. 마지막으로 버티던 것도 파트리치아가 레오를 죽이려 했고 그 사실을 자신에게 그토록 오래 숨겨온 걸 알고는 무너졌어요." 피아는 한숨을 지었다. "레오의 기억에 따르면, 정육점에서 싸웠던 건 파트리치아 때문이었다고 해요. 그 여잘 정말 사랑했었나 봐요."

"야콥은 결혼한 처형을 사랑했고." 보덴슈타인도 고개를 저으며 한숨을 쉬었다. "결국 로지 때문에, 사랑 때문에 살인자가 됐어."

"다른 사람들도 더러 불행한 사랑을 하지만 그 때문에 사람을 여섯이나 죽이지는 않아요."

"여섯이라니?" 보덴슈타인이 물었다.

"라이문트 피셔도 그런 사랑 때문에 미쳤었나 봐요. 그날 밤 아르투어와 막시의 시신을 묘지로 옮기는 걸 도와준 건 로지의 남편이 아니라 그 사람이었으니까요. 로지한테 푹 빠져 있었거든요. 물론 나중엔 그걸로 로지를 협박했어요. 그러자 야콥이 애인을 위해 그 인간을 처치해버렸죠." 그녀는 씁쓸하게 웃었다. "비극의 출발점은 그날 밤이었어요. 레오는 자정 무렵 쾨니히슈타인에서 돌아오다가 숲 주차장에 세워진 차 두 대를 봤어요. 야콥의 차는 당연히 바로 알아봤죠. 그리고 야콥이 로지와 내연 관계라는 것도 알아차렸죠. 만일 그때 레

296

오가 차를 세웠다면 아르투어의 목숨을 살릴 수 있었을지도 몰라요. 하지만 그냥 분통만 터뜨리며 지나가고 말았어요. 임신한 파트리치아가 너무 바보 같았겠죠. 야콥이 저기서 저런 짓을 하고 있는 줄은 꿈에도 모르고, 군대에서 고생만 하고 있을 걸로 생각하고 있을 테니까."

"그리고 얼마 뒤 레오가 클레멘스와 에드가를 만났군."

"맞아요. 그러다 레오는 나중에 파트리치아를 만나 미래의 남편이 바람을 피운다고 일러바쳤어요. 상대가 누군지는 말하지 않았고요. 레오는 야콥과 결혼하지 말라고 애원했어요. 하지만 파트리치아는 듣지 않았어요. 원하는 건 오직 야콥과의 결혼밖에 없는 사람이다 보니 야콥이 바람을 피워도 상관없다는 식이었다고 해요."

"그래서 레오가 가만있지 않자 자살로 꾸며 죽이려고 한 거군. 자살해야 아르투어 사건의 범인으로 몰고 가기도 좋으니까."

"그렇죠. 익명으로 경찰에 전화한 것도 파트리치아였어요. 하지만 안타깝게도 처벌할 길이 없네요. 중상해죄에 대한 공소시효는 벌써 오래전에 끝났으니까요. 물론 그 대신 평생 죄책감을 안고 살아가야 하겠죠."

"페터의 아버지는 어떻게 그 모든 걸 알게 됐지?" 보덴슈타인이 물었다.

"처남인 라이문트 피셔한테 들었어요. 최소한 일부는요. 피셔는 레싱 박사한테 그럴듯하게 당시 상황을 거짓말했어요. 페터를 비롯해 아이들이 아르투어를 죽였다고요. 아이들에게 범행을 떠넘김으로써 자신과 로지는 빠져나가려고 했던 거죠. 참으로 비열한 인간이에요. 당시 일을 생각하면 정말 어떻게 그런 일이 있나 싶어요. 그것도 금지된 밀회 때문에 말이에요!"

"때론 작은 돌멩이 하나가 큰 산사태를 일으키는 법이지." 보덴슈타인은 생각에 잠긴 얼굴로 말했다. "야콥은 파트리치아가 한 일을 몰랐고, 파트리치아는 로지 일을 몰랐어."

"파트리치아는 소냐가 야콥 딸인 걸 알고는 완전 제정신이 아니었어요. 남편이 살인을 저지른 것에 관해서도 전혀 모르는 눈치였어요."

"그렇게 주장하겠지!" 보덴슈타인이 이의를 제기했다.

"아뇨, 전 그 말을 믿어요. 야콥의 자백이 담긴 비디오를 틀어주자 완전히 허물어졌거든요." 피아는 다리를 쭉 뻗어 발목을 포갰다. "야콥은 혐의를 남에게 돌리는 짓을 꾸몄을 때만 해도 스스로 아주 영리하다고 생각했을 거예요. 하지만 그게 실수였죠. 만일 헤롤트의 목도리나 동생의 쇠지레를 범행 현장에 놔두지 않았다면 우린 결코 야콥을 범인으로 의심하지 못했을 거예요. 다른 일은 정말 주도면밀하게 계획하고 실행에 옮겼으니까요." 피아가 하품을 했다. "물론…… 파울리네의 차를 낚시터에 빠뜨린 것도 어리석은 짓이었어요. 본인 입장에서는 불을 지르는 게 더 좋았을 거예요. 파울리네를 살려둔 것도 실수였어요. 파울리네가 죽었다고 생각하고 시신을 좀 더 멀리 떨어진 풀밭으로 옮기던 중에 조깅하는 사람이 지나간 거죠."

"그래서 완벽한 살인은 없는 거야. 펠리치타스 몰린은 왜 죽었대?"

"엘리아스가 어디 있는지 말하지 않아서요. 그런데 사실 펠리치타스는 그걸 몰랐잖아요! 야콥 말로는 그 여자는 이미 자살하려고 칼을 들고 욕조에 앉아 있었다고 해요. 그런데 잔에 든 포도주를 야콥의 얼굴에 붓고 마스크를 내리는 바람에 죽었다고 해요. 얼굴을 봤다고."

피아는 말을 멈추었다.

"우리가 좀 더 빨리 야콥 엘러스를 의심했어야 하지 않았을까요?"
잠시 뒤 그녀가 물었다.

"동감이야. 나도 깊이 생각해봤어." 보덴슈타인이 시인했다.

"지금 와서 생각해보면 순간적으로 그냥 지나쳤던 일들이 하나둘 명확하게 보여요." 피아는 고개를 저었다. "그날 새벽 경마장 옆에서 저는 야콥한테 어두운 숲속을 혼자 돌아다니는 것이 무섭지 않느냐고 물었어요. 그 질문에 야콥은 정말 놀란 것 같았어요. 자기는 당연히 무섭지 않았겠죠. 살인자가 누군지 알고 있으니까!"

"야콥은 영리한 인간이야. 많은 허위 단서를 남겨 수사에 혼선을 빚게 했잖아. 난 우리가 상당히 잘해냈다고 생각해. 어쨌든 일주일밖에 걸리지 않았잖아."

"그래도요. 펠리치타스 몰린의 죽음은 막을 수 있었을 것 같아요."

두 사람은 한동안 입을 다물었다.

"집에 가, 피아. 가서 아무 생각하지 말고 일단 푹 자."

"그렇지 않아도 이제 그러려고요." 그녀는 병실의 안온한 온기에 눈이 스르르 감겼다. 그러다 갑자기 미처 하지 못한 일이 퍼뜩 떠올랐다. 그녀는 일어나 소파 옆에 놓아둔 종이 봉지를 가져와 보덴슈타인에게 건넸다. "남자한테 꽃을 가져오는 건 좀 그럴 것 같아서 반장님이 좋아할 수도 있는 걸로 가져왔어요. 우리의 마지막 사건을 떠올리게 하는 자그마한 추억이기도 하고요. 저를 잊지 말라는 뜻이에요."

"내가 무슨 오스트레일리아로 이민이라도 가는 사람처럼 말하네." 보덴슈타인은 싱긋 웃으며 봉지를 만져보았다. "뭐야?"

"꺼내보세요." 피아는 긴장한 표정으로 보덴슈타인이 봉지에서 조금 낡은 여우 인형을 꺼내는 것을 지켜보았다.

"제가 옛날에 잘 갖고 놀던 인형이에요. 제일 좋아하던 인형은 아니에요. 그건 올빼미예요. 그래서 전 없어도 돼요."

순간 보덴슈타인은 갑자기 과거의 감정이 북받치는지 얼굴 근육이 실룩거렸다. 눈물을 보이지 않을까 걱정될 정도로.

"이거 정말⋯⋯ 귀엽군." 보덴슈타인은 쉰 목소리로 말하더니 잠시 후 미소가 번졌다. "막시. 그래, 막시라고 부르는 게 좋겠어. 고마워, 피아."

"별 말씀을요." 그녀는 일부러 아무렇지도 않게 대답했다. "그건 그렇고, 다음 금요일까지는 쾌차하셔야 해요. 엥엘 과장이 저를 위해 근사한 파티를 열어주겠대요. 반장님이 안 오시면 의미가 없어요."

"당연히 가야지. 정 안 되면 휠체어를 타고서라도."

"열쇠는 여기 둡니다." 보덴슈타인이 열쇠 꾸러미를 부엌 싱크대 위에 놓으며 말했다. "현관문, 차고, 대문, 지하실 입구. 방 열쇠 모두 있어요."

"좋아, 좋아." 레오 켈러는 만족스럽게 미소 지었다. "1월에 페인트 칠을 시작하기로 했어. 난 한시라도 빨리 이사했으면 좋겠어."

보덴슈타인은 고개를 끄덕거리며 레오에게 넘긴 빈 집을 마지막으로 둘러보았다. 야콥 엘러스가 체포된 지 일주일 뒤 켈러 부인은 아들의 무고를 확인하고 평화롭게 세상을 떠났다. 레오는 빌란트에게서 보덴슈타인이 집을 팔려고 한다는 소식을 들었고, 둘은 신속하게 합의에 이르렀다.

어제 이삿짐 차가 와서 짐을 모두 카롤리네 집으로 옮겼다. 보덴슈타인은 레오와 악수를 나누며 행운의 말과 성탄 인사를 건넨 뒤 4년 동안 산 집을 가벼운 마음으로 나왔다.

"아빠, 성탄트리에서 벌써 잎이 많이 떨어졌어! 빨리 물을 줘야 돼!" 소피아가 바깥 계단을 내려오는 보덴슈타인을 보고 흥분해서 소리쳤다. 그들은 집 열쇠를 넘기러 오기 전에 슐로스보른의 성탄트리 판매점에 들러 멋진 전나무 한 그루를 샀고, 한 젊은 직원의 도움으로 자동차 지붕에 단단히 실었다. 보덴슈타인은 청년에게 팁을 주려는 순간에야 엘리아스 레싱을 알아보았다. 엘리아스는 예전과 완전히 달라진 모습이었다. 다시 부모님과 함께 살면서 대학입학시험을 준비하고 있다고 했다. 니케와 어린 레오도 잘 지내고, 둘 다 학업을 마치면 함께 살 거라고 했다.

"알았어, 어서 가자." 보덴슈타인이 딸아이에게 말했다. "나무가 벌거숭이가 되지 않으려면 서둘러야겠다. 집에 가기 전에 할아버지 할머니한테도 들러야 하거든."

걷는 것은 상당히 좋아졌다. 기어가 오토매틱이라 운전도 문제될 것이 없었다. 소피아가 뒷좌석의 어린이용 카시트에 앉아 벨트를 맸다. 소피아에게도 몇 가지 변화가 생길 것이다. 성탄절 휴가가 끝나면 켈크하임의 학교로 옮길 것이고, 앞으론 계속 카롤리네의 집에서 아빠와 함께 살게 될 것이다. 코지마는 돌아왔지만 일주일 뒤에 벌써 해외 촬영 계획이 잡혀 있었다. 그저 소피아에 대한 책임에서 벗어난 것이 반가운 눈치였다.

보덴슈타인은 지금까지 살던 집에서 마지막으로 차를 뒤로 뺀 뒤 바로 좌회전해서는 100미터쯤 전방에서 마을 표지판을 통과했다. 드디어 루퍼츠하인을 떠나는 것이다.

4주 전 아르투어와 막시의 유골은 40여 년 전에 묻혔던 그의 옛 가족 묘지에 다시 안치되었다. 모든 것이 해결되었다. 프란치스카 하르트만을 치어 죽인 뺑소니범만 여전히 미제로 남아 있었다.

토어디스는 친부와 아주 잘 지냈고, 그녀의 엄마는 이곳을 떠났다. 보덴슈타인은 잉카가 어디로 갔는지 몰랐고, 알고 싶지도 않았다. 그 앞에는 새로운 막이 올라갈 준비를 하고 있었다. 카롤리네와 두 소녀와 함께할 새 삶이었다.

"아빠, 우리 둘이 밤중에 불났던 곳에 간 거 기억나?" 소피아가 물었다. "캠핑카에 있던 사람이 불에 탔었잖아."

"당연히 기억나지." 보덴슈타인이 백미러로 딸을 보았다. "그건 왜?"

"그게 말이야……." 소피아는 잠시 망설였다. "내가 그레타 언니한테 시체를 봤다고 말했어."

"왜 그랬어? 그건 거짓말이잖아!"

"다 거짓말은 아냐! 멀리서 봤어."

"뭐 그럴 수도 있겠지. 그래서 어쩌라고?"

"언니한테는 내가 안 봤다는 말 안 했으면 좋겠어." 소피아가 아양을 떨 듯이 웃었다. "그래야 그레타 언니랑 1:1이 되거든."

"그 얘긴 아예 안 꺼내는 게 좋겠다. 그래야 우리 둘 다 거짓말할 필요가 없잖아. 안 그래?"

소피아는 차창 밖으로 얼굴을 돌렸다.

"아빠, 저기 좀 봐!" 소피아가 도로 가장자리의 표지판을 가리켰다. "여기는 쾨니히슈타인으로 가는 도로보다 로-드킬이 더 많아!"

"로드-킬이라니까." 보덴슈타인은 말을 고쳐주며 웃었다.

동료들은 작별할 때 도서상품권을 두둑이 선물해주었다. 휴가 기간에 지루하게 지내지 말라고. 그러나 소피아가 있는 한 그렇게 빨리 지루할 일은 없을 것 같았다. 자신은 정말 지루할 정도로 조용히 살고 싶지만.

감사의 말

또다시 첫 아이디어에서 긴 소설이 탄생했고, 그것이 어느새 피아와 올리버의 여덟 번째 사건이 되었다. 10년 전 내 고향 타우누스 산지를 배경으로 처음 범죄소설을 쓸 때만 해도 첫 사건에 이어 또 다른 사건들을 연속으로 쓰게 되리라고는 짐작치 못했다. 모두 열정적인 독자들이 있어 가능한 이야기다. 이 자리를 빌려 진심 어린 감사를 전한다. 두 주인공 형사를 내 고향집 바로 앞에서 살인자를 쫓게 한 것은 여전히 큰 기쁨이다. 내가 쓴 사건들은 항상 허구지만, 그 허구적 사건들이 일어나는 장소는 실재할 때가 많다.

현지인들이 '루프시'라 부르는 루퍼츠하인 마을은 현존하는 곳이다. 이곳을 소설 무대로 선택한 이유는 숲들로 둘러싸인 타우누스 언덕에 위치해 있다는 입지 때문이다. 그러나 소설 속 등장인물들은 누구 하나 실존 인물이 아니라는 점을 분명히 밝힌다. 단 "마법의 산 메릴린" 레스토랑 주인인 '반디' 아로라만큼은 실제 그곳 가게 주인으로서 내 소설에 등장하는 것을 기꺼이 허락해주었다. 그 밖의 인물은 현실에 없는 사람이다. 혹시라도 비슷한 점이 있다면 그건 전혀 의도한 바가 아니고 순전히 우연의 일치일 뿐이다. 그래서 등장인물이 자신이나 이웃일 거라고 믿는 사람이 있다면 그건 분명한 착각이다. 루퍼츠하인은 꼭 한번 가볼만 한 곳이다. 내 소설을 보고 혹시 선입견을 가질 수도 있지만 절대 위험한 곳이 아니다. 마법의 산 테라스에서 바라보는 숨 막힐 듯이 아름다운 전경은 내겐 언제나 휴가나 다름없다.

이 책을 쓰는 동안 도움을 준 모든 분들께 감사드린다. 누구보다 내 삶의 반려자 마티아스에게 먼저 감사를 표하는 게 도리일 것 같다. 그는 집필 기간 내내 가능한 한 모든 방법으로 내 짐을 덜어주고 온갖 수발도 마다하지 않았다. 내가 굶어죽지 않게 먹을 것을 챙겨주고, 내 모든 생각을 참을성 있게 들어주고, 원고를 읽고, 모든 현장을 나와 동행했다. 사랑하는 마티아스, 고마워! 당신이 곁에 있어 글 쓰는 일이 한층 즐거웠어.

루퍼츠하인의 1972년과 현재에 관해 소중한 정보를 주신 볼프강 매너 씨에게 감사드린다. 당시에 대한 기억들은 내게 큰 도움이 되었을 뿐 아니라 이야기에 사실성을 부여하는 데도 큰 역할을 했다. 소방 작업에 관한 여러 질문에 기꺼이 도움을 주신 쾨니히슈타인 의용소방대 외르크 안트코비아크 대장님께도 감사를 전한다.

이 글을 미리 읽고 여느 때처럼 바로바로 피드백을 주고 끊임없이 나를 자극한 두 자매 클라우디아 뢰벤베르크 코헨과 카밀라 알트바터, 그리고 에이전트 안드레아 빌트그루버, 친구 지모네 야코비, 카트린 룽게, 주자네 헤커에게 깊은 감사를 전한다.

브레멘 살인 전담반 반장이자 경험 많은 프로파일러인 악셀 페터만 씨의 애정 어린 조언과 논평에도 사의를 드린다. 이 책에 많은 도움이 되었다. 악셀, 정말 고마워요!

베스트헤센 수사국의 슈테판 밀러 국장님께도 감사를 전한다. 피아와 올리버가 실존 인물이었다면 그들의 상관이었을 밀러 국장님은 비스바덴 강력반 반장님에게 끈질기게 질문할 수 있도록 도움을 주셨다.

마지막으로 언급하지만 내게는 앞서 언급한 분들과 똑같이 중요한 마리온 바스케스 편집장에게도 수천수만 번 감사 인사를 보낸다. 이 책이 나오기까지 늘 세심하고 집중적인 의논 과정에 동참해주셨고, 격려를 아끼지 않으면서 내게 창작의 자유를 마음껏 허락해주신 분이다. 벌써부터 우리의 다음 공동 프로젝트가 기다려진다.

내게 무한한 신뢰를 보내준 울슈타인 출판사 직원들의 너그러움과 열광, 전폭적인 지원, 명료하고 멋진 협조에도 감사드린다. 당신들은 최고예요!

또 감사해야 할 누군가를 빼먹었다면 그건 고의가 아니니 양해 바란다. 이 자리를 빌려 나를 믿어주신 모든 분들께 진심으로 감사드린다!

넬레 노이하우스

내 인생은 작품의 영감을 찾아 탐색하는 과정이다

1. 넬레 노이하우스는 누구인가?

여러분이 알고 있는 넬레 노이하우스(Nele Neuhaus)의 본명은 코넬리아 뢰벤베르크입니다.

넬레는 제가 직접 지은 필명입니다. 본명은 발음하기가 힘든 편이라서 넬레라고 지었습니다. 그리고 어느 날 전 남편인 노이하우스라는 남자를 만나게 되었습니다. 그래서 지금의 넬레 노이하우스라는 이름이 탄생하였고, 저에게 꽤나 잘 어울린다고 생각합니다. 저처럼 와일드한 소설을 쓰는 사람들은 본명이 아닌 필명을 가지고, 또 다른 정체성으로 사는 것도 좋은 일이라고 생각합니다.

저는 49년 전에 뮌스터라는 도시에서 태어났습니다. 그러니까 저는 여기 타우누스 토박이는 아닙니다. 11살 무렵에 가족들과 함께 이동네로 이사 오게 되었고, 그 이후 30년 넘는 세월을 타우누스에서 살고 있습니다. 그러니 타우누스는 거의 제 고향이라고 할 수 있습니다.

어린 시절 언젠가 부모님으로부터 휴대용 타자기를 선물 받았습니다. 아마 요즘 젊은 분들은 타자기가 뭐하는 기계인지도 잘 모를 겁니다. 휴대용 글 쓰는 기계라고 할까요, 아무튼 그걸 들고 다니면서 어렸을 때부터 글을 쓸 수 있었습니다. 제가 그 타자기를 선물 받았을 때의 기억이 아직도 생생합니다. 매일 밤 타자기를 차지하려고 형제들과 엄청나게 싸웠던 기억이 납니다.

저에게 글을 쓰는 일은 마치 다른 세계로 빠져드는 것과 같습니다. 오래전부터 틈틈이 글을 썼지만 당시의 작업은 그리 집중적으로 이루어지지는 않았습니다. 하지만 꾸준히 글을 쓰다 보니 글을 통해 다양한 사람들을 만날 수 있게 되었습니다. 사회 곳곳에 존재하는 각양 각색의 계층들을 접하면서 그들이 어떻게 살고, 그들 사이에 무슨 일이 일어나는지 알게 되었습니다.

더불어 타우누스 지역의 루퍼츠하인 출신인 전 남편을 만나게 되면서 저는 시골 마을에서의 삶을 알게 되었습니다. 이전의 제 삶과는 상당히 다른 생활이었습니다.

전 남편을 따라 루퍼츠하인에 오면서 저는 헤센 주의 일상생활을 경험하게 되었고 이 지역 사람들 사이의 관계에 대해 알게 되었습니다. 저한테는 굉장히 흥미로운 일이었습니다. 사람과 공동체 사이에서 발생하는 다양한 관계와 계층, 격차들이 어떻게 형성되는지 알아가게 되었습니다.

타우누스에는 아주 작은 시골 마을들도 존재하고 어떤 곳은 수백 년 넘게 몇 세대를 이어 내려오는 역사를 가진 곳도 있습니다. 오랫동안 이곳에서 살아온 전 남편을 통해 이 지역에 숨어 있는 크고 작은 이야기들을 알게 되었습니다. 저에게 타우누스는 재미있는 연구 대상입니다.

타우누스는 자세히 살펴봐야 그 진면목을 알 수 있습니다. 깊고 아름다운 숲이 있고 수많은 언덕과 들판이 있어서 풍경이 정말 남다릅니다. 근방에 있는 프랑크푸르트 같은 대도시에서 볼 수 있는 광경들과는 전혀 다릅니다.

무엇보다 타우누스에는 오래된 성들이 곳곳에 자리하고 있습니다. 쾨니히슈타인, 팔켄슈타인, 에프슈타인 등 깊은 역사를 가진 고성들을 어렵지 않게 볼 수 있습니다.

그리고 타우누스는 라인-마인 지역과도 가까이 있는 데다, 근처에는 국제공항도 있기 때문에 다양한 국적을 가진 수많은 사람들을 만날 수 있습니다.

작가인 저에게 이곳 타우누스는 소설 속 인물에 대한 무궁무진한 아이디어를 제공해주는 곳입니다.

저는 주로 직접 들은 이야기나 신문기사, 그리고 TV 다큐멘터리 등을 통해서 창작에 대한 영감을 얻습니다. 혹은 일상생활 속에서도 영감이 떠오르곤 합니다.

그러니까 책상 앞에 앉아서 스토리를 억지로 끄집어내는 스타일은 아닙니다. 어느 날 문득 어떤 아이디어가 하나 떠오르면, 하루를 잡아서 그 아이디어를 바탕으로 스토리를 풀어갑니다. 나머지 이야기는 제 머릿속 상상으로 그려나가게 됩니다. 소설 속에서 일상생활에 관한 이야기를 쓴다면, 가까운 마트에만 가도 이야깃거리는 풍성하게 생겨납니다.

말하자면 제 인생은 작품의 영감을 찾아 탐색하는 과정이라고 할 수 있습니다.

2 『여우가 잠든 숲』, 보덴슈타인 반장의 지극히 사적인 이야기

『여우가 잠든 숲』은 올리버 폰 보덴슈타인의 지극히 사적인 이야기를 담고 있습니다.

제 소설 시리즈에 관심이 있는 독자 분들은 아마 지난 일곱 권의 타우누스 시리즈를 통해 이번 소설 속에 숨겨진 다양한 이야기들을 발견할 수 있을 겁니다.

올리버 폰 보덴슈타인은 지난 소설 속에서 늘 사건을 담당하는 형사로 등장했던 인물이고, 그래서 이번 책은 특히 올리버를 위해서 그의 개인적인 이야기를 담아보고 싶었습니다.

올리버 폰 보덴슈타인과 피아 키르히호프는 숲속에 있는 캠핑카에 불이 났다는 소식을 듣고 그곳을 찾아가게 됩니다. 처음에 그들은 방화 사건이라고 생각했습니다. 그런데 자세히 알고 보니 캠핑카에서 누군가 죽어 있었습니다.

그리고 조사 중에 사체 두 구가 추가로 발견됩니다. 곧바로 그들은 이번 일이 다른 사건과 연결되어 있다는 사실을 알게 됩니다. 45년 전, 남자 아이 하나가 아무런 흔적도 없이 실종된 적이 있었습니다. 그 사라진 아이의 제일 친한 친구가 바로 올리버 폰 보덴슈타인입니다.

지금까지도 실종된 아이에 대한 단서는 없으며, 왜 사라졌는지 무슨 일이 일어났는지조차도 알 수가 없습니다. 시체도 찾지 못했고 아무런 흔적도 없습니다. 올리버 폰 보덴슈타인과 피아 키르히호프는 직접 과거의 사건을 해결한 다음, 현재 일어난 살인 사건의 전말을 밝혀야겠다고 다짐하게 됩니다.

이번 소설의 배경으로 루퍼츠하인이라는 도시를 선택한 이유는 여러 가지가 있습니다.

우선 사건이 발생하는 현장이 숲속이어야 했고, 숲속에 둘러싸인 작은 외곽 지역에서 벌어지는 이야기를 그리고 싶었습니다.

루퍼츠하인은 고립되고 외진 곳이기 때문에, 오래전 이 마을에 살던 사람들은 일을 찾기가 힘들었습니다. 가난한 이들이 대부분인 시골 마을이었습니다.

그래서 숲속 시골에 살던 사람들 중에는 빗자루 같은 물건들을 만들어 팔며 생활해가는 주민들도 많았습니다.

그러다가 19세기 말 무렵 이 마을에 폐전문병원이 세워집니다. 그 병원으로 인해 시골이었던 루퍼츠하인은 뭔가 특별한 도시가 됩니다.

마을의 언덕 끝에 거대한 규모로 세워진 이 병원은 시골 마을 전체를 압도하게 됩니다. 루퍼츠하인에 진입하기도 전에 멀리서부터 이 건물이 보입니다. 굉장히 인상적인 건물입니다.

오늘날 루퍼츠하인에는 주택도 많고 곳곳에 개인 병원이나 음식점들도 들어서 있습니다. 제 책에도 등장하는 시골 식당이 바로 여기, 메를린 짜우버베르크입니다. 이곳은 제가 거의 살다시피 할 정도로 자주 들르는 단골 식당입니다.

이 식당의 사장님은 반디 아로라라는 분이고, 반디는 제 전 남편이 운영하는 정육 공장의 고객이기도 합니다. 그 인연으로 우리는 아주 가까운 친구로 지내고 있습니다.

이번 소설 속에도 식당 주인이 한 명 등장합니다. 그래서 소설을 쓰면서 여기 사장님께 진짜 실명과 캐릭터를 써도 되는지 미리 물어봤습니다.

여태까지 많은 작품들을 내면서 실존 인물의 이름을 소설 속에 등장시킨 적은 단 한 번도 없었습니다.

그런데 사장님이 흔쾌히 허락해주어서 그의 이름을 소설 속에 넣게 되었습니다. 사장님은 소설 속에서 본인의 이름이 나오는 것을 읽으며 아주 좋아했습니다. 저 또한 무척이나 흥미롭습니다.

사장님을 원래부터 알던 분들은 책 속에서 식당 사장님이 나온다고 반가워합니다. 사장님을 잘 모르는 분들은 이 식당을 한번 방문해보는 것도 좋을 것 같습니다.

『여우가 잠든 숲』이라는 소설은 시골 마을 전체를 하나의 무대로 삼고 있으며, 그 안에 무수한 사람들이 등장합니다.

등장인물이 워낙 많아서 이번에는 소설 속에 인물 관계도를 따로 마련한 데다, 이 마을을 한눈에 살펴볼 수 있는 지도도 넣었습니다.

인물들 간에 얽혀 있는 다양한 관계들을 통해 인간의 감정과 심리를 살펴볼 수 있는 소설이라고 할 수 있습니다.

주인공들 외에도 그들을 둘러싼 여러 주변 인물들이 등장합니다.

주변 인물들의 행동과 태도를 보면서, 그들이 사건을 어떻게 받아들이는지 그들은 무엇을 경험했는지 혹은 그들이 침묵하는 이유는 무엇인지 등 다양한 인물 군상들에 대해 생각해볼 수 있는 기회가 될 것입니다.

그래서 이번 소설은 저에게도 엄청난 도전이었습니다. 소설 속에서 언급했던 이야기 가운데 놓치는 부분이 없도록 신경 써야 했고, 예전에 했던 이야기들을 매번 들여다보면서 다시금 스토리를 전개해야 했습니다. 저에게는 무척이나 매력적인 작업이었습니다.

독자 여러분도 저의 이번 소설을 굉장히 마음에 들어 할 거라 생각합니다.

3. 넬레 노이하우스의 책상에서

개인적으로 글을 쓸 때는 아주 까다로운 편입니다. 우선 책상이 있어야 하고 거기에 컴퓨터가 있어야 하며, 주변에는 늘 메모장이 있어야 합니다. 그래서 저는 노트북을 들고 밖에 나가서 글을 쓰거나 하지는 못합니다. 노트북을 들고 잔디에 눕는다든지, 기차나 호텔 안에서 글을 쓰는 일도 상상하기 어렵습니다.

글을 쓰는 일은 제가 가진 기술이자 저의 직업입니다. 말하자면 저는 글을 쓰는 수공업자라고 할 수 있습니다. 무언가를 만들어내기 위해 매일같이 규칙적으로 일을 해야 합니다. 보통의 직업과 다른 점이 있다면 뭔가를 기다려야 할 필요도 없고, 옷을 차려입고 나가서 업무를 볼 필요도 없다는 것입니다.

저에게 작가라는 직업은 그리 특별한 것은 아닙니다. 일반적인 직업과 큰 차이는 없습니다. 특별히 멋질 것도 없고 그렇게 신나고 흥미진진한 일도 아닙니다. 무엇보다 작가라는 직업은 자기와의 싸움입니다.

자기 자신을 꾸준히 관리해야 합니다. 아침에 일어났을 때, 글을 쓰고 싶은 마음이 들지 않더라도 작업은 계속 이어가야 합니다.

작품 하나를 시작하게 되면 집중적으로 매진합니다. 틈틈이 메모도 많이 하고 사건 관련 조사도 자세히 하고, 가상의 이야기를 머릿속에 그리기도 합니다. 열심히 써 놓은 것을 삭제해야 할 때도 있습니다. 그럴 때면 제 책상은 정말 정신이 없습니다. 수많은 것들이 여기저기 놓여 있고 포스트잇도 줄줄이 붙어 있습니다.

작품이 하나 끝나면 모든 자료들을 상자에 넣습니다. 그리고 상자에 작품의 제목을 써 붙여 놓고 뚜껑을 닫습니다. 상자 안에 있는 것들은 제가 쓴 메모입니다. 등장인물들의 구체적인 프로필이 담긴 메모, 스토리의 전체 구성이 담긴 메모입니다.

인물의 캐릭터를 만들어내는 것은 스릴러 소설에서 매우 중요한 일이고 동시에 무척 어려운 일이기도 합니다. 이야기의 줄거리부터 구성을 해야 할지 아니면 인물의 캐릭터부터 설정을 해야 할지 늘 고민을 합니다. 이 둘은 밀접하게 연결되어 있기 때문에 결국 스토리 구성과 인물 설정은 같이 진행해야 합니다.

전체적인 구성이 어느 정도 잡히고 이야기의 방향이 정해지면, 그때부터 인물들의 구체적인 면모가 또렷하게 떠오릅니다.

인물들의 캐릭터 분석은 굉장히 중요합니다. 이들을 소설 속에서 잘 활용할 수 있으려면 심도 있게 연구를 해야 합니다. 저는 먼저 인물들이 어디에서 왔는지, 무엇을 좋아하는지, 다른 이들과는 어떤 관계를 맺어가는지 등등의 것들을 구체적으로 적어 내려갑니다.

메모를 해놓은 것 이외에도 검색을 하거나 조사를 하면서 모은 자료들이 있습니다. 주제별로 다양하게 검색을 합니다. 법의학이나 경찰 수사 관련 자료들도 찾아서 정리해놓습니다.

가령 의사들이 가스 중독을 어떻게 진단하고 치료하는지, 그리고 법의학자들은 사건을 어떻게 수사하고 처리하는지 등등. 뭐 그런 자료들이 상자 안에 담겨 있습니다.

다른 새로운 작품을 구성할 때 자료가 필요하면 언제든 이 상자들을 꺼내 볼 수 있습니다. 지금까지 했던 모든 작품들의 자료들을 보관하고 있습니다. 아직까지는 공간이 꽤나 많이 남아 있는데, 앞으로 어떻게 될지는 두고 봐야겠습니다.

작가라서 좋은 점은 언제나 뭔가 새롭고 다양한 일들이 주변에서 펼쳐진다는 것입니다. 하지만 작가로서 무엇보다 필요한 것은 완전한 휴식입니다. 가끔은 모든 것을 내려놓고 쉬어야 합니다. 그럴 때는 아름다운 숲속을 걷거나 조깅을 합니다.

어떨 때는 혼자서 아주 고독하게 있고 싶기도 합니다. 주변 사람들과도 연락을 단절한 채 오롯이 작품만 쓰고 싶다는 생각이 들 때도 있습니다.

또 한편으로는 사람들과 다양하게 만나는 것을 좋아하기도 합니다. 여러 도서전에도 참여하고 독자들과 만나는 행사에도 참석하면서, 그런 시간들을 즐기기도 합니다. 저는 이 두 가지의 삶이 모두 마음에 듭니다. 제 별자리는 쌍둥이자리인데, 왠지 제 성격과 딱 맞는 것 같네요.

4. 넬레 노이하우스, 미스터리 여왕의 시작

세상에는 다양한 유형의 작가들이 있고 누군가의 롤모델이 되는 작가도 있습니다. 그리고 저와 비슷한 길을 걸어온 작가들도 있습니다. 예를 들어 안드레아 마리아 쉥켈은 저와 상당히 비슷한 길을 걷고 있습니다. 처음 그녀는 아무에게도 관심을 받지 못했지만 한참이 지나고 나서야 큰 성공을 거두게 되었습니다.

그리고 가장 유명한 예로 파트리크 쥐스킨트의 『향수』가 있습니다. 이 책은 30군데가 넘는 출판사에 건네졌지만 당시에는 아무도 관심이 없었습니다. 그러다가 갑자기 크게 성공한 경우입니다. 그걸 보면서 저도 비슷한 노력을 해야겠다는 마음이 들었습니다. 결국 스스로 자기 길을 찾아가는 것이 관건인 것 같습니다.

지금은 어느 정도 성공적으로 작품 활동을 하고 있지만, 예전에는 저도 오랫동안 서랍에만 간직해놓은 작품들이 가득했습니다. 공식적으로 발표하지 않고 가까운 사람들에게만 보여주거나 하면서 혼자 담아두고 있었습니다. 상당히 많은 작가들이 저와 비슷했다고 합니다.

저에게 가장 중요한 문제는 끝까지 버텨내는 인내심인 것 같습니다. 시간과의 싸움도 물론 중요하지만, 작품 하나를 처음부터 끝까지 완성해내는 능력이 무엇보다 필요한 것 같습니다.

그동안 20장짜리나 200장 정도의 짧은 소설들을 쓴 적이 종종 있었지만 하나의 완성된 작품은 아니었습니다.

제가 처음으로 끝까지 완성한 작품은 『상어의 도시』로, 이 작품을 마무리 짓는 데 무려 8년에서 9년이 걸렸습니다.

이 소설은 뉴욕을 배경으로 다채로운 이야기를 담고 있습니다. 당시 저는 뉴욕을 여행하면서 그곳에서 영감을 받아 소설을 쓰게 되었습니다. 투자은행 직원이 경제사기 사건에 휩싸이는 이야기인데, 거기에는 사랑, 정치, 도시, 마피아 등이 뒤얽혀 있습니다.

그때 저는 시간이 꽤나 많았습니다. 어딘가에 얽매여 있지도 않았고 의무적으로 해야 할 일도 없었던 시기였기에, 저는 오랫동안 생각해놓은 인물들을 가지고 몇 년에 걸쳐 하나의 스토리를 구성했습니다.

그렇게 시간이 날 때마다 컴퓨터에 앉아 작업을 했습니다. 오랜 기간의 작업이 이어진 끝에 대략 98년 혹은 99년 무렵의 어느 날 하나의 작품이 완성되었습니다.

그러고 나서 완성된 소설을 여러 대형 출판사에 보냈습니다. 그때만 해도 저는 제 책이 곧바로 주목을 받고, 저 많은 책들 중에서 제일 높은 곳에 꽂힐 거라 생각했습니다.

그런데 아쉽게도 반응은 부정적이었습니다. 많은 작가들이 겪었던 것처럼, 수많은 거절의 편지를 받거나 아니면 아예 아무런 답이 없는 곳도 많았습니다.

한참이 지나고 나서야 저는 깨달았습니다. 독일의 출판시장에서 저의 작품을 원하는 사람은 없다는 사실을요.

하지만 저는 낙심하지 않았습니다. 제가 쓴 첫 작품에 대한 자신감이 있었습니다.

그래서 제 작품을 개인적으로 500부가량 인쇄해서 주차장 창고에 쌓아두었습니다. 그리고 차로 서점들을 찾아다니면서 제 책을 홍보하고 판매하러 다녔습니다.

꽤나 힘든 시기였지만 그럼에도 재미있었고, 개인적으로는 의미 있는 시간이기도 했습니다. 그러면서 출판 시장과 홍보, 마케팅 분야에 대해서도 알게 되었습니다.

첫 작품 이후 2권의 책을 더 쓰게 되었습니다. 『사랑받지 못한 여자』와 『너무 친한 친구들』로 둘 다 타우누스에서 일어나는 사건을 다루는 스릴러 소설입니다. 이 책들 또한 첫 작품과 같은 방식으로 판매했습니다.

그때는 일이 훨씬 수월했습니다. 타우누스 시리즈가 이 동네 타우누스 쪽에서 입소문을 탄 덕분에 상당한 팬층이 확보되어 있었습니다. 일종의 팬클럽도 형성되어 있었습니다.

『너무 친한 친구들』은 5,000권을 찍었는데, 그때 저희 집 주차장은 완전히 책으로 가득 차 있었습니다.

하지만 여러 서점들이 제 책을 사들이기 시작하면서 주차장은 점점 한가로워졌습니다. 저에게는 정말 특별하고도 즐거운 시간이었습니다.

타우누스 시리즈는 현재 전 세계 33개 국가에서 번역해 판매되고 있습니다. 개인적으로 무척이나 기쁘고 뿌듯합니다.

그래서 가끔은, 제가 처음으로 직접 출판하고 판매하던 켈크하임 지역이 생각나곤 합니다.

당시 저는 제 작품에 대한 자신이 있었지만, 소설 속의 사건들이 주로 타우누스에서 벌어지는 이야기이기 때문에 다른 지역 사람들에게는 관심을 받지 못할 거라고 생각했습니다.

오늘날 세계 여러 지역에서 제 작품을 사랑해주는 독자들을 생각하면 상당히 놀랍고도 감사합니다.

TAUNUS SERIES

작품 소개

시리즈 각 권
완벽 정리

Eine unbeliebte Frau

사랑받지
못한여자

넬레 노이하우스 장편소설 | 김진아 옮김

북로드

대가 없는 사랑을 베푸는 남자

사랑을 기만하는 여자

그리고 비극은 시작되었다

사랑받지
못한 여자

아첼 산 전망대

남편과 이혼한 후, 타우누스 강력반으로 복직한 피아 키르히호프 형사는
곧바로 첫 번째 사건과 맞닥뜨린다. 대쪽 같은 성품으로 인기를 모으던
부장검사가 자살한 것이다. 곧이어 미모의 젊은 여성이 전망대에서 자살하는
사건이 또 발생하고, 수사가 진행됨에 따라 두 사람의 죽음 뒤에 얽힌
검은 음모가 차츰 드러난다. 처음으로 호흡을 맞추게 된 보덴슈타인과
피아는 서로 삐걱거리면서도 조금씩 사건의 진상을 향해 다가간다.

사랑을 믿지 말라
그것은 삶이 네게 보내는 조소에 불과하다

세상의 빛을 보지 못하고 자비로 출판되어야 했던 타우누스 시리즈의
첫 번째 작품. 그러나 자비출판을 통해 소수 독자들에게 알려졌을 때부터
호평을 얻으며 넬레 노이하우스가 독일 최고의 미스터리 작가로
자리매김하는 데 기반이 되었다. 이어진 다른 작품들의 엄청난 성공으로
인해 정식 출간된 이후, 지금은 오히려 현지에서 시리즈 중 가장
높은 인기를 자랑하고 있다.
시리즈 다른 작품들과는 달리 비교적 단순한 구성으로 이루어져 있지만,
그런 만큼 인물과 이야기가 가지는 힘과 무게가 직관적으로 드러난다.
아름다운 여인의 죽음을 둘러싸고 벌어지는 스캔들, 정·재계를 뒤흔드는
검은 음모와 범죄 조직, 그리고 한 인간의 인생을 뒤트는 사랑.
첫 번째 작품부터 이미 작가적 가능성을 유감없이 드러내는
넬레 노이하우스의 필력 덕분에 읽는 이는 그저 이야기를 따라가는
것만으로도 거대한 비극에 짓눌리는 듯한 안타까움을 느끼게 된다.
시리즈의 다른 작품을 먼저 읽어온 독자들에게는 두 주인공의 초기 모습을
볼 수 있는 색다른 즐거움도 선사한다. 이제 막 콤비가 되어 아직 어색한
피아와 보덴슈타인의 모습이나, 이후 여러 고비를 넘기면서 다양한 관계로
엮이게 될 주변 인물들의 모습은 마치 타우누스 시리즈의 '프리퀄'을
보는 듯한 느낌이다.

책 속에서

하르덴바흐 부장검사의 부인은 남편의 자살 소식에 너무 큰 충격을 받아 대화가 불가능한 상태였다. 하지만 피아와 보덴슈타인은 그녀가 충격에서 회복될 때까지 기다릴 시간이 없었다. 다른 곳에서 또 시체가 발견돼 출동 요청이 들어왔기 때문이다. 루퍼츠하인과 에펜하인 사이에 있는 아첼 산 전망대 아래서 젊은 커플이 여자 시체를 발견한 것이다. 보덴슈타인은 슬퍼하는 하르덴바흐 미망인과 자녀들을 친분이 있는 의사와 이웃에게 맡기고 그 자리를 떴다. 화창한 8월 일요일 아침에 벌써 두 번째 시체다. 그는 이동하는 차 안에서 직속 상사인 니어호프 수사과장에게 전화를 걸어 하르덴바흐 사건에 대해 자세히 보고하고 프랑크푸르트 경찰서에서 1시에 열릴 예정인 기자회견을 맡아달라고 했다.

"기자회견을 하셔야 하면 루퍼츠하인에는 저 혼자 가도 되는데."

"아니야. 이런 경우엔 역할 분담이 확실하게 돼 있어. 인터뷰 같은 거 난 딱 질색인데 니어호프 과장은 조명 받는 걸 아주 좋아하거든. 특히 이번처럼 유명 인사가…… 고객인 경우에는."

"고객요?"

"시체보다는 듣기 좋잖아."

보덴슈타인의 심각한 표정 위로 한 줄기 미소가 보일 듯 말 듯 스쳤다.

(본문 13쪽)

나는 모든 유혹을 멀리하려 했네

꿈과 그리움, 외로움만이 나의 벗

오! 그러나 실재하는 모든 것이 나의 꿈을 짓밟는구나

너무 친한
친구들

월드컵이 한창인 6월 어느 날, 동물원에서 사람 손이 발견된다. 피해자는
고등학교 교사이자 도로 확장을 반대하던 환경운동가. 학생들에게는
영웅으로 칭송받았지만, 성적 문제로 그를 협박하던 학생부터 전부인,
시의원, 건설회사 대표까지 그의 죽음을 바라던 이 또한 너무나 많았다.
수상한 인물은 늘어만 가는 가운데 피아는 유력 용의자인 동물원장 산더와
미청년 루카스로부터 동시에 구애를 받으면서 객관성을 잃기 시작하고,
급기야 보덴슈타인으로부터 수사에서 손을 떼라는 경고까지
받게 되는데…….

채워도 채워도 사그라지지 않는 온갖 욕망이 초래한 비극,
그 끝을 목도할 준비가 되었는가

2007년 크리스마스 시즌 당시 자비출판임에도 해리 포터 시리즈보다 더
많이 판매되어 독일의 대형 출판사 울슈타인이 작가를 주목하는 계기가
된 것으로도 유명한 작품이다. 실제 타우누스 지역에서 이슈가 되었던
문제를 바탕으로 도로 확장 계획을 반대하던 환경운동가의 죽음과
그 이면에 자리한 인간 욕망의 심연을 그렸다.
도로 확장 계획을 둘러싼 온갖 의혹을 파헤쳤던 파울리와 그의 마지막
행적을 추적하는 형사들의 이야기는 작품 배경이 독일이 아니라 이 땅이
아닌가 하는 착각마저 들게 할 정도로 우리의 지금과 닮았다. 작가는 이렇게
현실의 문제를 작품 속에 적극 반영함으로써, 단순한 '범인 찾기'
미스터리에서 한 단계 나아가 독자를 둘러싼 세상의 참모습을 보여주는
새로운 분위기의 사회파 미스터리를 완성시켰다.
그러면서도 사건을 풀어가는 피아와 보덴슈타인 반장, 그리고 주변 인물들의
에피소드를 적절히 안배한 것이 이 책의 매력이다. 2006년 6월 독일 월드컵
기간을 배경으로 선택한 작가는 어떻게든 경기를 보기 위해 조바심치는
벤케 형사를 통해 깨알 같은 재미를 선사하며, 아버지와 남편으로서의
고민을 안고 있는 보덴슈타인을 통해 인간적인 형사의 일상을 보여준다.
또한 피아가 동물원장 산더와 피해자의 제일가는 제자였던 재벌가 미청년
루카스로부터 동시에 구애를 받으면서 갈팡질팡하는 모습을 통해
여성 독자들의 시선을 사로잡는다.

책 속에서

마음 깊이 기다렸던 입맞춤도, 오랫동안 뜨겁게 갈구했던 밤도 내 것이
되었네. 그러나 이미 떨어진 꽃잎일 뿐.

"너무 슬픈걸." 피아가 시를 소리 내어 읽은 후 말했다.

"실제로 그럴 때가 많잖아요." 루카스가 대꾸했다. "오랫동안 마음속으로
원하며 기다렸던 일도 정작 현실이 되면 상상했던 것과 많이 다르죠."

"그래, 맞아. 현실은 대부분 실망스럽지."

"그것뿐만이 아니에요." 루카스의 목소리가 갑자기 진지해지며 얼굴에도
고뇌하는 표정이 나타났다. "뭔가 끊임없이 원하고 머릿속에서 상상하며
마음 설레는 게 실제 그것을 갖는 것보다 훨씬 좋아요. 목표를 이루고 나면
그 모든 노력이 헛된 것임을 알게 되죠. 남는 건…… 공허뿐이에요."

"철학자 같은 말을 하네." 피아가 미소를 지으며 말했다.

루카스는 피아에게 바짝 다가서서 심각한 표정을 지었다.

"나는 모든 유혹을 멀리하려 했네." 그는 말하는 내내 피아의 눈을 뚫어져라
쳐다보았다. "꿈과 그리움, 그리고 외로움만이 나의 벗. 오, 저주! 소유로
인해 불행하리니. 실재하는 모든 것이 나의 꿈을 짓밟는구나."

(본문 123쪽)

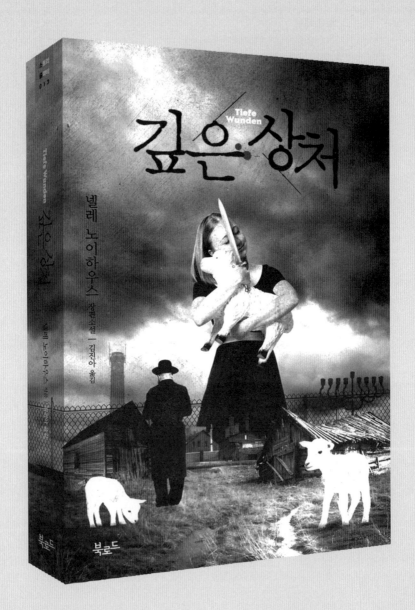

Tiefe
Wunden

깊은 상처

넬레 노이하우스 장편소설 ─ 김진아 옮김

북로드

우리는 눈물과 고통으로 태어나

끊임없이 욕망하고 증오하다

마침내 죽음이란 파멸을 맞이한다

깊은 상처

윙렌호프저택

부유한 유대인 노인이 나치의 처형을 연상시키는 모습으로 총살당한다.
피아와 보덴슈타인은 사건 현장에서 피해자의 피로 쓰인 '16145'라는
숫자를 발견한다. 경찰이 숫자의 의미조차 파악하지 못하고 있는 사이
두 번째 사건이 일어나고, 역시 의문의 숫자 '16145'가 남겨져 있다. 마침내
두 노인이 모두 명망 높은 귀족 베라 칼텐제의 오랜 친구라는 사실이
밝혀지면서 수사는 반전을 맞지만, 의문의 숫자 뒤에는 상상조차 못 한 깊고
어두운 진실이 입을 벌리고 있다.

세 노인의 죽음, 그리고 수수께끼의 숫자 16145
지워지지 않는 과거의 상처가 잔혹한 죽음을 부른다!

『깊은 상처』는 한 노인의 기묘한 죽음으로 시작된다. 잔혹한 박해와 2차 세계대전의 혼란 속에서도 살아남아 돈과 명예를 손에 넣었던 유대인 노인이 나치의 처형을 연상시키는 모습으로 살해된 것이다. 현장에서는 피로 쓰인 '16145'라는 수수께끼의 숫자가 발견된다.

이야기의 시작에서부터 드러나듯, 『깊은 상처』는 독일의 근현대사에 대한 넬레 노이하우스의 작가적 고찰을 담은 작품이다. 역사를 전공한 작가는 독일인이라면 피해갈 수 없는, 그러나 결코 잊지 말아야 할 어두운 과거를 수면 위로 끄집어 올린다. 그러면서도 시리즈 다른 작품과 마찬가지로, 비극은 누구나 맞닥뜨릴 수 있는 사소한 일들에서부터 시작된다.

일제 강점기와 군부 독재기를 겪고 친일파나 과거사 청산 문제를 여전히 안고 살아가는 한국의 독자들이라면, 이 작품이 지금 우리가 마주한 현실과 닮아 있다는 것을 금방 알 수 있을 것이다.

시리즈 중에서 가장 잔혹하고 어려운 사건과 수십 년의 세월을 넘나드는 장대한 구성, 그리고 저자 스스로 자신하는 치밀한 구성과 깊은 고찰까지 담긴 『깊은 상처』는 타우누스 시리즈의 팬들뿐 아니라 정통 미스터리를 좋아하는 독자라면 누구나 열광할 만한 재미와 깊이를 겸비한 작품이다.

책 속에서

"여기 이거 봤어?"

보덴슈타인이 피아에게 물었다.

"뭐요?"

피아가 다가왔다. 그녀는 오늘 머리를 대충 양 갈래로 땋고, 항상 하는
아이라인도 그리지 않았다. 아침에 급히 나왔다는 뜻이다. 그는 손으로
거울을 가리켰다. 피가 튄 거울 한가운데 숫자가 쓰여 있었다. 피아는 눈을
가늘게 뜨고 피로 쓰인 다섯 개의 숫자를 읽었다.

"1, 6, 1, 4, 5. 무슨 뜻이죠?"

"나도 모르지."

보덴슈타인은 흔적을 지우지 않으려고 조심하며 시체 옆을 지나 집 안으로
들어갔다. 부엌으로 가는 도중에 그는 현관과 복도로 이어지는 공간을
둘러보았다. 집은 단층 주택인데 밖에서 본 것보다 훨씬 넓었다. 고풍스러운
실내장식에 육중한 목제 가구가 인테리어의 주를 이루고 있다. 참나무와
호두나무로 조각한 오래된 가구다. 거실에는 베이지색 바닥에 빛바랜
페르시아 양탄자들이 여기저기 깔려 있다.

"손님이 왔었나 본데요."

(본문 16~17쪽)

Schneewittchen
muss sterben

백설공주에게
죽음을

넬레 노이하우스

장편소설 · 김진아 옮김

북로드

차가운 비밀이 내리던 날

눈꽃처럼 아름다운 소녀가 사라진다

백설공주에게
죽음을

알텐하인

전도유망한 청년 토비아스는 고등학교를 졸업하던 해, 여자친구를
살해했다는 죄목으로 감옥에 들어간다. 10년 후, 형기를 마치고 출소했지만
마을 사람들은 그를 '살인자'라 부르며 마을을 떠나지 않으면 죽이겠다고
협박한다. 그런 그에게 위로가 되는 것은 죽은 여자친구와 닮은 소녀
아멜리뿐이다. 한편 피아와 보덴슈타인 콤비는 괴한의 공격으로 중태에
빠진 여인이 토비아스의 어머니임을 알고 그를 찾아온다. 살인 전과자와
형사들의 등장으로 마을에 알 수 없는 긴장감이 감도는 가운데 이번에는
아멜리가 실종되는데…….

독일 아마존 베스트셀러 32주 1위,
2011년 해외소설 판매 부수 1위
미스터리 독자라면 '백설공주'를 피해갈 수 없다!

2011년 국내에 출간되어 해외소설 중 가장 많이 팔린 책이 된, 타우누스 시리즈 중에서도 가장 사랑받는 작품. 출간된 지 몇 년이 지난 지금도 베스트셀러 순위에 꾸준히 오르는 강한 생명력을 자랑한다.

이야기는 여자친구 '백설공주'를 죽였다는 죄명으로 10년 동안 감옥살이한 토비아스가 출소하며 시작된다. 순전히 정황증거만으로 재판이 이루어졌던 데다 당사자인 토비아스조차 사건 당일의 기억이 마치 블랙홀처럼 텅 비어 있어 자신이 정말 살인을 했는지, 아니면 억울한 누명을 썼는지조차 알지 못한 채 마을 사람들의 괴롭힘을 당한다. 여기에 '백설공주'와 꼭 닮은 아멜리, 그리고 피아와 보덴슈타인 콤비가 11년 전 사건에 관심을 가지기 시작하면서 마을은 또다시 차갑게 얼어붙기 시작한다.

어릴 때부터 글쓰기에 대한 열정을 주체할 수 없었다는 작가의 말처럼 이 작품은 웬만한 책 두 권 분량을 너끈히 넘긴다. 그러나 독자는 지루해할 틈이 없다. 때로는 토비아스의 입장이 되어 그가 정말 살인을 저질렀는지 고민하고, 때로는 똑똑하고 정 많은 여고생 아멜리가 되어 11년 전 사건을 수사해야 한다. 거기다 아내가 바람을 피운다고 의심하면서 전전긍긍하는 보덴슈타인도 다독여줘야 한다.

그리고 드디어 피아와 보덴슈타인과 함께 사건의 진실을 목도하는 순간, 독자의 마음은 그리 유쾌하지만은 않을 것이다. 병적인 질투, 권력욕, 복수와 증오 등 인간 세상의 모든 추악한 이면을 함께 마주해야 하기 때문이다.

책 속에서

즉 이 사건의 발단은 세 남녀의 삼각관계였다. 토비아스는 스테파니 때문에

로라와 헤어졌고 스테파니는 다시 토비아스에게 이별을 통보했다. 이 일로

토비아스는 피로 얼룩진 살인사건을 저질렀고 이때 엄청난 양의 술이

촉매로 작용했다.

그는 재판 마지막 날까지도 두 여학생의 실종에 관계하지 않았다고

주장했지만 법정은 전혀 기억이 나지 않는다는 그의 말을 믿어주지 않았다.

그의 주장을 뒷받침해줄 증인도 나타나지 않았다. 그의 친구들은 오히려

토비아스에게 욱하는 성질이 있으며 때때로 분을 참지 못해 폭발하고

여자들이 항상 그를 떠받들었기 때문에 헤어지자는 스테파니에게 민감한

반응을 보였을 수 있다고 진술했다. 모두 토비아스에게 불리한 증언뿐이었다.

바로 이 점이 아멜리의 호기심을 키웠다. 그녀는 공평하지 않은 것을 가장

싫어했다. 그녀 자신만 해도 불공평하게 의심받은 적이 한두 번이 아니었다.

토비아스의 무죄 주장이 사실이라면 그 마음이 어땠을지 상상이 되고도

남았다. 아멜리는 이 사건을 좀 더 조사해보기로 작정했다. 어떻게 해야

할지는 아직 모르지만 우선 토비아스 자토리우스와 말이라도 한번 섞어봐야

할 일이었다.

(본문 53쪽)

Wer Wind Sat

바람을
뿌리는 자

넬레 노이하우스

장편소설 ― 김진아 옮김

북로드

그녀는 항상 거짓말을 했어요
그러다 나도 거짓말을 하기 시작했어요
그건 다른 사람들에게 옮아요. 마치 전염병처럼

바람을
뿌리는 자

크리스토프와의 달콤한 여행에서 돌아오자마자 피아는 계단에서 떨어져
사망한 경비원의 참혹한 시체와 맞닥뜨린다. 겉으로 보기에는 단순한
사고처럼 보이는 사건이지만, 피아는 그 뒤에 무언가 숨겨져 있음을 직감한다.
피해자가 근무하던 풍력에너지 개발회사와 풍력발전소 건립에 반대하는
시민단체의 인물들이 얽히면서 풍력발전소를 둘러싼 거대한 음모가 조금씩
그 모습을 드러내고, 보덴슈타인이 용의자 중 한 명인 니카에게 반하면서
사건은 점점 복잡해진다.

풍력발전소를 둘러싼 거대한 스케일의 아귀다툼
속지 마라, 추악한 마음은 가장 아름다운 가면에 깃드는 법

풍력에너지 개발을 둘러싸고 전 세계적인 음모가 폭풍처럼 몰아치는 가운데, 사랑과 배신, 복수와 앙갚음 등 개인적인 동기가 서스펜스를 극한까지 몰고 간다. 거대한 스케일과 치밀한 구성, 개성 넘치는 등장인물로 무장한 이 작품은 타우누스 시리즈가 유럽에서 가장 사랑받는 미스터리 시리즈로 자리 잡은 이유를 다시 한 번 확인시켜준다. 서로 무관해 보이던 여러 조각들이 하나로 연결되며 섬뜩한 진실이 드러나는 순간, 독자들은 다시 한 번 뛰는 가슴을 억누를 수 없을 것이다.

이번 작품에서는 피아와 보덴슈타인뿐 아니라 읽는 이의 시선을 잡아끄는 개성 있고 매력적인 인물들이 다수 등장한다. 먼저 마을 최고의 인기인으로 동물을 사랑하는 순수한 마음을 지닌 리키가 있다. 그녀는 사건의 중심인 풍력발전소 건립을 둘러싼 갈등을 주도하는 시민단체의 일원이자, 유력한 용의자의 애인이기도 하다. 그리고 리키의 친구, 조용하고 수수해 보이지만 보덴슈타인이 한눈에 반할 정도의 매력을 지닌 니카는 리키와 더불어 이야기를 이끌어가는 축이자 사건의 열쇠를 숨기고 있는 인물이다.

두 여인과 더불어 다양한 개성을 자랑하는 인물들이 또 다른 주인공으로 활약하면서 이야기를 다채롭게 한다. 저자는 이 작품에서 악한 자, 혹은 선한 자 같은 평면적인 묘사가 아니라, 복합적인 인간의 내면을 섬세하게 묘사하면서 한층 더 성숙해진 모습을 보여준다.

책 속에서

"죽은 햄스터잖아." 셈이 얼굴을 찡그리며 말했다. "이게 어떻게 된 거죠?"

"그건 아마 타이센 씨가 알겠죠." 피아가 책상 위에 시선을 고정한 채 대꾸했다.

연락을 받은 타이센은 엘리베이터를 타고 바로 위로 올라왔다. 경찰들이 회사를 점령하다시피 한 것이 마음에 들지 않는 눈치지만 불평을 입 밖으로 내지는 않았다.

"무슨 일입니까?" 엘리베이터에서 내린 타이센이 물었다.

"이쪽으로 오시죠." 피아가 타이센을 사장실로 데려가 책상 위를 가리켰다.

타이센은 깜짝 놀라며 한 발짝 뒤로 튕기듯 물러섰다.

"어떻게 된 일인지 설명할 수 있으신가요?"

"아니요. 모르겠습니다." 그는 비위가 상한 얼굴로 대답했다. 순간 그의 얼굴 근육이 실룩거렸고 피아는 그때까지 휴가 기분을 미처 떨치지 못하고 있던 스탠바이 모드에서 강력계 형사의 수사 모드로 완전히 돌아섰다. 직관과 육감이 가동되기 시작했다. 타이센은 책상 위의 햄스터가 무엇을 의미하는지 잘 알고 있다. 모르겠다는 것은 순전히 거짓말이다.

(본문 44~45쪽)

강물 위에 인어가 떠오르면 나쁜 늑대가 나타난다

더 빨리, 더 빨리 뛰어

안 그러면 늑대한테 잡아먹힌다

사악한 늑대

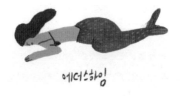

에더스하임

어느 여름 밤, 강 위에 깡마른 소녀의 시체가 떠오른다. 처참하게 훼손된 소녀의 몸에는 죽기 전 받았던 학대의 흔적이 고스란히 남아 있다. 어떤 수단을 동원해도 신원을 밝혀내지 못한 채, 그저 '인어공주'로 불리게 된 죽은 소녀에게는 대체 무슨 일이 있었던 것일까?

그 와중에 유명 방송인 한나가 처참하게 폭행당한 채 발견된다. 겨우 목숨만 건진 한나의 몸에 남은 흔적은 어쩐지 죽은 소녀의 몸에 남았던 학대의 흔적과 닮아 있다.

차가운 밤의 강물 위에 인어가 떠오르면
나쁜 늑대가 본모습을 드러낸다

가녀린 소녀의 처참한 시체와 함께 시작되는 이번 작품은 초반부터
보덴슈타인과 피아, 그리고 정체를 알 수 없는 인물들, 방송인 한나, 그리고
피아의 친구 엠마 등 여러 시점에서 전개되며 읽는 이의 혼을 쏙 빼놓는다.
그러나 아무 관계도 없어 보이던 각 이야기들이 점차 톱니바퀴처럼
맞물리며 하나의 거대한 그림을 그려갈 때, 그것을 지켜보는 쾌감은
미스터리 독자들이 사랑해 마지않는 종류의 것이다.
『사악한 늑대』는 특히 작가 스스로 '지금까지 쓴 소설 중 최고의
작품'이라고 이야기할 만큼 높은 완성도를 자랑하며, 타우누스 시리즈
중에서 가장 방대한 분량의 작품이기도 하다. 이번 작품에서 넬레
노이하우스는 너무도 많은 소설에서 다뤘지만 잘못 접근하면 자극적으로만
보이기 쉬운 아동학대를 과감히 작품의 소재로 선택했다. 쉽지 않은 이
소재를 어떻게 소화했을까 하는 기대와 걱정에 대한 대답은 이 작품을 먼저
읽은 독일과 한국 독자들의 뜨거운 반응으로 대신할 수 있을 듯하다.
이렇듯 『사악한 늑대』에서는 작가로서 새로운 도약을 시도하는 넬레
노이하우스의 모습을 만나볼 수 있다. 특히 재미와 트릭에만 집중하는
미스터리보다는 깊이 있고 고급스러운 미스터리를 원했던 독자들이라면
열광할 만한 작품이다. 하지만 기존 '타우누스 시리즈'의 팬들도 걱정할
필요는 없다. 친근한 모습의 피아와 보덴슈타인, 그리고 매 작품마다 치밀한
구성과 반전으로 읽는 이를 감탄하게 하는 타우누스 시리즈 특유의 재미는
여전하기 때문이다.

책 속에서

그 원피스는 정말 예뻤다. 빨간색 공주 드레스에 빨간 구두. 구두에는 굽도
달려 있었다!

그녀는 거울을 보며 뿌듯한 표정을 지었다. 아버지도 뿌듯한 것 같았다.

아버지는 그녀의 손을 잡고 거실을 가로질러 2층으로 올라갔다.

마치 결혼식 행진을 하는 것 같았다. 리하르트 삼촌이 먼저 가서
문을 열어주었다.

그녀는 깜짝 놀라 입을 다물지 못했다. 천장에 덮개가 달린
진짜 공주 침대가 있는 것이 아닌가!

"여기서 무슨 놀이 할 거예요?"

"아주 재미있는 놀이를 할 거야. 옷도 갈아입을 거고. 여기서 얌전히
기다리고 있어라."

그녀는 고개를 끄덕였다. 아버지가 나간 뒤 그녀는 침대 위로 기어 올라가
뜀을 뛰었다. 그리고 아까 모두들 그녀의 드레스에 감탄하며 칭찬하던 것을
떠올렸다. 그때 갑자기 문이 열리고 늑대가 나타났다. 그녀는 소스라치게
놀라 외마디 비명을 질렀지만 곧 웃음을 터뜨렸다. 그것은 늑대 분장을
한 아버지였다. 아버지와 이런 비밀 놀이를 할 수 있는 사람은
오직 그녀뿐이다.

(본문 71~72쪽)

넬레 노이하우스
장편소설 김진아 옮김

산 자와
죽은 자

Die Lebenden
und die Toten

북로드

산 자는 벌을 받을 것이고
죽은 자는 원을 풀 것이다
한 사람도 빠짐없이

산 자와
죽은 자

행복만 가득해야 할 크리스마스 시즌이 공포로 붉게 물든다.

개를 산책시키던 노인, 손녀 곁에서 요리를 하던 부인, 빵집 종업원과 학교

선생님까지, 평생 나쁜 일이라고는 저지르지 않은 선량한 사람들이

'스나이퍼'의 총에 맞아 살해된다. 재미를 위한 사이코패스의 짓일까?

피해자들에게 실은 어두운 과거가 있는 걸까? 오리무중 속에서 '스나이퍼'의

뒤를 한 발 한 발 밟아나가는 피아와 보덴슈타인이 결국 마주하게 될 것은

너무나도 깊고 거대한 슬픔이다.

나는 산 자와 죽은 자를 가리러 왔으니
죄를 짊어진 자들은 두려움에 떨 것이다

시리즈 첫 작품『사랑받지 못한 여자』로부터 10여 년이 지났다. 그사이
넬레 노이하우스는 자비 출판을 하던 소시지 공장 사모님에서 독일을 넘어
유럽을 대표하는 미스터리 작가로 우뚝 섰다. 그렇다면 과연 그녀의 글은
얼마만큼 성숙해졌을까?
『산 자와 죽은 자』에서 넬레 노이하우스는 완연한 '여왕'의 풍모를 보인다.
원래 작가의 장점으로 꼽히던 다양한 인간군상에 대한 이해, 쉴 새 없이
몰아치는 사건들, 치밀하게 안배된 복선과 허를 찌르는 반전이 그녀의
농익은 펜 끝에서 춤을 추듯 흘러나온다. 거기다 장기 이식과 사적 복수라는
민감한 사회적 이슈까지 훌륭하게 담아냈다. 작가 자신이 2012년
시한부 선고를 받고 심장 판막을 삽입하는 수술을 받으면서 경험하고
느낀 것들이다.
장기 이식에 얽힌 비극에 사랑과 복수라는 보편적 주제를 절묘하게 녹여낸
『산 자와 죽은 자』는 독일 독자들로부터 『백설공주에게 죽음을』이후
타우누스 시리즈 최고의 작품'이라는 찬사를 받으며 역시 베스트셀러 1위를
차지했다. 하지만 추리소설로서의 완성도만을 따지자면 시리즈 그 어떤
작품보다도 뛰어나다. '스나이퍼'는 첫 장부터 등장하지만, 그가 누구인지를
찾는 것은 결코 호락호락하지 않다. 결국 범인의 정체가 밝혀지는 순간,
독자들은 쓰디쓴 배신감과 더불어 깊은 슬픔과 공감을 느끼게 될 것이다.

책 속에서

"어떻게 된 거죠? 어떻게…… 심장마비였나요?" 레나테 롤레더가 맥없이
중얼거리며 보덴슈타인을 쳐다보았다. 아이라이너와 마스카라가 눈물과
함께 흘러내리며 얼굴을 적셨다. "제가 직접 봐야겠어요! 어머니는 어디
계세요?"

그녀는 벌떡 일어나 책상 위에서 휴대전화와 차 열쇠를 움켜쥐더니
옷걸이에서 외투를 낚아챘다.

"롤레더 부인, 잠깐만요." 보덴슈타인은 그녀의 떨리는 어깨를 살짝 잡았다.
"저희가 집에 모셔다 드리겠습니다. 지금은 어머님께 갈 수 없어요."

"왜요? 돌아가신 게 아닐 수도 있잖아요. 그냥…… 의식을 잃었거나……
혼수상태일 수도 있잖아요!"

"롤레더 부인, 죄송합니다만 어머님은 총에 맞으셨습니다."

"총에 맞아요? 우리 어머니가 총에 맞았다고요?" 레나테 롤레더는
어이없다는 듯 중얼거렸다. "그럴 리 없어요! 누가 그런 짓을 하겠어요?
우리 어머니는 평생 남에게 베풀기만 한 분이에요.
법 없이도 살 사람이라고요!"

레나테 롤레더는 잠시 비틀거리더니 무릎에 힘이 빠진 듯 휘청거렸다.
보덴슈타인은 그녀가 쓰러지기 전에 얼른 부축해 의자에 앉혔다.

그녀는 보덴슈타인을 멍하니 쳐다보더니
절망이 담긴 날카로운 비명을 질렀다.
그 비명 소리는 몇 시간 동안이나 보덴슈타인의 귓가에서 떠나지 않았다.

(본문 29~30쪽)

여우가 잠든 숲 2

초판 1쇄 발행 2017년 4월 20일
초판 7쇄 발행 2019년 11월 29일

지은이 넬레 노이하우스
옮긴이 박종대
펴낸이 신경렬

편집장 김지연
디자인 이승욱
마케팅 장헌기 · 정우연 · 정혜민
경영기획 김정숙 · 김태희 · 조수진
제작 유수경

펴낸곳 (주)더난콘텐츠그룹
출판등록 2011년 6월 2일 제2011-000158호
주소 04043 서울시 마포구 양화로12길 16, 7층(서교동, 더난빌딩)
전화 (02)325-2525 **| 팩스** (02)325-9007
이메일 book@ibookroad.com **| 홈페이지** www.ibookroad.com
ISBN 979-11-5879-061-5 03850